比较文学与世界文学 研究丛书

主编 曹顺庆

初编 第 **10** 册

《六祖坛经》英译及其在美国的研究（下）

常 亮 著

花木兰文化事业有限公司

国家图书馆出版品预行编目资料

《六祖坛经》英译及其在美国的研究（下）／常亮 著 －－ 初版
－－ 新北市：花木兰文化事业有限公司，2022〔民 111 〕
目 4+262 面；19×26 公分
（比较文学与世界文学研究丛书 初编 第 10 册）
ISBN 978-986-518-716-3（精装）
1.CST：六祖坛经 2.CST：英语 3.CST：翻译
4.CST：研究考订
810.8   110022063

ISBN-978-986-518-716-3

9 789865 187163

比较文学与世界文学研究丛书
初编 第十册 ISBN：978-986-518-716-3

《六祖坛经》英译及其在美国的研究（下）

作　　者 常亮
主　　编 曹顺庆
企　　划 四川大学双一流学科暨比较文学研究基地
总 编 辑 杜洁祥
副总编辑 杨嘉乐
编辑主任 许郁翎
编　　辑 张雅淋、潘玟静、刘子瑄　美术编辑 陈逸婷
出　　版 花木兰文化事业有限公司
发 行 人 高小娟
联络地址 台湾 235 新北市中和区中安街七二号十三楼
　　　　　电话：02-2923-1455 ／ 传真：02-2923-1452
网　　址 http://www.huamulan.tw 信箱 service@huamulans.com
印　　刷 普罗文化出版广告事业
初　　版 2022 年 3 月
定　　价 初编 28 册（精装）台币 76,000 元

《六祖坛经》英译及其在美国的研究（下）

常亮 著

目

次

上　册

前　言 ……………………………………………………… 1

绪　论 ……………………………………………………… 5

第一节　本书研究的缘起与意义 …………………… 8

第二节　文献综述 …………………………………… 10

第三节　研究思路、方法及创新点 ………………… 19

第四节　本书的结构与各章内容 …………………… 21

第一章　佛心西行：《六祖坛经》在美国的传播及
其文学影响 ……………………………… 23

第一节　《六祖坛经》在美国的译介与流传 ……… 23

第二节　禅与美国文学 ……………………………… 25

第三节　《六祖坛经》对"垮掉派"诗人的影响 … 30

小结 …………………………………………………… 36

第二章　《六祖坛经》的版本、谱系及其英译 …… 37

第一节　《六祖坛经》版本、谱系概述 ………… 37

敦煌本（斯坦因本） ……………………… 39

敦博本 ……………………………………… 41

旅博本 ……………………………………… 44

宗宝本 ……………………………………………… 46

小结 ……………………………………………………… 50

第二节 《六祖坛经》英译本的总结与归纳 ……… 51

小结 ……………………………………………………… 60

第三节 《六祖坛经》诸英译本译者及其译本特点
简介 ……………………………………… 61

小结 ……………………………………………………… 84

第四节 《六祖坛经》英译的总结与评述 ………… 85

一、敦煌系《六祖坛经》英译对勘的总结 …… 85

二、通行本《六祖坛经》英译对勘的总结 …… 93

三、《六祖坛经》英译的综合评述 ………… 97

小结 …………………………………………………… 101

第三章 橘枳之变：《六祖坛经》英译的变异研究
…………………………………………………… 103

第一节 佛经汉译与汉语佛经英译的理论探索 … 103

一、中国传统佛经翻译理论 ……………… 104

二、汉语佛经英译的历史、研究及理论探索 113

小结 …………………………………………………… 120

第二节 比较文学变异学视域下的佛经英译 …… 121

一、比较文学与翻译研究 ………………… 122

二、变异学、译介学对佛经英译的理论启示 126

小结 …………………………………………………… 128

第三节 《六祖坛经》英译的变异类型 ………… 128

一、《六祖坛经》英译本本身的变异 …… 129

二、《六祖坛经》英译中的研究型变异 …… 133

三、《六祖坛经》英译的文化变异 ……… 137

小结 …………………………………………………… 144

第四节 《六祖坛经》英译变异原因分析 ……… 145

一、《六祖坛经》英译变异的根本原因 …… 145

二、《六祖坛经》英译变异的次要原因 …… 151

三、《六祖坛经》英译变异的综合性分析——
以《坛经》名称的英译为例 ………… 155

小结 …………………………………………………… 159

下　册

第四章　他山之石：美国的《六祖坛经》研究⋯⋯ 161

　第一节　《六祖坛经》英译与美国《六祖坛经》
　　　　　研究之关联 ⋯⋯⋯⋯⋯⋯⋯⋯⋯⋯⋯ 162

　第二节　美国《六祖坛经》研究的发端⋯⋯⋯⋯ 165

　　一、美国早期的《坛经》研究：宗教性与
　　　　自发性 ⋯⋯⋯⋯⋯⋯⋯⋯⋯⋯⋯⋯⋯ 166

　　二、胡适与铃木大拙之争及其影响⋯⋯⋯⋯ 195

　　小结⋯⋯⋯⋯⋯⋯⋯⋯⋯⋯⋯⋯⋯⋯⋯⋯⋯ 201

　第三节　以历史梳理和文献考据为特征的《坛经》
　　　　　研究 ⋯⋯⋯⋯⋯⋯⋯⋯⋯⋯⋯⋯⋯⋯ 203

　　一、由民间到学术界：美国《坛经》研究的
　　　　转向 ⋯⋯⋯⋯⋯⋯⋯⋯⋯⋯⋯⋯⋯⋯⋯ 203

　　二、美国《坛经》研究的高峰：扬波斯基的
　　　　《敦煌本六祖坛经译注》⋯⋯⋯⋯⋯⋯⋯ 207

　　三、后扬波斯基时代的实证性《坛经》研究 241

　　小结⋯⋯⋯⋯⋯⋯⋯⋯⋯⋯⋯⋯⋯⋯⋯⋯⋯ 250

　第四节　以内容分析与义理阐发为特征的《坛经》
　　　　　研究 ⋯⋯⋯⋯⋯⋯⋯⋯⋯⋯⋯⋯⋯⋯ 252

　　一、美国本土化的《坛经》阐释：
　　　　比尔·波特的《六祖坛经解读》⋯⋯⋯⋯ 253

　　二、美国学术界哲学层面的《坛经》义理
　　　　研究 ⋯⋯⋯⋯⋯⋯⋯⋯⋯⋯⋯⋯⋯⋯⋯ 258

　　三、美国学术界《坛经》研究的新动向：
　　　　《坛经的研读》⋯⋯⋯⋯⋯⋯⋯⋯⋯⋯⋯ 266

　　小结⋯⋯⋯⋯⋯⋯⋯⋯⋯⋯⋯⋯⋯⋯⋯⋯⋯ 273

第五章　互证与互补：中美两国《六祖坛经》
　　　　研究之比较 ⋯⋯⋯⋯⋯⋯⋯⋯⋯⋯⋯⋯ 275

　第一节　美国《坛经》研究特点总结⋯⋯⋯⋯⋯ 275

　　小结⋯⋯⋯⋯⋯⋯⋯⋯⋯⋯⋯⋯⋯⋯⋯⋯⋯ 283

　第二节　中国的《坛经》研究及其特点⋯⋯⋯⋯ 284

　　一、民国时期的《坛经》研究 ⋯⋯⋯⋯⋯⋯ 285

　　二、1949 年以后大陆地区的《坛经》研究 ⋯ 293

　　三、1949 年以后台湾地区的《坛经》研究 ⋯ 305

小结 ……………………………………………… 315

第三节　中美两国《坛经》研究异同点的比较

及其意义 ………………………………… 320

结　语 …………………………………………… 325

参考文献 ………………………………………… 337

附录1：大英博物馆藏敦煌写本《六祖坛经》

影印件 …………………………………… 361

附录2：敦煌博物馆藏写本《六祖坛经》影印件 · 373

附录3：旅顺博物馆藏写本《六祖坛经》影印件 · 385

附录4：通行本（宗宝本）《六祖坛经》影印件 … 407

第四章　他山之石：美国的《六祖坛经》研究

  美国的《六祖坛经》研究自上个世纪三十年代发轫以来，经历了一个逐渐发展、演变的过程。最初，美国人对《坛经》的兴趣仅限于一个比较狭小的圈子内，其中的代表性人物有德怀特·戈达德（Dwight Goddard）、鲁思·富勒·佐佐木（Ruth Fuller Sasaki）、艾伦·瓦茨（Alen Watts）等，这些人之间彼此熟识且相互影响。他们对《坛经》的研究，主要产生于对佛教尤其是禅宗的自发的兴趣。早期的《坛经》研究，比较缺乏系统性和学术性，多数是学者们对《坛经》的感性认识和体悟。到了 1960 年代，随着美国社会对禅佛教的兴趣不断高涨，越来越多的学院派学者开始注意到《坛经》在中国禅宗文献中的重要性，从而进行了更具科学性和严谨性的研究。菲利普·扬波斯基（Philip B. Yampolsky）是当中最重要也是最有影响力的人物。纵观 1960 年代以来美国学术界的《六祖坛经》研究，可以发现其在类型上可以分为两类：一类以历史梳理和文献考据为特征；另一类以内容分析和义理阐发为特征。第一类研究的代表性人物有扬波斯基、马克瑞、佛尔等，第二类研究的代表人物有比尔·波特、列卡克和成中英等。无论是哪一种类型的研究，其材料、方法、论证过程和观点都有很多值得称道的地方。下面，本章就以美国《六祖坛经》研究的发端和上述两种不同类型研究为内容，对美国学术界的《六祖坛经》研究不同时期最重要的一些研究者及作品进行一个概括性的介绍。

第一节 《六祖坛经》英译与美国《六祖坛经》研究之关联

本书的题目是"《六祖坛经》英译及其在美国的研究",主要内容有两个方面:一是《六祖坛经》的英译;二是美国学术界的《六祖坛经》研究。笔者将这两个方面的内容结合在一起作为本书的研究对象,主要是基于下述一些考虑:

首先,从根本上讲,经典的翻译和学者们的研究密不可分。对于某些通俗读物来说,译者只要通顺、达意地将其翻译成另外一种语言,他的任务就算完成了。但对《六祖坛经》这样兼具宗教性、思想性和文学性的文化元典来说,仅仅完成语言层面的翻译是远远不够的。《坛经》这类经典,对它的译者有着一种天然的要求,即要求它的译者同时具备研究者的素养。换句话说,如果《坛经》的译者不具备一定的研究能力以及对《坛经》思想、术语、义理的理解能力,那么他的翻译就一定会出现问题。笔者在对《坛经》多个英译本进行对勘时发现,一些译本中存在着大量的误译和误解,这和某些译者研究、解读能力缺失不无关系。王向远先生曾指出:"从翻译文学史上看,翻译家与研究家兼于一身,是我国翻译文学家的一个优良传统。在古代佛经翻译文学中,大部分翻译家都是佛学家。在现代翻译文学史上,优秀的翻译家同时都是外国文学的研究专家,如印度文学翻译家季羡林、金克木等,又是印度文学研究家;日本文学翻译家李芒、叶渭渠等,也是日本文学专家;俄国文学翻译家戈宝权、曹靖华等,又是俄国文学研究家;法国文学翻译家郭宏安、柳鸣九等,也是法国文学研究家;德国文学翻译家张玉书、叶廷芳等,同时也是德国文学研究家。而且,优秀的翻译家不仅仅是某一国别文学的学者,而且常常是他所翻译的那个(或那几个)作家作品的研究专家。例如,季羡林翻译印度大史诗《罗摩衍那》,同时写出了相关的研究专著《罗摩衍那初探》;杨武能翻译歌德,同时又是权威的研究歌德的学者;张铁夫翻译普希金,同时编写出了有关普希金的研究著作。"[1]在以上这段文字中,王向远先生很好地总结了中国翻译文学史中的研究型翻译传统。从王先生的叙述中我们可以总结,一个真正的翻译家必须同时是他所译作品涉及领域的研究者或学者,必须对所译作品和它的作者有较为深入的了解。从另一个角度说,某一领域

---

[1] 王向远著,翻译文学导论 [M],北京:北京师范大学出版社,2015 年,第 46 页。

的学者或研究者，在翻译该领域的经典作品时，对该作品的解读和领悟势必比一般人更为深入，在这种的情况下，他的译文就成了"研究型翻译"（scholar's translation）。无论是文学翻译，还是典籍翻译，深入的研究都是不可缺少的。因此，要出色地完成《坛经》的英译，译者就必须具备一定的研究能力。纵观《坛经》的各个英译本，可以肯定的是，学术研究水准越高的学者，其译本的质量就越高。《坛经》的许多译者同时也是美国学术界《坛经》研究领域的专家学者，他们的译本往往表现出较高的学术水准和精确性。通过阅读、分析他们译本中的内容，我们可以了解美国学术界《坛经》研究的一些细节信息。

其次，优秀的研究型译本会对《六祖坛经》相关领域的研究提供很大的帮助，这种帮助首先体现在研究型译本的译序、注释、附录、文献列表等内容上。王向远先生指出："在我国出版的严肃的外国文学译本中，书前一般都有译者序言。而这篇译者序，往往凝聚着翻译家翻译与研究的独到感受、心得与发现，常常是关于这个作家作品最有分量、最值得一读的研究论文。"[2]扬波斯基在其敦煌本《六祖经》英译本前面撰写的长篇译序，就属这样一个典型的例子。这篇120页的译序，在长度上远远超过了扬波斯基对敦煌本《坛经》正文的翻译（仅有57页）。扬波斯基的译序围绕八世纪的禅宗历史、各种文献中有关神会与慧能的记载、《坛经》的版本及流传、《坛经》的内容等话题展开了极为详尽的论述，代表了美国学术界《坛经》研究的一流水准。不光是译序，《坛经》的一些研究型译本中的注释也具有相当高的价值。王向远先生对注释的重要性也给予高度关注，他指出："还有一些译作，需要翻译家在译文之外加一些必要的注释，特别是一些古典作品，寓意性较强的作品，加注对译文读者的阅读是十分必要的。有的注释是原文版本所具有的，有的注释需要根据译文读者的实际情况由译者适当补加。而正确和适当的注释就依赖于翻译家对原作家作品及其文化背景的全面了解和深入研究，它本身就是对翻译家学术水平、研究水平的一个考验。例如，钱稻孙选译日本古诗集《万叶集》，梁实秋译《莎士比亚全集》，方平翻译的莎士比亚作品，金隄译《尤利西斯》，陈中梅译《荷马史诗》等，都有高水平的注释或注解。"[3]很多美国学者的《六祖坛经》英译本中都有相当丰富的注释。例如，陈荣捷译

---

2 王向远著，翻译文学导论［M］，北京：北京师范大学出版社，2015年，第46页。
3 王向远著，翻译文学导论［M］，北京：北京师范大学出版社，2015年，第47页。

本的注释有 279 处；扬波斯基译本的注释有 291 处；马克瑞译本的注释有 184 处。以扬波斯基译本的注释为例，其中包含着相当丰富的研究信息。扬波斯基在注释中不仅引用了胡适、铃木大拙、柳田圣山、关口真大等学者的研究，而且在很多地方直接提出了创新性的学术观点。可以说，英译者们的注释，是《坛经》研究的重要材料，对国内学术界本领域的研究具有重要的参考价值。除了译序和注释之外，《坛经》的许多英译本还提供了较为丰富的附录、文献列表等内容，这些材料对《坛经》的研究也具重要的辅助性作用。

再次，研究型译本中的某些译文，隐藏着译者们解读译本的关键信息。这些关键信息往往体现在译者翻译用词的细微差别上。例如杨慧林先生就曾经以国外学者对《左传》的翻译为例，论述了翻译中用词变化带来的"曲解"问题，"比如理雅各当年翻译《左传》'非我族类其心必异'一句，'族类'（kin）本是指向'古代鲁国与楚晋等国的外交和战争关系'，而在后世学者的《中国人的种族观念》一书中，'族类'却被替换'种族'（race），并用以'证明中国人自古就有种族歧视'，乃至英文的'中心话语'成为一系列曲解和误导的支撑。"[4]可见，翻译中的某些用词不仅仅是语言层面的问题，其背后可能存在着某些隐秘的思想观念上的考量。因此，对翻译中用词差别的审视往往事学者们了解跨文化语境下他国学者如何解读本国经典的关键。对《六祖坛经》的研究者来说，对不同译文中的某些细节予以重视和关注才能更清晰地把握《坛经》在异域文化之下理解与接受的真实情况。

另外一个值得注意的问题是《六祖坛经》英译中的研究型变异。在某些情况下，研究型译者在进行翻译时经常将自己的一些学术观点放到译文当中，由此导致其译文相对于原文发生了某些显著的乃至颠覆性的变化，笔者将这种现象称之为研究型变异。这种研究型变异在《六祖坛经》的很多英译本中都有所体现，例如扬波斯基译本、陈荣捷译本、马克瑞译本和铃木大拙节译本等等。如果单纯研究《六祖坛经》的英译而不考虑学们对它的研究，那么研究型变异产生的原因就无法得到合理的解释。这也是笔者认为《坛经》的英译与其在美国的研究无法割裂的原因之一。

综上所述，《六祖坛经》的英译与学术界对它的研究是密不可分的。1960年代以后，美国成为英语世界《六祖坛经》研究的重镇。通过对《六祖坛经》

---

4 杨慧林，中西"经文辩读"的可能性及其价值——以理雅各的中国经典翻译为中心 [J]，中国社会科学，2011 年第 1 期，第 204 页。

英译本的总结，笔者发现《坛经》的许多英译者都来自美国，其中既有土生土长的美国人（例如扬波斯基、马克瑞、柯立睿、赤松等），也有一些长期生活在美国的华裔人士（如陈荣捷、冯氏兄弟等）。其中一些人身兼英译者和《坛经》研究专家双重角色（如扬波斯基、马克瑞、陈荣捷），他们对美国学术界的《坛经》研究做出了突出的贡献。研究《六祖坛经》的英译，不能脱离对美国学术界《坛经》研究的考察。同时，《六祖坛经》的一些优秀英译本，也成为美国学术界研究的基础性材料。例如，史鲁特和太史文两位学者共同编辑的《六祖坛经研读》（*Readings of the Platform Sutra*），就是由多位美国《六祖坛经》研究专家在对扬波斯基所译敦煌本《坛经》展开研读的基础之上写作的 7 篇学术论文构成。从另外一个角度看，唯有对《坛经》的现有英译本（尤其是一些美国学者的研究型译本）进行批判性解读，才能为将来获得更为完善的翻译版本打下基础。正如杨慧林先生所指出的那样："重译中国古代经典的前提，似应是认真整理已有的历代译本，特别是那些研究性译本的相关注疏。由此才能直接切入西方学术对中国文化的理解和接受，使经典翻译不仅仅是提供新的译本，而是形成真正的思想对话。"[5]因此，本书将《六祖坛经》英译和美国学术界对《坛经》的研究作为论文的主要内容，将两者联系起来通盘考察，以期获得更新的学术视野。

第二节　美国《六祖坛经》研究的发端

美国的《六祖坛经》研究，可以追溯到上个世纪三十年代。对于《坛经》的研究，是随着佛教和禅宗传播美国的进程不断深入的。从上世纪三十年代到六十年代，美国学术界对《坛经》的研究经历了一个从起步，到不断深入的过程。一些学者在这个过程中起到了相当重要的作用，例如德怀特·戈达德（Dwight Goddard）、鲁思·富勒·佐佐木（Ruth Fuller Sasaki）、艾伦·瓦茨（Alen Watts）等等。还有一位不得不提的关键人物就是铃木大拙，上述的三位学者有关禅宗和《六祖坛经》的研究都和铃木有或多或少的关联。另外，美国夏威夷大学主办的《东西方哲学》杂志于 1957 年所登载的铃木大拙和胡适两位学者各自用英文撰写的有关慧能和《六祖坛经》的两篇观点对立的文

5　杨慧林，中西"经文辩读"的可能性及其价值——以理雅各的中国经典翻译为中心［J］，中国社会科学，2011 年第 1 期，第 203 页。

章引起了美国学术界的极大关注。铃木大拙和胡适两位学者从宗教和学术两个维度展开的争论，对美国学术界的《六祖坛经》研究产生了广泛而深远的影响。

一、美国早期的《坛经》研究：宗教性与自发性

美国本土《六祖坛经》研究的发端，应该从德怀特·戈达德（Dwight Goddard）算起。戈达德不仅是将英译本《六祖坛经》引入美国的第一人，也是佛教和禅宗在美国传播历史上的一位关键人物。

1861 年，戈达德出生于美国马萨诸塞州州的伍斯特，青年时期从当地的一所理工学院毕业后当了一名机械工程师。1890 年他的妻子去世，给他带来不小的伤痛。1891 年戈达德进入进入哈福德神学院（Harford Theological Seminary）学习神学，并于三年后作为一名基督教公理会传教士被派往中国福州工作，在此期间，他曾经到福州附近的很多所寺院游历。也许就在这段时间里，戈达德产生了对佛教的兴趣。1899 年戈达德返回美国，他一度重操工程师的就业，并从向美国政府出售的一项专利中获利不少。1928 年，通过一个偶然的机会，戈达德结识了正在纽约开班佛法讲座的佐佐木指月（Shigetsu Sasaki），并开始接触日本禅宗。同一年他远赴日本京都，并在铃木大拙和相国寺山崎禅师的指导下学习禅学 8 个月之久。

从 1924 年至 1939 年去世，戈达德撰写、翻译并出版了多部关于佛教的、基督教乃至道教的作品。其中最为著名的有：《寻找光明与真理的基督教佛教徒之想象》（*A Vision of Christian and Buddhist Fellow in the Search for Light and Truth*, in 1924）；《基督受过佛教的影响？——乔达摩与基督生平与思想的比较研究》（*Was Jesus Influenced by Buddhism? A Comparative Study of the Lives and Thoughts of Gautama and Jesus,* in 1927）；《佛教圣经（第一版）》（first edition of *A Buddhist Bible*, in 1932）；《老子之道与无为》（*Laotsu's Tao and Wu-Wei: A New Translation from Chinese by Wai-tao and Dwight Goddard, Essays Interpreting Taoism*, in 1939）

1930 年，上海有正书局出版了《六祖坛经》最早的一个英译本——黄茂林译本，两年之后戈达德将黄译本进行了改写并将其收录在《佛教圣经》（*A Buddhist Bible*）中在美国的佛蒙特州出版，英译本《六祖坛经》从此得以在美国流传。有些令人意外的是，学术界最先注意到这部著作并对它进行介绍的，

是来自 1934 年德国《东方杂志》（*Orientalistische Literaturzeitung*）的一篇文章，[6]这可能和当时德国学术界对东方学的研究热忱有关。直到 1938 年，美国的《宗教教育》（*Religious Education*）上才刊登了一个非常简短的书讯对《佛教圣经》加以介绍。[7]然而这部作品后来对美国社会产生的影响却是极为广泛和深远的。1954 年，美国文学"垮掉一代"的领军人物凯鲁亚克在写给诗人艾伦·金斯堡的一封书信中谈到，戈达德的《佛教圣经》是迄今为止能够获得的最好的一部关于关于佛教的作品。在这本书中，凯鲁亚克发现了许多比斯宾格勒作品中更为宏大，且更具启示性的概念。[8]

《佛教圣经》的主要内容包括三个部分的内容：第一部分的标题是"早期的禅宗史"。在这一部分，戈达德首先介绍了佛教在中国传播的历史。戈达德指出，早期到达中国的佛教徒都在印度出生并接受教育，当时的信徒所接受的是印度式的佛教，带有鲜明的异域特征。直到四世纪的时候，中国特色的佛教才开始出现并发展。从佛教进入中国开始，就必须面对与儒家和到家的竞争、共处的问题。戈达德论述了佛教与儒家和道家的差异与相似之处，以及前者与后两者之间相互交流与影响的过程。在这一部分内容里，戈达德特别强调道教对佛教的影响，他认为佛教和道教的交流不仅赋予禅宗理性、强调经验、积极入世、反对偶像的特征，其简朴、严格遵守戒律、谦虚进取、同情一切众生的生活方式以及心灵的安详宁静、喜悦平和也都来自于和佛教与道教的接触。[9]关于慧能在禅宗史上地位，戈达德给予其极高的评价。他指出，尽管人们一般都认为达摩是中国禅宗的初祖，但却是慧能赋予了禅宗为更为确定的特色和永久的形式，而这一点已经被时间所确证无疑。[10]对于慧能禅法的特点，戈达德总结了四条：1. 不迷信任何经书及教条；2. 求知心与对本性的深入求索；3. 保持对这种求索的各种可能性的谦逊与乐观的

---

6 Zimmer, H. Goddard, D.: A Buddhist Bible (Book Review). Orientalistische Literaturzeitung. Jan 1, 1934: 37 P51.

7 Religious Education. Oct 1, 1938; 33,4. P249-250. 原文的内容是："An American believer, with the aid of Indian, Chinese, Japanese and English scholars, has translated a number the most significant Buddhist scriptures into English. Buddhist scriptures are enormous in extent, since there is no authoritive council to pass on their canonicity. The author has selected those which seem to him of greatest value for Americans. The translation is remarkably well done."

8 Robert Aitken. The Legacy of Dwight Goddard[A]. In: Aitken. Original Dwelling Place: Zen Buddhist Essays[C]. Berkeley: Counterpoint Press. 1997. p32.

9 Dwight Goddard. A Buddhist Bible [M]. Vermont: Thetford. 1932. p32.

10 Dwight Goddard. A Buddhist Bible [M]. Vermont: Thetford. 1932. p32.

信念；4. 生活简朴，自我克制，精进并心怀对众生的慈悲，忠实、耐心地接受自性自悟。[11]戈达德还谈到："慧能被认为是一个目不识丁的文盲，但考虑到他精通《金刚经》并时常与弟子谈论大乘经典，这一点的真实性有限。对《金刚经》的学习使慧能掌握了"空"的真谛，并在此基础上领悟了《楞伽经》中的'自悟心体'。'道'的概念具有无限的神秘智慧和仁慈，普遍永恒不可言喻，赋予慧能教法深度与实质。所有这些因素在六祖慧能的心中融会贯通，中国禅与日本禅在形式和精神上的特征都从慧能而来。慧能对道教的继承与熟稔使其深受这种宗教的影响（Hui-neng was deeply influenced by his inherited and personal acquaintance with Taoism）。"[12]

戈达德在上文所表述的，佛教进入中国后受到儒学和道教影响的看法是有道理的，古往今来的学者对儒释道三教相互交流、影响的论述很多，此处不再赘述。但戈达德认为慧能"深受道教影响"的看法却存在问题，至少在表述上是不够严谨的。对于道教与《坛经》的关系，学者张培锋曾经在《〈六祖坛经〉与道家、道教关系考论》一文中提出："从中唐至宋代的大量文献证明，曹溪本《六祖坛经》与道家、道教思想有密切关系，这就为以'洪州禅'为代表的南宗禅的道家化提供了新的证据，从而也可以清楚地看到中国宗教发展中'三教合一'思潮确实是一个不以人的主观意志为转移的历史趋势。"[13]张培锋这个观点主要的证据是，五代王仁裕所著《玉堂闲话》关于唐代文人陈琡的一个记录中有"自述《檀经》三卷，今在藏中"之语，而陈琡本人又与道教有若干联系。张文的另一个论据是，宋代文人晁迥及其后人，刊刻过《坛经》的晁子健都与道教有颇多的渊源。此外，慧能的再传弟子马祖道一所代表的洪州宗禅法中某些契合老庄思想的内容，也被用来作为《坛经》可能受到道家哲学影响的证据。可见，至少有证据表明《六祖坛经》的文本在唐以后的历史演变中，受到过道教和道家文化的一些影响。

离开历史文献的考证，上升到哲学思想的层面上，也有一些学者论述过《坛经》中所反映出的慧能禅学思想和道家哲学的某些交集。例如，学者董群认为："在思维方式上，慧能和道家也有可比较之处，在本体层面的思考

---

11 Dwight Goddard. A Buddhist Bible [M]. Vermont: Thetford. 1932. p33.

12 Dwight Goddard. A Buddhist Bible [M]. Vermont: Thetford. 1932. p34.

13 张培锋，《六祖坛经》与道家、道教关系考论 [J]，宗教学研究，2008 年第 2 期，第 91 页。

上，道家的有无观和慧能对此问题的观点也是有相似之处的。"[14]徐小跃在《禅与老庄》中提出："老庄所建立的主体性本体论，决定了他们要把最高的本体之道推及整个宇宙和人生，由此构成他们的道无时不存，无处不在的道即一切、一切即道的思想。慧能禅宗正式一面通过他的'不二'之旨，一面通过他契合着老庄道即一切、一切即道的思想，来申明他的'即心即佛'、'即道即佛'的禅宗本旨。"[15]总之，道家和慧能所代表的禅宗南宗之间的关系，诚如胡适所云："中国古来的自然哲学，所谓道家，颇影响禅学的思想。南宗之禅，并禅亦不立，知解方面则说顿悟，实行方面则重自然……承认自然智无师智伟自然，这更是指出顿悟的根据在于自然主义，因为有自然智，故有无修而顿悟的可能。"[16]

综上所述，《六祖坛经》作为一个文本，在其本身的历史演变中，有可能受到了道家的影响，而其中包含的一些思想也和道家思想有想通之处。但需要注意的是，戈达德认为慧能"深受道教影响"，他没有搞清楚的是，这种影响不是指对慧能本人，而应该是指对禅宗尤其是南禅宗而言。其次，这种影响更多的是指《六祖坛经》中的思想内涵与道教的某些思想在精神上的契合。就慧能本人而言，从现有的禅宗各种文献来看，在有关慧能生平的各种资料中无法找到他受到道教影响的直接证据，不识文字的慧能也不可能直接阅读道家典籍。那有没有可能慧能是在黄梅求法的过程中受到道教的一些影响呢？笔者认为，这种可能性基本不存在。第一，据《坛经》所载，慧能在黄梅期间"八个余月，未至堂前"，和弘忍的接触只有寥寥数次。第二，弘忍所述《最上乘论》（《修心要论》）中也看不出有道教思想的成分在里面。这样看来，戈达德认为慧能"深受道教影响"，至少在表述上是不准确的。

其实，戈达德所说的"道教影响"并非发生在慧能身上，而是另有他人。印顺法师指出："会昌以下的中国禅宗，是达摩禅的中国化，主要是老庄化，玄学化。慧能的简易，直指当前一念本来解脱自在（'无住'），为达摩禅的中国化开辟了道路。完成这一倾向的，是洪州，特别是石头门下……达摩

---

14 董群，慧能与中国文化 [M]，贵阳：贵州人民出版社，2000 年，第 270 页。

15 徐小跃著，禅与老庄 [M]，杭州：浙江人民出版社，1992 年，第 225 页。

16 胡适著，胡适说禅（新编胡适文丛）[M]，北京：文化艺术出版社，2012 年，第 153-1541 页。

禅一直保持其印度禅的特性，而终于中国化，主要是通过了，融摄了牛头禅学。"[17]印顺法师这一论断的根据是，"牛头宗的标识，是'道本虚空'，'无心为道'。被称为'东夏之达摩'的牛头宗初祖法融，为江东的般若传统——'本来无'，从摄山而茅山，从茅山而牛头山，日渐广大的禅门。牛头宗与江东玄学，非常的接近。牛头宗的兴起，是与'即心是佛'，'心净成佛'，印度传来（达摩下）的东山宗相对抗的。曹溪慧能门下，就有受其影响，而唱出'即心是佛'，'无心为道'的折中论调。'无情成佛'与'无情说法'，也逐渐侵入曹溪门下。曹溪下的（青原）石头一系，与牛头的关系最深，当初是被看作同一（泯绝无寄）宗风的。曹溪禅在江南（会昌以后，江南几乎全属石头法系），融摄了牛头，牛头禅不见了。曹溪禅融摄了牛头，也就融摄老庄而成为——绝对诃毁（分别）知识，不用造作，也就是专重自利，轻视利他事行的中国禅宗。"[18]印顺法师的对禅宗中国化过程的论证，让我们清楚地看到，虽然慧能是这个过程中重要的一环，但实际上完成这个过程的是马祖道一之后的曹溪禅的发展，其中的关键是对牛头宗的融摄，而真正受到老庄道教思想影响深远的是禅宗四祖道信的弟子牛头法融及其后传。搞清了上述的这个过程，我们就弄清了戈达德的观点所存在问题的根源。

《佛教圣经》第二部分的标题是"高贵智慧的自我实现"。这一部分实际上戈达德是在铃木大拙英译本《楞伽经》基础上，对其内容所作的简化与阐释。铃木大拙的英译本《楞伽经》于1932年在伦敦出版之后被广泛关注，因为欧洲此前对这部经书还一无所知。由于《楞伽经》的原文是用梵文写成，它的英译本对读者来说有相当的阅读困难。铃木大拙感到，如果想让这部经书被更多读者阅读，就有必要编辑一个简化的译本，于是鼓励戈达德完成这个任务。戈达德也确实在《佛教圣经》中的这一部分对铃木大拙的译本进行了不小的改造。首先，他删掉了一些与经文主旨关系不大的章节和一些冗长、晦涩或重复的偈颂，把另一些诗体的偈颂用散文的形式再现。其次，原英译本的内容被压缩为字数更少的章节，并进行了顺序上的重组。再次，这些章节被进一步的压缩和删减，去掉了其中晦涩或令人感到厌倦的论说。最后，戈达德在他编辑的内容中加入了一些的阐释性内容。戈达德对《楞伽经》的"改造"幅度不小，这也似乎成了他后来"改造"《坛经》的一个"前奏"。

---

17 印顺著，中国禅宗史［M］，贵阳：贵州大学出版社，2012，自序第7页。
18 印顺著，中国禅宗史［M］，贵阳：贵州大学出版社，2012，自序第8页。

　　《佛教圣经》第三部分是三部佛教经书《金刚经》《心经》和《六祖坛经》的全文英译。需要指出的是，这三部经书的英文译者也都另有其人，出现在《佛教圣经》中的内容都经过了戈达德的编辑、重组与阐释。其中，《金刚经》的原译者是威廉·盖梅尔（William Gemmell），《心经》的原译者是被誉为西方宗教学创始人的英国语言学家麦克斯·缪勒（Max Muller），《六祖坛经》的原译者是中国学者黄茂林。戈达德其改造过后的英译文《六祖坛经》的前言中提到："值的称道并赞誉的是，黄茂林先生极为出色的还原了《坛经》原文的意义与精神。他非常慷慨地允许编者对原译文做一些改变，删除一些文学性或历史性的考证，以及对于我们这个时代来讲兴趣不大的内容。由于黄先生为了将来的翻译事业而远赴锡兰进修，编者没有机会就这些改变和他面谈。因而编者完全对这些改变负责。黄先生的翻译从技术上说更加完整准确，更适合作为一个学术研究所参考的译本，但目前需要的是一个更简易、更具可读性的译文，这就是我对其译本进行改造的原因。"[19]戈达德对黄茂林译本《坛经》的改造幅度尽管没有他对铃木大拙英译本《楞伽经》改造幅度那么大，但在很多方面也都是非常明显的。戈达德的改造基本上可以归结为以下三个方面：一是内容的删减；二是结构的调整；三是译文的简化。

　　1. 内容的删减

　　戈达德对黄茂林英译本《坛经》的内容做了相当大幅度删减。其中最值得商榷的是，《坛经》原文《疑问品第三》的全部内容，都在戈达德对黄译本的改造中消失不见了。《疑问品第三》的主要内容有二：一是慧能借回答韦刺史所问为什么达摩大师认为梁武帝造寺布施没有功德的疑问，提出了禅宗"功德与福德别"的观点；二是慧能针对韦刺史念佛可否往生西方极乐世界的疑问，强调了禅宗"随其心净则佛土净"的观点。应该说，《疑问品第三》中所包含的思想是非常重要的，尤其是对净土宗念佛求往生西方极乐世界的批评，表明了慧能时代禅宗的鲜明的理论观点。然而不知何故，戈达德将这一品全部的内容都统统删除，这不得不说是一个遗憾。

　　其他删减的主要内容还包括：

　　《行由第一品》中"书此偈已，徒众总惊，无不嗟讶，各相谓言：'奇哉！不得以貌取人。何得多时，使他肉身菩萨！'""祖知悟本性，谓慧能

19　Dwight Goddard. A Buddhist Bible [M]. Vermont: Thetford. 1932. pp216-217.

曰：'不识本心，学法无益。若识自本心，见自本性，即名丈夫、天人师、佛。'""明又问：'慧明今后向甚处去？'慧能曰：'逢袁则止，遇蒙则居。'""时与猎人随宜说法。"等四处。

《般若品第二》中"善知识，我此法门，从一般若生八万四千智慧。何以故？为世人有八万四千尘劳"两句。

《机缘品第七》中慧能与行思、玄觉、方辩等人的对话。

《顿渐品第八》中慧能为志彻讲解《涅槃经》中"常无常义"的部分对话以及与神会的两次对话。

《付嘱品第十》中三科法门以及三十六对法的全部内容；"真假动静偈"中除"若言下相应，即共论佛义；若实不相应，合掌令欢喜；此宗本无诤，诤即失道意；执逆诤法门，自性入生死"外的其余内容；此外慧能关于"吾灭度后五六年，当有一人来去吾首"和"吾去七十年，有二菩萨，从东方来"的两处谶语，以及慧能叙述的禅宗的西天谱系和中土六祖的传承也都被删去。

上述删减的内容均以句子为单位，至于词语层面上的删减，在全文的其他部分还有很多，此处不再一一枚举。对于这些删减的内容，戈达德或许认为其中包含不容易用英文表达的语句，又或者会对读者的理解带来较大的负担。总之，戈达德对黄茂林译本《坛经》的删减幅度度还是比较大的。

2. 结构的调整

戈达德对《六祖坛经》结构的调整同样十分显著。《坛经》原文十品的结构被调整为九章，分别是第一章"慧能的自传"（Chapter 1. Autobiography of Hui-neng）；第二章"关于般若的论述"（Chapter 2. Discourse on Prajna）；第三章"关于禅定与三昧的论述"（Chapter 3. Discourse on Dhyana and Samadhi）；第四章"关于忏悔的论述"（Chapter 4. Discourse on Repentance）；第五章"关于一体三身佛的论述"（Chapter 5. Discourse on the Three-Bodies of Buddha）；第六章"各种机缘的对话"（Chapter 6. Dialogue Suggested by Various Temperament and Circumstance）；第七章"顿悟与渐修"（Chapter 7. Sudden Enlightenment vs. Gradual Attainment）；第八章"皇家的眷顾"（Chapter 8. Royal Patronage）；第九章"六祖的遗言与圆寂"（Chapter 9. Final Words and Death of the Patriarch）。

上文已经谈到，戈达德将《疑问品第三》彻底删去，这也可以被视为对《坛经》原文结构的巨大改造。在删除《疑问品第三》之后，戈达德将《定慧品第四》和《坐禅品第五》合并为第三章"关于禅定与三昧的论述"。另一处比较显著的结构调整是将《坛经》原文的《忏悔品第六》一分为二，将其内容分作第四章"关于忏悔的论述"和第五章"关于一体三身佛的论述"。戈达德在书中第 257 页的一个注释中谈到了他这样做的原因。他认为："有关'三身佛'的内容出现在原文'无相忏悔'的部分是不合理的（In the text of the Discourse on Discourse on Repentence there is a section on "The Three fold Body of Buddha" which is evidently out of place）。首先，'无相忏悔'这部分论述的言说对象是文人和普通人的集会，而关于'三身佛'的论述则带有相当的玄学色彩（being very metaphysical），无疑是向佛学水平较高的弟子言说的。其次，尽管我把原文的《无相颂》从'三身佛'部分的后面移至'无相忏悔'这部分内容后面，但奇怪的是，六祖圆寂之前的所说的一个偈（"自性真佛偈"，笔者注）放在'三身佛'部分的后面却很合适。编者此处对原文的偈颂做了灵活的处理。"[20]

戈达德"灵活处理"的具体做法是，首先，将《付嘱品第十》中"自性真佛偈"的"真如自性是真佛，邪见三毒是魔王。邪迷之时魔在舍，正见之时佛在堂。性中邪见三毒生，即是魔王来住舍。正见自除三毒心，魔变成佛真无假"四句移至《忏悔品第六》的"无相颂"，插入到"忽悟大乘真忏悔，除邪行正即无罪"和"学道常于自性观，即与诸佛同一类"之间。然后把这段内容整体移至"无相忏悔"部分"今即自悟，各须皈依自心三宝。内调心性，外敬他人，是自皈依也"一句后面，形成戈达德所划分的第四章"关于忏悔的论述"。之后，戈达德将"无相颂"的最后一句"若悟大乘得见性，虔恭合掌至心求"放在《自性真佛偈》的开头代替"真如自性是真佛……魔变成佛真无假"四句。这一部分移至"三身佛"部分"但悟自性三身，即识自性佛"的后面，和前面的内容一起构成戈达德划定的第五章"关于一体三身佛的论述"。

以上是戈达德对《坛经》原文所做的从全局到部分的结构调整。然而，笔者在对经过戈达德调整的结构反复阅读思考之后，仍然无法找到其结构调整的内在逻辑。戈达德认为慧能关于"三身佛"的论述具有强烈的玄学色彩，言说的对象是水平较高的弟子，出现在慧能对文人和普通人说法的"无相忏

---

20 Dwight Goddard. A Buddhist Bible [M]. Vermont: Thetford. 1932. p257. Note by Editor.

悔”的部分不合理。对此，笔者却认为，佛教到了慧能的时代，大部分经典都已经有了汉语译本，例如内容涉及“三身佛”的《金光明经》《十地经》《大乘义章》等佛教典籍早在南北朝到隋初的时代就已经被译为汉语。其中鸠摩罗什所译《十住论》（即《十地论》）、昙无谶所译《金光明经》都早于慧能的时代将近三百年。到了隋唐时期，佛教在中国各地广泛传播，像“三身佛”这样基本的佛教概念，不一定只有较高水平的佛教徒才能理解。

其次，现存的“三身佛”造像实物，至少可以追溯到开凿于北魏的云冈石窟和开凿于北齐的响堂寺石窟。[21]从南北朝到隋唐，佛教愈加兴盛，全国各地所建寺庙无数。据汤用彤先生《汉魏两晋南北朝佛教史》，到了梁武帝时代，“其时京师寺刹多至七百。而同泰寺之壮丽，爱敬寺之庄严，剡溪石像之伟大，前所未有。以僧众言之，则名僧众多，缙豪归附。讲筵如市，听者如林。宫内华林园为讲经之所。宫外同泰寺为帝王舍身之区。中大通元年，设四部无遮大会，道俗会者五万余人。京外西极岷蜀，东至会稽，南至广州，同弘佛法。”[22]在这样的时代背景之下，即使是平民百姓，只要去过佛寺参拜，也是不大可能没见过“三身佛”造像的。因此戈达德认为慧能有关“三身佛”的说法，只是面向佛学水平较高的弟子这种看法是缺乏根据的。

再看被戈达德拦腰截断的《忏悔品第六》的原文。《忏悔品第六》从“皈依自性三宝”到“一体自性三身佛”这部分的原文是“今既自悟，各须归依自心三宝。内调心性，外敬他人，是自归依也。善知识！既归依自三宝竟，各各志心。吾与说一体三身自性佛，令汝等见三身，了然自悟自性。”可以看出，两部分的内容之间存在着相当明确的过渡关联，这可以被视为“皈依自性三宝”和“一体自性三身佛”不能被割裂开的内证。另外，一个更为重要的问题是，戈达德没有发现，《忏悔品第六》中存在一个内在的逻辑线索——慧能对“自性”的强调。实际上，这一品的开篇的一句“于一切时，念念自净其心，自修自行，见自己法身，见自心佛，自度自戒，始得不假到此。”作为这一品的纲领，就已经把这个问题讲得非常清楚。洪修平认为：“惠能一再强调的是‘见自本性，自性成佛’。在接下来关于五分法身香、无相忏悔、

---

21 例如，现存于宾夕法尼亚大学博物馆的三身造像，就为北齐佛教艺术的精品。见唐仲明，再论宾州大学博物馆所藏三身造像的来源［J］，东方考古，2011 年，第 8 集，第 248-253 页。

22 汤用彤著，汉魏两晋南北朝佛教史 增订本［M］，北京：北京大学出版社，2011 年，第 267 页。

四弘誓愿、无相三皈依戒以及三身佛的诠释中，处处表达了他以人心自性来总摄各种名相的特征。"[23]可见，《忏悔品第六》是以慧能对"自性"的强调为线索来串联起这一品五方面的内容，从而形成了一个整体。再者，这一品开头的"见自己法身，见自心佛"和"三身佛"部分的"善知识，法身本具。念念自性自见，即是报身佛。从报身思量，即是化身佛"形成了相当好的首尾呼应。这是《忏悔品第六》内容整体性的有一个内证。因此，戈达德将《忏悔品第六》一分为二的做法是不恰当的。

至于戈达德将《忏悔品第六》中的"无相颂"和《付嘱品第十》中的"自性真佛偈"分别拆开重组的做法，更是缺乏根据。通行本《坛经》《忏悔品第六》中的"无相颂"和《忏悔品第十》中的"自性真佛偈"早在敦煌系的《坛经》中就已经存在，[24]通行本的"无相颂"、"自性真佛偈"和敦煌本的"无相颂"、"自性佛真解脱颂"除了一些词语有所不同之外，结构上、字数上及其所传达的思想上都别无二致，或者可以说前两者和后两者和本就是相同的文本，个别词语的不同是由于传抄过程中产生的变异。敦煌系抄本的《坛经》早在晚唐时期就已经形成，"无相颂"和"自性真佛偈"经历了从唐代到宋、元、明几百年的历史，都没有什么变化，戈达德却将其拆散重组，这显然有违经典文本的历史延续性。另外，"无相颂"和"自性真佛偈"都有其各自的内在思想理路。"无相颂"的主要内涵是：修福不是修道，不能灭罪。若要灭罪须向自性忏悔，而自性忏悔首先要见自本性。见自本性需要努力精进，不能虚度人生。"自性真佛偈"则主要讲自性与真佛的关系。慧能强调，欲见真如本性（即真佛），须除邪见三毒、除淫性、离五欲。自性不假外求，而是要向内自我观照。两首偈颂都有完整、统一的内在精神，如果将它们拆散重组，就等于破坏了其各自思想理路的完整性，其思想内涵的表达就会大打折扣。

综上所述，戈达德对《坛经》结构进行了相当大的调整，但这种调整有损于《坛经》结构的完整性、统一性。其次，戈达德对《坛经》内容的分拆和重新组合缺少依据，他的这种做法基本上出其对《坛经》的主观的感性认识，

---

23 坛经［M］，洪修平，白光评注，南京：凤凰出版社，2010 年，第 55 页。

24 敦煌系《坛经》中的"无相颂"，铃木大拙分节本的第三十三节"大师言：善知识！听吾说无相颂，令汝迷者罪灭，亦名灭罪颂"；"自性真佛偈"相对应的是第五十三节"大师言：汝等门人好住。吾留一颂，名自性佛真解脱颂。"

因而显得过于随意。

3. 戈达德对黄茂林译本的简化

戈达德对黄茂林译本的改造，也包括对黄译本的简化。以下，我们将上文提到的《忏悔品第六》中的"无相颂"黄译本原文和戈达德改写后的译文相比较，从中可以看出戈达德对其简化改造的具体表现。

宗宝本《坛经》《忏悔品第六》"无相颂"原文：

> 迷人修福不修道，只言修福便是道，布施供养福无边，心中三恶元来造。拟将修福欲灭罪，后世得福罪还在，但向心中除罪缘，名自性中真忏悔。忽悟大乘真忏悔，除邪行正即无罪，学道常于自性观，即与诸佛同一类。吾祖惟传此顿法，普愿见性同一体，若欲当来觅法身，离诸法相心中洗。努力自见莫悠悠，后念忽绝一世休，若悟大乘得见性，虔恭合掌至心求。

黄茂林本译文	戈达德改写本译文25
People under delusions accumulate tainted merits (for favourable rebirths in this world or in upper worlds), but tread no the Path.	People under delusion accumulate tainted merit but tread no the Path.
They are under the impression that to accumulate merits and to tread the Path are one and the same thing.	They are under the impression that to accumulate merit and to tread the Path are one and the same thing.
Their merits for alms-giving and offerings though are infinite.	Their merit for alms-giving and offerings may be infinite,
But (they realize not) that the ultimate source of sin lies in the three venomous elements (i.e. greed, hatred, and infatuation) within their own mind.	But they fail to relise that the ultimate source of sin lies in the greed, hatred and infatuation within their own mind.
They expect to expiate their sins by merit-accumulating.	They expect to expiate their sin by the accumulation of merit,.
Without knowing that felicities obtained in future lives have nothing to do with the expiation of sins.	Without knowing that the felicities to be gained thereby in future lives,
Why not rid of sin within our own mind?	Have nothing to do with expiation of sin.
Then it is a case of true repentance, i.e. repentance within our self-nature.	If we get rid of the sin within our mind
	Then it is a case of true repentance.
	One who realizes suddenly what constitutes true repentance in the Mahayana sense,

---

25 "无相颂"的译文，在戈达德的改写本中插入了"自性真佛偈"的部分内容；原文最后两句的译文被戈达德转移到了其他地方。除此之外，戈达德还漏掉了"普愿见性同一体"一句的译文。此表中的内容，经过了笔者的还原。

(A sinner) who realizes suddenly what constitutes true repentance in the Mahayana (The Great Vehicle) School.

And who ceases from doing evil and practises righteousness, is free from sin.

A treader of Path who keeps a constant watch on his self-nature.

May be classified in the same group as the various Buddhas.

Our Patriarchs transmitted no other system of Dharma but this 'Sudden' one.

May all followers of it see face to face their self-nature and be at once with the Buddhas.

If you are going to look for the Dharmakaya.

See it above Dharmalaksana (things and form, phenomena), and then your mind will be pure.

Exert yourself in order to see face to face the self-nature, and relax not;

For Death may come suddenly and put an abrupt end to your earthly existence.

Those who happen to understand the Mahayana teaching are thus able to realize the self-nature.

Should reverently put their palms together (as a sign of respect) and fervently seek for the Dharmakaya.

And who ceases to do evil and practises righteousness, is free from sin.

A follower of the Path who keeps constant watch on his Mind-essence

Is in the same class with the many Buddhas.

Our Patriarchs transmitted no other system but this of "Sudden Enlightenment."

If you are seeking Dharmakaya,

Search for it apart from the world of things and phenomena,

Then your mind will be pure and free.

Exert yourself in order to come face to face with Mind-essence, and relax not;

For death may come suddenly and put an end to your earthly existence.

Those who understand the Mahayana teaching

And are thus able to realize Mind-essence

Should reverently and fervently seek for a realization of Dharmakaya.

比较黄茂林本对"无相颂"的翻译和戈达德的改写过后的译文，可以明显地发现，尽管戈达德继承了黄茂林本大部分的译文，但其简化的倾向是十分明确的。戈达德对黄译本译文的简化主要体现两个方面：

1. 语法上的简化。例如，戈达德将黄茂林译文中的一些复数形式的名词（如 merits，sins）改为表示抽象意义的单数形式；又如，黄译本中"但向心中除罪缘"一句的译文 Why not rid of sin within our own mind?为反问句，戈达德将其改成更容易理解的条件句 If we get rid of the sin within our mind；再如，"若欲当来觅法身"一句黄译本的译文 If you are going to look for the Dharmakaya.戈达德改作更简单的 If you are seeking Dharmakaya。

2. 内容上的简化。首先，戈达德去掉了黄译本中的一些解释性内容。例如，tainted merits 的解释（for favourable rebirths in this world or in upper worlds）

被直接去掉。再如，黄本"三毒"的译文 the three venomous elements (i.e. greed, hatred, and infatuation)，戈达德将其简化为 greed, hatred, and infatuation；Mahayana (The Great Vehicle) School 简化为 Mahayana；黄译本对"法相"的翻译 Dharmalaksana (things and form, phenomena)，戈达德简化为 the world of things and phenomena。其次，戈达德去掉了一些由于文化差异读者理解起来较为困难的内容。例如，黄译本对"虔恭合掌至心求"中"合掌"，戈达德或许认为读者对这个动作的含义缺乏了解，因而，"合掌"的翻译 put their palms together (as a sign of respect)被直接去掉。

　　除此之外，戈达德还纠正了黄译本译本不太恰当的一些译法。例如，"学道常于自性观"中的"学道"，黄译本对这个词的理解是"学道之人"，故译作 treader of Path。但笔者查阅了很多词典之后，发现 treader 这个词并不存在"践行者"的意思，实际上黄译本 treader of Path 是一个错误的译法。戈达德将其改为 follower，对此进行了更正，意义更加清晰明确。然而，在戈达德对黄茂林译文的改译中，也有一些地方值得商榷。例如，戈达德将黄译本对"自性"的翻译 self-nature 改作 Mind-essence（心的本体），这就和原文的意义出现了偏差。"自性"和"心的本体"两者之间是不能等同的。又如黄译本对"诸佛"的翻译 various Buddhas 改作 many Buddhas 也不太合适。

　　综上所述，戈达德对黄茂林本的简化在语法和内容两个层面上同时展开。笔者认为戈达德对黄茂林译本的简化一方面使译文更加简洁、流畅，符合西方人的阅读习惯，但另一方面，也使黄译本译文中一些有价值的内容流失不少，这对黄译本乃至对《坛经》内容原意也造成了一些伤害。

　　纵观戈达德对慧能的研究以及其对黄茂林本《坛经》的改写，我们可以做如下的一些总结：

　　首先，戈达德早在 1932 年，即第一个《坛经》的英译本在中国上海出版短短两年之后就将其引入美国并编入到《佛教圣经》中出版，这对美国的《坛经》研究具有开创性的意义。1932 年版《佛教圣经》虽然以"佛教"这一宽泛的称谓为名，但实际上这部作品的内容都是关于禅宗的。全书内容的纲领是戈达德撰写的"早期的禅宗史"一文，书中所选编的《楞伽经》《金刚经》《般若波罗蜜多心经》《六祖坛经》等四部经典都是禅宗根本的，或与禅宗教义密切相关的经典。或许与该书引人关注的书名有关，《佛教圣经》一经出版之后，很快引起了美国学术界、宗教界和文化界的关注，在不同的时代一版再版，内容上也有不小的扩充。这部作品对美国社会的影响是深远而广泛的，凯鲁亚克、加里·斯奈德等美国作家都阅读过这部作品并从中汲取禅宗精神的养分。美国学术界后来对禅宗、对慧能和《坛经》的研究也经常提及或者引用这部作品的内容。因此可以说，戈达德对于慧能和《坛经》研究有其不可忽视的历史贡献。

其次，戈达德的人生经历和思想来源比较复杂，他的人生以工程师为起点，继而成为一名基督教神职人员，后来又产生了对佛教、乃至道教的兴趣。种种宗教因素汇聚在他一个人身上，这无疑造成了戈达德思想的芜杂和多面性。戈达德对慧能的历史地位给予了充分的肯定，他对慧能的评价大概是西方人士中最早的。戈达德对慧能禅法特点的总结尽管大部分停留在外在表现上而没有深入精神实质，但这些总结本身是准确的。这也显示了戈达德对《坛经》内容的熟稔。然而，戈达德认为慧能受道教影响甚深的观点却存在不小的问题。他的这一看法，从根本上讲只是一种猜测，其根源在于戈达德从《坛经》中读出了一些他所熟悉的道教思想的蛛丝马迹。上文已经做过分析，《坛经》在历史演变的过程中，确实有可能加入了一些道教的因素，但却不能据此判断慧能本人受过道教的影响。戈达德的看法，并非建立在严谨的文献考证之上，这也许和他在那个时代掌握的禅宗文献及其他历史资料不充分有关。

再次，戈达德对《坛经》黄茂林译本的改写，存在很多的问题。戈达德的改写是多方面的，既有对黄茂林译本内容的删减，也有对《坛经》原文结构的大幅度调整；既有对黄译本语言层面的简化，也有对相当多黄译本核心词汇的改译（其中很多改译并不成功）。如果比对经过戈达德改写之后的译文和《坛经》原文，人们会发现，两者之间已经出现了巨大的差异。可以说，戈达德对黄茂林译本《坛经》的改造带有相当大的随意性，这种随意性或多或少地反映出西方人最初接触来自东方异质文化宗教经典时的态度。一方面，他们对截然不同于西方基督教体系的东方宗教经典在极大的兴趣；另一方面，又对其中的"陌生性"存在顾虑，从而流露出将其转化为自己所熟悉内容的倾向。

总之，戈达德的《佛教圣经》第一次将《六祖坛经》的内容呈现在美国人的面前，从而解开了美国学术界《六祖坛经》研究的序幕。但从戈达德对慧能的评述来看，他的研究还欠缺深度，也谈不上系统性和科学性。此外，他对黄茂林译本《坛经》的改写也太过随意和感性。时至今日，戈达德的改写本已经湮没在各种《坛经》研究的文献中了，而黄茂林的译本，仍然是英语世界《坛经》研究中必不可少的材料。因此可以说，他对黄译本的改写并不成功。尽管如此，我们对他对慧能研究的再研究以及对其改写本的审视仍然是有价值的，在这个过程中，我们可以体会《六祖坛经》最初进入美国时西方学者对它的内容及思想的态度，从而找到一种宗教经典最初进入另一种文化土壤时所经历的"被变异"过程的各种痕迹。

鲁思·富勒·佐佐木（Ruth Fuller Sasaki，1892-1967）是继德怀特·戈达德之后，美国佛教发展史上的又一个重要人物，她对美国《六祖坛经》研究领域的发展，也做出过重要的贡献。

鲁思·富勒·佐佐木原名鲁思·富勒（Ruth Fuller），出生于美国芝加哥的一个富裕家庭，自幼对语言和音乐都颇有天分。1923 年至 1924 年间鲁思和女儿一起到纽约州奈亚克的一家乡村俱乐部疗养，在此期间产生了对东方哲学与宗教的兴趣，并于 1927 年至 1929 年间进入芝加哥大学学习梵文和印度哲学。1930 年，鲁思在赴日本的旅行中遇到了铃木大拙，后者给予了她禅修方面的基本指导。1932 年，鲁思再度赴日本，正式拜入京都临济宗南禅寺的南针轩禅师门下修习禅学。1957 年，鲁思在日本京都组建了一个佛教研究和翻译的团队，聘请了当时许多一流学者一起工作。其中日本学者有入矢义高、金関寿夫和柳田圣山；美国学者有华兹生（Burton Watson）、菲利普·扬波斯基（Philip Yampolsky）和加里·斯奈德（Gary Snyder）。从 1959 至 1963 年间，这个团队陆续出版了一些书籍，如《禅：一种宗教》（*Zen: A Religion*）、《禅：一种宗教觉醒的方法》（*Zen: A Method for Religious Awakening*）等等。然而好景不长，1961 年鲁思指责扬波斯基剽窃团队研究成果并将其辞退，这导致了华兹生和斯奈德的先后辞职。[26]其余的三位日本学者在鲁思的主持下继续工作，先是完成并出版了了介绍禅宗公案历史及临济宗公案研究的著作《禅尘》（*Zen Dust*）（1967 年在美国出版），之后又翻译出版了唐代禅僧的语录《临济录》（鲁思去世 8 年后的 1975 年出版）。

1952 年，鲁思将德国学者、基督教神父海因里希·杜默林（Heinrich Dumoulin）用德语所著的《无门关：六祖之后中国的禅宗发展》（*The Development of Chinese Zen After the Sixth Patriarch in the Light of Mumonkan*）

---

26 Isabel Sterling. Zen Pioneer: The Life and Works of Ruth Fuller Sasaki[M]. Shoemaker & Hoard. 2006. pp. 115-116.

翻译成英文，并添加了若干注释，其中有一些注释与慧能和《坛经》直接相关。这继戈达德之后，美国本土学者进行《坛经》研究的又一早期实践。

《无门关：六祖之后中国的禅宗发展》的作者杜默林神父是在西方学者中，比较早开始对禅宗和慧能进行研究的一位。他于 1935 年赴日本传教，其后开始接触神道和佛教，并开始了对佛教和禅宗的研究。1950 年代以后，他出版了一系列重要的作品，包括《无门关：六祖之后中国的禅宗发展》《禅佛教史》（*A History of Zen Buddhism*）、《基督教与佛教相遇》（*Christianity Meets Buddhism*）、《现代世界的佛教》（*Buddhism in the Modern World*）、《禅的觉悟之道》（*Zen Enlightenment: Origins and Meaning*）、《二十世纪禅佛教》（*Zen Buddhism in the Twentieth Century*）、《禅佛教的历史：卷一 印度与中国》（*Zen Buddhism: A History: Volume 1 India and China*）、《禅佛教的历史：卷二 日本》（*Zen Buddhism: A History: Volume 2 Japan*）等。

鲁思·富勒·佐佐木翻译并添加注释的《无门关：六祖之后中国的禅宗发展》在 1953 年由纽约的美国第一禅堂出版。这本书介绍了禅宗从六祖慧能以后到宋代僧人无门慧开的发展以及禅宗分化为五家七宗的详细情况。[27]在这本著作中特别值得我们注意的是鲁斯·富勒·佐佐木所作的三则注释。

第一则注释出现在第 4 页，内容如下：

> 大鉴慧能禅师（638-713），即六祖慧能，他起初是一个以卖柴为生的普通人，后来受教于中国禅宗五祖弘忍。有关他的故事，诸如与黄梅五祖寺首座神秀心偈的比试，夜半继承五祖弘忍的衣钵，以及最后成为南禅宗无可争议的领袖等等，在禅宗的历史上广为人知。可以说，中国禅宗是从慧能开始的。在他之前的五位祖师的禅法包含了许多印度佛教的特点。是慧能使佛教的这一流派完成了真正中国化的转变。[28]

以上这则注释虽然简短，但却传达了这样的信息：以鲁斯·富勒·佐佐木为代表的美国学者对慧能的生平情况及其在中国禅宗史上的重要地位已经有了详细的了解。

第二则注释和《坛经》的翻译有关。这则注释提到，E. Rousselle 将《六

---

27 Carson Chang. Far Eastern Quarterly. May 1, 1954; 13, 3. p341.

28 Heinrich Dumoulin, S.J. The Development of Chinese Zen after the Six Patriarch in the Light of Mumonkan. Translated by Ruth Fuller Sasaki. New York: The First Zen Institute of America, Inc. 1953. p4, fn7.

祖大师法宝坛经》前六品译为德语发表在 *Sinica*（《中国学》）杂志 1930 年第 5 卷，1931 年第 6 卷，1936 年第 11 卷以及 1931 年的《中德年鉴》上。同时，这则注释还提到了 1929 年上海出版的黄茂林英译本《坛经》。[29]这是美国学术界对《坛经》翻译有所关注的非常早的一个记录。

第三则注释与禅宗的重要概念及思想有关。《无门关：六祖之后中国的禅宗发展》一书第 13 页提及百丈怀海和南泉普愿从马祖道一处得"心印"。鲁斯·富勒·佐佐木对"心印"这个概念进行了注释，具体内容如下：

> 传统上认为禅宗代代祖师传与其弟子的"心印"为经书之外的别传，没有文字可以涵盖其义。这种传承出自慧能大师《法宝坛经》中的"以心传心"，所传之"心"即为"佛心"，因此禅宗也叫"佛心宗"。当一位禅师将这种传承的认可授予弟子——也就是说认为这位弟子已经获得了与他相同的智慧知见——并且接受其为自己的法嗣，就可以说这位禅师传"心印"或"佛心印"、"祖师心印"。[30]

从这个注释中可以看出，鲁思·富勒·佐佐木对禅宗的"教外别传"、"不立文字"、"以心传心"等重要思想已经有了相当深入的了解。

如果说上述鲁思·富勒·佐佐木对《无门关：六祖之后中国的禅宗发展》所做的注释中涉及《六祖坛经》研究的内容还不够多，那么她于 1960 年发表在《东西方哲学》杂志的《禅宗著作翻译目录》（A Bibliography of Translations of Zen (Ch'an) Works）[31]这篇文章，则可以被视为她本人对美国《六祖坛经》研究的最大贡献。

《禅宗著作翻译目录》列出了到 1960 年为止被翻译成英、法、德三种语言的中日两国各种禅宗典籍，总数有 20 种之多，鲁思按其出现年代由远及近的次序将这些文献排列如下：一《信心铭》、二《六祖坛经》、三《证道歌》、四《神会和尚遗集》、五《荷泽大师显宗记》、六《南阳和上顿教解脱禅门直了

---

29 Heinrich Dumoulin, S.J. The Development of Chinese Zen after the Six Patriarch in the Light of Mumonkan. Translated by Ruth Fuller Sasaki. New York: The First Zen Institute of America, Inc. 1953. pp10-11. fn29.

30 Heinrich Dumoulin, S.J. The Development of Chinese Zen after the Six Patriarch in the Light of Mumonkan. Translated by Ruth Fuller Sasaki. New York: The First Zen Institute of America, Inc. 1953. p13, fn32.

31 Ruth Fuller Sasaki. A Bibliography of Translations of Zen (Ch'an) Works[M]. Philosophy East and West. Vol. 10, No. 3/4 (Oct., 1960 - Jan., 1961), pp.149-166.

性坛语》、七《顿悟入道要门论》、八《黄檗传心法要》、九《沩山灵佑禅师语录》、十《镇州临济慧照禅师语录》、十一《抚州曹山本寂禅师语录》、十二《碧岩录》、十三《十牛图颂》、十四《无门关》、十五《普劝坐禅仪》、十六《正法眼藏随闻记》、十七《坐禅用心记》、十八《博山和尚参禅惊语》、十九《夜船闲话》、二十《铁笛倒吹》。在这些禅宗典籍中，除《六祖坛经》本身之外，《神会和尚遗集》《荷泽大师显宗记》《南阳和上顿教解脱禅门直了性坛语》都和《坛经》有极为密切的关联，是《坛经》和慧能研究的最重要的一些材料。为了更直接地还原鲁思·富勒·佐佐木对《坛经》翻译情况所作的总结，现将她文章中这一部分的原文摘录如下（方括号内的汉字内容为笔者所加）：

Ⅱ. *LIU-TSU-T'AN-CHING* [《六祖坛经》] (Japanese, *Rokuso dankyō*). The "Platform Sūtra of the Sixth Patriarch" is the most important early Zen work. It consists of the discourses of Hui-neng (Japanese, Enō) (638-713), together with some biographical material, recorded by the patriarch's disciple Fa-hai (Japanese, Hōkai). The two available versions of it are:

A. *Nan-tsung tun-chiao tsui-shang ta-ch'eng Mo-ho pan-jo po-lo-mi ching Liu-tsu Hui-neng ta-shih yu Shao-chou Ta-fan-ssu shih-fa t'an-ching* [南宗顿教最上大乘摩诃般若波罗蜜经六祖惠能大师于韶州大梵寺施法坛经] (Japanese, *Nanshū tongyō saijō Daijō Maka hannya haramitsu kyō ni tsuite Rokuso Enō Daishi ga Shōshū Daibon-ji ni oite sehō seru dankyō*), *Taishō* [《大正藏》] No. 2007 (Vol. XLVIII, pp. 337a-345b). A manuscript found in the caves at Tun-huang (Japanese, Tonkō) and known as the Tun-huang version [敦煌本]. It is in on *chüan*; the text runs consecutively, with no divisions. Excerpts only have been translated.

1. "Platform Sūtra of the Sixth Patriarch," translated by Wing-tsit Chan [陈荣捷], in *Sources of Chinese Tradition*, edited by Wm. Theodore de Bary (New York: Columbia University Press, 1960), pp. 390-396. A series of short passages arranged in their original sequence and comprising in all about one-sixth of the total text.

2. "From Hui-neng's Tan-ching," translated by D. T. Suzuki[铃木

大拙], in Manual of Zen Buddhism [《禅佛教手册》], pp. 82-89. The translator has used as his basic text the Tun-huang version as edited by himself and Kuda Rentarō [公田连太郎]: Tonkō shutsudo Rokuso Dankyō [《敦煌出土六祖坛经》] (Tokyo: Morie Shōten, 1934), 64 pages. Two long sections totaling almost one-sixth of the text have been beautifully translated: on the meaning of *mahāprajñāpāramitā, Taishō* No. 2007 (Vol. XLVIII, pp. 339c.22-340c.3), and the Master's farewell talk to his disciples (loc. Cit., 343c.14-344a.15).

B. Liu-tsu ta-shih fa-pao t'an-ching [《六祖大师法宝坛经》] (Japanese, Rokuso Daishi hōbō dankyō), Taishō No. 2008 (Vol. XLVIII, pp. 345b.18-365a.4). This text, compiled in 1291 by Tsung-pao [宗宝] (Japanese, Shūhō), opens with the preface to the Sung (960-1279) edition of the Sūtra, a version long lost, by Ch'i-sung [契嵩] (Japanese, Kaisū) (1007-1072), and concludes with an appendix, a biography of Hui-neng collected by Fa-hai and others, and a postface by the compiler. The body of the text, in one chüan, is divided into ten sections, each with a title.

In his postface, Tsung-pao states that, by the Yüan period texts of the Sūtra had long been out of circulation or lost. One day, he happened by chance upon a copy of the book. Further search resulted considerably from one another, he undertook to collate them. Then deciding that additional material was necessary to make the text understandable to readers of his day, nearly 600 years after the death of the Sixth Patriarch, he expanded the body of the collated text and added to it the preface and appendix. Unfortunately, he does not say what texts he used for collation or indicate what portions of the finished work were his own added material. It is Tsung-bao's text that has been continuously in use in the Zen schools of China and Japan since the Yuan Dynasty, for, until the discovery of the Tun-huang version, no other was in general circulation.

Though the Tun-huang version and the body of the Yuan text more or less parallel one another, the Tun-huang text is only about two-thirds the length of the Yuan. A careful comparision of the two should give a clearer indication of just what the Sixth Patriarch's Zen actually was in middle T'ang (618-907) and to what degree it had been developed by the time Tsung-pao took it in hand. In the books mentioned below, only the body of the Yuan version is translated. None includes the preface, appendix, or postface.

1. *Sūtra Spoken by the Sixth Patriarch Wei Lang on the High Seat of the Gem of the Law*, translated by Wong Mou-lam ［黄茂林］ (Shanghai: Yu Ching Press, 1930). I do not have at hand a copy of the original publication, but the abbreviated "Preface" and "Translator's Preface" included in No.3 (below) state that the work was undertaken by Wong at the request of his teacher and patron, Dih Ping Tze ［狄平子］, who desired to have this Sūtra translated into a European language in order that the message of Zen might be transmitted to the West. Wong keenly regrets his incompetence, since neither his linguistic task requested of him by his teacher. The original translation clearly shows Wong's devout heart but leaves much to be desired as a translation of the material.

2. "Sūtra Spoken by the Sixth Patriarch," edited by Dwight Goddard, in *A Buddhist Bible*, revised and enlarged, edited by Dwight Goddard (New York: E. P. Dutton & Co., 1938), pp. 497-561. Goddard's version is based upon the translation made by Wong (No. 1, above). However, the original sequence of the ten sections has been changed, the text shortened, the material somewhat reorganized, and whole sentences paraphrased. All this has been done in accordance with the editor's avowed intention, stated in his preface to the *Bible*, to produce a book that should be a "source of spiritual inspiration," rather than a "source book for critical and historical study." This version of the translation suffers from the editor's limited knowledge of Chinese language and his dependence upon personal intuition rather than scholarship. It cannot be used as a text for serious study of Zen.

3. *The Sūtra of Wei Lang (or Hui-neng)*, translated from the Chinese by Wong Mou-lam. New edition edited by Christmas Humphreys (London: Luzac and Company, for the Buddhist Society, London, 1944), 128 pages. The editor of this version of the *Sūtra* has "scrupulously avoided any re-writing or even paraphrasing (of Wong's text)... but confined himself to a minimum of alterations." Thus we have in this book practically a reprint of the original Chinese publication. The reader becomes somewhat wary of even the editor's "alterations," however, after reading in the preface his reason for changing Wong's "Gem of the Law" in the title to "Chariot of the Law". A glance at the title of the *Taishō* text would have shown the editor that Wong's rendering of the Chinese "*pao*" as the Sanskrit "*ratha*" was either a typographical error or a mistaken spelling of "*ratna*".

We must still wait for a scholarly and penetrating English translation of this work, in which the words of the real founder of the Zen school in China are recorded. In the meanwhile, Western readers should take care not to place too much dependence upon these existing translations of the Yuan version. In this, as in other cases, they would do well to inquire into the qualifications of translators and editors.

4. "Sūtra des Sechsten Patriarchen," German translation by E. Rousselle as follow:

Chap.I: *Sinica*, Vol. V (1930), pp. 174-191.

Chap. II: *Chinesisch-Deutscher Almanach* (1931), pp. 76-86

Chap. III: *Sinica*, Vol. VI(1931), pp. 26-34.

Chap. IV and V: *Sinica*, Vol. XI(1936), pp. 3-4, 131-137.

Chap.VI: *Sinica*, Vol. XI(1936), pp. 5-6,202-211.

The present compiler has been unable to obtain a copy of this translation for examination.[32]

---

32 以上内容摘录自：Ruth Fuller Sasaki. A Bibliography of Translations of Zen (Ch'an) Works[J]. Philosophy East and West, Vol. 10, No. 3/4 (Oct., 1960 - Jan., 1961), pp. 149-166.

　　鲁思·富勒·佐佐木的上述研究是到 1960 年为止，针对《六祖坛经》英译的最为详细的一个总结，更为难能可贵之处是，她不仅仅总结了敦煌本和宗宝本《坛经》的翻译情况，还对译者们翻译进行了分析和评价。她的这个研究，可以说是《坛经》英译研究最早的起步。从上面的这段材料中，我们能够得到很多有价值的信息。首先，我们可以看到，鲁思·富勒·佐佐木注意区分了敦煌本《坛经》和宗宝本《坛经》，并将它们各自的英译本分开介绍，这是比较科学、严谨的做法。对于敦煌本《坛经》的节译情况，通过鲁思·富勒·佐佐木详细的介绍，我们得以知道在 1963 年圣琼斯大学出版社出版完整的敦煌本《坛经》之前三年，哥伦比亚大学出版社出版的《中国源典》（*Sources of Chinese Tradition*）中就已经收录了陈荣捷所译敦煌本《坛经》的部分内容。由此可见，陈荣捷应在在 1960 年以前就开始了敦煌本《坛经》的翻译，呈现在《中国源典》中的内容应该是美国本土学者《坛经》翻译最早的记录。实际上，陈荣捷本人也在其 1963 完整的敦煌本《坛经》英译本的致谢部分也有所提及："哥伦比亚大学出版社允许我使用狄百瑞和我自己编辑的《中国传统资料选编》中所译《坛经》的部分内容（第 3，4，9，12，13，16，17，41 节和 6-8，18，19，30 节），对此我表示感谢。"[33]

　　对于铃木大拙所翻译的第 23-30 节关于"般若波罗密多"的内容和第 48 节的《真假动静偈》，鲁思·富勒·佐佐木的评价十分简练：两部分内容占《坛经》全文的将近六分之一，其译文十分优美。（Two long sections totaling almost one-sixth of the text have been beautifully translated）

　　对于宗宝本《坛经》及其翻译情况，鲁思·富勒·佐佐木首先详细地介绍了宗宝于 1291 年所编《坛经》的结构：正文的前面有宋代僧人契嵩所写的序言（《六祖大师法宝坛经赞》：笔者注），正文之后的附录中有法海等人编撰的慧能的传记（《六祖大师缘起外记》）和宗宝撰写的跋（《六祖大师法宝坛经跋》），正文部分分为十品，各自有其标题。[34]之后，鲁思指出："尽管敦煌本大约只有元代版本三分之二的长度，但两者的体部分或多或少有所重合，对两个版本的仔细比较可以对中唐时期的六祖禅法获得更清晰的认识，也可以

33 Chan, Wing-tsit. The Platform Scripture: the Basic Classic of Zen Buddhism[M]. New York: St. John's University. 1963. VIII.

34 Ruth Fuller Sasaki. A Bibliography of Translations of Zen (Ch'an) Works[J]. Philosophy East and West, Vol. 10, No. 3/4 (Oct., 1960 - Jan., 1961), p.151.

借此了解六祖禅法到了宗宝的时代在多大程度上发生了变化。"[35]最后，鲁思对宗宝本《坛经》的三个英译本进行了介绍与总结。由于鲁思在撰写这篇文章的时候手头并没有获得黄茂林译本的原件，只能通过克里斯玛·韩福瑞（Christmas Humphreys）1944年在伦敦出版的黄茂林译本改写本的译者前言对这个译本作一个感性的判断，她认为黄茂林在翻译中怀有"虔诚之心"。[36]对于戈达德在黄茂林译本基础上的改写本，鲁思认为戈达德对黄译本做出的所有改造都来自于戈达德在《佛教圣经》的序言中所说的，他的意图是"要创造一本精神启示之源泉，而非一本历史研究与批评的材料"。对于戈达德对黄茂林本译文的改写，鲁思是不满意的。她认为："编者（戈达德）中文知识有所欠缺，同时过于依赖个人直觉而非学术知识，这个译本因此失色不少。所以，它不能算是一个严肃的禅学研究的文本。"[37]对于韩福瑞的改写本，鲁思认为，尽管韩福瑞声称他非常谨慎地避免对黄茂林译文的任何改写与阐释，只做最小程度的改变，但当读到韩福瑞在序言中对解释他将黄茂林译本的"Gem of Law"（法宝）改成"Chariot of the Law"（法的战车）时，读者没法不对韩福瑞的说法有所怀疑。韩福瑞明显是将汉语的"宝"所对应的梵文 ratna（译为珍宝）错误地看成了梵文 ratha（战车）。[38]（对于这个错误，韩福瑞在其后来再版的译文中给予了纠正，将 Chariot of the Law 改作 The Treasure of the Law）鲁思对宗宝本译本的总结上，还有一点值得赞赏，那就是，她并不只总结了宗宝本《坛经》的英语译本，还介绍了德国人 E. Rousselle 的德语节译，这表明鲁思的研究具备了世界性的眼光。

鲁思·富勒·佐佐木在《无门关：六祖之后中国的禅宗发展》一书英译本的几则注释中对慧能和禅宗"心印"的介绍尽管简短，但却清晰无疑地体现出她对有关慧能的史料以及禅宗传承方面史料的熟悉程度。她对到1960年为止敦煌本《坛经》和宗宝本《坛经》英译本的总结，及各个译本的评述，更是具有极为重要的文献参考价值。从鲁思·富勒·佐佐木对《无门关：六祖之

---

35 Ruth Fuller Sasaki. A Bibliography of Translations of Zen (Ch'an) Works[J]. Philosophy East and West, Vol. 10, No. 3/4 (Oct., 1960 - Jan., 1961), p.152.

36 Ruth Fuller Sasaki. A Bibliography of Translations of Zen (Ch'an) Works[J]. Philosophy East and West, Vol. 10, No. 3/4 (Oct., 1960 - Jan., 1961), p.152.

37 Ruth Fuller Sasaki. A Bibliography of Translations of Zen (Ch'an) Works[J]. Philosophy East and West, Vol. 10, No. 3/4 (Oct., 1960 - Jan., 1961), p.153.

38 Ruth Fuller Sasaki. A Bibliography of Translations of Zen (Ch'an) Works[J]. Philosophy East and West, Vol. 10, No. 3/4 (Oct., 1960 - Jan., 1961), p.153.

后中国的禅宗发展》的注释和她的《禅宗著作翻译目录》中我们看到，她的研究在深度和专业性方面，已经远远超过了戈达德。或者我们还可以说，尽管戈达德第一个将《坛经》英译本改写后引入美国，但也许到了鲁思·富勒·佐佐木，美国的《坛经》研究才真正地具备了"研究"的属性。

艾伦·瓦茨是继戈达德和鲁思·富勒·佐佐木之后另一位研究《坛经》较有影响力的早期美国学者。艾伦·瓦茨（Alan Watts，1915-1973）生于英国伦敦，后于 1938 年移居美国。他先是在芝加哥当了几年圣公会牧师，后来离开芝加哥到纽约接受禅修的训练。在此期间，曾追随旅居美国的铃木大拙学习禅学。艾伦·瓦茨一生的宗教信仰极为复杂，他出生于一个信仰英国国教的家庭，从年轻时期开始学习禅学，后来还对道教产生了兴趣。瓦茨也不单纯是个学者或宗教传播者，他还是一个畅销书作家，一个活跃于媒体和校园的演说家，一度还成为美国年轻人心中的反文化偶像。总之，瓦茨的人生经历之丰富，思想之多元，和鲁思·富勒·佐佐及德怀特·戈达德等早期禅宗的传播及研究者都有所区别。

1957 年，艾伦·瓦茨出版了《禅道》（*The Way of Zen*），这本书后来成为美国最为畅销的介绍禅宗的书籍之一。该书在"禅宗的兴起与发展"这一部分对慧能的生平做了一个简要的介绍，同时还引用并阐述了《坛经》部分内容。

瓦茨认为，作为弘忍的直接继承人，慧能标志着真正的中国禅宗的开始，并开启了此后 200 多年唐代禅宗的繁盛时代。[39]可见，在对慧能历史地位的评价上，瓦茨与鲁思·富勒·佐佐及德怀特·戈达德是相一致的。在对慧能的生平经历和禅学思想进行介绍之前，瓦茨提出，应该将慧能放在中国佛教大发展的历史背景之下加以考量，他写道："公元 645 年，伟大的翻译家、旅行家玄奘自印度归来，开始在长安讲说瑜伽行派的唯识法门。玄奘曾经的弟子法藏开始在《华严经》的基础上发展华严宗，禅宗也继承了华严宗的一些哲学思想。在玄奘和法藏之前的智顗撰写的关于《大乘止观法门》的那篇著名论文（指《摩诃止观》，笔者注），其中包含了天台宗的基本思想，这部著作中的很多内容和理念被慧能及其弟子所继承。"[40]

瓦茨将由慧能开始的禅宗迅速兴和隋唐佛教大发展的时代背景相结合的观

---

39 Alan Watts. The Way of Zen[M]. New York: Pantheon Books Inc. 1957. p90.

40 Alan Watts. The Way of Zen[M]. New York: Pantheon Books Inc. 1957. pp90-91.

点是比较有见地的，禅宗的发展确实如瓦茨所言吸收了佛教其他宗派的一些主张。例如，《坛经·机缘品第七》中慧能对"三身四智"的讲解，就和唯识宗"转识成智"的思想有关。又如，《坛经·般若品第二》中的"一切即一，一即一切"的思想源自佛驮跋陀罗所译之《大方广佛华严经》中《初发心菩萨功德品第十三》的偈颂，原文是"一切中知一，一中知一切"。这个思想是华严宗的重要命题，用来说明"整体与部分"或"一般与个别"之间相即不离的关系。用《华严经》的原文来说，就是"知一世界即是无量无边世界，知无量无边世界即是一世界"。再如，《坛经·忏悔品第六》中"经中分明言'自归依佛'，不言'归依他佛'"，"自皈依佛"即出自《华严经·净行品》中"自归依佛，当愿众生体解大道，发无上心"一句。天台宗与禅宗的关系也非常密切，曾受慧能印证的永嘉玄觉就"精天台止观法门"。禅宗的"定慧等观"与天台宗的"止观法门"也有相当多的共通之处。总之，瓦茨将禅宗的发展和隋唐佛家其他宗派的发展相联系，认为禅宗受其他宗派影响的看法是有其根据的。

回到《禅道》一书中有关慧能和《坛经》的内容，瓦茨首先简要地讲述了《坛经》中关于慧能经历的记载。对于慧能一闻《金刚经》心下便悟，于是赴黄梅五祖弘忍处求法，瓦茨指出："我们应该注意的是，他（慧能）的本性顿悟（satori）是自然发生的，并没有得到哪个师傅的恩惠，他的传记对他的描绘只是一个来自广东乡下的不识字的农夫。"[41]

接下来艾伦·瓦茨引述了《坛经》中神秀和慧能的那两首著名的心偈，并对神秀和慧能禅法的差异提出了自己的观点。瓦茨认为，神秀的心偈反映了中国佛教关于禅修的普遍流行的观点，即通过集中精神"净心坐禅"来达到不起于念，不着外物。从字面意义上讲，佛教和道教的许多典籍中确实存在这样的看法，认为意识的最高境界，就是心中空无一物，脱离各种思想、情感乃至感觉。这种看法，在今天的印度也仍然是"定学"的重要观念。[42]而慧能则认为心无一物之人无异于木石，并且认为看心看净的观点是错误的，因为"自性本自清净"。艾伦·瓦茨总结道："慧能的看法是，'真心'即'无心'。它既不是思想或行为的客体，也不能被掌握与控制。着力于己心的企图将导致一种恶性循环，起心看净即是被'净'所染。"[43]瓦茨认为上述

41　Alan Watts. The Way of Zen[M]. New York: Pantheon Books Inc. 1957. p91.

42　Alan Watts. The Way of Zen[M]. New York: Pantheon Books Inc. 1957. pp92-93.

43　Alan Watts. The Way of Zen[M]. New York: Pantheon Books Inc. 1957. p93.

慧能的观点显然和道教自然无为的哲学相一致，道家哲学认为如果人的状态是人为规范的结果，那他就无法真正的自由，无法真正地摆脱束缚并获得清净。[44]瓦茨比较慧能禅法与道教自然无为思想的相似之处，反映了他对禅宗和道教理论的熟稔。在这一点上，瓦茨的看法和戈达德的看法类似，但瓦茨却没有像戈达德那样直截了当地认为慧能受到道教的影响，而只是将两者进行比较。关于禅宗与道教的关系，两者在思想上的确有某些相近的地方，这种相似性在中国古代很早就有相关的历史文献提及。例如，北宋文人晁迥在其融会儒、释、道三教精华的笔记体著作《法藏碎金录》就曾把《坛经》中的"无住为本"和道家"不依一物"的思想相比较。[45]

瓦茨认为，慧能的禅法并非是"净心"或"空心"，而是"心无所住"。"心无所住"就是不执著于心中来来去去、迁延不断的各种想法和印象（念），既不压抑它们，也不坚持或者干扰它们。[46]这样的观点，可被视为瓦茨在下面引用的《坛经·般若品第二》中"来去自由，通用无滞，即是般若三昧，自在解脱，名无念行。若百物不思，当令念绝，即是法缚，即名边见"一段话的注脚。

为了说明慧能对于坐禅的观点，瓦茨引用了《顿渐品第八》中的"住心观静，是病非禅；长坐拘身，于理何益？"以及《坐禅品第五》中的"起心著净，却生净妄……何名坐禅？此法门中，无障无碍，外于一切善恶境界，心念不起，名为坐"两段内容。瓦茨认为："慧能反对空心静坐的错误禅法，他把真空（Great Void）比作能容纳日月星辰的虚空。真正的禅就是认识到自己的本性像虚空一样，各种思维和感觉在这种'本心'中像划过天空的飞鸟一般来去自由，不留痕迹。"瓦茨还总结了慧能对"顿悟"的看法。他指出："在慧能的宗派里，'领悟'是'顿时'的。这种'顿悟'属于上根上智之人，而非小根小智之人。后者必须经过长时间的渐修，而六祖的法门不承认

44　Alan Watts. The Way of Zen[M]. New York: Pantheon Books Inc. 1957. p93.

45　《法藏碎金录》卷九：吾今自集无住之法：《金刚经云》：不应住色生心，不应住声香味触法生心，应生无所住心。又《传灯录》有说金刚齐菩萨云：我不依有住而住，不依无住而住，如是而住。又《坛经》六祖云：我法以无住为本。又《坐忘论枢翼》云：不依一物，而心常住。如此类例，固难具引，且从此四者备矣。一以贯之，随时随处，不计情之休戚舒惨，即当径入无住之法，如升太虚空中，无碍自在，久久如初，不用较量，应验之功耳。

46　Alan Watts. The Way of Zen[M]. New York: Pantheon Books Inc. 1957. p93.

阶段性的进步。从根本行讲，领悟就是彻底的领悟，没有部分或等级之分，佛性不是一点一滴获得的。"[47]从上述瓦茨对《坛经》内容的阐发，我们可以清晰的看到，他对《坛经》中的"无念"、"无住"等核心观念已经有了较为深刻的认识，对慧能"顿悟"的禅法特点也有比较深入的了解。

随后，瓦茨引用了《付嘱品第十》中的"若有人问汝义，问有将无对，问无将有对，问凡以圣对，问圣以凡对。二道相因，生中道义。如一问一对，余问一依此作，即不失理也。"瓦茨认为上述慧能对弟子最后的教导中包含了后来发展成为禅宗"问答传道（mondo）"的有趣线索。[48]

最后，瓦茨介绍了慧能于713年圆寂之后，禅宗停止一脉单传，逐渐开枝散叶的情况。瓦茨认为慧能的五个弟子继承了他的传统：怀让（？-775）、青原（？-740）、神会（668-770）、玄觉（665-713）、慧忠（677-744）。[49]瓦茨认为南岳怀让、青原行思等五位弟子继承了慧能禅法的这个观点，基本上可以肯定是受到了中国禅宗自古以来的慧能门下"五大宗匠"这种说法的影响。在对继承慧能禅法的五个弟子的介绍中，有两个地方比较有意思，值得特别说明一下。第一，瓦茨记混了怀让和慧忠的生卒年。经笔者查证，南岳怀让的生卒年是（677-744），而南阳慧忠则于775年圆寂。这或许是瓦茨的一个笔误。第二，瓦茨在这个地方加了一个脚注，注释的内容和唐代禅师名称由来的复杂情况有关。透过这个注释，我们可以对上世纪美国学者研究禅宗文献所面临的复杂情况了解一二，现将这个注释的内容原文抄录如下：

> A state of total confusion prevails among writers on Zen as to the naming of the Great T'ang master. For example, Shen-hui's full name is Ho-tse Shen-hui, of which the Japanese pronunciation is Kataku Jinne. Shen-hui is his monastic name, and Ho-tse designates his locality. Japanese writers usually refer to him as Jinne, using the personal monastic name. On the other hand, Hsüan-chüeh is Yung-chia Hsüan-chüeh, in Japanese Yoka Genkaku. But the Japanese writers usually employ his locality name, Yoka! On the whole, Suzuki uses locality names and Fung Yu-lan monastic names. Suzuki sometimes gives the

---

47 Alan Watts. The Way of Zen[M]. New York: Pantheon Books Inc. 1957. p94.
48 Alan Watts. The Way of Zen[M]. New York: Pantheon Books Inc. 1957. p94.
49 Alan Watts. The Way of Zen[M]. New York: Pantheon Books Inc. 1957. p95.

Japanese form, and sometimes the Chinese, but uses a somewhat different way of Romanizing the Chinese than Fung (or rather Bodde, the translator). Lin-chi I-hsüan (Rinzai Gigen) appears in Suzuki mostly as Rinzai and sometimes as Lin-chi, but in Fung he is Yi-hsüan! Dumoulin and Sasaki make some attempt at first sight to distinguish Chinese from Japanese individuals. Thus anyone who studies Zen from other than the original sources is confronted with a situation which makes historical clarity extremely difficult. Suzuki has been so widely read that most Western students of Zen are familiar with his usage, however inconsistent, and I do not want to confuse them further by such an attempt at consistency as calling Hui-neng by his locality name Ta-chien. All I can offer is an index giving all the names. To make matter worse, there is also much confusion with respect to dates. For Shen-hui, Fung gives 686-760, Gernet 668-760, and Dumoulin and Sasaki 668-770.[50]

透过瓦茨的这则注释，我们可以很好地了解西方研究者在阅读研究早期的研究者用西方语言写作的禅宗研究文献时遇到的一些困难和困惑。瓦茨首先提到的一点是，唐代一些著名禅师的称谓就会引起一些混乱。例如，菏泽神会中文发音的英文书写方式是 Ho-tse Shen-hui，按日语发音的英文书写就成了 Kataku Jinne；又如永嘉玄觉（Yung-chia Hsüan-chüeh）按日语发音就成了 Yoka Genkaku。铃木大拙总体上倾向用其所在的地名来称呼某个禅师，如将临济义玄称为 Rinzai（有时也称其为 Lin-chi）；而冯友兰则称呼法名，如将临济义玄称为 Yi-hsüan。瓦茨自己的方式是对禅师统一称呼其法名，例如称呼慧能（Hui-neng），而非大鉴（Ta-chien）。当然，瓦茨在这里又出现了一个问题，"大鉴"是慧能的谥号，而非地名。从上面这段文字中，还可以看出，瓦茨遇到的另外一个问题是，很多研究著作中的日期也有混乱和不一致的地方。例如神会的生卒年，冯友兰的著作（《中国哲学简史》，笔者注）里是（686-760），谢和耐的著作（《菏泽神会禅师（668-760）语录》，笔者注）里是（668-760），而鲁思·富勒·佐佐木（指鲁思翻译自杜默林的《无门关：六祖之后中

50 Alan Watts. The Way of Zen[M]. New York: Pantheon Books Inc. 1957. p95. fn.23.

国的禅宗发展》，笔者注）则将神会的生卒年定为（668-770）。对艾伦·瓦茨造成困惑的中文发音和日语发音的英文书写问题，在很大程度上是一个历史遗留问题。美国学术界早期的禅宗研究由于受日本学术界的影响很大，所以对一些典籍名称和禅僧名字经常使用日本式发音的英文书写，但随着越来越多的学者具备了直接阅读中文文献的能力，他们逐渐倾向于使用汉语发音的英文书写方式，这个趋势在近些年越来越明显。至于一些日期上的不一致，主要是由于大量的禅宗典籍中往往存在一些出入和记载不确切所导致的。艾伦·瓦茨以一种坦诚而又细致的方式呈现了他在研究中所遇到的一些问题，这让我们从一个侧面对早期美国学者的禅宗研究有了一个感性的认识。

纵观瓦茨在《禅道》中对慧能的介绍和对《坛经》部分内容的阐述，尽管在他的这本著作中有关慧能和《坛经》研究所占的篇幅并不多，研究深度上也有所欠缺，但却从一个侧面反映了美国二十世纪 50 年代的《坛经》研究的实际状况。瓦茨的研究有如下一些突出的特点：

第一，瓦茨对慧能和《坛经》的研究都不局限于对象本身，而是将其放置在具体的历史背景之下，并和其他宗教理论相比较。这样的研究方法，为后来的美国学者广为继承，日后成为美国学术界慧能和《坛经》研究的一大特色。

第二，瓦茨的研究注意分析、阐发《坛经》的思想内涵，对《坛经》中的核心概念和内容展开深入的探究。这种研究方法是值得我们关注的，在这一点上，瓦茨的方法和鲁思·富勒·佐佐木有显著的不同，后者明显更倾向于材料的分析和整理。如果说鲁思·富勒·佐佐木的慧能和《坛经》研究主要集中在"外部"，那么瓦茨的研究则具有明显的"向内"的倾向。

第三，瓦茨对慧能和《坛经》的研究，明显受到日本如铃木大拙和中国学者如胡适和冯友兰的英文著作的影响，这一点在他《禅道》一书中的许多内容和注释中都可以找到充分的证据。

第四，瓦茨《禅道》不单纯是一部研究性的著作，它还是一本在当时及以后被广泛阅读的畅销书。甚至可以说，这本书是此类介绍禅宗的作品中影响最为广泛的一本。这本书不但具有较高的学术水准，它的语言也相当流畅、简洁，富有文学性和诗意，很容易引起读者的共鸣。对于瓦茨的这种文体风格，许多美国学者都给予其甚高的评价。例如，夏威夷大学的哈罗德·麦卡锡在《禅道》出版之后就在一篇书评里写道："瓦茨的这部作品，从形式上看，几乎是一部清晰、明朗让人产生阅读愉快感的典范。书中的引用的内容（有散文也有诗）都经过了仔细、审慎的选择，与所要分析的内容联系密切。书中提供的脚注对读者有帮助而又不卖弄。在作者认为有必要使用术语的地方，对所用的术语都加以流畅的解释。全书总体的脉络协调而又富有逻辑性，没有一页内容是无聊或者混乱的。"[51]这个评价也解释了为什么瓦茨的这本书为何一经出版就引起了美国学术界和文化界的广泛兴趣之原因。

总的说来，尽管瓦茨的《禅道》中涉及慧能和《坛经》的内容不多，而且还有几处存在问题的地方，但这些内容却写的生动有趣，引人入胜。不仅如此，瓦茨注重探讨《坛经》内在精神的研究方式也为后来美国学术界《坛经》研究类似的理路埋下了一个伏笔。

二、胡适与铃木大拙之争及其影响

就在鲁斯·富勒·佐佐木翻译并出版杜默林《无门关：六祖之后中国的禅宗发展》的同一年（1953 年），胡适和铃木大拙有一场关于《坛经》和慧能的著名争论引起了美国学术界关注。[52]尽管争论的两位当事人一位是中国学者，一位是日本学者，但他们的这场争论对后来美国学术界的《坛经》和慧能研究影响深远。

胡适在《禅宗在中国——它的历史和方法》一文中对慧能的身份及经历做出了全面的考证，所使用的材料有他撰述的《楞伽宗考》[53]及校订的《神会和尚遗集》、[54]铃木大拙校订的《神会禅师语录》、[55]张说（唐代政治家、文学家 667-730）的《大通禅师碑文》（全唐文·卷二三一）、王维的《六祖能禅师碑铭并序》（全唐文·卷三二七）、柳宗元的《曹溪第六祖赐谥大鉴禅师碑》（《河东先生集》卷六，《全唐文》卷五八七）、《楞伽人法志》等等。胡适考证

---

51 Harold E. McCarthy. The Way of Zen (Book Review). Philosophy East and West; Apr 1, 1957. p.71.

52 1953 年 4 月，美国《东西方哲学杂志》在同一期刊载了胡适的长篇论文"禅宗在中国——它的历史和方法"（Hu Shih. "Ch'an (Zen) Buddhism in China: Its History and Method". Philosophy East and West Vol. 3, no. 1(Apr. 1953): pp3-24）和铃木大拙的长篇论文"什么是禅：答胡适（D. T. Suzuki. "Zen: A Reply to Hu Shih". Philosophy East and West Vol. 3, no. 1 (Apr. 1953): pp25-46）"。这两篇文章在观点和方法上呈现出截然对立的特征。

53 胡适，胡适论学近著［M］，上海：商务印书馆，1935, pp 198-238。

54 胡适，胡适校敦煌唐写本神会和尚遗集［M］，上海：上海东亚图书馆，1930 年。

55 公田连太郎、铃木大拙校订，敦煌出土菏泽神会禅师语录［M］，森江书店，1934 年。

的结论是："慧能是楞伽大师弘忍十一最为知名的弟子之一。密受真传和祖师袈裟传承者的这种说法，很可能是神会杜撰出的一个神话"。[56]从胡适的考证过程看，他重在对史料的梳理，具有明显的实证主义倾向。正如麻天祥所说："胡适研究禅宗，也可以说研究佛教史是从神会处着手的。神会生平事迹，史料真伪等的疏证是他禅宗研究的主要内容。"[57]胡适在其论文第 11 页的注释中，还对提到了黄茂林的英译本《六祖坛经》，内容如下：

A Note on *T'an-ching* 坛经. The book called *The Sutra of the Sixth Patriarch* (*Lin-Tsu T'an-ching* 六祖坛经) or *The Sutra of Hui-Neng* which has been translated into English by Wong Mou-lam under the title of *The Sutra of Wei Lang* (London: The Buddhist Society, 1944) is a work of dubious authenticity. It was probably originally composed late in the eighth century. But the original text has been greatly revised and greatly enlarged by later interpolations throughout the ages so that the current edition (on which the English translation was based) is about twice the length of the oldest text preserved in the Tunhuang caves and brought to the British Museum by Sir Aurel Stein in 1907. This earliest text is now accessible in the Taisbo Tripitaka, 2007. 48. and also in Suzuki's edition of 1934.

This earliest text contains about 11,000 Chinese characters. The current edition contains about 22,000 characters. So about half of the current edition of T'an-ching represents the interpolations and additions of the later ten centuries.

Internal evidence shows that even the oldest text of Tunhuang is made up of two parts, the second half being apparently a later addition.

What can we say of the first half—the original text—of the T'an-ching? Twenty years ago I suggested that Shen-hui was probably the author, because the major ideas contained in it were undoubtedly taken from Shen-hui's Discourses. I have since modified my earlier opinion. I

---

56 Hu Shih. "Ch'an (Zen) Buddhism in China: Its History and Method". Philosophy East and West Vol. 3, no. 1(Apr. 1953): p10.

57 麻天祥，胡适·铃木大拙·印顺——禅宗史研究中具体问题之比较［J］，佛学研究，1994 年 6 月。

now suggest that the original T'an-ching was composed by an eighth century monk, most likely a follower of Shen-hui's school, who had read the latter's Discourses and decided to produce a book of Sixth Patriarch by rewriting his life-story into the form of fictionalized autobiography and by taking a few basic ideas from Shen-hui and padding them into Sermon of Hui-neng.[58]

透过胡适的这则注释，我们可以掌握以下信息：1.胡适认为，即使是最古的敦煌本《坛经》也有相当一部分内容是后人的增补；2.胡适在 1930 年代曾经认为《坛经》原本的作者可能是神会——此前他通过考证，得出《坛经》中的大部分内容出自《神会语录》。但到 1953 年发表上面这篇论文的时候，胡适已经改变了先前的想法。他认为《坛经》原本可能出自 8 世纪神会门下读过《神会语录》的某个僧人之手。这个僧人将六祖慧能的生平用小说化的传记形式改写出来，并在其中加入了一些神会的基本思想。胡适的这则注释意义是非常重大的，因为其中包含了他对《坛经》作者之观点的一个微妙变化。出现在胡适文章注释中的这个观点的改变，还曾经被美国学者扬波斯基所提及。[59]然而，至少到 1994 年，胡适这个观点的改变很多国内学者还都没有注意到。[60]

我们再来看铃木大拙在 1953 年 4 月同一期《东西方哲学》所发表的论文对胡适的反驳。首先，铃木大拙的研究方法和胡适有着本质的不同。胡适的方式是实证的、历史的；而铃木的则强调直觉，其方式有一种宗教的、神秘主义的倾向。胡适认为："禅"可以被放到具体的历史背景中去研究，从而搞清楚其来龙去脉；铃木则认为，要了解"禅"，首先要具备对"禅"的切身体验。从某种意义上讲，胡适可以被视为"消解者"，而铃木则作为"维护者"出现。铃木指出："做为一个历史家，胡适知道禅的历史环境，但却不知道禅本身。大致上说，他未能认识到禅有其独立于历史的生命。在他对

58 Hu Shih. "Ch'an (Zen) Buddhism in China: Its History and Method". Philosophy East and West Vol. 3, no. 1(Apr. 1953): p11. note 9.

59 Philip B. Yampolsky. The Platform Sutra of the Sixth Patriarch[M]. New York: Columbia University Press. 1967. (2012 年再版本,Introduction: p98, fn 24).

60 例如，楼宇烈 1987 年的论文"胡适禅宗史研究平议"（《北京大学学报哲学社会科学版》1987 年第 3 期第 62 页）和麻天祥 1994 年的论文"胡适·铃木大拙·印顺——禅宗史研究中具体问题之比较"（《佛学研究》 1994 年 6 月第 126 页）。

禅的历史环境做了竭力的研究之后，他并没有察觉到，禅现在仍旧活着，它要求着胡适的注意，并且，设若可能，要他做'非历史性的'对待。"[61]对于慧能，铃木虽然也同意是神会对慧能地位的提升起到了极大的作用，但他对慧能的看法和胡适有着本质的区别。胡适认为，被称为"獦獠"的慧能，可能原本是一位"苦行头陀"，他也许是在质朴的乡民的生活体验中学到了通过某种顿悟的行为以及开启人类心灵智慧的可能性。[62]铃木则认为："在禅宗史中，慧能是独步的，在不止一层的意义上，把他认做是中国禅宗的初祖都完全恰当。他的教训确实是革命性的。虽然他被描绘做一个未受教育的农家子，住在远离唐代文化中心的岭南地区，他却是精神上的伟大教师，并且开启了佛学的一个新领域，推翻了在他之前的一切传统。他的教训是：禅那与般若为一（定慧一体）；何处有禅那，何处就有般若，何处有般若何处就有禅那；它们是不可分的。"[63]由此可见，在铃木看来，慧能的地位是不容质疑的，他还对胡适论文中对宗密所说"知之一字，众妙之门"的理解进行了质疑（在胡适的论文中，这句话翻译成：The one word "Knowledge" is the gateway to all mysteries.[64]）。铃木认为此处的"知"对应的是"prajna"（般若智慧），不能等同于普通意义上的"知识"。他认为："知如果——像胡适一般——被认为是知识，则一切尽失，不仅失却神会和慧能，连禅本身都失却。'知'在此处是打开禅宗一切奥秘的钥匙。"[65]

由此可见，铃木与胡适的根本分歧在于，前者以其宗教家的身份，从宗教体验的角度出发，指责后者缺少对禅宗的体验，认为后者的论证过于武断。然而，铃木大拙的论文中也并没有给出足够的证据给予胡适的质疑以足够的反驳。胡适是以一个纯粹的学者的角度出发进行论证，而铃木除了学者之外，

61 D. T. Suzuki. "Zen: A Reply to Hu Shih". Philosophy East and West Vol. 3, no. 1 (Apr. 1953): p26 此处译文出自：铃木大拙，禅学随笔［M］，香港：国泰出版社，1988. p162.

62 Hu Shih. "Ch'an (Zen) Buddhism in China: Its History and Method". Philosophy East and West Vol. 3, no. 1(Apr. 1953): p11.

63 D. T. Suzuki. "Zen: A Reply to Hu Shih". Philosophy East and West Vol. 3, no. 1 (Apr. 1953): p27 此处译文出自：铃木大拙，禅学随笔［M］，香港：国泰出版社，1988. pp163-164.

64 Hu Shih. "Ch'an (Zen) Buddhism in China: Its History and Method". Philosophy East and West Vol. 3, no. 1(Apr. 1953): p15.

65 D. T. Suzuki. "Zen: A Reply to Hu Shih". Philosophy East and West Vol. 3, no. 1 (Apr. 1953): p28 此处译文出自：铃木大拙，禅学随笔［M］，香港：国泰出版社，1988. p165.

还是一个禅宗的信仰者和实践家，这是导致两人争论的根本原因所在。对两个人的这场争论，伯兰特·佛尔总结道："争论双方的立场在很大程度上是不可撤销的：对于胡适而言，禅（Chan）仅仅是诸多宗教运动中的一个，它的开展是整个唐代政治史的一部分；然而对于铃木而言，禅（Zen）超越了历史，历史学家可以界定为还原论者。"[66]《东西方哲学》杂志在同一期推出两位著名学者的观点相反的文章，表明了美国学术界对禅宗研究的兴趣兼容。事实也证明，尽管由于胡适和铃木阐发各自观点的立场和角度有所不同，最终这场争论没有形成真正意义上的对话，但他们两个人（尤其是胡适的历史主义和文献考证的方法）都对美国后来的学术研究产生了较大的影响。例如，狄百瑞主编，哥伦比亚大学出版社 1960 年出版的《中国源典》一书在其第三部分《新道教与佛教》（Part Three: Neo-Taoism and Buddhism）第十七章介绍禅宗的相关内容中就引述并总结了胡适和铃木大拙在这场争论中各自的观点，原文如下：

　　"…Dr. Hu Shih, looking at the matter from a historical standpoint, maintains that Shen-hui was the key to the development of Ch'an i n China. On the basis of newly discovered documents and historical records, he concludes that Shen-hui, in 734, swept aside all forms of sitting in meditation and replaced it with the doctrines of 'absence of thought' and 'seeing one's original nature.' In this way Shen-hui inaugurated a new Ch'an movement which renounced Ch'an itself and is therefore not Ch'an at all. According to Hu, most of the so-called Ch'an sects in the eighth century emphasized knowledge instead of quiet-sitting. The Ch'an masters from 700-1000 taught and spoke in plain language and did not resort to enigmatic words, gestures, or acts. The apparently illogical question-and-answer method and other bizarre teachings were not so illogical or irrational as they seem, but only methods of educating men 'the hard way', so that each individual would have to make the efforts to learn for himself.

　　Dr. D.T. Suzuki agrees with Hu that Chinese Ch'an had almost

---

66　［法］伯兰特·佛尔，正统性的意欲：北宗禅之批判系谱［M］，上海：上海古籍出版社，2010，（附录二：当前英语世界的禅研究　第 242 页）。

nothing to do with the Indian practice of dhyāna (meditation). But he insists that instead of Shen-hui, it was Hui-neng who brought on the revolution, a revolution aimed at identification of wisdom (prajñā) and meditation (dhyāna). The Ch'an masters understood prajñā not as rational knowledge but as intuition. In fact it was Shen-hui's over-rational interpretation of prajñā that led to the decline of his influence on the historical development of Chinese Ch'an. Later developments such as the questions-and-answers were not rational exercises of the mind but methods conductive to prajñā intuition. Thus according to Suzuki, Ch'an is not explainable by mere intellectual analysis."[67]

应该说，上述文字呈现了胡适和铃木大拙最大的分歧——对神会地位的不同看法，也呈现了胡适重视历史文献的考证及铃木大拙重视宗教体验的特点。《中国源典》将胡适和铃木之争放在对禅宗介绍的部分，这说明美国学术界对胡适和铃木大拙两位学者研究的关注。

同时，发生在 1953 年的这场争论，也在一定程度上标志着铃木大拙"了解禅佛教唯一来源"[68]之地位的动摇。龚隽先生指出："随着胡适对敦煌禅籍的发现的重新研究，包括他与铃木之间，在 50 年代发生的关于禅学研究方法的著名公案，都引发西方禅学界对铃木禅的写作权威提出了挑战。尤其是当 60 年代柳田圣山以批判的历史学方式而出版了关于早期禅文献的卓越研究之后，西方禅学界开始对铃木禅的写作弱点有了清楚的认识。他们从柳田历史学的精确研究中，发现铃木向他们推荐的禅与禅的历史之间存在巨大的差异。"[69]如果说铃木大拙对美国禅学以及《六祖坛经》研究的影响主要体现在 1960 年代之前戈达德、鲁思·富勒·佐佐木以及艾伦·瓦茨等早期学者身上，那么胡适的影响则主要体现在 1960 年代以后美国的《坛经》研究中。20 世纪

---

67 Sources of Chinese Tradition. Compiled by Wm. Theodore de Bary, Wing-tsit Chan, Burton Waston. New York: Columbia University Press. 1960. pp388-389. 原文中此处有一个脚注，内容是：See Hu Shih, "Ch'an (Zen) Buddhism in China: It's History and Method," Philosophy East and West, 3:1 (April,1953) and D.T. Suzuki, "Zen: a Reply to Hu Shih," ibid.

68 著名佛学家 Edward Conze 语。

69 龚隽，欧美禅学的写作——一种方法论立场的分析 [J]，中国禅学，2004 年第 3 卷，第 243 页。

后期，欧美的佛教研究经历了一个由哲学研究到历史、文化史研究的转向，[70]
在这个转向的过程中，以胡适、柳田圣山等学者为代表的批判性的历史分析
逐渐成为一种新的研究范式，而美国的《坛经》研究顺应了这个潮流的变化，
一大批重要的研究成果正是在这种新的研究范式指引之下得以不断涌现。

小结

在这一节中，笔者对美国学术界早期（自 1932 年戈达德在佛蒙特州出版
包含其改写的《坛经》的《佛教圣经》起，至 1960 鲁思·富勒·佐佐木发表
《禅宗著作翻译目录》为止）的《六祖坛经》研究总体情况。对于美国学术界
这一时期的研究，我们可以做如下的一些总结：

第一，美国早期的《六祖坛经》研究基本上是在一个比较小的圈子里展
开的，许多研究者之间都相互熟悉，彼此之间的关系都比较密切。本节上述
的几位学者中，戈达德和鲁思·富勒·佐佐木曾经保持了长时间的书信往来。
在戈达德写给鲁思·富勒·佐佐木的信件里，他曾向后者介绍在美国讲授禅
学的日本禅师佐佐木指月，[71]后来鲁思于 1944 年和佐佐木指月结婚。而鲁思
与其前夫的女儿则在 1938 年和艾伦·瓦茨结为夫妇（十年之后离婚）。这几
位美国学者相互关系中的关键一点是，他们都与铃木大拙关系密切。用一句
时髦的表达来说，铃木大拙可以被视为美国早期禅佛教传播与研究"朋友
圈"的核心人物。在这个"朋友圈"里，铃木大拙的角色是一个引路人。戈
达德和鲁思·富勒·佐佐木曾经赴日本跟随铃木大拙修习禅学，瓦茨也曾经
在美国接受过铃木大拙的指导。他们对铃木都怀有深厚而真挚的感情，都将
铃木视为自己一生的老师，由此可见铃木大拙对美国早期禅佛教研究者的影
响之大。

第二，美国早期《六祖坛经》的研究者大多具有多元化的宗教背景，他们
的人生轨迹都比较复杂多样。例如，戈达德起初是一名工程师，后来曾在基督
教神学院学习，并作为公理会的教士赴中国、日本等地传教、考察。然而在中
国和日本的经历却让他从一个基督徒逐渐转变为佛教的爱好者，尽管并未正式

---

70 龚隽，欧美禅学的写作——一种方法论立场的分析 [J]，中国禅学，2004 年第 3
卷，第 243 页。

71 Robert Aitken. The Christian-Buddhist Life and Works of Dwight Goddard
[J].Buddhist-Christian Studies, Vol. 16 (1996), p.4.

皈依佛门，却在家里建了一间禅室并每天坚持坐禅。[72]除了对佛教外，戈达德对道教也有浓厚的兴趣并曾经翻译过一些道教典籍。鲁思·富勒·佐佐木出生于美国上流社会的一个富裕且有教养的家庭，自幼便展示出对艺术和语言的天赋，曾经在芝加哥大学学习梵文和印度哲学。鲁思·富勒·佐佐木在本节涉及的几位美国学者中对佛教的信仰最彻底，她系统地学习过日本禅宗的各种知识，并有长时间打坐、参悟公案的实践体验。在 1958 年，她甚至被日本临济寺授予僧职。相比之下，艾伦·瓦茨的人生经历更为复杂，他早年是一个英国国教圣公会牧师，后来开始对禅宗和道教产生兴趣。他一生身兼宗教传播者、研究者、畅销书作家、致幻剂服食者、媒体的宠儿、反文化偶像等各种角色。在他的身上，似乎体现出了美国社会上世纪五六十年代许多社会特征。复杂的人生经历和宗教体验，似乎决定了上述这些美国早期《六祖坛经》的研究者的研究更多地是出于一种纯粹的个人兴趣，而非在学术上有所建树的考量，因此他们的研究中往往掺杂着某些自由、随性的色彩。[73]

第三，本节所涉及的三位美国本土学者的研究都并非专门以《六祖坛经》为对象，他们对《坛经》的研究都被囊括到禅宗史或者禅宗典籍研究之下。客观的说，专门的《坛经》研究恐怕也并非这一代学者的历史使命。毕竟在当时的情况下，一方面美国本土的研究者人数有限，另一方面，很多的禅宗文献还没有被引入美国，更没有被译成英文，这就使得当时的研究材料比较欠缺。将三位美国学者的研究放在一起比较，我们会发现他们的研究有深有浅，侧重点也有所不同。例如，德怀特·戈达德的研究侧重总结慧能在中国禅宗史中所扮演的角色以及对黄茂林译本《坛经》的改写；鲁思·富勒·佐佐木侧重于对到 1960 年为止各种《坛经》译本的总结和评价；艾伦·瓦茨的研究则侧重于对《坛经》的内涵和重要概念的阐发。戈达德的研究带有相当的宗教性色彩，[74]鲁思·富勒·佐佐木的研究学术性更强，艾伦·瓦茨的研究则

---

72 Robert Aitken. The Christian-Buddhist Life and Works of Dwight Goddard[J]. Buddhist-Christian Studies, Vol. 16 (1996), p.7

73 鲁思·富勒·佐佐木的研究要更严谨一些，这或许和她接受过芝加哥大学的学术训练有关。

74 这从他将其最重要的作品命名为《佛教圣经》（A Buddhist Bible）就可见一斑，实际上这个名称是有歧义的，因为这部书中所涉及的，都是禅宗最看重的佛教经典，戈达德在书中所着重强调的，也是禅宗的思想。这或许体现出 20 世纪早期美国社会禅佛教分野不太明确的特点。因为在这一时期，来自日本的禅宗是在美国社会佛教传播中的主力，所以很多美国人都把禅宗等同于佛教本身。

带有某些文化传播的特征。

第四，关于胡适和铃木大拙的争论，尽管当事双方都并非美国本土学者，但他们各自对美国学术界《六祖坛经》研究的影响确实巨大的。尤其是胡适，他对《坛经》的研究强调实证，强调"大胆假设，小心求证"，另外，他的研究建筑在对第一手敦煌文献的掌握基础之上，因而对后来的美国学者来说具有无可置疑的权威性。正因为如此，胡适对 60 年代以后的美国《坛经》研究影响极大。总结胡适和铃木大拙的争论，有助于我们了解《坛经》研究在学术和宗教两个维度上呈现出的不同特点。

最后，总结美国学术界早期的《六祖坛经》研究，我们可以说，相对 19 世纪李提摩太"缘佛入耶"式的佛教研究，美国早期的《坛经》研究已经有了极大的进步，本节所涉及的几位美国学者都认识到了包括《坛经》在内的禅宗经典的伟大价值，尽管他们的研究还没有达到很高的水平，在某些方面还存在着缺陷，但却为日后的研究奠定了基础。

第三节　以历史梳理和文献考据为特征的《坛经》研究

到了 1960 年代以后，美国学术界的《坛经》研究开始逐渐走向成熟，其标志是一些以历史梳理和文献考据为特征的更具学术性、更为严谨的研究开始不断出现。到了菲利普·扬波斯基（Philip B. Yampolsky），这种纯粹学术性的研究到达了一个顶峰。在扬波斯基之前，陈观胜在《佛教在中国：史学考察》（*Buddhism in China: A Historical Survey*）中的研究已经显示出这种注重文献、重视考据的学术特征。而在扬波斯基之后，这种研究方法由马克瑞、佛尔等学者继承并一路发展，成为美国《六祖坛经》研究的主要特征。

一、由民间到学术界：美国《坛经》研究的转向

1964 年普林斯顿大学出版社出版了美国华裔佛教史学家陈观胜（Kenneth Chen）的《佛教在中国：史学之考察》（*Buddhism in China: a Historical Survey*），这是一部在美国佛教研究史上有一定影响的作品。根据《华侨华人百科全书·人物卷》的介绍，陈观胜生于夏威夷檀香山。先后曾获夏威夷大学学士学位、燕京大学硕士学位、哈佛大学博士学位。历任夏威夷大学、燕京大学、哈佛大学、普林斯顿大学宗教系教授，主要讲授印度上座部佛教和中国大乘佛教。著作有《中国之佛教》《佛教，亚洲之光》（*Buddhism, The Light of Asia*）、《佛

教在中国之转变》（*The Chinese Transformation of Buddhism*）等。[75]

陈观胜在其书中的"中国的禅宗"（The Ch'an School in China）一部分先是对禅宗的发展进行了一个回顾。他认为中国人讲求实际，不喜欢思考诸如宇宙的本质、来生等宗教性的问题。当中国人最初接触印度佛教的时候，印度佛教精妙的想象、概念以及思维方式另中国人着迷。但过了几百年以后，中国人讲求实际的本性开始促使他们在佛教中寻找容易理解和实践的某些特性，很快中国人就找到了"禅"（dhyana）并将其作为佛教徒修行的根本。[76]

陈观胜认为中国僧人强调禅修起于道安（312-385）和慧远（334-416），前者曾收集禅学经卷并做评注（应指《序安般经注》，笔者注），后者也曾在《庐山出修行方便禅经统序》谈到禅学的重要性。之后陈观胜介绍了《景德传灯录》《续高僧传》对达摩和慧可的记载，以及达摩对慧可《楞伽经》的传授。陈观胜认为《楞伽经》和后来的禅宗修行有密切的关系，神秀及其门人的渐教传统可以追溯到这部经书。[77]

陈观胜《佛教在中国：史学考察》涉及禅宗史的一个最有争议的观点是，他认为慧可之后的禅宗传承是僧璨、道信、弘忍、神秀，神秀——而非慧能是这个传承体系的六祖，[78]这与正统的看法以截然相反。陈观胜的论证不仅包括神秀在当时的声望及其"两京法主，三帝国师"的领袖地位，还包括他在玄赜《楞伽人法志》当中找到的一些文字证据。他认为此书大约完成于708-710年之间，其可靠性较赞宁在988年撰写的《宋高僧传》要高。《楞伽人法志》提到了神秀和慧能两人都是继承弘忍禅法的弟子，陈观胜据此认为，慧能不太可能是禅宗后来所描述的不识一字的舂米者。而且《楞伽人法志》也没有提到慧能和神秀的心偈比试与弘忍夜半向慧能传法的内容。陈观胜的这个看法在其书中的作证材料虽然并不丰富，其论证也缺少说服力，但却和后来的扬波斯基、马克瑞、佛尔等学者的观点形成了呼应。

接下来，陈观胜提到了神会在滑台之辩中对神秀所代表的禅宗北宗的攻

---

75 杨保筠主编，华侨华人百科全书 人物卷［M］，北京：中国华侨出版社，2001 年，第 36 页。

76 Kenneth Ch'en. Buddhism in China: a Historical Survey[M].Princeton: Princeton University press. 1964. p.350.

77 Kenneth Ch'en. Buddhism in China: a Historical Survey[M].Princeton: Princeton University press. 1964. p.353.

78 Kenneth Ch'en. Buddhism in China: a Historical Survey[M].Princeton: Princeton University press. 1964. p.353.

击，使用的主要文献是《菩提达摩南宗定是非论》。陈观胜认为正是在神会猛烈地批判神秀一系之后，南宗才逐渐发展起来。陈观胜还指出了神会在滑台之辩中被崇远问到"据何知菩提达摩西国为第八代？"这个问题时，出现了一个错误，即误把《修行方便论》（俗称《禅经序》）中的达摩多罗（Dharmatrata）当成了菩提达摩（Bodhidharma）。他认为，对神秀来说，幸运的是在场的那些僧人对这些历史一无所知，所以无人指出。

尽管陈观胜认为神秀才是禅宗的六祖。但他介绍神秀的内容，却远没有接下来介绍慧能的内容丰富并且深入。这无疑是一种讽刺。陈观胜简述了《坛经》中有关慧能赴湖北黄梅面见五祖弘忍，两人初次见面的问答；慧能与神秀心偈的比试；弘忍夜半传衣法；慧能"仁者心动"的惊人之语等内容。陈观胜对这些内容的真实性表示怀疑，他认为："玄赜八世纪的《楞伽人法志》中没有任何地方提到那两首心偈以及传授衣法的地方，因此是否真的发生过这些事就显得可疑。公认的禅宗史，《景德传灯录》在大约四个世纪之后才写成，在此期间一定有无数的禅宗传说被虚构并加入其中。"[79]

陈观胜还介绍了慧能所代表的南宗在禅法上的特点：强调彻底的瞬间顿悟，反对对佛与菩萨的偶像崇拜，轻视文献与仪式。陈观胜还引用了唐代散文家梁肃的一段话来说明南宗禅法的特点。原文内容是：

> Nowadays, few men have the true faith. Those who travel the path of Ch'an go so far as to teach the people that there is neither Buddha, nor Law (*dharma*) and that neither sin nor goodness has any significance. When they preach these doctrines to the average men or men below the average, they are believed by all those who live their lives of worldly desires. Such ideas are accepted as great truths which sound so pleasing to the ear. And the people are attracted by them just as the moths in the night are drawn to their burning death by the candle light...such doctrines are as injurious and dangerous as the devil (Māra) and the ancient heretics.[80]

79　Kenneth Ch'en. Buddhism in China: a Historical Survey[M].Princeton: Princeton University press. 1964. p.356.

80　这段内容出自陈观胜《佛教在中国：历史之考察》这本书的第357页，作者注明这段话引用自胡适1953年4月发表在美国《东西方哲学杂志》的《中国的禅宗：它的历史和方法》一文的第13页。

梁肃这段话的原文是"今之人正信者鲜，启禅关者，或以无佛无法、何罪何善之化化之。中人以下，驰骋爱欲之徒，出入衣冠之类，以为斯言至矣，且不逆耳，私欲不废，故从其门者，若飞蛾之赴明烛……与夫众魔外道，为害一揆"。[81]梁肃作为一个佛教天台宗的追随者（天台宗湛然的弟子），站在天台法门的立场上，对与天台宗差异较大的禅宗进行批判也是比较自然的事情。他的老师湛然就曾立场鲜明地对禅宗进行批判，例如赖永海就曾指出："湛然对禅宗的批判，主要指斥它只讲慧语，不依言教，只重传心，不立文字，认为这种'直指单传'是'有观无教'，是'暗证'。在《止观大意》《止观义例》及《法华玄义释签》等著作中，湛然多次言及禅宗之'暗证'犹如'单轮双翼'、'盲者之行'，认为靠这种禅法是很难或者说不可能达到学佛之目的的。"[82]对从陈观胜引用梁肃这段话大概可以看出，他对南宗的禅法和梁肃的观点相近，是持否定态度的。

陈观胜在《佛教在中国：历史之考察》一书中涉及慧能和《坛经》的研究内容大致就是上述这些。总结陈观胜的研究，我们可以从中可以看出一些与上一节的三位学者不同的地方。第一，陈观胜书中的慧能是一个身份可疑的人物，而非戈达德等学者所认为的那样，是"中国禅宗的真正意义上的开创者"。陈观胜认为五祖弘忍的继承者是神秀而非慧能。第二，陈观胜的研究方法已经有了明显的转向文献实证研究的趋势，他比较注重引用历史文献来佐证自己的观点，尽管他的引证和论述都显得不是那么充分（他引用的禅宗史文献只有《楞伽人法志》《宋高僧传》和《六祖坛经》三部）。第三，上一节曾经提到，胡适对美国学术界《坛经》研究的影响极大，陈观胜就是受胡适影响的一个直接的例子。他对神秀、神会和慧能的研究，基本上都是胡适在《菏泽大师神会传》中研究过的内容。在这一部分，陈观胜还前后两次直接引用了胡适的两篇文章中引用的历史文献。这两篇文章一是胡适于1931年发表在《中国社会与政治科学》（Chinese Social and Political Science）上的《中国禅学的发展》（Development of Zen Buddhism in China）；另一篇是胡适1953年发表在夏威夷大学《东西方哲学》上的文章《中国的禅宗：它的历史与方法》。陈观胜所引用胡适第一篇文章引用的内容是慧远《庐山出修行方便禅经统序》之片断；陈氏引用胡适第二篇文章中引用的内容是梁肃《天台法门议》

81 梁肃的这段话出自其《天台法门议》（宋代姚铉编《唐文粹》卷六十一）。
82 赖永海著，湛然［M］，台北：东大图书公司，1993年，第130-131页。

之片断。然而，遗憾的是，陈观胜只是注明了对胡适的引用，而并没有注出胡适引用内容的出处。这对于一部学术性著作来说，是不够严谨的。总之，陈观胜书中涉及慧能和《坛经》的内容尽管不够细致、完善，在篇幅上也比较少，但却是美国学术界学院派学者对《六祖坛经》最初的研究之一，也让我们看到了《坛经》研究从宗教界到学术界的这一转变。

二、美国《坛经》研究的高峰：扬波斯基的《敦煌本六祖坛经译注》

1960 年代，美国《坛经》研究领域最重大的事件莫过于一部著作的出版，这就是扬波斯基（Philip B. Yampolsky）的 *The Platform Sutra of the Sixth Patriarch*。[83]这部作品的作者，菲利普·扬波斯基，本书第一章第二节已经介绍过他的生平与经历，此处不再赘述。这本两百多页的著作分为两部分，其中第一部分提供《六祖坛经》背景知识的导论就占了 120 页的篇幅，大大超过了第二部分敦煌本《六祖坛经》的英译（第 125-183 页）。这篇导论名为"八世纪的禅宗"，由四个部分构成，分别是：一、传说的形成（又分为楞伽宗和神会两部分）；二、祖师的诞生：慧能传；三、《坛经》的形成；四、《坛经》的内容分析。以下是这四部分的具体内容概要。

第一部分"传说的形成（The Formation of the Legend）"

在这一部分扬波斯基首先对唐代佛教繁荣兴盛的总体情况进行了介绍，他重点提及了唐代初期皇家对于佛教的支持。"虽然唐王朝的缔造者是名义上的道教徒，但他不仅没有干涉佛教的持续兴起，事实上还为佛教做出了很多贡献。其后的几个皇帝（尤其是女皇武则天）都是虔诚的佛教徒，佛教典礼被吸纳为宫廷仪式的一部分。八世纪的中国，几乎成了一个佛教徒的国家。"[84]初唐时期，中国人对佛教的态度十分开放，各种秉承不同佛教教义或经典宗派枝繁叶茂。皇家没有特殊的偏好，提倡各种教门的高僧大德，都被给予一视同仁的最高尊崇。高级官员和文人也不把自己限定在某一个佛教的宗派上，而是自由地接触佛教的各种不同的教义。然而各种佛教宗派彼此之

---

83 Philip B. Yampolsky. The Platform Sutra of the Sixth Patriarch[M]. New York: Columbia University Press. 1967. 这部作品完整的标题是：The Platform Sutra of the Sixth Patriarch: The Text of the Tun-huang Manuscript, with Translation, Introduction, and Notes. 中文可译作《敦煌本六祖坛经译注》。

84 Philip B. Yampolsky. The Platform Sutra of the Sixth Patriarch[M]. New York: Columbia University Press. 1967. p.1.

间却存在着争夺优势地位的竞争，"到八世纪中叶，不同佛教派别的内斗加剧。秉承不同教义彼此间相互攻击的论述开始出现，这大大加强了佛教不同宗派的发展。唐代早期，强大的天台宗开始衰落，真言宗的密教也没有达到其唐代大师们的期许。禅宗和净土宗开始获得统治性的地位。"[85]

在介绍完唐代佛教的总体情况之后，扬波斯基分两个专题对禅宗的历史进行了梳理：一是"楞伽宗"；二是"神会"。

在"楞伽宗"这一部分，扬波斯基首先论述了禅宗创造自己历史的内生动力以及由于文献的缺失所带来的真实与虚构相交织的复杂情况。扬波斯基认为，禅宗发展成为一个独立的宗派之后需要能够带给其尊崇地位的历史和传统。在这个历史的建构中，需要关心的不是准确性，而是其传统能够追溯到印度的那些祖师。对于禅宗来说，贯穿整个八世纪的，是一场两个层面上进行的运动：一是在佛教教义之内建立一个独立的宗派，二是在中国社会获得作为一个独立宗派的认可。为了实现这个目的，禅宗不仅让一些古老的传说继续，还创造（devised）了一些新的传说，这些传说被不断地重复提及，最终成了人们所接受的事实。这些传说，在大多数情况下并非某个人的创造，而是整个社会共同造就的。由于这一时期文献和历史依据的缺失，禅宗发展的真实过程无法确定。一些可以了解到的事实，也可能被融入到"故事"里，而这个故事则被各种疑问、脱漏和不连贯所包围。真实的事件也可能因为缺少证据支持而被否定，但是同时也没有什么证据证明这些事件没发生过。八世纪禅宗的历史如此，六祖慧能的故事如此，记载慧能生平及其教法的《六祖坛经》也是如此。[86]

尽管存在上述复杂的情况，扬波斯基仍然认为根据当时的历史，将这些传说的形成和已知的历史事实相对照并加以审验，还是可以对八世纪的禅宗历史有所了解。至少可以知道八世纪禅宗史的哪些部分有一定的可信度，哪些则是一点可信度都没有。[87]在扬波斯基看来，要做到这一点，就必须参考敦煌出土的那些文献，它们第一次提供了辩驳那些根深蒂固的禅宗历史传说的

---

85 Philip B. Yampolsky. The Platform Sutra of the Sixth Patriarch[M]. New York: Columbia University Press. 1967. （2012 年再版本，Introduction: p2）.

86 Philip B. Yampolsky. The Platform Sutra of the Sixth Patriarch[M]. New York: Columbia University Press. 1967. pp. 4-5.

87 Philip B. Yampolsky. The Platform Sutra of the Sixth Patriarch[M]. New York: Columbia University Press. 1967. p. 5.

根据。

扬波斯基所考察的第一个敦煌文献是杜朏撰写的《传法宝记》。虽然这本书没有标明确定的年代，但扬波斯基认为通过"内证"（interval evidence）判断，这本书应该完成于八世纪的前 20 年之内。扬波斯基所谓的"内证"是指《传法宝记》所记载的最后一位禅宗祖师是神秀，神秀于 706 年去世，而他的继承人没有被提及，因此这本书可能是在神秀去世后不久写成的。[88]在《传法宝记》中，禅宗已经被认为是一个独立的佛教宗派。《传法宝记》的序言提到了几位天竺祖师。对这几位天竺祖师，扬波斯基还做了一个非常有价值的工作——他将《付法藏传》《达磨多罗禅经》《传法宝记》《楞伽师资记》《历代法宝记》《坛经》《宝林传》等禅宗典籍中关于西天二十八祖的叙述进行了总结和比对，[89]这就使得各种文献中关于禅宗西天谱系记载的相似之处与差异非常直观地呈现在我们面前。

《传法宝记》还为中土七位祖师各做了一个简短的传记。这七个人是：菩提达摩、慧可、僧璨、道信、弘忍、法如和神秀。扬波斯基注意到，《传法宝记》和后来的文献不同，没有标明这些人分别是禅宗的第几位祖师，也没有特别地称他们为祖师，[90]但他们之间的传承是确定的。扬波斯基指出，其中的前五个人是禅宗祖师传承中所公认的，他们的地位和合法性没有疑问。[91]

接下来，扬波斯基介绍了《传法宝记》中达摩、慧可、僧璨、道信以及弘忍生平传记的详细内容，他认为达摩、慧可、道信的传记中很多信息来自道宣的《续高僧传》，并在此基础上加入了一些不知从何处而来的传奇性细节。[92]扬波斯基认为，随着时间的流逝，禅宗的历史和传说变得越来越复杂详细。因此，可以推测的是，早期禅宗文献中历史细节和真实传记的缺失说明后来的大量材料或者是想象的产品，或者是早先没有记录的一些传说的渲染或再

---

88 Philip B. Yampolsky. The Platform Sutra of the Sixth Patriarch[M]. New York: Columbia University Press. 1967. p.5 fn.5.

89 Ibid., pp 8-9.

90 《传法宝记》此处的原文是：东魏嵩山少林寺释菩提达摩；北齐嵩山少林寺释慧可；随皖公山释僧璨；唐双峰山东山寺释道信；唐双峰山东山寺释弘忍；唐嵩山少林寺释法如；唐当阳玉泉寺释神秀（原文是从右至左竖排依次排列，分号为笔者所加）。

91 Philip B. Yampolsky. The Platform Sutra of the Sixth Patriarch[M]. New York: Columbia University Press. 1967. p. 7.

92 Philip B. Yampolsky. The Platform Sutra of the Sixth Patriarch[M]. New York: Columbia University Press. 1967. p. 14.

度演绎。[93]

　　在弘忍的传人上,《传法宝记》中的记载是法如,而法如的传人是神秀。扬波斯基指出,《传法宝记》中对神秀的记载和当时其他的一些文献是一致的。他认为《传法宝记》中法如和神秀的传记非常真实没有什么传说的成分,可以说是代表了这两个人生平的准确记录。[94]

　　扬波斯基考察的第二个敦煌文献是《楞伽师资记》。在总结《楞伽师资记》的内容之前,扬波斯基首先讨论了《楞伽师资记》中引用的《楞伽人法志》。这部已经失传的文献由五祖弘忍的弟子玄赜整理而成,其中记载了五祖弘忍的十大弟子:神秀、智诜、刘主簿、惠藏、玄约、老安、法如、慧能、智德、义方。扬波斯基认为,作为《楞伽人法志》编辑者的玄赜,尽管没有把他自己的名字列入到这个名单中去,但他的地位和上述十人是相当的。这十一个人,可以被认定是弘忍禅法的最积极的倡导者。[95]关于《楞伽人法志》所提供的这个名单中的慧能,扬波斯基认为这是他的名字在所有禅宗文献中的第一次出现,[96]记载他的生平和教法的文献在八世纪后半叶才不断出现。扬波斯基还认为,慧能的传记体现了禅宗史传的典型问题:越是后出的文献,提供的细节信息就越多。后来的那些关于慧能的文献无法确定何时撰写,也没法确定它们提供的信息有没有被后人改写过。扬波斯基发现了这样的一个现象:神秀以及弘忍的其他一些弟子在早期的禅宗史上有比较详细的记录,而这种记录后来则变得越来越少,而慧能的情况则相反。扬波斯基对这个现象的看法是:"神秀和弘忍的多数弟子在当时的名气很大,他们的名气后来逐渐湮没于历史之中。对于这些人,我们不必怀疑有关于他们的信息的准确性。他们没有被吸纳到传说中去,尽管在某些方面也促进了传说的形成,因为他们也曾经努力提高自己的宗派在禅宗谱系中的地位。然而,对于慧能来说,人们却没有办法区分传说和事实。能做的只是辨别出哪些事情可能发生过,哪些可能没发生过,直到更多的证据出现时再做判断——如果有新的证

93　Philip B. Yampolsky. The Platform Sutra of the Sixth Patriarch[M]. New York: Columbia University Press. 1967. p. 14.

94　Philip B. Yampolsky. The Platform Sutra of the Sixth Patriarch[M]. New York: Columbia University Press. 1967. p. 16.

95　Philip B. Yampolsky. The Platform Sutra of the Sixth Patriarch[M]. New York: Columbia University Press. 1967. p. 17.

96　Philip B. Yampolsky. The Platform Sutra of the Sixth Patriarch[M]. New York: Columbia University Press. 1967. p. 18.

据出现的话。"[97]

对于《楞伽师资记》，扬斯基充分地肯定了它的历史意义。扬氏认为："《楞伽师资记》中包含了弘忍众多弟子的信息，从历史年代上看，它是现存的第二部禅宗史典籍。确切的时间虽然不能确定，但大致是成书于开元年间（712-741），[98]如我们所见，里面包含了八世纪前二十年的一些材料。在敦煌出土文献中，《楞伽师资记》至少有五个不同的抄本或残篇，这表明它在当时已经流传甚广……它是第一部将禅宗祖师按数字序列排列的文献，共列了八位祖师：第一祖求那跋陀罗，第二祖菩提达摩，第三祖慧可，第四祖僧璨，第五祖道信，第六祖弘忍，第七祖神秀，第八祖普寂。"[99]对于《楞伽师资记》没有提及禅宗的西天谱系，而是把求那跋陀罗作为初祖，扬波斯基认为，这似乎是要建立一个新的传说，也可能要将某个不知来源的更早的传说永久化。把求那跋陀罗当做初祖的原因是显而易见的，正是他翻译了禅宗教义的根本经典——四卷本的《楞伽经》。

扬波斯基回顾了《传法宝记》和《楞伽师资记》所载的禅宗谱系，但他指出，这两个文献中所载的谱系都不是神秀一系所接受的最终版本，在张说为神秀所作的《唐玉泉寺大通禅师碑铭并序》中记载的传承是：第一菩提达摩，第二慧可，第三僧璨，第四道信，第五弘忍，第六神秀。在同一时代的其它三个碑铭也记载了同样的传承，可以用来作为佐证。扬波斯基在注释中对这三个碑铭做了说明，它们分别是：李邕的《嵩岳寺碑》和《大照禅师塔铭》，杜昱的《大智禅师塔铭》。[100]这三个碑铭又将上述传承延续了一代，将普寂作为第七祖，之后这就成了为了神秀一系禅宗的正统传承谱系。

在对《传法宝记》和《楞伽师资记》中所载的早期禅宗（或称楞伽宗）的传承历史梳理过后，扬波斯基将他的目光转向了慧能的弟子——神会。扬波斯基以一种颇具文学色彩的语言开始了对神会的介绍，"当洛阳和长安的禅

97　Philip B. Yampolsky. The Platform Sutra of the Sixth Patriarch[M]. New York: Columbia University Press. 1967. p. 18.

98　扬波斯基在这个地方做了一个脚注，注明是根据胡适在《楞伽师资记序》中的说法。关于《楞伽师资记》的形成年代，扬波斯基在此处注释中还列举了其他一些日本学者的不同观点。

99　Philip B. Yampolsky. The Platform Sutra of the Sixth Patriarch[M]. New York: Columbia University Press. 1967. p. 20.

100　Philip B. Yampolsky. The Platform Sutra of the Sixth Patriarch[M]. New York: Columbia University Press. 1967. p. 23. fn.64, 65.

宗（指神秀一系，笔者注）大受欢迎并为权贵所青睐之时，一个没什么名气的南阳僧人神会，正在酝酿着建立他自己的新宗派。为了实现这个目标，他最终发起了对神秀及其传人的攻击，经过多年的奋斗之后，他终于获得了胜利。"[101]说到神会，扬波斯基对在神会研究领域贡献最为突出的一位学者——胡适——给予了高度的评价。

扬波斯基写道："这个新的禅宗的故事是胡适博士挖掘出来的。胡博士在法国国家博物馆保存的敦煌文献中发现了好几个包含神会及其门人语录或作品的文献，而后将它们校勘并出版。通过他的研究，胡适重写了唐代禅宗的历史。神会的生平事业深深地吸引了这位多才多艺的学者，到了他丰富多彩的一生的晚年，胡适仍然将研究回归到神会这位南宗的传奇人物身上。胡适的研究引起了东西方学者广泛的遐想，从而产生了关于神会的数量可观的研究成果。"[102]扬波斯基在这个评语下面做了一个注释，详细地介绍了胡适的《神会和尚遗集》及其他各国学者在神会研究方面的著作，[103]现将扬波斯基对这些文献的总结摘录整理如下：

首先是胡适的《神会和尚遗集》，这本书全称是《胡适校敦煌唐写本神会和尚遗集》，1930年由上海亚东图书馆出版，内容包括胡适对神会的生平研究以及四个敦煌写本残卷。胡适分别将这四个残卷命名为：神会语录第一残卷（伯希和第3047号前半）；神会语录第二残卷，标题是《菩提达摩南宗定是非论》（伯希和第3047号后半），独孤沛集并序，内容是《南宗定是非论》的前半部分；神会语录第三残卷（伯希和第3488号），胡适注称疑其为《南宗定是非论》的一部分；神会语录第四残卷（大英博物馆编号为斯坦因468号），标题为《顿悟无生般若颂》（《菏泽大师显宗记》的一部分，《景德传灯录》卷三十有其完整本，《宗镜录》卷九十九也包含题为《显宗论》的部分内容）。胡适的《神会和尚遗集》后来被法国人谢和耐译为法语本《菏泽神会禅师语录》收入《法兰西远东学院丛刊》第三十一卷出版（谢和耐对全书内容作了六十余处订正，并附上了对书中人名、地名的考证）。

---

101 Philip B. Yampolsky. The Platform Sutra of the Sixth Patriarch[M]. New York: Columbia University Press. 1967. pp. 23-24.

102 Philip B. Yampolsky. The Platform Sutra of the Sixth Patriarch[M]. New York: Columbia University Press. 1967. p. 24.

103 Philip B. Yampolsky. The Platform Sutra of the Sixth Patriarch[M]. New York: Columbia University Press. 1967. pp 24-25 fn. 67.

其次是 1932 年，石井光雄将其所收藏的一份敦煌文书的影印版以《敦煌出土神会录》为标题出版，其内容和《神会和尚遗集》中的神会语录残卷一相似。两年之后，铃木大拙和公田连太郎将其校订整理为《敦煌出土菏泽神会禅师语录》并将其与《敦煌出土六祖坛经》《兴圣寺本六祖坛经》以及一些解释性的材料（《敦煌出土神会语录解说及目次》《敦煌出土六祖坛经解说及目次》《兴圣寺本六祖坛经解说及目次》，笔者注）。

1954 年谢和耐将《敦煌出土菏泽神会禅师语录》的一部分内容译为法语本《神会语录补编》（发表在《法兰西远东学院学报》第 44 卷第 2 期），这些内容是胡适的《神会和尚遗集》所缺少的。谢和耐的这篇论文还总结了一个当时新发现的编号为伯希和 2045 的敦煌写本的内容。这个写本的第一部分包含《菩提达摩南宗定是非论》，第二部分（谢和耐没有总结）包含一个标题为《南阳和上顿教解脱禅门直了性坛语》的完整作品，这个作品后来被德国汉学家李华德译为《神会的说教》（The Sermon of Shen-hui）。之后入矢义高教授断定大英博物馆中编号为斯坦因 2492 和 6977 的两个残卷也是这部作品的部分内容。

铃木大拙还在北京发现了一个与伯希和 2045 相似的写本，在对这个写本研究之后，铃木撰写了《校刊少室逸书及解说》一文，之后又于 1935 年 12 月在《大谷学报》上发表了《关于敦煌出土本神会和尚坛语的研究》一文。

胡适晚年重拾其对神会的研究，他于 1958 年在《中国中央研究院历史语言研究所集刊》第二十九卷发表了《新校订的敦煌写本神会和尚遗著两种》，其中包括他重新校订的《南阳和上顿教解脱禅门直了性坛语》及《菩提达摩南宗定是非论》。

法国汉学家戴密微也曾经校订研究过一个当时新发现的编号为斯坦因 6557 的敦煌写本，他的研究后于 1961 年以《禅宗敦煌写本二卷研究》（*Deux documents de Touen-houang sur le Dhyāna chinois*）为题发表在《塚本博士颂寿纪念佛教史学论集》当中。戴密微研究的这个写本标题为《南阳和尚问答杂征义》，有“刘澄集”的字样，入矢义高教授认为这个写本的内容与胡适早年整理的《神会和尚遗集》中的神会语录第一残卷和铃木大拙校订石井光雄所藏的敦煌文书内容一致。胡适本人也在 1960 年的 *An Appeal for a Systematic Search in Japan for Long-hidden T'ang Dynasty Source Materials of the Early History of Zen Buddhism*（《呼吁系统地调查多年散失在日本的唐代早期禅宗史料》，收录在 1960 年东京出版的《佛教与文化：铃木大拙九十诞辰纪念文集》中）一文中总结道，相对于《神会语录》，《南阳和尚问答杂征义》才是这个文献的准确标题。1960 年 9 月，胡适在此前研究的基础上完成《神会和尚语录的第三个敦煌写本：南阳和尚问答杂征义，刘澄集》一文，发表在《中央研究院历史语言研究所集刊外编第四种》（《庆祝董作宾先生六十五岁论文集》）当中。

扬波斯基认为，在上述研究的基础之上，可以确定关于神会有四个最主要的文献，并用列表的方式将其出处做了一个详细的说明：[104]

1. 《南阳和尚问答杂征义》
   - a) P3047 (1)　　　胡适，《神会和尚遗集》，第一残卷
   - b) S6557　　　　胡适，《神会和尚语录的第三个敦煌写本》
   - c) 铃木本　　　　铃木大拙，《敦煌出土菏泽神会禅师语录》
2. 《南阳和上顿教解脱禅门直了性坛语》
   - a) P2045 (2)　　　胡适，《新校订的敦煌写本神会和尚遗著两种》
   - b) 北京本　　　　铃木大拙，《校刊少室逸书及解说》
   - c) S2492　　　　未出版之残卷
   - d) S6799　　　　未出版之残卷
3. 《菩提达摩南宗定是非论》
   - a) P2045 (1)　　　胡适，《新校订的敦煌写本神会和尚遗著两种》
   - b) P3047 (2)　　　胡适，《神会和尚遗集》，第二残卷
   - c) P3488 (1)　　　胡适，《神会和尚遗集》，第三残卷
4. 《顿悟无生般若颂》
   - a) S468　　　　　胡适，《神会和尚遗集》，第四残卷
   - b) 《显宗记》　　　《景德传灯录》，卷三十
   - c) 《显宗论》　　　《宗镜录》，卷九十九

此外，扬波斯基还列举了两种关于神会的传记性研究：其一是胡适在《神会和尚遗集》中对神会生平的研究；其二是谢和耐于 1951 年发表在《亚细亚学报》上的《菏泽神会禅师传》（*Biographie du Maître Chen-houei du Hotsö*）。后者是对《宋高僧传》中《神会传》的翻译，同时加入了谢和耐的许多评述。

---

[104] Philip B. Yampolsky. The Platform Sutra of the Sixth Patriarch[M]. New York: Columbia University Press. 1967. p. 25.

扬波斯基在其对神会生平的研究材料大部分来自于上述的两个文献。

对于神会的生平，扬波斯基注意到在不同的文献中所记载的神会初次参访慧能时的年龄有所不同。《宋高僧传》和王维的《六祖能禅师碑铭》中皆说神会是在中年之时参访慧能；《景德传灯录》和宗密的《圆觉经大疏钞》记载神会是十四岁时参访慧能，在《坛经》中慧能也称神会为小僧。胡适在《神会和尚遗集》中的看法是，因为王维撰写《六祖能禅师碑铭》的时候神会尚且在世，因此其准确性更高。扬波斯基还提出，神会在少年时参访慧能的故事以及《景德传灯录》和《圆觉经大疏钞》中记载的其生平的各种细节皆可视为传说，这种传说有可能在任何一个声望卓著的僧人身上出现。[105]

扬波斯基接下来引述了《菩提达摩南宗定是非论》中记载的神会在"滑台之辩"中的种种言论。扬氏认为神会的目标有两点：一是将菩提达摩的袈裟作为传法的象征；二是否定当时公认的传承体系，用慧能来代替神秀的地位。[106]扬波斯基认为神会的说法中有种种可疑之处，例如他所说西天传承谱系就有众多问题。首先，西天谱系这一说法来自《达摩多罗禅经》的主体部分，而非如神会所说《禅经序》；其次，神会在其所述的十三祖中，犯了一个严重的错误，他所说的西天第六祖"须婆蜜"应该是"婆须蜜"[107]，这个错误被后来的敦煌本《坛经》和《历代法宝记》所一直延续；另外，神会相当随意地把《达摩多罗禅经》中的"达摩多罗"的名字改成了"菩提达摩"。[108]扬波斯基所列举的这后两个问题，显然是受到了胡适《菏泽神会大师传》一文的影响。胡适在这篇文章的第三部分"菩提达摩以前的传法世系"中，指出并详细地论证了神会的错误。

神会在《菩提达摩南宗定是非论》中多次提及慧能，扬波斯基认为神会的这些说法不知来自何处，也没有充分的相关证据来判定是神会造出了这些故事还是仅仅延续了当时的一些传奇性说法。扬波斯基还指出，尽管神会是其老师慧能坚定的拥护者，但却从没有引用过慧能的作品与言论。如果慧能的作品与言论存在，那么从逻辑上讲，神会应该会用其来维护自己的权威。

---

105 Philip B. Yampolsky. The Platform Sutra of the Sixth Patriarch[M]. New York: Columbia University Press. 1967. p26. fn.69.

106 Philip B. Yampolsky. The Platform Sutra of the Sixth Patriarch[M]. New York: Columbia University Press. 1967. p27.

107 《达摩多罗禅经》中作"婆须蜜"。

108 Philip B. Yampolsky. The Platform Sutra of the Sixth Patriarch[M]. New York: Columbia University Press. 1967. p30.

神会作品中的很多地方都和《坛经》中的内容相同，没有疑问的一点是，敦煌本《坛经》在年代上要晚于现存的神会作品。扬波斯基认为这些原因和其他一些因素都支持了他所引述的胡适的看法，"《坛经》可能是神会门下的某个僧人在八世纪所作，这个僧人读过《神会语录》，决定以一种虚构的传记形式造出一本六祖之书，并将神会的一些基本观点融入其中。"[109]同时，扬波斯基注意到学术界有与胡适不同的观点，即认为曾经存在过一个慧能的语录，神会所述的某些内容就从这个失传的语录中产生。但扬波斯基认为更为可能的是，神会或者延续、加工了有关慧能的一些传说，或者是故意地伪造了这些传说。

扬波斯基还对神会在《菩提达摩南宗定是非论》和《南阳和尚问答杂征义》等作品中对北宗禅法的否定做了总结。扬波斯基认为神会对北宗禅法的批判似乎是在说禅定不应局限于形式化的坐禅，而应是随时随地的修行。这无疑是八世纪末所兴起的新的禅宗派别之看法。[110]扬波斯基指出神会作伪的另一证据是，神会在《南阳和尚问答杂征义》中所说的从达摩到慧能皆尊崇《金刚经》而非《楞伽经》的说法明显与《续高僧传》《传法宝记》和《楞伽师资记》相反。神会频繁地引用和讨论《金刚经》的内容并强调其重要性，宣称这是达摩和其后历代祖师所教，这是纯粹的作伪。[111]扬波斯基还指出，神会抨击北宗为"渐教"的说法也站不住脚，因为有证据表明神秀也倡导过"顿法"，所保存下来的一些北宗禅文献有类似的记载，即北宗不只修习神会所说的内省式的"渐法"，也并不仅仅局限于《楞伽经》之内。[112]

扬波斯基考察的另一个文献是《历代法宝记》，他比较了这部文献中所载的禅宗传承体系与《付法藏因缘传》《达摩多罗禅经》《六祖坛经》中所载体系的异同之处。在扬波斯基看来，《坛经》中的传法体系大部分是建立在《历代法宝记》之上的，而神会所描述的中土祖师传承与《历代法宝记》显然存

---

109 扬波斯基所引述的胡适这段话的原文出自 1953 年 4 月版美国《东西方哲学》第 11 页脚注 9。

110 Philip B. Yampolsky. The Platform Sutra of the Sixth Patriarch[M]. New York: Columbia University Press. 1967. p33.

111 Philip B. Yampolsky. The Platform Sutra of the Sixth Patriarch[M]. New York: Columbia University Press. 1967. p34.

112 Philip B. Yampolsky. The Platform Sutra of the Sixth Patriarch[M]. New York: Columbia University Press. 1967. p34.

在密切的联系。[113]经过对《历代法宝记》内容的一番分析过后，扬波斯基指出，其中所载的西天传承体系来自禅宗北宗；中土的祖师传承体系则来自南宗，以慧能为第六祖。《历代法宝记》所代表的宗派，在这部文献完成的时代可能已经分裂成了联系密切的两支：一支是净众寺无相的法嗣；另一支是保唐寺无住的法嗣。[114]

扬波斯基对《历代法宝记》和《六祖坛经》的关系做了重点研究。他首先指出，在《坛经》撰写时间的断代问题上存在着几乎无法解决的问题，但这部作品中的部分内容比较比较明显是在 780 年至 800 年之间完成。神会发起的南北宗之争在《坛经》中的反映要比神会自己著作中的反映激烈的多。因此，《坛经》中的某些内容一定是在南北二宗的斗争仍在继续之时完成的。到八世纪末，随着南北二宗斗争的结束，也许就没有介绍这场冲突的材料了。由此推论，慧能自传的某些部分（铃木校订的敦煌本《坛经》第 5-11 节），某些诘责北宗禅法的内容（第 14 节，16-18 节，24-25 节，39 节），以及表明慧能禅法相对神秀禅法之优越性的故事内容很可能就是在当时完成的。[115]

尽管存在一些差别，但出现在《坛经》中的西天祖师传承体系和《历代法宝记》中的大体一致。《坛经》在这个祖师传承名单的开头又加上了过去七佛。扬波斯基认为，南宗在《坛经》完成的时代已经接受了与《历代法宝记》相似的理论，而抛弃了神会"十三代祖师"这一立不住脚的版本。[116]

接下来，扬波斯基对宗密的《圆觉经大疏钞》中所总结之九世纪初禅宗各支派进行了考察，宗密共列举了七支不同宗派并对其历史和教法特点做了简短的说明，这七支宗派是：

1. 传承五祖弘忍的北宗，以神秀和普寂为代表。

2. 传承五祖弘忍的四川宗派，由智诜所建立。智诜的法嗣有处寂（唐和尚）与无相（金和尚）。

3. 传承五祖弘忍的老安（慧安）的宗派，其法嗣是陈楚章和无住。

113 Philip B. Yampolsky. The Platform Sutra of the Sixth Patriarch[M]. New York: Columbia University Press. 1967. p40.

114 Philip B. Yampolsky. The Platform Sutra of the Sixth Patriarch[M]. New York: Columbia University Press. 1967. p45.

115 Philip B. Yampolsky. The Platform Sutra of the Sixth Patriarch[M]. New York: Columbia University Press. 1967. p45.

116 Philip B. Yampolsky. The Platform Sutra of the Sixth Patriarch[M]. New York: Columbia University Press. 1967. p46.

4. 传承六祖慧能的南岳怀让的宗派，这一支后来发展成为禅宗的两个重要宗派之一。其领导者是马祖道一，据宗密所说，道一起初曾跟随无相（金和尚）学法。这一支是此处列举的七支宗派中唯一一支延续到唐代之后的宗派。

5. 传承四祖道信的牛头宗，宗密列出了这一支的八代祖师传承，提及的最后一人是法钦。

6. 传承五祖弘忍的宣什所代表的宗派，这一派在四川，以念佛坐禅为修行方式。

7. 神会的南宗，宗密是这个宗派的门人，在这个宗派中神会被称为七祖。

这些就是宗密所了解的九世纪初的禅宗支派，其中并没有提及延续到唐代以后的另外一支禅宗支派，即青原行思的宗派。这一支也能够追溯到六祖慧能。

扬波斯基指出，当时的北宗与南宗都在一些大城市里发展，接受皇家和高官的庇护。但是到了八世纪的最后几十年，它们开始失去活力，其门下不再有传承并发扬其教法的杰出的弟子出现。但与此同时，远在江西和湖南的一支新的禅宗正在崛起，虽然它的来源并不清晰，但它所创造或传承的传说却流传到了今天。创建禅宗传说并书写这个宗派历史的，是一部叫做《宝林传》的作品。这部作品曾经失传长达若干世纪，直到 1935 年才被重新发现。这部作品完成于 801 年，对于它的编撰者智炬，人们一无所知。《宝林传》的宗旨在于将可以追溯到慧能的这一新的宗派发扬光大，为了实现这一目的，《宝林传》推出了一套新的过去七佛与西天二十八组体系，这套体系被所有后来的禅宗史籍所采纳，最后成了现在普遍接受的传统。《宝林传》解决了如何描述传宗祖师传承的复杂问题，消除了早先各种传承版本的不连贯之处，它所推出的新的传承谱系，随着禅宗的逐渐发展获得了广泛的认可。然而《宝林传》又不仅仅满足于列出一份新的传承谱系，它还提供了这个谱系中所有祖师的信息，其生平的细节、语录，还给每一位祖师加上了一个"传法偈"。这些"传法偈"代表着禅宗祖师代代相传的教法，被后来的禅宗史籍所引用。《坛经》中就有从达摩到慧能的中土祖师的"传法偈"。这些"传法偈"不一定是《宝林传》创造的（大多数都不是），但它们第一次系统性地出现是在这部作品中，并且被融入了禅宗的传说。[117]

---

117 Philip B. Yampolsky. The Platform Sutra of the Sixth Patriarch[M]. New York: Columbia University Press. 1967. pp 47-49.

尽管《宝林传》中的信息来源很难确定，但它似乎呈现出了大量的混杂多样的材料，而非出在编撰者的创造。扬波斯基认为，禅宗传说的形成贯穿整个八世纪，许多故事被延续下来，也有一些最终被抛弃掉了。《宝林传》代表了这些传说的顶峰，它所包含的故事，由于其生动精致的细节，成为了禅宗的官方版本而在后来的史籍中反复出现。[118]

扬波斯基接下来对兴起于江西和湖南，其历史被《宝林传》所书写的这支新的禅宗宗派进行了考察。这一支禅宗的两个重要支派都在唐代以后继续传承，其中一支的创始人是南岳怀让，另一支的创始人是青原行思。他们的传承者是马祖道一和石头希迁。这些人和六祖慧能之间的联系虽然并不清晰，但毫无疑问都将慧能奉为自己的祖师。到了九世纪初，慧能已经成为"中国禅宗之父"，所有祖师中最受尊崇的一位。禅宗的传统已经确立并拥有了不间断的完整的传承血脉，这个传承血脉从佛陀开始，由天竺的二十八位传法者一直传到菩提达摩，再由菩提达摩传到慧能而后香火不断，越来越多的祖师被加入到这个传承谱系中。

扬波斯基在"传说的形成"这一部分讨论的最后一个问题是禅宗为什么在唐武宗会昌法难时期所受的影响比较小，而且在这次法难之后得以发展壮大。扬波斯基认为主要的原因有寺院的偏僻与简朴、僧人通过自我劳动来维持僧团的生计、其教法的特点等等。然而禅宗逃过会昌法难的最重要之原因是政治与地理方面的。长安、洛阳以及大城市中的佛教无法逃过当时的严厉措施，于是这些地区的禅宗支派几乎都毁灭了。然而在偏北一些的地区，尤其是在当时的河北地区，情况却很不相同，该地区的军阀此时基本已经处于割据自治状态。扬波斯基在此处引用了柳田圣山的《论唐末五代时期河北地区禅宗兴起的历史与社会概况》[119]一文指出，河北地区的军阀多数并非汉族出身，和当时软弱而缺乏影响力的中央政府之间没有特别紧密的联系。因而在河北，针对佛教的严苛迫害几乎没有被实施。该地区的军阀很多都是那一地区著名禅宗僧人的追随者，他们并不倾向于尊奉与其关系疏远的中央政府的命令。于是，到了公元 846 年新帝登基之后，对佛教的迫害政策被取消，这时禅宗已经成了中国佛教的主流派别。尽管其

---

118 Philip B. Yampolsky. The Platform Sutra of the Sixth Patriarch[M]. New York: Columbia University Press. 1967. p49.

119 柳田圣山的这篇文章发表在《日本佛教学会年报》1960 年 3 月第二十五期，第 171-186 页。

教法在之后的历史中又经历了许多的改变，禅宗一直都保持了其中国佛教主要派别的地位。[120]

第二部分"祖师的诞生：慧能传（The Birth of a Patriarch: Biography of Hui-neng）"

在这一部分，扬波斯基在这一部分对慧能的生平和身世进行了考证。他首先提出，慧能的传说从一个文献中的一处简单记载发展成为充满了各种细节、时间的详尽的传记。禅宗北宗一些人的事业也曾被记录下来，但却湮没在后来的历史文献当中。对慧能，人们几乎没有找不到当时的事实性记录，然而后来的禅宗历史文献中他的生平记录却很详细。扬波斯基提出了这样的疑问："关于慧能的材料有多少是没有根据的幻想？或者只能说永远也没有办法了解清楚，因为事实和传说是如此紧密的交织在一起而无法分开？"[121]

扬波斯基指出，记载慧能生平的有些文献明显是可疑的，这些文献在《全唐文》中都可以找到。他证伪的第一个文献就是法海为《六祖坛经》所作的《六祖大师法宝坛经略序》，怀疑其为元人所做。扬波斯基的根据是，法海的这篇《六祖大师法宝坛经略序》除《全唐文》外，只出现在元代版本的《坛经》之中，其标题是《六祖大师缘起外纪》，两者的文字只有一些细微的差别。这篇序言不仅在元代以前的任何文献中都没有出现，《坛经》的早期版本中或和慧能有关的材料也都没有提到它。有几个关于慧能生平的故事只存在于这篇序言中，其它任何作品都没有复制、扩充乃至提及。这说明《六祖大师法宝坛经略序》中的这些故事出现的时间极晚，因为有关慧能的文献有一个重要特点就是借用较早文献中的细节。[122]《六祖大师法宝坛经略序》除了内容可能出现非常晚之外，另一个可疑之处是完全缺少任何较早的版本，甚至连一点痕迹都没有。《全唐文》中的这篇《略序》和元代《坛经》中的《六祖大师缘起外纪》几乎一模一样，它之所以被编入《全唐文》中是由于编撰者们不够严谨，这些编撰者对唐代文献所作的海量搜寻中，无可避免地出现了失

120 Philip B. Yampolsky. The Platform Sutra of the Sixth Patriarch［M］. New York: Columbia University Press. 1967. p57.

121 Philip B. Yampolsky. The Platform Sutra of the Sixth Patriarch[M]. New York: Columbia University Press. 1967. p59.

122 Philip B. Yampolsky. The Platform Sutra of the Sixth Patriarch[M]. New York: Columbia University Press. 1967. p63.

真的情况。总之，扬波斯基认为法海的这篇《略序》无法被视做有关慧能生平的一部真实可靠的历史文献。[123]

扬波斯基证伪的第二个文献是《光孝寺瘗发塔记》。扬波斯基的根据是，第一，其中记载的广东法性寺印宗法师为慧能剃发，以及求那跋陀罗在法性寺建戒坛和智药三藏在 502 年在此处种菩提树并预言 160 年后有人"开演上乘，广度量众"等细节在《六祖大师法宝坛经略序》中也有；第二，这篇文献中提到埋藏慧能所剃之发的地点建造了八面七层宝塔，但是有关这座塔的碑铭早期的文献中却没有出现，在非常依赖碑铭作为材料的《宋高僧传》中也无法找到。这篇文献的内容在其他文献里都缺乏记载，因此缺乏研究慧能生平的历史真实可靠性。[124]除此之外，扬波斯基还认为《全唐文》中对唐中宗在神秀和慧安的建议下派人邀请慧能入京的记载缺乏根据，怀疑这是南宗门下的伪造。[125]

对于上述一些材料，扬波斯基认为它们的可信度不高，但他也认为有些文献的记载是比较可靠的。例如，扬波斯基认为最早的关于慧能的可靠记载出自《楞伽师资记》（记录了慧能是五祖的弟子之一）。[126]他认为另外值得注意的信息包括王维应神会所请写的《六祖能禅师碑铭》，其中提到了慧能曾"混农商于劳侣"、"如此积十六载"，这些记载都没有出现在在神会的作品或是《坛经》中。据此，扬波斯基推测："八世纪的三十年代到五十年代间，可能存在关于慧能的两种不同的传说。一种以慧能从出生到离开五祖这段时间的经历为中心；另一种则关于其离开黄梅之后，到曹溪传法的经历。这两类传说最终合成了一个故事。"[127]扬波斯基指出，关于慧能的生平，无法断定事实止于何处，传说始于何处，没有证实关于慧能的故事的细节。就像禅宗的西天祖师及其中土传承者们的各种传奇经历了在八世纪的逐渐发展一样，慧能的生平也经历了一个不断演变的缓慢的过程。扬波斯基认为："如果我们将所有可以得到的材料加以考量，剔除那些最像传说的故事中的不连贯之处，我们就能够获得一个

123 Philip B. Yampolsky. The Platform Sutra of the Sixth Patriarch[M]. New York: Columbia University Press. 1967. p64.

124 Philip B. Yampolsky. The Platform Sutra of the Sixth Patriarch[M]. New York: Columbia University Press. 1967. p65.

125 Ibid., p65.

126 Ibid., p66.

127 Philip B. Yampolsky. The Platform Sutra of the Sixth Patriarch[M]. New York: Columbia University Press. 1967. p69.

相对比较可信的慧能的生平。然而另一方面，如果我们去除了关于慧能的各种传说和无法用事实证明的文献内容，那我们对于他几乎就没有什么可说的了。我们或许可以推断一个介于事实和传说之间的答案，即存在过一个叫慧能的人，他一定有一些名气，但仅限于他所生活的华南地区。围绕着他产生了很多的传说，这些传说中也包含了一定程度的事实，但哪些是事实却无法断定。慧能的传说多数是神会编造出来的，同样，我们也不知道神会在多大程度上编造了这个传说。随着慧能的故事的发展，像法海的《六祖大师法宝坛经略序》一类的材料加了进去，这个故事就远非八世纪中叶那时候的简单版本了。然而通过抬高慧能作为祖师的地位，神会却在不经意之间改变了禅宗的特质。一个人间化的过程出现了，在这个过程中重心从佛陀转向了凡人，从佛陀的话语转向了禅宗列代祖师的话语。到了九世纪，江西与湖南新的宗派对著名禅师及其语录的尊崇使得这个倾向变得更加明显。" [128]

之后扬波斯基介绍了流传日本的《曹溪大师别传》，认为《曹溪大师别传》合并了许多关于慧能的传说又加入了相当多的新材料，其中的大部分可信度均不高。这部作品是六祖的弟子，曾为六祖守塔的行韬（《宋高僧传》和《景德传灯录》称其为令韬）及其门下一系的产物。《曹溪大师别传》中的有些故事和《神会语录》中的一致，有些则在王维的碑铭中有所提及，还有一些故事则是全新的。非常明显的一点是，很多后来文献中的有关慧能生平的故事都来源于这部文献。扬波斯基认为，《祖堂集》《宋高僧传》《景德传灯录》《六祖大师法宝坛经略序》都大量使用了其中包含的材料，《宝林传》失传的几卷中也很有可能包含其中的内容。[129]关于这部文献完成的时代，扬波斯基认为大约是在 782 年前后。关于这部文献的意义，扬波斯基提出，由于其所包含了新的内容和各种不同的故事，它展示了慧能的传说形成的过程。其中有真实和虚构并存的人物，有确切的日期和人名，还展示了经过加工的皇家宣召的文本。后来的文献使用了这些材料，剔除了一些明显的错误，保留了基本的故事主干。[130]在对《曹溪大师别传》的内容进行了一个概括性的介绍之后，

---

128 Philip B. Yampolsky. The Platform Sutra of the Sixth Patriarch[M]. New York: Columbia University Press. 1967. p70.

129 Philip B. Yampolsky. The Platform Sutra of the Sixth Patriarch[M]. New York: Columbia University Press. 1967. p70.

130 Philip B. Yampolsky. The Platform Sutra of the Sixth Patriarch[M]. New York: Columbia University Press. 1967. p71.

扬波斯基阐释了自己对这部文献的判断。他认为，大约于 782 年完成的《曹溪大师别传》出自行韬及其门人所代表的禅宗派别，尽管其中的内容有许多不准确的地方，但它却是很多与慧能有关的传说的来源。值得注意的是，《曹溪大师别传》提到神会的地方只有一处，在这一处神会是作为一个十三岁的年轻僧人出现；这部文献也没有提及《坛经》及其编撰者法海。实际上，《曹溪大师别传》的主要内容是赞美慧能和建立行韬一系合法性。《曹溪大师别传》特别强调传法袈裟的传承，极力表明这件袈裟仍然在曹溪，这一点或许正是为了反对《历代法宝记》中传法袈裟被带去四川的说法。而北宗在《曹溪大师别传》中几乎被忽略了，除了一处提到神秀，另一处提到武平一（北宗门下俗家弟子，《曹溪大师别传》说他曾经磨去了慧能的碑文，笔者注）。在这部文献中见不到南北两宗相争斗的内容，这或许是因为到了其成书的时代南北两宗的争斗已经渐趋结束，没有讨论的必要了。无论如何，《曹溪大师别传》代表了一个远离都城等大城市的地方性禅宗支派，对于南北宗的敌对并不特别关心。[131]

扬波斯基对《曹溪大师别传》和《宝林传》的关系也提出了自己的看法。他认为："我们可以推测，《宝林传》中包含一个比较长的慧能传记，大大地扩充了他的传说，其中很可能包括了《曹溪大师别传》中的材料。许多后来的历史文献都引述《宝林传》，如我们所见，继承了其中西天二十八祖的理论，同样的道理有关慧能传记的材料，也可能出自《宝林传》当中。"[132]

扬波斯基考证慧能生平的其他文献还有柳宗元的《曹溪第六祖赐谥大鉴禅师碑》（《全唐文》第五八七卷）和刘禹锡的《曹溪六祖大鉴禅第二碑并序》（《全唐文》第六一零卷），他指出这两篇碑文所记载的慧能去世的时间不一致。柳宗元的碑文写于 815 年，刘禹锡的碑文写于 816 年，但两篇碑文声称是在慧能离世 106 年之后所写。这样推算，慧能离世的时间应该是 709 或 710 年。[133]对于这个问题，印顺法师的看法是，这个差异只是年代推算上的错误。他认为："柳宗元和刘禹锡，为有名的文学家。对于'百有六

---

131 Philip B. Yampolsky. The Platform Sutra of the Sixth Patriarch[M]. New York: Columbia University Press. 1967. p77.

132 Philip B. Yampolsky. The Platform Sutra of the Sixth Patriarch[M]. New York: Columbia University Press. 1967. p77.

133 Philip B. Yampolsky. The Platform Sutra of the Sixth Patriarch[M]. New York: Columbia University Press. 1967. p77.

年而谥'，不一定经过自己的精密推算，而只是依据禅者的传说，极可能是根据当时流行的《曹溪大师别传》（简称《别传》）。《别传》的年代，极不正确，却是当时盛行的传说。"[134]印顺法师列举了《曹溪大师别传》中的"大师在日，受戒，开法度人卅六年。先天二年壬子岁灭度，至唐建中二年，计当七十一年"一句，指出"先天二年，是癸丑岁，《别传》误作壬子。从先天二年（713）到建中二年（781），只有六十九年，但《别传》却误计为七十一年。依据这一（当时盛行的）传说为依据，再从建中二年到元和十年（815），首尾共三十五年。这样，七十一又加三十五，不恰是百零六年吗？'百有六年而谥'的传说，我以为是根据错误的计算，是不足采信的。"[135]扬波斯基看待这个问题的角度和印顺法师有所不同，他认为，两篇碑铭的重要性正在于它们的差异恰好说明了在慧能离世时间上各种文献缺乏一致性这个问题。[136]

接下来，扬波斯基考察了《宋高僧传》中慧能的传记，他发现了很多著名官员对慧能的赞誉。关于这些赞誉，扬波斯基认为和慧能本身的关系并不大，但却说明了神会为了抬高慧能所作的努力。这些著名的官员们给予慧能的赞誉并没有什么作证材料，《宋高僧传》中的说法来自何处也无法得知。但重要的是，这些官员其中的三人，宋之问、张说和武平一和北宗有联系。然而在《宋高僧传》中却和六祖慧能联系在一起，由于这个信息在其他的文献中都没有出现，因此其真实性是很可怀疑的。[137]

在这一部分的最后，扬波斯基转述了《景德传灯录卷第五》中关于慧能生平的记载。扬波斯基以一种审慎的态度对待有关慧能生平的材料，他认为："这些传记中的其中一些可以直接抛弃掉，但我们看到的并不代表就可以完整一个真正的传记。这仍然是一个发展中的传说，一个八世纪禅宗逐渐兴起中的故事。当我们面对《坛经》这部介绍慧能生平和教法的作品时，我们同样面对这一些无法解决的问题。"[138]

---

134 印顺著，中国禅宗史 [M]，贵阳：贵州大学出版社，2012，第160页。

135 印顺著，中国禅宗史 [M]，贵阳：贵州大学出版社，2012，第160页。

136 Philip B. Yampolsky. The Platform Sutra of the Sixth Patriarch[M]. New York: Columbia University Press. 1967. p77.

137 Philip B. Yampolsky. The Platform Sutra of the Sixth Patriarch[M]. New York: Columbia University Press. 1967. p79.

138 Philip B. Yampolsky. The Platform Sutra of the Sixth Patriarch[M]. New York: Columbia University Press. 1967. p88.

第三部分 "《坛经》的形成（The Making of a Book: The Platform Sutra）"

扬波斯基导读的第三部分是按照历史演变对《六祖坛经》各版本进行的考证，他开宗明义的指出："到了八世纪末，将要继续下去的禅宗传说已经形成……然而《六祖坛经》的演变过程才刚刚开始。"[139]

扬波斯基首先考证的是目前的各个版本《坛经》当中最古老的敦煌本。他认为，这个版本中存在大量的错误，例如错抄、漏抄、重复和前后不一致等等。因此，这个写本一定是一个更早且本身并不完善的《坛经》版本的复制品，它有可能是在仓促之间写就的，甚至有可能是通过口头念诵笔录的。而对于这个原本，人们已经无法获知。[140]

扬波斯基总结了关于敦煌本《六祖坛经》的两种看法，一种看法以宇井伯寿以及其他很多日本学者为代表，认为它的原本在慧能去世后不久的714年左右，由其弟子法海编辑而成，随着岁月的流逝这个版本可能被神秀的门人添加了一些内容，最终大约在820年左右形成了我们今天所见的样子；另一种看法来自胡适，他也认为敦煌本应该是某个更早本子的抄本，但这个更早的抄本是神会一系所作，和慧能与法海没有关系。关于《坛经》，我们没有足够的信息做结论性的判断，因此这两种观点的对立是无法解决的。[141]

扬波斯基还提到，在对敦煌本《坛经》形成年代的分析上，日本京都大学藤枝晃教授通过对这个抄本字体的研究，认为其形成于830-860之间。[142]扬波斯基举敦煌本《坛经》第55节中"此坛经，法海上座集。上座无常，付同学道漈。道漈无常，付门人悟真。悟真在岭南曹溪山法兴寺，见今传授此法。"一句，他提出，如果这个说法值得信任，悟真是慧能之后的第二代。然而两个北宋版本[143]的《坛经》所列名单却表明悟真是慧能之后的第四代（兴圣寺本和大乘寺本此处的原文都是，"洎乎法海上座。无常以后，此坛经付嘱志道，志道付彼岸，彼岸付悟真，悟真付圆会，递代相传付嘱。"笔者注），敦煌本和北宋

139 Philip B. Yampolsky. The Platform Sutra of the Sixth Patriarch[M]. New York: Columbia University Press. 1967. p89.

140 Philip B. Yampolsky. The Platform Sutra of the Sixth Patriarch[M]. New York: Columbia University Press. 1967. p89

141 Philip B. Yampolsky. The Platform Sutra of the Sixth Patriarch[M]. New York: Columbia University Press. 1967. p90

142 Philip B. Yampolsky. The Platform Sutra of the Sixth Patriarch[M]. New York: Columbia University Press. 1967. p90.

143 扬波斯基指的是流传日本的兴圣寺本和大乘寺本。

本在这个地方显然是矛盾的。扬波斯基认为北宋本此处所记比敦煌本要更准确，虽然很难估计禅宗僧人的一代多长，但有些奉慧能为祖师的宗派在慧能之后的第四代经历了一个繁荣的时期，而这一时期正是九世纪开始后的第二个十年。还有另外的一个证据表明《坛经》可能完成于 820 年左右，在韦处厚的《兴福寺内道场供奉大德大义禅师碑铭》中直接提到了《坛经》的名字，而这篇碑铭的时间很可能是在 818 至 828 之间。[144]扬波斯基推测，可能有与敦煌本相似的某个本子的几个抄本在同一个时期内流传，日本僧人圆珍和圆仁带回日本的书籍目录中有所提及。中国当代学者向达也提到过曾经在一个私人收藏家手里见过一个抄本（向达所见的是即是敦博本：笔者注）。[145]

扬波斯基将敦煌本《坛经》中的材料进行了总结，认为可以分为五类：（1）慧能生平的传记；（2）慧能的说法；（3）贬抑北宗抬高南宗的材料；（4）与法海有关的强调《坛经》递相传授的材料；（5）偈颂、各种各样的故事及其他不属于前四类的其余材料。[146]然后，扬波斯基依据铃木大拙的分节方式，对《坛经》中的上述内容进行了研究。

在这几类内容当中，扬波斯基重点分析的是《坛经》第 12 至 31 节和 34 至 37 节，也即是慧能在大梵寺说法的内容。他经过对这部分内容的仔细阅读发现，慧能的说法和神会作品中的内容有明显的相似之处。这种相似之处不仅体现在思想和概念上，就连一些地方的措辞也几乎是一样的。[147]扬波斯基还列举了敦煌本《坛经》内容与神会的作品内容相接近的一些具体例子来说明他的看法。他所列举的内容包括：第 13 节中"定慧体一不二"的内容；第 14 节中提及维摩诘和舍利弗的内容；第 15 节中用"灯"与"光"比喻"定慧等"的内容；第 17 节讨论"无念"这一概念的内容；第 26 节、30 节和 31 节中关于"摩诃般若波罗蜜"的内容；第 34 节中有关达摩和梁武帝的故事。[148]扬波斯基认为："由于上述的这些相似之处，想从这些说法的内容

144 Philip B. Yampolsky. The Platform Sutra of the Sixth Patriarch[M]. New York: Columbia University Press. 1967. p91

145 Philip B. Yampolsky. The Platform Sutra of the Sixth Patriarch[M]. New York: Columbia University Press. 1967. pp 91-92.

146 Philip B. Yampolsky. The Platform Sutra of the Sixth Patriarch[M]. New York: Columbia University Press. 1967. p92.

147 Philip B. Yampolsky. The Platform Sutra of the Sixth Patriarch[M]. New York: Columbia University Press. 1967. p93.

148 Philip B. Yampolsky. The Platform Sutra of the Sixth Patriarch[M]. New York: Columbia University Press. 1967. p93.

中总结出慧能的'思想'或许是不可能的。另外，我们发现，在神会的语录中，从来都没有对慧能的直接引用。因此即使我们不说《坛经》的思想来自于神会的作品，我们至少必须承认两者之间有紧密的联系。[149]

　　扬波斯基还对有可能是后人添加到《坛经》中的一些内容作了分析。例如，他认为第 33 节（扬波斯基原文误写为 32 节）中的"无相偈"，就有可能是后人的添加。因为在其中出现了"大师"这一词语，而这个词语是不能用来自称的，因此此节中的"无相偈"可能出自后人之手，或至少是经过了后人的修改。第 42 至 44 节慧能与不同僧人之间的机缘问答也可以归为后来的添加。第 45 节和 46 节详细地介绍了"三十六对法"，这一理论仅见于《坛经》之中，其来源完全无从知晓。尽管所有后来的《坛经》中都有这个内容，但其他的禅宗文献中却都没有记载。"三十六对法"被不加讨论也不加扩充地一直保留了下来，可能是出于对慧能的尊重。这几节内容在很久以前就被认为是慧能所教，因此尽管意义比较模糊晦涩，但还是被保留了下来。第 49 节除了包含与神会有关的预言外，还包含了中土六祖的传法偈。这些传法偈作为八世纪禅宗传说的一部分似乎获得了非常重要的地位，在此处的出现代表了其演变的一个阶段。第 50 节有两个慧能所作的传法偈，在后来的《坛经》版本中是没有的。第 51 节提供了一份西天与中土的禅宗祖师传承谱系，这个传承谱系出现的时间应该在《历代法宝记》与《宝林传》之间。第 52 至 54 节当中慧能的偈颂和对其离世的描写也应该是后人的添加。[150]

　　扬波斯基对敦煌本《坛经》的个人看法是："这个文献很明显由两部分的基本内容构成：一部分是大梵寺说法，其中包括慧能的自传（这个自传如果不是后人的添加，也无疑经过了修改）；以及其他的较晚的时期添加的内容。《坛经》中较早形成内容的真实可靠性的问题无法解决。较早版本的缺失、围绕着编撰者法海的重重迷雾、许多说法内容与神会作品的相似性、神会作品没有提到《坛经》、关于慧能说法的所在大梵寺缺少可靠信息，以上种种问题都倾向于《坛经》纯粹为神会一系所作的看法。然而我们却不能直截了当地说不存在法海这个人，也不能说他或者慧能的其他弟子没有记录过慧能的

149 Philip B. Yampolsky. The Platform Sutra of the Sixth Patriarch[M]. New York: Columbia University Press. 1967. p93.
150 Philip B. Yampolsky. The Platform Sutra of the Sixth Patriarch[M]. New York: Columbia University Press. 1967. p96.

说法，同样也不能说这些内容没有经过修改、扩充而后形成了目前这个版本《坛经》的第一部分。"[151]

扬波斯基认为有两个文献可以证明曾经存在过一个在慧能去世后不久编撰而成的《坛经》原始版本。其一是《景德传灯录》所载慧能的弟子南阳慧忠的一处言论，在这处言论中，慧忠表达了对《坛经》被人篡改的不满。他的原话是："聚却三五百众，目视云汉，云是南方宗旨，把他《坛经》改换，添糅鄙谈，削除圣意，惑乱后徒，岂成言教？"[152]对于慧忠的这段话，扬波斯基引述了宇井伯寿《禅宗史研究》中的看法。宇井伯寿认为，慧忠死于775年，761年奉诏入宫，这段评语一定是在他入宫之前所说，这就表明当时《坛经》已经出现了混乱的情况。[153]另一个可以用来支持有一个较早版本《坛经》的文献是韦处厚写给马祖道一的弟子鹅湖大义的碑铭（即上文提到的《兴福寺内道场供奉大德大义禅师碑铭》，笔者注）。这个碑铭中提到神会的"洛者日会，得总持之印，独曜莹珠，习徒迷真，橘枳变体，竟成《檀经》传宗，优劣详矣。"一段话存在争议。宇井伯寿对这句话的理解是："洛阳的神会，得到了慧能的传法，如明珠一般独自照耀，但是他的弟子却不能区分真伪，将橘树变成了枳树。于是《坛经》就成了现在这个样子。最后，拥有《坛经》的传授之抄本就成为传法之标志。"[154]扬波斯基认为，根据这个解释，神会的弟子篡改了《坛经》的原始版本，使得它仅仅成了一个传法的象征。然而胡适对韦处厚碑铭中的这段话的理解却有所不同。他认为这段话的意思是说南宗的弟子迷失真相，各种矛盾搅乱了正法，《坛经》完成之后，正法得到了传承，各种矛盾观点中的优劣得以澄清。于是乎，胡适认为这暗指神会创作了《坛经》。[155]扬波斯基认为，《兴福寺内道场供奉大德大义禅师碑铭》中的这段文字意义太过模糊，因此不好断定宇井伯寿和胡适的两种解释哪种是正确的。这篇碑铭也无法被用来作为断定《坛经》作者的根据。但这篇碑铭却可以用来判断《坛经》的成书之时间。扬波斯基指出："如果我们假设有一个和敦煌本相接近的本子，它应该在韦处厚离世的828年之前就存在，很可能

---

151 Philip B. Yampolsky. The Platform Sutra of the Sixth Patriarch[M]. New York: Columbia University Press. 1967. p97.

152 这段话出在《景德传灯录卷二十八》之《南阳慧忠国师语》。

153 Philip B. Yampolsky. The Platform Sutra of the Sixth Patriarch[M]. New York: Columbia University Press. 1967. p97.

154 宇井伯寿，禅宗史研究 [M]，东京：岩波书店，1942，第111-112页。

155 胡适，神会和尚遗集 [M]，上海：上海东亚图书馆，1930，第75-76页。

早于大义离世的 818 年。"[156]

在上述分析的基础之上，扬波斯基对敦煌本《坛经》做出了判断。他认为敦煌本《坛经》成书的时间在 830 年至 860 年之间，它是此前一个更早版本的抄本，这个更早版本中的一些材料可以回溯到 780 年左右。扬波斯基还认为，在一个时期之内，曾经有数量可观的抄本在中国很多地方流传。[157]

下面，扬波斯基将注意力转向了《坛经》的其他一些版本。他首先关注的是惠昕本，这个版本为僧人惠昕在 967 年所编，原本已经不存，人们对惠昕本的了解来自兴圣寺本的序言。兴圣寺本《坛经》的序言为手写，是日本僧人了然在 1599 年从他处抄写而来。扬波斯基认为，很明显的一点是了然手里的这个刊本是不完整的，因此他从其他地方用手写抄录了一个序言作为补充。然而了然出了一个错误，也可能是重复了前人的错误：他将原本是各自独立的惠昕所作和晁子健所作的两个序言合成了一个。扬波斯基对兴圣寺本《坛经》的渊源进行了追溯，他认为兴圣寺本以 1153 年刻印的宋代五山版为底本，五山版则依据的是 1031 年的一个写本，这个写本是惠昕在 967 年编定的《坛经》的抄本。至于惠昕本，则源于一个和敦煌本相接近的《坛经》抄本。[158]

接下来，扬波斯基考察了流传日本的另一个版本——大乘寺本《坛经》。兴圣寺本和大乘寺本都分为上下两卷十一门，但两者之间也有很多的不同之处。扬波斯基认为兴圣寺本和大乘寺本都源于惠昕在 967 年编定的《坛经》版本。对于惠昕所说的将《坛经》分为两卷十一门的说法，应该没有什么可以怀疑的，因为兴圣寺本和大乘寺本都采取了这样的结构划分，因此两者可能源于同一版本。两者之间的一个显著差异是西天二十八祖的传承谱系。兴圣寺本中的谱系尽管有一些改变，大部分内容都和敦煌本《坛经》相同；而大乘寺本中的谱系则和《宝林传》一致。扬波斯基对比了敦煌本《坛经》《宝林传》《圆觉经大疏钞》兴圣寺本《坛经》和大乘寺本《坛经》等六个文献中的西天谱系，做出了如下的一些总结：兴圣寺本中的谱系和敦煌本及《圆觉

156 Philip B. Yampolsky. The Platform Sutra of the Sixth Patriarch[M]. New York: Columbia University Press. 1967. p98.

157 Philip B. Yampolsky. The Platform Sutra of the Sixth Patriarch[M]. New York: Columbia University Press. 1967. pp 98-99

158 Philip B. Yampolsky. The Platform Sutra of the Sixth Patriarch[M]. New York: Columbia University Press. 1967. p100

经大疏钞》中的一致；大乘寺本的谱系虽然保留了敦煌本的数目系统，但却完全和《宝林传》相同。扬波斯基认为大乘寺本一定代表了一个惠昕本的不同版本，大乘寺本的序言明确地提到这个版本是一个再刊本。因此应该有一个失传的初刊本，它可能是惠昕本的修改本，属于当时一个接受《宝林传》所载传承体系的禅宗宗派。[159]

扬波斯基还提出，由于敦煌本和惠昕所依据的抄本都含有法海及其门人递相传承的内容，其流传的范围可能极为有限，但惠昕 967 年编定的版本却有可能在禅宗的其他支派当中广泛流传。支持这一结论的根据是，1004 年编定的《景德传灯录》提到了《坛经》的名字，这说明《坛经》已经被广泛使用了。是惠昕的所编定的版本使得《坛经》从在一个相对较小的范围内流传发展到被禅宗的所有支派都接受，进而受到宋代文人的推崇。大乘寺本或许代表了被南岳怀让和青原行思之后发展而来的各禅宗支派所接受的版本；兴圣寺本则可能代表了宋代的文人们所推崇的版本，这些文人更看重的是版本的完善而非传法谱系的准确性。[160]

扬波斯基指出，在惠昕本和两个北宋本《坛经》出现之间，还存在另一个《坛经》版本。尽管这个版本现已不存，但有三个文献曾经提到过它。这三个文献是：1.衢州本的《郡斋读书志》，其中提到了惠昕所编辑的三卷十六门本《六祖坛经》；2.《文献通考》，其中的第五十四卷提到了三卷本的《六祖坛经》，但没有说明编者；3.北宋名僧契嵩所编的《镡津文集》，其中的第十一卷有一篇侍郎郎简撰写的《六祖法宝记序》，在此文中郎简提到契嵩曾写过一篇赞颂《坛经》的文章，两年之后又得到了一个"曹溪古本"，经编辑修订之后分为三卷刻印。[161]

对于已经失传的契嵩本，扬波斯基认为它的重要性在于，它显然是两个元代大幅扩充的本子（德异本和宗宝本，笔者注）的文献来源之一，而这两

---

159 Philip B. Yampolsky. The Platform Sutra of the Sixth Patriarch[M]. New York: Columbia University Press. 1967. p103.

160 Philip B. Yampolsky. The Platform Sutra of the Sixth Patriarch[M]. New York: Columbia University Press. 1967. p104.

161 Philip B. Yampolsky. The Platform Sutra of the Sixth Patriarch［M］. New York: Columbia University Press. 1967. pp104-105. 扬波斯基所引述郎简所作的《六祖坛经记序》的原文是："然六祖之说，余素敬之。患其为俗所增损，而文字鄙俚繁杂，殆不可考。会沙门契嵩作《坛经赞》，因谓嵩师曰：若能正之，吾为出财，模印以广其传。更二载，嵩果得曹溪古本校之，勒成三卷。"

个版本所依据的本子显然与惠昕本不同。[162]扬波斯基还转述了胡适与宇井伯寿在"曹溪古本"这个问题上的分歧，"胡适认为郎简《六祖法宝记序》中提到的'曹溪古本'即是《曹溪大师别传》，契嵩将其和惠昕本合并形成了新的三卷本并保留了惠昕作为编者的地位。而宇井伯寿则完全不认同胡适的看法，他认为《曹溪大师别传》和北宋本的《坛经》有着明显的文体风格区别，撰写《坛经赞》的契嵩不可能将《曹溪大师别传》看做'曹溪古本'。"[163]对于胡适的观点，扬波斯基也认为其不够有说服力。扬波斯基指出："胡适的文章发表之时，《宝林传》还没有被发现；另外，他当时也没有看到《祖堂集》。胡适依据契嵩在《传法正宗记》中对禅宗史的记载，认为是契嵩最终建立的西天二十八祖的理论并了解《曹溪大师别传》。因为契嵩将慧能'吾灭后二十余年，邪法缭乱，惑吾宗旨。有人出来，不惜身命，定佛教是非，竖立宗旨，即是吾正法。'预言中的'二十年'改为《曹溪大师别传》中的'七十年'。然而，这个变化在《祖堂集》和《景德传灯录》中就已经存在，远远早于契嵩的时代。而二十八祖，则源于《宝林传》。"[164]

　　对于契嵩本和两个元代版本（德异本和宗宝本）的关系，扬波斯基认为元代的两个版本极为相似，很明显是基于同一个本子，这个本子最后可能就是失传的契嵩本，或是契嵩本一个稍晚的改订本。元代的两个版本经过了大幅度的扩充，加入了与《坛经》相关的新材料，因此文献记载中三卷本的契嵩本，也极有可能是一个扩充了的版本。[165]扬波斯基还认为，编订宋代的两个《坛经》版本的人与当时文学界关系密切，同时也提及了《坛经》对宋代文人的影响。例如，晁迥就曾经十六次阅读《坛经》；契嵩虽然是个禅僧，但也与当时佛教界之外的人士有广泛的交往，因此契嵩本不无为文人所润色的可能。因此，契嵩本的读者不会仅限于佛教界内部。在契嵩的时代或其去世后不久，《坛经》和《宝林传》都被认为是伪作从而没有被入藏，这就在一定程

---

162 Philip B. Yampolsky. The Platform Sutra of the Sixth Patriarch[M]. New York: Columbia University Press. 1967. p 105.

163 Philip B. Yampolsky. The Platform Sutra of the Sixth Patriarch［M］. New York: Columbia University Press. 1967. p 105 胡适的观点出自《坛经考之二》，宇井伯寿的观点出自《第二禅宗史研究》。

164 Philip B. Yampolsky. The Platform Sutra of the Sixth Patriarch［M］. New York: Columbia University Press. 1967. p 105. fn48.

165 Philip B. Yampolsky. The Platform Sutra of the Sixth Patriarch［M］. New York: Columbia University Press. 1967. p 106.

度上解释了契嵩本为何会失传。[166]

对于元代的德异本和宗宝本，扬波斯基认为这两个版本在地理位置相距甚远的区域刻印，彼此之间相互独立，但内容却非常相似，这表明它们依据的是同一个本子。扬波斯基认为，德异可能见过惠昕本，但他在《六祖法宝坛经序》中提到的幼年时曾读到的大幅扩充的版本则可能是契嵩本（或它的某一版），最终德异获得了契嵩本的另一个版本并将其刻印出来。而德异在序言中抱怨的"节略太多"的本子，则可能是经过了缩略的惠昕本。[167]对于宗宝在《六祖大师法宝坛经跋》中所说的将三本合为一本，并加入弟子请益机缘的内容，扬波斯基认为，弟子请益机缘这一部分在德异本中也有，而宗宝本作为后出的版本却将称这部分材料为己所添加，因此，或者是宗宝的陈述不实，或者就必须另做解释。[168]对于德异本和宗宝本的关系，扬波斯基的总体观点是这两个版本各自独立，但却源于同一个本子，即失传的契嵩本。[169]对于德异本和宗宝本的差异，扬波斯基也做了一些总结和分析。两者虽然都分为十品，但每一品的标题有所不同，除此之外，德异本将法海列为编撰者，而宗宝本却将宗宝本人列为编撰者。这两个版本的主要差异体现在附加的文献材料方面，德异本只有德异和法海的序，而且宗宝本不仅有德异的序，还有契嵩的《坛经赞》、法海的序、宗宝的跋和各种不同的碑文。[170]接下来，扬波斯基对明清两代《坛经》大规模刻印和流传的情况作了分析，这些大规模流传的《坛经》版本在结构上稍有不同，一般都包含有前言性质的材料。《坛经》在当时的禅宗言教中所起到的作用与元代以后禅宗发生的巨大变化有不无关系,《坛经》的大量刻印表明它已经成为广大在家信徒和禅僧们所广泛使用的文献。[171]

---

166 Philip B. Yampolsky. The Platform Sutra of the Sixth Patriarch［M］. New York: Columbia University Press. 1967. p 106.

167 Philip B. Yampolsky. The Platform Sutra of the Sixth Patriarch[M]. New York: Columbia University Press. 1967. p 107.

168 Philip B. Yampolsky. The Platform Sutra of the Sixth Patriarch[M]. New York: Columbia University Press. 1967. p 108.

169 Philip B. Yampolsky. The Platform Sutra of the Sixth Patriarch[M]. New York: Columbia University Press. 1967. p 108.

170 Philip B. Yampolsky. The Platform Sutra of the Sixth Patriarch[M]. New York: Columbia University Press. 1967. p 108.

171 Philip B. Yampolsky. The Platform Sutra of the Sixth Patriarch[M]. New York: Columbia University Press. 1967. p 108.

最后，扬波斯基对《坛经》在日本的流传情况及其影响作了一个简短的介绍。南宋到元代的这一时期，禅宗作为一个佛教宗派到达日本，尤其是在十三至十四世纪，大量日本僧人远赴中国，也有许多中国禅师到日本传法。在中日两国的僧人交流如火如荼之际，尽管元代版本的《坛经》还没有出现，但十四世纪前期中日两国佛教界的紧密联系却使得元代版本《坛经》有可能在这一时期被带到日本。但事实上，直到 1634 年，元代版本《坛经》的日本版才出现。[172]到了德川幕府时期，出现了《坛经》的多个刻本和为数众多的评注作品，但宋代或元代版本的《坛经》似乎都没有在日本的禅宗宗派中起到重要的作用。当然，慧能作为禅宗六祖而受到尊敬，他的故事主要出现在一些公案文集当中。例如日本禅宗寺庙直至今日仍然广泛使用的《葛藤集》，其中就有慧能与惠明在大庾岭上相遇的故事。当听到慧能说出"不思善，不思恶，正与么时，哪个是明上座本来面目？"，惠明立时顿悟。这是一个著名的公案，常被用来作初习禅者的参悟之用。扬波斯基指出，这个故事也是有关慧能的传说，在敦煌本的《坛经》当中没有提及。[173]

第四部分"《坛经》的内容分析（Content Analysis）"

这一部分是扬波斯基站在一个西方人的角度上，向读者所作的《坛经》内容和思想的介绍。扬波斯基在这一部分的开头便提出，当人们企图了解《坛经》中的思想时很难将其置于真实的历史背景之下，因而只能将《坛经》作为一个整体来对其思想和结构做一些评述。《坛经》的结构安排是有迹可循的，其中的一些章节明显是编撰者加入的，这种做法带着明显的目的性。[174]

扬波斯基认为《坛经》的内容可以分为两个部分：一部分是在大梵寺的说法，包括慧能身世的自述在内（1-31 节，34-37 节）；第二部分是《坛经》余下的其他内容，这些内容虽然和大梵寺的说法没有太大关联，但经常起到重申或者强调慧能某些教法的作用。[175]对于大梵寺说法开始时加入的慧能对自己生平的自述，扬波斯基认为，通过采用一种自传的形式，编者赋予读者

172 Philip B. Yampolsky. The Platform Sutra of the Sixth Patriarch[M]. New York: Columbia University Press. 1967. p 109.

173 Philip B. Yampolsky. The Platform Sutra of the Sixth Patriarch[M]. New York: Columbia University Press. 1967. p 110.

174 Philip B. Yampolsky. The Platform Sutra of the Sixth Patriarch[M]. New York: Columbia University Press. 1967. p111.

175 Philip B. Yampolsky. The Platform Sutra of the Sixth Patriarch[M]. New York: Columbia University Press. 1967. p111.

一种与慧能的亲近感。作为一个没有文化且出身贫寒的普通人，毫不做作的慧能在还未出家之时就凭其内在的能力臻于禅的最高境界，《坛经》中一直贯穿并强调慧能作为一个榜样对大众的教育意义。慧能在开始修行之初是一个在家的普通人，他在大梵寺的说法也是应韦璩——一位政府官员——之请向广大的僧尼道俗所作的。《坛经》的第 36 节进一步说明了"若欲修行，在家亦得"，特别地强调了普通人的修行不仅可能，而且在寺庙之外也可以很好的进行。[176]

扬波斯基还特别注意到了慧能的"不识文字"，这一点为后来的禅宗所反复提及，但在《坛经》中却没有特别强调，它的作用主要是凸显与神秀的反差。后来的禅宗反复提及慧能的"不识文字"很大程度上是为了强调"以心传心"、"不立文字"的默然付法。而《坛经》却并不刻意塑造慧能不识字的形象，在它的内容中也没有文字、经典与禅宗教法相抵触的暗示。事实上，慧能的说法引用了不少佛经中的内容。很明显，敦煌本《坛经》不但并不特别强调慧能的"不识文字"，而且也并不强调禅宗的教法与传统佛教的不同之处。对《坛经》的编撰者而言，慧能的"不识文字"或许只是为了说明任何一个求法的普通人都有可能领悟禅宗的要义。[177]

扬波斯基对于《坛经》的内容所关注的另一个问题是禅宗的传法。他提出，《坛经》中没有给出任何确切的传法或教法方式，法的传承仅仅依靠老师对弟子理解程度的认知。直到慧能的时代，达摩的袈裟仍然是禅宗传法的象征，然而《坛经》却忽然提出这种传承方式到六祖就停止了，正如第 49 节中慧能所说"衣不合传"。众所周知，五祖有很多传法弟子，《坛经》却没有提及这一点，只提到慧能是五祖的继承人。然而在《坛经》的第 45 节中，慧能去世前付嘱的弟子却有 10 个。这似乎说明当时像弘忍和慧能这样的受人尊敬的著名禅师周围都有很多的弟子，其中一些天资聪颖的弟子照料老师的起居生活并从老师处接受教导，他们自身也最终成为他人的老师。对于这些继承人是如何指定的，对于慧能的弟子中那些是合法的继承者以及他们是如何被指定的，人们无法确切地了解。到了 1004 年《景德传灯录》完成之时，继承慧能法脉的人数达到了 43 人。《坛经》中特别强调了以这部经书本身作为传

---

176 Philip B. Yampolsky. The Platform Sutra of the Sixth Patriarch[M]. New York: Columbia University Press. 1967. p111.

177 Philip B. Yampolsky. The Platform Sutra of the Sixth Patriarch[M]. New York: Columbia University Press. 1967. pp 111-112.

法依据的重要地位，这样，以达摩的袈裟作为传法凭证就转变为以《坛经》本身作为传法的凭证。[178]

扬波斯基认为《坛经》中所体现的教法也不十分明确。很多说法是面向僧人和大众的，起到了重要的作用；《坛经》后半部分也提到了很多僧人以个人的身份几乎是随意地向六祖请教困扰他们的问题。这些问题是在私下场合提出还是在许多僧人在场的情况之下提出也不很清楚，两种情况也许都存在。似乎当时各种行脚僧人、精于律法或者某部特定经书的禅师、乃至感兴趣的僧俗人等都有可能向慧能问法。那些认同大师教法的人可能会留下来成为其弟子，并有可能成为最终的继承者，但这些人也不一定非要留下来，当时也没有特殊的寺院制度或命令要求这些人一定要成为僧团的一员。[179]《坛经》也没有清晰地说明僧人们的学习方法以及在何等程度上学习一些佛教经典。《坛经》中所提倡的禅定，无疑是一种主要的修行方法，但这种修行的细节却没有在这部作品中体现出来。《坛经》非常重视自我参悟（自性自度），因此在很大程度上弟子们是要依靠自己修行的。他们尽管一定从老师那里得到了一些教导，但这种教导有多深却不得而知。从《坛经》的内容来看，老师的教学方法主要有两种方式。一是当众说法，二是私下或者人数较少的场合解答一些弟子个人提出的问题。[180]

扬波斯基还注意到了这样的一个事实，《坛经》中几乎所有的基本思想都来源于已经存在的佛教经典著作，这些思想绝不是《坛经》的原创。这些思想来自各种不同佛经，以语句、术语或观念为形式，从禅宗的角度进行讨论。很多概念都引用自一些佛教经典，正如《坛经》的编撰者所引用慧能所说的"教是先圣所传，不是慧能自知"，这些概念也并非原创。《坛经》吸收自各种不同来源的思想，被以后的禅宗人物及后出的《坛经》版本不遗余力地加以美化，但在敦煌本中其形式却非常质朴。另外，扬波斯基还指出，尽管很多时候《坛经》中的某个特定观念可以追溯到某一个佛教经典，但相同的观念也经常在大量的其他经典中出现。除非《坛经》中说明某个观念来自何处，

---

178 Philip B. Yampolsky. The Platform Sutra of the Sixth Patriarch[M]. New York: Columbia University Press. 1967. pp 112-113.

179 Philip B. Yampolsky. The Platform Sutra of the Sixth Patriarch[M]. New York: Columbia University Press. 1967. pp 113-114.

180 Philip B. Yampolsky. The Platform Sutra of the Sixth Patriarch[M]. New York: Columbia University Press. 1967. p114.

人们很难确定其准确的出处。[181]

接下来，扬波斯基按在其出现的先后顺序向读者介绍了《坛经》中的一些核心思想，他首先介绍的是"定慧一体不二"。《坛经》告诉人们"先定后慧"或"先慧后定"，"因定生慧"或"因慧生定"都意味着"法有二相"。然而"定慧不二"的概念却并非源于《坛经》，这个思想在《涅槃经》中就出现了。《坛经》不认同"般若"通过禅定得来的思想，因为"般若"是每个人从一开始就具有的，《坛经》认为其和本性或领悟的智慧密切相关。除了作为一个基本的概念之外，"定慧不二"之所以被强调是为了体现禅宗和某系佛教宗派的不同立场，这些佛教宗派强调某个观念而排斥其他，或者认为某些观念优于其他观念。[182]

扬波斯基介绍的第二个思想是"一行三昧"和"直心"。这两个概念也可以追溯到其他佛教经典：前者可以追溯到《大乘起信论》，后者则可以追溯到《维摩诘所说经》。扬波斯基认为两个概念的意义是相近的，它们似乎被用于一种终极的禅定观念，即人不应该系缚于一切，包括"一行三昧"本身。《坛经》第14节的"迷人着法相，执一行三昧：直心坐不动，除妄不起心"暗含着对北宗禅的批评。"一行三昧"、"直心"的直接成果在《坛经》的第16节被提及（识自本心，见自本性。悟即元无差别，不悟即长劫轮回。笔者注），在这一节当中顿教被认为是"悟者"所采用的方法。《坛经》中提倡的就是这种彻底对"一行三昧"和"直心"的修行，这和一步一步渐修的方法形成了对照。《坛经》中没有特别说明在获得顿悟之后将会怎样，扬波斯基根据《坛经》中的内容认为，也许在起初的顿悟之后，需要更多的修行，更多的领悟，可能也需要修行者更大的努力，但后续的修行在《坛经》中却没有提及。[183]

扬波斯基介绍的第三个《坛经》中的重要思想是"无念"。这个思想仍然来自早先的佛教经典，在《大乘起信论》和其他佛经中均有记载。《坛经》将其称为"无念为宗"与"无相为体、无住为本"相联系而构成一组重要的

---

181 Philip B. Yampolsky. The Platform Sutra of the Sixth Patriarch[M]. New York: Columbia University Press. 1967. pp 114-115.

182 Philip B. Yampolsky. The Platform Sutra of the Sixth Patriarch[M]. New York: Columbia University Press. 1967. p115.

183 Philip B. Yampolsky. The Platform Sutra of the Sixth Patriarch[M]. New York: Columbia University Press. 1967. pp 115-116.

思想体系。扬波斯基认为"无念、无相、无住"这三个概念似乎指向同一个事物：无法用语言定义的"至道"（扬波斯基用了英文 the Absolute 这个西方哲学术语，笔者注）。禅宗认为从过去到现在再到未来的"心念"是延绵向前的，系缚于一个念头会导致其后的每一个念头都被系缚。通过断绝对某一个瞬间念头的束缚，就有可能达到念念无住并获得"无念"，即一种开悟的状态。开悟通过没有固定程式的禅定获得，但《坛经》却没有对这个过程加以解释，只是认为这只能通过个人的修行来实现。《坛经》认为人的本性从一开始就"本自清净"，但这种"清净"却没有"形相"，通过自我修行和努力才能实现对它的领悟。《坛经》中慧能的说法贯穿着禅定、般若、实相、清净、本性、自性、佛性等术语，这些概念和无法言表的"至道"是等同的，当个人对它有了发现和体验，就获得了开悟。[184]

接下来，扬波斯基介绍了《坛经》中所讲述的"禅定"与"坐禅"的关系。在《坛经》的第 19 节中，慧能将"坐禅"定义为"此法门中，一切无碍，外于一切境界上念不起为坐，见本性不乱为禅。"扬波斯基认为，这个定义是清晰的，但实现这一点的过程《坛经》却没有说清。慧能的定义反对禅宗的其他派别所倡导的形式上的坐禅，却绝不是反对禅定本身。《坛经》倡导自我修行，但却没有给出任何具体的细节，这也许预示了后来禅宗中日常生活的一切活动都是修禅的这个概念。[185]

在介绍了上述《坛经》中的重要思想之后，扬波斯基将目光转向慧能说法中为唐代大乘佛教做共有的一些内容。例如，向僧人和大众授戒的内容，在《坛经》中称为"无相戒"，扬波斯基认为，尽管不能确定其中的一些细节，但授戒在当时的各种佛教团体中十分流行，它或许带有某些仪式性的意义。《坛经》中的授戒表现了适用于大乘佛教的一些基本概念。[186]扬波斯基将《坛经》中授戒的内容的内容分为五个方面：（1）一体自性三身佛（第 20 节）；（2）四弘誓愿（第 21 节）；（3）无相忏悔（第 22 节）；（4）无相三皈依（第 23 节）；（5）与摩诃般若波罗蜜相关的说法（第 24-30 节）。扬波斯基认为这

---

184 Philip B. Yampolsky. The Platform Sutra of the Sixth Patriarch[M]. New York: Columbia University Press. 1967. pp 116-117.

185 Philip B. Yampolsky. The Platform Sutra of the Sixth Patriarch[M]. New York: Columbia University Press. 1967. p117.

186 Philip B. Yampolsky. The Platform Sutra of the Sixth Patriarch[M]. New York: Columbia University Press. 1967. pp 117-118.

些内容尽管被置于特定的禅宗说法语境之下，但其实服务于更宽泛的目的，即对大众所作的总体上的佛教启蒙。[187]

在以上五个方面的内容中，扬波斯基特别关注了《坛经》中慧能讲解摩诃般若波罗蜜法的内容。他认为，摩诃般若波罗蜜的思想和"禅"的联系极为广泛，强调"见自本性"（第 29 节）；万法尽在内心，不假外求，"不悟，即佛是众生；一念若悟，即众生是佛"（第 30 节）。这个思想同样也不是《坛经》的原创，很多佛教经典中都有类似的内容。扬波斯基还特别提到了《金刚经》和上述思想的联系。[188]最后，扬波斯基对摩诃般若波罗蜜法总结为："贯穿其中的根本思想是，'佛性'在众生之中，认识自己的'本性'才能够认识'佛性'。"[189]

大梵寺说法的结束部分是刺史韦璩和慧能之间的问答，扬波斯基认为在这一部分中慧能对梁武帝向菩提达摩提问"造寺布施供养"有无功德这一故事的阐发和对西方净土世界的解释反映了《坛经》对从智诜发展而来的四川宗派禅法及净土宗的批评。[190]

最后，扬波斯基对《坛经》中大梵寺说法之外的其他内容作了一些总结和考察。这些内容包括关于慧能的各种机缘故事、偈颂及其他的一些材料。扬波斯基认为这些内容虽然与大梵寺说法是各自独立的部分，但在某种程度上却是其内容的重复。[191]例如，第 33 节中的《无相颂》就重申了通过持续不断努力自我修行，不被一切系缚，从而达到"无住"、"无念"的思想。第 36 节中的《无相颂》可以被视为是大梵寺说法的一部分，其内容是对遵从正确的修行方式所作的一系列劝诫；第 48 节中的《真假动静偈》号召学道之人为契悟本性而努力用意，这首偈也包括一些对北宗禅法的否定；第 52 节的《真佛解脱颂》重复了第 30 节和第 35 节的观点，即佛性本自具足，不假外求；第 53 节的《自性佛真解脱颂》同样与"自性自悟"有关。扬波斯基认为

---

187 Philip B. Yampolsky. The Platform Sutra of the Sixth Patriarch[M]. New York: Columbia University Press. 1967. p118.

188 Philip B. Yampolsky. The Platform Sutra of the Sixth Patriarch[M]. New York: Columbia University Press. 1967. p118.

189 Philip B. Yampolsky. The Platform Sutra of the Sixth Patriarch[M]. New York: Columbia University Press. 1967. p118.

190 Philip B. Yampolsky. The Platform Sutra of the Sixth Patriarch[M]. New York: Columbia University Press. 1967. p119.

191 Philip B. Yampolsky. The Platform Sutra of the Sixth Patriarch[M]. New York: Columbia University Press. 1967. p119.

尽管"顿悟"被认为是获得"自性自悟"的恰当方式，但此处表达的思想与大乘佛教的般若思想而非某个禅宗的独特观点更为密切。[192]

有关慧能的种种机缘故事，扬波斯基认为它们可以被认为是佛教其他派别的批判以及对慧能禅法优越性的强调。这些故事中都有一个发问者，他们向慧能提出问题，慧能向他们讲解其禅法中的某些内容。例如，第40至41节中志诚的机缘故事表现了对北宗禅的直接批判。第42节法达与《法华经》的机缘故事批判了一些不附属于任何特定宗派的僧人，这些僧人大多某些经书的专家，他们四处游方参访各种名师。慧能在法达的机缘对话中批判的并非《法华经》本身，而是认为口头的背诵是不够的，修行者必须做到"口念心行"。第43节志常的机缘故事只是重复了学道之人必须自我修行的主张。第44节神会的故事，是唯一一个和后来的禅宗文献中的机锋问答像类似的故事，扬波斯基认为其中神会"不离曹溪山中，常在左右"的叙述没有事实依据。[193]

对于除了机缘故事和偈颂之外的其他材料，扬波斯基认为，第45至46节的"三十六对法"极为难于一探究竟，因为其出处是不明确的；第49至50节中土禅宗各祖师的传法偈以及第51节的西天谱系表达了禅宗在佛教内部建立自身合法地位的关切，此类传法偈在8世纪末广泛流传，《宝林传》中包含了所有禅宗祖师的传法偈；第37、39、48-49节中有一些攻击北宗"渐修"禅法而赞颂"顿教"的内容，这反映了两个禅宗派别一争高下的斗争，而这个问题在《坛经》成书的时候已经得到了解决；最后，扬波斯基注意到《坛经》中的一些内容目的只是为了主张《坛经》的文本本身作为传法凭证，这些内容在第1、32、38、47节中有所体现，表明了出于法海和曹溪的特定的禅法传承。

以上即为扬波斯基为《敦煌本六祖坛经译注》所写的长篇导论《八世纪的禅宗》之内容概述。在这篇学术性极强的导论中，扬波斯基分"传说的形成"、"祖师的诞生——慧能传"、"《坛经》的形成"、"《坛经》的内容分析"等四个部分对《坛经》出现的历史背景、禅宗在中国的形成和发展、有关慧能生平及其传说的种种真实与虚构相交织的文献记载、中日等国学者及扬波斯基本人对《坛经》历史演变、《坛经》中的主要思想等等问题做了相

---

192 Philip B. Yampolsky. The Platform Sutra of the Sixth Patriarch[M]. New York: Columbia University Press. 1967. p119.

193 Philip B. Yampolsky. The Platform Sutra of the Sixth Patriarch[M]. New York: Columbia University Press. 1967. pp 119-120.

当细致而又严谨的研究。扬波斯基这篇导论向我们展示了一个西方学者对于来自东方的古老文献进行研究所能够达到的广度和深度，同时他的研究也将美国的《坛经》研究提升到了一个前所未有的水平（扬波斯基的研究高度几乎是之后的美国学者难以企及的）。

扬波斯基的《敦煌本六祖坛经译注》对美国的《坛经》研究是如此之重要，正如学者伯兰特·佛尔所说："只是随着 1967 年扬波斯基（Philip Yampolsky）《坛经》（*Platform Sutra*）的翻译，以及相伴的关于禅祖师传承的起源和传说的学术性介绍，禅研究方获得其学术的资质。"[194]在此书 2012 年再版本前言中，学者墨顿··史鲁特（Morten Schlütter）站在西方禅宗研究历史的角度，给予了它极高的评价："1967 年扬波斯基对敦煌本《坛经》的解读与翻译是西方禅佛教研究史上的里程碑。尽管早在 1930 年代就有人把 12 世纪版本的《坛经》（指宗宝本，笔者注）译成英文，但敦煌本《坛经》、早期禅宗的历史和日本学者展开的研究却一直没有被西方学术界及对禅佛教感兴趣的其他人士所熟知。扬波斯基的博学，他在佛教文言文方面的技能及对日本禅宗知识的精通使他以一种西方禅宗研究方面的前所未有的水平完成了本书的写作。在一个英语禅学研究还被铃木大拙和艾伦·瓦茨等人的流行读物所占据的时代，扬波斯基批判性的审慎的研究极大地推进了我们对禅宗的理解和鉴别。在很多方面，扬波斯基的译本都标志了西方禅学研究的一个新的时代，使禅学成为严肃的学术探索的对象。扬波斯基培养了一代新的学者，他对佛教研究的影响一直持续至今。"[195]

扬波斯基的《敦煌本六祖坛经译注》不仅对美国的《坛经》研究具有重要的意义，同时也在材料、视角、观点和方法等维度为他国学者（尤其是中日两国学者）的研究提供了难能可贵的参考。遗憾的是，至今为止国内学术界对这部作品有所了解的学者还不多，大陆地区《坛经》研究的著名学者中除了邓文宽先生曾给予扬波斯基的研究较高评价外[196]，只有杨曾文先生在《新

---

194 ［法］伯兰特·佛尔，正统性的意欲：北宗禅之批判系谱［M］，上海：上海古籍出版社，2010，（附录二：当前英语世界的禅研究 第 241 页）。

195 Philip B. Yampolsky. The Platform Sutra of the Sixth Patriarch[M]. New York: Columbia University Press. 1967. （2012 年再版本，序言第 5-6 页）。

196 见（唐）惠能著；邓文宽校注，六祖坛经［M］，沈阳：辽宁教育出版社，2005 年，第 136 页，邓文宽先生的原话是，扬波斯基"工作水平确实非常高，当然也有错误，但是作为一个洋人能做到那样的程度确实令人赞叹。"

版·敦煌新本六祖坛经》附编部分的文章《坛经敦博本的学术价值探讨》谈到了扬波斯基的研究。杨先生的原话是："美国菲利普·扬波尔斯基所译注的《六祖坛经》（敦煌写本）（哥伦比亚大学出版社，纽约和伦敦，一九七六年）比较有名。书后附有汉文校订敦煌本《坛经》，校勘得很仔细。"[197]在期刊论文方面，笔者通过读秀检索到的与"扬波斯基"相关的条目只有15条，这些条目有关扬波斯基的内容也仅仅是其《敦煌本六祖坛经译注》在某些学术论文或翻译成中文的国外著作文内或文后的参考文献信息；[198]通过中国知网检索到的包含扬波斯基《敦煌本坛经译注》信息论文也只有3篇。[199]这说明迄今为止，从较大的范围看，国内对扬波斯基在该领域的研究还是相当陌生的。

三、后扬波斯基时代的实证性《坛经》研究

在扬波斯基之后，另外两位学者约翰·马克瑞和伯兰特·佛尔分别在1980和1990年代从禅宗史的角度对《坛经》进行过研究，这两位学者研究的共同着眼点都是北宗禅，对于《坛经》的研究虽然只是他们研究内容的一小部分，但我们仍然能够从中获得一些有价值的信息。

1986年，美国学者马克瑞（宗宝本《坛经》的译者之一）出版了专著《北宗禅与早期禅宗的形成》（*The Northern School and the Formation of Early Ch'an Buddhism*）。[200]马克瑞曾经先后师从耶鲁大学斯坦利·威斯坦因教授（Stanley Weinstein）和日本京都大学柳田圣山（Yanagida Seizan）教授进行禅宗方面的研究，他对禅宗北宗的研究是非常深入的。作为美国学术界对神会研究最为深入的学者之一，马克瑞几乎翻译了神会所有的著作。《北宗禅与早期禅宗的形成》的导论中，有相当多的内容涉及《坛经》。

---

197 杨曾文校写，新版敦煌新本六祖坛经［M］，北京：宗教文化出版社，2001，第212页。

198 2021年7月23日读秀输入关键词"扬波斯基"检索结果。

199 2021年7月23日中国知网输入关键词"扬波斯基"检索结果，3篇论文中有一篇论文是笔者所作之《六祖坛经英译本的总结与归纳》。

200 John McRae. The Northern School and the Formation of Early Ch'an Buddhism［M］. Honolulu: Hawaii University Press. 1986. 马克瑞的这部著作已经有了由上海古籍出版社出版的汉语译本，对于这本书的汉语译文，笔者在某些方面并不完全同其译者的译法，因此如下面标注的引用标注信息为英文原版信息，其对应的引用内容为笔者自己所译。

马克瑞在这部专著的导论中，由慧能和神秀两个人著名的"心偈"入手，在《坛经》中记载的真实性，以及北宗与南宗的关系上表达了自己的看法。首先，他对《坛经》的历史意义提出新的观点。马克瑞先是叙述了学术界早期禅宗的传统理解，"神秀的偈语是基于被替换的楞伽变相的一部分，而慧能的初始开悟这一经历以及最终受学与弘忍的禅法都是基于《金刚经》。从北宗到南宗的过度被传统地诠释为是从'楞伽'到'金刚'的转移，从渐修道顿悟的转变。在此意义上而言，《坛经》的叙述可以被解读为一种历史性的寓言"。[201]然而，作为神会研究专家的马克瑞却提出了不同的看法："一个极为重要的疏忽反映了《坛经》不只是简单地回应历史，而可能是被重写的。这就是神会（684-758）所担当的角色没有任何在场的文献依据，而实际上，神会却通常打着慧能的旗帜，长期活跃地反对着神秀门徒及北宗禅系。事实上，这一整个叙述验证了神会的宣称与慧能无关，而没有论及神会自身。换言之，《坛经》希望树立和建构神会的禅法而没有验证禅法本身与神会有时的尖刻苛求及利己活动相关。"[202]

马克瑞进而提出："现代学者对《坛经》的背景已经有了大量的研究，其焦点已经转向神会在《坛经》形成中的关键性作用。对北宗的研究也已经获得长足的进步，现在人们已经知道北宗并非像神秀和宗密所说的那样只有渐悟的教法。"[203]马克瑞认为："只有对早期禅宗的历史和传说做出清晰的区分，只有对神秀和慧能'心偈'的来源有准确的认识，才能获得对'心偈'的正确的理解。事实是，两个人的'心偈'和弘忍付法的故事反映的是八世纪晚期禅宗的想象，和七世纪的历史事实没有任何相似之处。"[204]马克瑞进一步明确地对《坛经》中记载的真实性提出了质疑，他指出"从严格的历史角度看，《坛经》中的叙述显然是无效的。首先，如果我们相信早期的历史记录，神秀和慧能两个人从来都没有同时在弘忍的身边出现过，在弘忍去世前的几年有可能传法的这段时间里，两个人也都不在。其次，通过'心偈'的

---

201 马克瑞著，韩传强译，北宗禅与早期禅宗的形成 [M]，上海：上海古籍出版社，2015，第3-4页。

202 马克瑞著，韩传强译，北宗禅与早期禅宗的形成 [M]，上海：上海古籍出版社，2015，第4页。

203 John McRae. The Northern School and the Formation of Early Ch'an Buddhism[M]. Honolulu: Hawaii University Press. 1986., Introduction: p 5.

204 John McRae. The Northern School and the Formation of Early Ch'an Buddhism[M]. Honolulu: Hawaii University Press. 1986. Introduction: p 6.

比试来选择继承人的这个概念更像是文学上的发挥而非历史事实……从弘忍到慧能，而非从弘忍到神秀的这种合法单传的观念，很可能是在神会的'滑台之辩'后发展起来的。"[205]

马克瑞还对现代学者在《坛经》研究中的一些问题提出了自己的看法，他认为："毋庸多言，《坛经》过于简单地勾勒了早期禅宗的发展全貌。问题不仅在于《坛经》所讲述的故事不准确，其中记载的慧能与神秀心偈的比试以及弘忍想慧能的传法可能根本就没有发生过。另外，也不能简单地将渐修和顿教归属于神秀和慧能这两个历史人物。这些历史事件可以通过仔细阅读现有的文献来加以证实或反驳。《坛经》研究的真正问题在于现代学者将禅宗史仅仅看做是师徒之间个人继承的这种过于简单化的描述，这种倾向是极为普遍的，而且很少有人质疑。"[206]

马克瑞的《北宗禅与早期禅宗的形成》绝大部分内容是对从菩提达摩开始的早期禅宗史的梳理，他所研究的问题包括楞伽宗的形成与发展、东山法门的形成、神秀、老安、玄赜等北宗禅代表人物的生平经历及其禅法特点、神秀之后的北宗传人、"传灯"史的发展、早期的禅宗法门、东山法门的禅法特征、神秀及北宗禅的宗教哲学等等。在对上述问题进行了相当细致的阐述之后，马克瑞回到了他在著作开头所关注的《坛经》中的心偈这个问题。他的结论是，事实上，神秀的"这首偈中的明镜所涉内容读起来像是对《观心论》中的明灯所涉内容的浓缩……正如《坛经》对明镜的论述一样，'呈心偈'其他线索也可以在北宗文献中觅得清晰的痕迹，其中之一，就是对菩提树的论及……换言之，《坛经》中所论及的三个不同的论题，即'明镜'、'菩提树'以及短语'无一物'，在之前的北宗文献中就有相同或相似的陈述。由于北宗文献中并没有任何受到神会及其他南宗来源的影响，所以只能得出这样的结论：即《坛经》的编辑，一部分是源自对北宗文献的有意利用。"[207]

总之，马克瑞在《北宗禅与早期禅宗的形成》以《坛经》为切入点，但讨

205 John McRae. The Northern School and the Formation of Early Ch'an Buddhism[M]. Honolulu: Hawaii University Press. 1986. Introduction: p 6.

206 John McRae. The Northern School and the Formation of Early Ch'an Buddhism[M]. Honolulu: Hawaii University Press. 1986. Introduction: p 7.

207 马克瑞著，韩传强译，北宗禅与早期禅宗的形成［M］，上海：上海古籍出版社，2015，第252-256页。

论的核心问题确是以神秀及其弟子为代表的北宗禅的发展、演变乃至渐趋式微的过程及其前因后果。在马克瑞看来，《坛经》中的许多内容和观点在北宗的文献中也能够找到，从而推演出《坛经》的编撰者有意识地利用了北宗文献这一结论。

哥伦比亚大学伯兰特·佛尔教授在其文章"当前英语世界的禅研究"中对马克瑞这本书的评价是："在这个口碑极佳的研究中，马克瑞试图为北宗禅恢复名誉——北宗禅被神会抨击为'师承是傍，法门是渐'，因而次于神会及其师傅慧能所代表'单传'的南宗。马克瑞表明，北宗没有理由嫉妒它的竞争对手及其所倡导的'顿'教和'正统性'（legitimacy）。"[208] 依法法师认为"此书在学术界里英文著作中较早对神会、间接地对惠能与《坛经》提出批判，然而观点也是走日本学者路线，认为《坛经》是神会的杰作，而非惠能亲口述说。全书是一本颠覆传统以南宗为正宗，以北宗的立场来看早期禅宗的形成。"[209]纵观马克瑞提出的种种看法，我们可以这样总结：他的研究和之前的扬波斯基以及胡适的研究走的是同一路线，即通过对历史文献的梳理考证出他们认为《坛经》存在的错误，进而提出自己的观点。

另一位将北宗禅作为研究重点，但代表作涉及《坛经》研究的学者是上文提到的伯兰特·佛尔（法国裔，现移居美国），他在 1997 年出版了由其博士论文基础上改写、扩充而成的《正统性的意欲：北宗禅之批判谱系》（*The Will to Orthodoxy—A Critical Genealogy of Northern Chan Buddhism*）一书。[210] 这部作品中包含了很多颇具批判性的多视角的思考，书中的大部分内容都围绕北宗禅展开，但对《坛经》以及慧能的研究也经常被他用来作为佐证自己观点的材料。例如，在论及神秀一系的北宗和慧能一系的南宗两者之间的关系时，佛尔做了如下的一个结论："'北宗'这个名称自身是误导的，因为它预示着一个'南宗'的反面存在；实际情况是：当时形成的神秀的宗派没有一个竞争对手，它仅仅因'东山法门'之名为人所知。"[211]

208 ［法］ 伯兰特·佛尔，正统性的意欲：北宗禅之批判系谱［M］，上海：上海古籍出版社，2010，（附录二：当前英语世界的禅研究 第 245 页）。

209 释依法，西方学术界对惠能及《六祖坛经》的研究综述［A］，见《六祖坛经》研究集成［C］，北京：金城出版社，2012，第 116 页。

210 Bernard Faure. The Will to Orthodoxy - A Critical Genealogy of Northern Chan Buddhism[M]. California: Stanford University Press, 1997.

211 ［法］伯兰特·佛尔，正统性的意欲：北宗禅之批判系谱［M］，上海：上海古籍出版社，2010，第 7 页。

有关慧能代表南宗"顿悟"法门与神秀所代表的北宗"渐悟"法门，佛尔的看法是比较激进的，他认为"北宗的最终被驱逐在某种程度上乃是禅正统性建构的行事方式。为了确证教派自觉，有必要将某个僧团定位为'替罪羊'（scapegoat），使其成为象征性的异教，这个宗派就是'北宗'。然而，通过对该时期内文本的'细读'，我们发现这两个宗派均在以不同的方式表述同一个'顿'教。"[212]总结佛尔的研究，我们可以发现，他的研究思路和方法基本上和扬波斯基以及马克瑞类似，注重历史和文本考据。所不同的是，佛尔的研究中有一种以西方思想审视东方禅学的倾向。龚隽先生在给这部作品中译本的译序中提到："佛尔就公开声明，自己的禅学写作就是要有意识地将禅纳入到西方思想书写的传统中进行论述，在学科交叉的脉络下对禅思想史和研究进行多视角的批判性考察。"[213]另外，龚隽先生还对佛尔的研究范式提出了自己不同的看法，他认为佛尔"在批判传统禅学研究留与思想内部，而没有从政治和权力关系来分析禅的文本会流于简单化的做法时，他自己也陷入了另外一种简单化的叙事，即他把一切思想论述政治化。不仅南北禅的概念被颠覆了，而不同禅学派系之间的思想分歧也都被简化为仅仅是为了争夺'正统性意欲'而展开的语言修辞和策略。好像思想永远是社会政治权力的附属品。思想的世界当然不能够离开历史世界来进行解读，而反过来说，也不能够那么单一地以外在决定论来讨论或代替思想的内部问题，思想以及思想的历史仍然有着自己内在的独立性、复杂性与连续性。"[214]将政治、历史背景引入禅宗研究语境之下的做法确实在佛尔这部作品中随处可见，皇室、官员、政治事件对宗教发展的影响总是他所特别强调的，这是佛尔禅宗史研究的一个鲜明特点

除了上面的提到的一些专著外，美国的《坛经》研究中以历史梳理和文献考据为特色而值得关注的还有两篇重要的论文，一篇是卡尔·比勒菲尔德（Carl Beilefeld）和路易斯·兰卡斯特（Lewis Lancaster）在 1975 年发表于美国《东西方哲学》上的对《坛经》的介绍。[215]另一篇是墨顿·史鲁特在 2007

212 ［法］伯兰特·佛尔，正统性的意欲：北宗禅之批判系谱［M］，上海：上海古籍出版社，2010，第 11 页。

213 ［法］伯兰特·佛尔，正统性的意欲：北宗禅之批判系谱［M］，上海：上海古籍出版社，2010，译序第 2 页。

214 ［法］伯兰特·佛尔，正统性的意欲：北宗禅之批判系谱［M］，上海：上海古籍出版社，2010，第 7 页。

215 Carl Beilefeld & Lewis Lancaster. T'an Ching: Review[J]. Philosophy East and West, Vol. 25, No. 2 (Apr., 1975), pp. 197-212.

年发表在台湾《中华佛学学报》上的"从《坛经》看禅宗的传承与证悟"（*Transmission and Enlightenment in Chan Buddhism Seen Through the Platform Sutra*）。[216]

比勒菲尔德和兰卡斯特的文章大致分为两个部分。第一部分是对《坛经》各个版本的比对和历史关系的梳理；第二部分则是对《坛经》各英译本的介绍和评价。在第一部分中，两位学者将《坛经》的宗宝本、敦煌本、日本的兴圣寺本和大乘寺本进行了比对。他们认为尽管无法准确地确定《坛经》较早版本和较晚版本之间的历史关系，但一些较早版本如兴圣寺本和大乘寺本的发现证明宗宝本是《坛经》的文本经过了逐渐发展变化之后的最终阶段。文章指出，敦煌本和宗宝本之间的差异体现了不同时代对《坛经》及其所传递信息的态度的转变。例如，敦煌本有不少内容涉及《坛经》传承的内容（38节、47节、55-57节），[217]在宗宝本中已经不复存在。比勒菲尔德和兰卡斯特的这篇文章认为《坛经》原本作为师徒之间传法凭证的秘本的地位，已经被后来的大众化的宗教经典的地位所取代。这一趋势的另一个证明是，宗宝本中"说法"的内容相对"授无相戒"的内容大大增加，这说明《坛经》早起的仪式性特点在慢慢地消退。

文章第一部分研究早期《坛经》历史方面最有价值的内容是总结了三种不同的观点。宇井伯寿、铃木大拙和其他一些日本学者所持的第一种看法认为，最早的《坛经》由慧能的说法构成，包括法海所记录的慧能身世的自述，后来加入了慧能晚期生平（可能由法海本人添加）。经书后来落入了神会一系手中，经过他们的加工形成了一个与敦煌本相似的本子。[218]第二种看法由胡适提出，得到了关口真大等日本学者的呼应。这种看法认为既不存在慧能的说法，也不存在法海记录的原本，而是由神会（或者如胡适后来所说是神会的弟子）创造了《坛经》——这也就解释了为什么《坛经》中有相当多的内容和神会的语录相似。这种看法认为《坛经》是在神会一系反驳神秀一系北宗禅的过程中形成的。另一位日本学者——柳田圣山所持的是第三种看法。他赞成宇井伯寿所说的存在一个独立于神会一系之外的"原本"，也同意胡适

---

216 Morten Schlütter. Transmission and Enlightenment in Chan Buddhism Seen Through the Platform Sutra [J]. Chung-Hwa Buddhist Journal, no. 20, (2007), pp. 379-410.

217 此处的分节采取铃木大拙对敦煌本的 57 节分节法。

218 Carl Beilefeld & Lewis Lancaster. T'an Ching: Review[J]. Philosophy East and West, Vol. 25, No. 2 (Apr., 1975), p. 200.

所说的这个"原本"并非慧能所作。但他的看法是，《坛经》中的西天谱系、无相戒、三皈依来自禅宗的另一个支脉——牛头宗。敦煌本《坛经》里出现的"法海"不是慧能的弟子法海，而是牛头宗鹤林玄素的弟子法海。在神会死后不久，牛头宗的这个"原本"为神会的弟子所得，于是法海就变成了慧能的弟子，六祖的传记和神会语录中的材料也被加入了进来。[219]比勒菲尔德和兰卡斯特的文章总结了上面提到的三位学者对神会的不同看法：胡适认为神会是中国佛教发展史上的一位革命性的人物；宇井认为神会是个以六祖的名义打击对手的"小政客"，并对其曾在神秀门下学习却又最终背叛北宗的做法感到不齿；柳田则认为神会展示了八世纪中国佛教复杂历史的一个侧面，认为他代表了唐代禅宗发展到马祖道一继而走向成熟之前的一个阶段。[220]

这篇文章的第二部分用了较大篇幅对《坛经》的英译情况进行了介绍和评价。两位学者首先总结了到 70 年代为止 8 个版本《坛经》英译本，分别是：黄茂林译本（1930）、戈达德收入到《佛教圣经》中的译本（1932）、陈荣捷译本（1960）、铃木大拙的节译本（1960）、陆宽昱译本（1962）、冯氏兄弟译本（1964）、扬波斯基译本（1967）、恒贤译本（1971）。在宏观层面上，这篇文章对上述译本的看法有两点：1. 通过对这些译本的精读可以发现，除了扬波斯基的译本之外，其他译本的学术水平和运用学术技巧的能力明显达不到宇井伯寿、胡适和柳田圣山等人学术著作的高度。2. 由于比较而言，《坛经》的语言风格非常清晰、直接，这样一来，翻译上的差异主要是由译者的翻译态度和能力，而不是译者对文本内容的不同理解造成。[221]

文章还提出了一个非常重要并有启示意义的观点：《坛经》这些译本的翻译风格和译者的翻译目的有关。黄茂林、陆宽昱和恒贤是《坛经》传统理解的辩护者，他们的翻译是为了让普通读者了解《坛经》的思想和教义。与之相对，扬波斯基是纯粹的学者，他的翻译目的是在哲学和历史证据的基础上进行研究。陈荣捷可以被视作文化信息的提供者，因为他长期致力于将中国的文化经典介绍给西方。铃木大拙既属于类似的文化信息提供者，又因其

---

219 Carl Beilefeld & Lewis Lancaster. T'an Ching: Review[J]. Philosophy East and West, Vol. 25, No. 2 (Apr., 1975)., p. 201.

220 Carl Beilefeld & Lewis Lancaster. T'an Ching: Review[J]. Philosophy East and West, Vol. 25, No. 2 (Apr., 1975). pp. 201-202.

221 Carl Beilefeld & Lewis Lancaster. T'an Ching: Review[J]. Philosophy East and West, Vol. 25, No. 2 (Apr., 1975). p. 204.

对日本佛教传统的继承而身兼佛教思想辩护者的身份。[222]这篇文章进一步指出，黄茂林、陆宽昱、陈荣捷和铃木大拙受过良好的传统文化方面的教育，他们的翻译风格比较自由，这一方面为读者提供了通顺流畅的译文，但另一方面也有脱离乃至扭曲原文的危险。他们这种"意译"式的翻译风格有一种"评论"的倾向，对某些词语的翻译有可能会加入译者的"评论"而非原文的对应。[223]与之相对，恒贤的译本过于"直译"，结果导致了其翻译措辞上的佶屈，给英文读者造成了理解上的困难。[224]这篇文章认为《坛经》英译本中最好的一个来自扬波斯基。他的译本不仅忠实于原文从而获得了较好的准确性，而且为读者提供了可供参考的注释以及他对《坛经》所做的相关研究的材料。[225]

另一篇比较重要的论文是墨顿·史鲁特的"从《坛经》看禅宗的传承与证悟"（*Transmission and Enlightenment in Chan Buddhism Seen Through the Platform Sutra*）。墨顿·史鲁特是一位研究《坛经》版本的专家。这篇文章以《坛经》变化和发展为主轴，考察了从最早的敦煌本到收于《大正藏》中传统的版本等多个《坛经》版本，探讨传法和证悟二概念的发展。在文章中史鲁特提出，《坛经》四种版本的年代共跨越了至少五个世纪，从早期禅宗到宋元间的晚期禅宗，其内容变化在许多重要方面反映了禅宗整体的发展。[226]

史鲁特的文章分为六个部分。第一部分导论首先向读者解释了禅宗"传法"的定义、内容和意义。史鲁特认为《坛经》创造了一种对禅宗发展影响深远的"模式"，同时，禅宗的发展又反过来塑造了各个不同历史时期的《坛经》文本。[227]

第二部分除了对《坛经》的内容进行了概括性的介绍之外，最有价值的

---

222 Carl Beilefeld & Lewis Lancaster. T'an Ching: Review[J]. Philosophy East and West, Vol. 25, No. 2 (Apr., 1975). p. 204.

223 Carl Beilefeld & Lewis Lancaster. T'an Ching: Review[J]. Philosophy East and West, Vol. 25, No. 2 (Apr., 1975). p. 205.

224 Carl Beilefeld & Lewis Lancaster. T'an Ching: Review[J]. Philosophy East and West, Vol. 25, No. 2 (Apr., 1975). p. 207.

225 Carl Beilefeld & Lewis Lancaster. T'an Ching: Review[J]. Philosophy East and West, Vol. 25, No. 2 (Apr., 1975). p. 207.

226 Morten Schlütter. Transmission and Enlightenment in Chan Buddhism Seen Through the Platform Sutra [J]. Chung-Hwa Buddhist Journal, no. 20, (2007). p. 410.

227 Morten Schlütter. Transmission and Enlightenment in Chan Buddhism Seen Through the Platform Sutra [J]. Chung-Hwa Buddhist Journal, no. 20, (2007). p. 382.

地方是为读者提供了一个非常清晰的各个版本《坛经》演变的图解。[228]

第三部分重点分析了敦煌本《坛经》有关禅宗传承部分的内容。史鲁特指出："无论如何，敦煌本《坛经》的一些段落清楚地表明，没有哪一个人被视作慧能的主要继承人或七祖……事实上，敦煌本《坛经》从未清楚地表述十大弟子就是慧能的法嗣。"[229]对于《坛经》在南宗传法中的作用，史鲁特的看法是："《坛经》不仅描述了慧能的传法，而且本身也是传法的凭证……慧能的真正法嗣是《坛经》本身，它反复强调，至关重要的一点是能否'见性'"。[230]

第四部分分析了惠昕本《坛经》关于传承的内容。史鲁特参考了日本学者石井修道的《惠昕本六祖坛经之研究——定本的试作及其与敦煌本的对照》一文[231]对惠昕本《坛经》的重建，认为惠昕本的内容和敦煌本基本一致，其最大的贡献是将《坛经》的文本进行了"清理"，修订了文字上的误写，理清并且扩充了敦煌本的一些模糊不清的段落。[232]惠昕本增加的一些重要内容包括慧能开悟之后向弘忍提出的"一切万法不离自性"的理解，弘忍将达摩所传之钵盂和袈裟一并传与慧能的细节等等。另外，《坛经》的递相传授到了惠昕本已经从传法凭证的传授，变为对教法的理解权的传递。[233]

第五部分分析的是晁子健本（兴圣寺本）。这个版本是以惠昕本为基础的。两者大部分的差异体现在文体风格上，晁子健本更加完善。两者也存在一些内容上的差异，例如，这个版本把神秀在墙上书写"心偈"的时间设置在了晚上，而且五祖弘忍在还没有见到这个"心偈"之前就已经知道神秀并未"见性"。这一细节间接抬高了慧能，同时也表明了弘忍对弟子们心理状态的了解。这个版本还加入了慧能和印宗法师会面的故事。在对慧能弟子们地位的描述上，晁子健本和惠昕本基本上是一致的。

---

228 Morten Schlütter. Transmission and Enlightenment in Chan Buddhism Seen Through the Platform Sutra [J]. Chung-Hwa Buddhist Journal, no. 20, (2007). p. 385.

229 Morten Schlütter. Transmission and Enlightenment in Chan Buddhism Seen Through the Platform Sutra [J]. Chung-Hwa Buddhist Journal, no. 20, (2007). p. 393.

230 Morten Schlütter. Transmission and Enlightenment in Chan Buddhism Seen Through the Platform Sutra [J]. Chung-Hwa Buddhist Journal, no. 20, (2007). p. 393.

231 载《驹泽大学佛教学部论集》第 11 号，1980 年；第 12 号，1981 年。

232 Morten Schlütter. Transmission and Enlightenment in Chan Buddhism Seen Through the Platform Sutra [J]. Chung-Hwa Buddhist Journal, no. 20, (2007). p. 395.

233 Morten Schlütter. Transmission and Enlightenment in Chan Buddhism Seen Through the Platform Sutra [J]. Chung-Hwa Buddhist Journal, no. 20, (2007), p. 398.

第六部分分析了明正统本《坛经》。这个版本是在晁子健本的基础上形成的，但在慧能身世的叙述上加入了很多细节。例如，见到慧能在墙壁上的"心偈"之后弘忍如何用鞋底将其擦去，又如何私下找到了正在腰悬大石舂米的慧能。其他的细节还有弘忍嘱咐慧能"衣为争端，止汝勿传"，惠明提不起慧能置于大石之上的衣钵，慧能混迹于猎人队中放生鸟兽"但食肉边菜"，以及印宗如何为慧能剃度等内容。[234]

墨顿·史鲁特在这篇从各版本《坛经》历史演变角度看禅宗传法与证悟的论文中得出的结论如下：首先，敦煌本《坛经》作为南宗传法凭证的重要地位，到了明正统本的时候已经完全不复存在。这是因为宋元时代禅宗僧侣建立了自己的"嗣书"体系。嗣书由师傅发给他认为已经证悟了的弟子，来证明其学识和所属宗派的传承。因而，惠昕本《坛经》所描述的传法凭证作用也就消失了。从敦煌本到明正统本的演变中我们可以清晰地看到禅宗传法的演变轨迹：开始的时候"经"的传承是最重要的，后来"人"的传承则逐渐成为核心。[235]然而，在这个演变的过程中，慧能的地位却越来越高，到了明正统本，他的形象达到了完满的顶峰，其作为最非凡的禅宗大师的声望也一直延续至今。[236]

小结

本节对美国学术界以历史梳理和文献考据为特征的《六祖坛经》研究做了一个概括性的总结。在上个世纪六十年代以后，美国的《坛经》研究开始逐渐走出比较狭小的圈子，从而走向了更为广阔的学术天地。1960 年代以前的很多《坛经》研究者都是宗教界或对禅宗感兴趣的人士，1960 年代以后的研究者变得更加专业，他们大都是来自美国各大著名学府或学术机构的知识精英，都接受过严格的学术训练，因此他们的研究在深度和广度上都远远超过了此前的美国本土学者。在《坛经》研究领域，相当多的美国学者以历史梳理和文献考据为研究特色，他们注重研究的科学性和严谨性，注重对历史

---

234 Morten Schlütter. Transmission and Enlightenment in Chan Buddhism Seen Through the Platform Sutra [J]. Chung-Hwa Buddhist Journal, no. 20, (2007). p. 402.

235 Morten Schlütter. Transmission and Enlightenment in Chan Buddhism Seen Through the Platform Sutra [J]. Chung-Hwa Buddhist Journal, no. 20, (2007). p. 408.

236 Morten Schlütter. Transmission and Enlightenment in Chan Buddhism Seen Through the Platform Sutra [J]. Chung-Hwa Buddhist Journal, no. 20, (2007). p. 409.

细节的把握，通过对各种文献材料的缜密研读与思考提出自己的观点。1963年华裔美籍学者陈观胜的《佛教在中国：历史之考察》一书在对禅宗史进行介绍的部分涉及了一些《坛经》的研究，尽管这部分研究内容在陈观胜的书中所占比重很小，而且存在着某些不够严谨的地方，但确是美国学术界以历史梳理的方法研究《坛经》的一个比较早的实践。到了1967年菲利普·扬波斯基《敦煌本六祖坛经译注》的出现，美国的《坛经》研究才真正地有了质的飞跃。

菲利普·扬波斯基的这部作品可以算是美国学术界第一部专门对《坛经》和慧能展开研究的著作。扬波斯基的研究一举将美国的《坛经》研究推上了一个相当高的境界，他的研究水平是此前所有美国学者都没有达到的，此后也很难有人能望其项背。因此，说扬波斯基的这部著作是美国该领域研究的一座高峰是毫不过分的。这部两百多页的作品分为两个部分，第一部分是一篇题为"八世纪的禅宗"的导读，其内容是对《坛经》的历史背景、版本、内容及其核心人物慧能的考据性研究，第二部分是对敦煌本《坛经》的英译。两个部分之间以扬波斯基在研究中得出的观点和看法为联系，或者说，扬波斯基对《坛经》的英译时时反映着他的研究观点。这部作品所体现出的扬波斯基的研究特点如下：

第一，扬波斯基研究的一大特色是将《坛经》研究放在唐代佛教历史的大背景之下，除了佛教本身，许多政治、经济乃至文化因素都在他的考量之内，因此他的研究具有一种"宏观"的特征。

第二，扬波斯基的研究有一种"世界性"的特点。作为一个研究东方经典的美国学者，他不仅重视并大量参考、引用了中、日两国学者的研究，而且对法、德、英等国《坛经》研究领域的动态也非常熟悉。

第三，扬波斯基研究中的鲜明特点是擅长使用西方的逻辑推演方法，他的每一个观点的提出都有完整的证据链条做支撑，其研究思路和方法都非常周密、严谨。

第四，扬波斯基特别注意文献资料的收集和整理，他所使用的资料之丰富可以说是令人叹为观止的。举例来说，他所引证的中国古代各种碑文就达到了28种，所参考、引用的中国或日本的古代禅宗文献、地方志、各种文集总数将近100种。他对这么多的材料进行解读、分析的能力是令人敬佩的。

第五，扬波斯基特别擅长使用比较的方法在差异中发现问题。例如，他对禅宗西天谱系的差异研究不仅在《付法藏传》《达摩多罗禅经》《传法宝记》

《楞伽师资记》《神会录》《历代法宝记》《坛经》《宝林传》等等不同禅宗文献之间展开，还深入到《坛经》不同版本——日本兴圣寺和大乘寺本——的层面。其对差异的比对和分析是非常细致、深入的。

最后，扬波斯基的研究是一种纯粹的学院派学者研究，这也是1960年代以后大部分美国《坛经》研究者身份上的特点。扬波斯基对《坛经》的研究始终带着一种批判性的姿态，这有可能受到了胡适的影响（扬波斯基在其文中表达了对胡适神会研究的敬佩，他在导读部分和英译部分都相当多地引用了胡适的观点，笔者注）。

在扬波斯基之后，马克瑞、佛尔等学者延续了文献梳理和历史考据的研究理路，但他们的研究多是针对北宗禅展开的，对于《坛经》的研究居于次要的地位，只是提供一些研究北宗的作证性材料。尽管如此，他们的研究中仍然有些值得称道的地方。例如，马克瑞对神会的在《坛经》形成中关键作用的研究，佛尔对《坛经》出现的历史背景中政治对宗教影响的研究都比较有价值的。

此外，美国学术界类似理论的研究还有一些在学术期刊上发表的论文值得我们注意，例如比勒菲尔德与兰卡斯特合著的对《坛经》的介绍以及史鲁特的"从《坛经》看禅宗的传承与证悟"。前者除了就早期《坛经》的历史展开研究并总结了一些中日两国学者的分歧外，比较有价值的地方是对《坛经》英译的研究。比勒菲尔德和兰卡斯特两位教授提出的译者身份差异对译文影响是非常有启发意义的。史鲁特的论文的价值则在于将《坛经》版本的演变和禅宗传法方式的演变相联系，并分析了禅宗传法方式改变的原因。

总之，本节内容所涉及的美国学者的《坛经》研究，均以历史梳理和文献考据为特色，他们的研究强调科学性、严谨性。这种类型的研究从数量上说，占据研究成果中的多数，迄今为止在美国《坛经》研究领域仍然占据着主导地位。

第四节　以内容分析与义理阐发为特征的《坛经》研究

在上一节中，本书回顾了美国学术界以历史梳理和文献考据为特征的《六祖坛经》研究。在笔者所掌握的材料范围之内，具备上述这种研究特征的学术专著和论文占据该领域研究成果数量上的多数地位。然而，另一方面也有一些专著或论文围绕《六祖坛经》的内容、思想、核心概念和义理展开研究。这些研究或者以美国本土化的视野对《坛经》的内容展开解读，或对其中的核心概念或义理进行分析，或在哲学层面上对《坛经》的精神内涵展开阐释。这一类以内容分析和义理阐发为特征的研究也涌现出了一些值得关注的研究成果，它们体现了美国学术界坛经研究的多样化和丰富性。

一、美国本土化的《坛经》阐释：比尔·波特的《六祖坛经解读》

2006 年美国 Shoemark & Hoard 出版了学者比尔·波特（赤松）的《六祖坛经解读》（*The Platform Sutra: The Zen Teaching of Hui-neng*），[237]这本书的第一部分是敦博本《坛经》的完整英译，之后是一个 10 页的导读，接下来比尔·波特用了 200 页的篇幅对敦博本《坛经》的内容进行了注解。

在他的导读中，波特首先回顾了 20 世纪以来敦煌本、惠昕本、敦博本《坛经》相继发现的历史以及扬波斯基、铃木大拙等学者对敦煌本《坛经》的研究和校订工作。对于选择敦博本作为翻译底本波特提出了自己的观点，他认为"这第二个敦煌本之所以如此重要，不仅因为它是出自同一时期（780 年）、同一版本的抄本，由此证实了第一个敦煌本的真实性及其大概年份，还因为它比第一个敦煌本更精良。它不像第一个本子那样时有字迹潦草、无法辨认，而是书写工整优美；也不像第一个本子那样有几百处错漏，这第二个本子几乎可以称得上完美。而即使有错误的地方，也和第一个本子的错误之处相同，由此证明存在一个更早的本子，是这两个本子的底本。"[238]

为了便于和原文及其他译本相比较，比尔·波特的译文在结构上延续了从矢吹庆辉、铃木大拙到陈荣捷和扬波斯基一直都在采用的 57 节分法。他在导读中对敦博本《坛经》的内容也进行了一个简略的归纳，比尔·波特认为："本经第 1-37 节很有可能是慧能在世时或于 713 年去世后不久编集而成。这几十节依据的是他在韶关一次或多次传戒及传授禅宗基本教法的说法记录。第 38-48 节在他去世后不久（大约在 720-730 年间）增补，目的在于抬高他那些弟子（当时已经成为师傅）的地位。无疑，这些增补是依据弟子们（或弟子的弟子）个人的说法所作的记录，添加到当时存世的经文中的。最后的第 49-

---

237 该书的汉语本已于 2010 年由南海出版公司引进版权翻译出版。

238 ［美］比尔·波特著，吕长青译，六祖坛经解读［M］，海口：南海出版公司，2010，第 4-5 页。

57 节在大约 750-760 年间由神会的弟子增补，以抬高他们自己及师傅神会的地位。也有可能最后这几节中有些内容本来就是经文的早期版本的一部分，因为他们细述了慧能的最后时日及其临终教导。在 801 年之前的某个时间，包括第 1-57 节的版本编辑完成，与最后流传到敦煌的本子是同一形式。同时经文内容还在不断地被改动，如惠昕、契嵩等以自己的文学风格重新编写经文、对资料重新排序，并增补新的内容。因此我们才有了上述这一系列的版本，以宗宝本为最终版本。"239

比尔·波特在其《六祖坛经解读》中关注的另外一个问题是《坛经》的真实性。他列举了胡适认为《坛经》内容是神会而非慧能言教的看法，以及郭朋、蔡年生、杨曾文等学者与胡适的意见相反的观点——这几位学者认为《坛经》中与神会的言教想类似的地方属于徒弟引用师傅的话而非想法。对于上述分歧，波特的态度比较超然，他认为"这些探讨不免要归结于此：某一句话，某个短语，或某个援引令人生疑，因为其所在文本、经版或碑文已改得面目全非或者来源不可靠。而另一句话因其所在的文本没有经过太多的改动或更可靠些就不容置疑。而这个可靠、那个不可靠是因为有其他文献是这样说的或者似乎是这样说的。那么，反之又会怎样呢？那些对支离破碎的人类历史进行评判的学者，以及接纳他们观点的那些人，却忘记了人终究还是人。"240

比尔·波特的这种面对争议的超然态度受到了美国著名人类学家玛格丽特·米德的影响，波特哥伦比亚大学攻读硕士学位期间曾经求教于后者。米德针对类似争议的观点是："每个人对正在发生的事都有不同的观点。客观真理即使在所谓的自然科学中都不存在，更不要说社会科学了。研究人类文化无法谈论真相。我们只能谈论故事：你的故事，我的故事，最有可能性的故事，最合理的故事。"241基于这样一种搁置争议而相对折衷的态度，波特对《坛经》的内容提出了自己的看法，他认为："我们所确定的只是，我们有一本书，它声称记录了慧能言语，我们还有同一版本的两个抄本，是在慧能

239 ［美］比尔·波特著，吕长青译，六祖坛经解读［M］，海口：南海出版公司，2010，第 5 页。

240 ［美］比尔·波特著，吕长青译，六祖坛经解读［M］，海口：南海出版公司，2010，第 7 页。

241 ［美］比尔·波特著，吕长青译，六祖坛经解读［M］，海口：南海出版公司，2010，第 7 页。

生活的那个世纪编集而成的。我们还知道另外一件事，我们知道如果这本书记录的不是慧能的言语，至少也是一位与他地位相当的禅师言语。这一点得到了数百万修行者的证实，他们一千多年来一直使用本经来指导他们的修行。"242

比尔·波特对慧能的教法也提出了自己的理解，在他看来："我们一般认为，教法应该包括：概念、主张、心理构想及其关系。但是慧能教法不是概念的教法。恰恰相反，它是无概念的教法。慧能向成千上万听众开示禅法，他所说的每一个字都引导人们从阻碍他们识自本性的概念中解放出来。慧能的教法就是：见性成佛。其余的都只不过是企图拆除围困我们的妄念之牢墙，包括我们在研习修行佛法的过程中升起的妄念。"243从波特的这段表述来看，他对《坛经》所代表的禅宗思想的体悟还是相当深刻的，这也许和他亲近佛教的生活经历有关。波特在加州大学圣巴巴拉学习人类学本科课程的时候就对禅学产生了兴趣。从1972年开始波特从美国赴台湾，先是在佛光山，之后在海明寺进行打坐等禅修体验，80年代以后波特在中国大陆游历了不少名山大川，参访了很多佛教寺庙，他甚至还有赵州柏林禅寺的皈依证明。244波特人生经历使得他对《坛经》的研究带着一种从内向外的"体验"特征，这种"体验"在他对敦博本《坛经》的注解中经常有所反映。

比尔·波特对敦博本《坛经》所作的注解有一些非常鲜明的特点。首先，不同于美国那些纯粹的学院派学者停留在纸面上的文献研究，具有人类学专业背景的波特曾经游历过中国的很多地方，他在《坛经》的注解中体现出的很多研究具有一种"田野调查"（field study）的特征。例如，敦博本《坛经》第2节的"见今在彼门人有千余众"一句，有些学者认为这个数字纯属夸张，而波特却根据自己实地考察的经验指出："如果你到早期的禅宗庙址参观的话，就会发现有足够的证据证明此言不虚。2004年我到玉泉寺（此寺离神秀当年所住茅庵不远）参观，住持带我看了一口可为五百余僧人煮饭的隋带大锅。另外，根据五祖寺自己的记载，7世纪弘忍住持该寺时，寺中僧人达1150

---

242 [美] 比尔·波特著，吕长青译，六祖坛经解读 [M]，海口：南海出版公司，2010，第8页。

243 [美] 比尔·波特著，吕长青译，六祖坛经解读 [M]，海口：南海出版公司，2010，第8页。

244 华程，墨岩，比尔·波特：寻找中国禅的行者 [J]，佛教文化，2015，（第3期），第56-61页。

人之多。拥有庞大的僧团实际上正是禅宗寺院的一大特点。"[245]类似来自波特亲身考察经历的材料在他对《坛经》的注解中还很多，它们让波特的注解显得更加生动而鲜活。

其次，比尔·波特并不执着于《坛经》的历史、版本以及与之相关的人物、事件的文献考据，他对《坛经》的注解时时渗透出一种通过研读这部禅宗经典而获得的人生感悟，这种感悟又时时体现出某些现代性的理解。例如，在对第13节"定慧体用"关系的注解中，波特说道："中国的一些哲学派别使用这些范畴来分析现实存在，这与现代科学家把物质分析为粒子（体）或波（用）的方法大体一致。它们与现实存在并无任何关系，只是为了便于观察那些（肉眼）无法观察的东西而权设的观察点而已。"[246]又如，波特在解释"法有二相"时说道："慧能禅法一向反对二元对立（但并不反对二相的存在）。原因在于，二元对立使我们与自我分离，与佛性分离。二元对立将事物划分为主客体、对与错、此处与彼处、现在与那时、p 和 q。但佛性却是不为心性之剑所破，它本身就是心性之剑。"[247]从类似的注解中不难看出比尔·波特试图用现代的方式阐述《坛经》这部经典所承载哲学思想，然而波特的阐述却并不过多地借助抽象的概念和术语，大多数情况下，他的表达都非常直接和平白。

再次，比尔·波特时常在注解中表达他在将敦博本《坛经》译成英文过程中的思考，例如，针对第1节"承此宗旨，递相传授，有所依约，以为禀承"中"禀承"的翻译，波特谈到："我对自己将'禀承'二字译为'authority'（权威）并不完全满意，但其他选择更无法令我满意。禀承这个词过去用来传达官府命令，意为着'任务'或'命令'。但这个词也用来表示为出家人或在家人传戒（经文中使用的正是这个词意）。其他可用的词包括'empowerment'（授权）甚至'endowment'（资助）。"[248]又如第16节的

---

245 [美]比尔·波特著，吕长青译，六祖坛经解读[M]，海口：南海出版公司，2010，第30页。

246 [美]比尔·波特著，吕长青译，六祖坛经解读[M]，海口：南海出版公司，2010，第76页。

247 [美]比尔·波特著，吕长青译，六祖坛经解读[M]，海口：南海出版公司，2010，第77页。

248 [美]比尔·波特著，吕长青译，六祖坛经解读[M]，海口：南海出版公司，2010，第21页。

"法无顿渐，人有利钝"一句中的"顿渐"，波特将其译为"direct"、"indirect"[249].，对此波特的解释是"汉语的'顿'、'渐'两字也可以译为英文的 sudden（突然的）和 gradual（渐进的）。但是慧能将它们用作'直'和'曲'、'净'和'染'的同义词。"[250]通过上述的例子我们可以看出，尽管比尔·波特的英译选词并不一定十分准确，但通过他的表述，我们至少可以看到作为西方人的比尔·波特对《坛经》内容的个人理解以及在语言转换过程中的某些思考。

最后，比尔·波特对《坛经》的注解中带有很多非常个性化的看法，这些看法有时甚至显得有些天马行空。例如，第 4 节中的"火急"一词，波特认为"这是表示催促时间常用的词。但佛教徒使用这个词，还与《妙法莲华经》里的一个故事有关。经中，佛陀将众生比喻为生活在火宅之中，而把佛的教导比为劝诱众生走出自设的地狱的诱饵。"[251]又如，神秀心偈中"身是菩提树，心如明镜台"一句中"明镜台"的注解，波特认为"诗中神秀使用明镜（明亮抛光的镜子）二字，显然是与老子的玄镜（暗淡的镜子）形成对比。老子在《道德经》中写道：'涤除玄览，能无疵乎？'神秀在'镜'字后硬加了个'台'字，为了与最后一行的'尘埃'押韵。这又是个愚笨的想法，也是一首令人失望的诗。"[252]无论是将"火急"与《妙法莲华经》中的"火宅"之喻相联系，还是将"明镜"与老子的"玄览"相联系，亦或是对神秀的心偈所下的判断，类似看法都显得有些单薄、武断。但是，如果我们换一个角度看，这样观点或许正代表了波特作为一个西方人面对异域经典的个人见解。这种见解也许带有很多与众不同或奇思妙想的色彩，但却让我们得以了解美国本土学者阐释《坛经》的多样性和丰富性。

总之，从上述分析可以看出比尔·波特的《坛经》研究明显和上世纪六七十年代以来大多数该领域美国学者的研究有所不同。这种区别的根源在于比尔·波特作为一个佛教与禅宗的爱好者（即使并非真正意义上的佛教徒）

---

249 Red Pine. The Platform Sutra: the Zen Teaching of Hui-neng ［M］. Emeryville: Shoemaker & Hoard: Distributed by Publishers Group West. 2006. p12.

250 ［美］比尔·波特著，吕长青译，六祖坛经解读［M］，海口：南海出版公司，2010，第 84 页。

251 ［美］比尔·波特著，吕长青译，六祖坛经解读［M］，海口：南海出版公司，2010，第 39 页。

252 ［美］比尔·波特著，吕长青译，六祖坛经解读［M］，海口：南海出版公司，2010，第 46 页。

不仅对涉及《坛经》的文献材料有较好的把握，还在于他曾经有过切身的修行经历。这种修行经历使得波特对《坛经》中的核心思想获得了实践性的体验。从美国学院派学者的角度来看，波特的研究或许缺乏深度和严谨性，但从佛教内部的角度看，波特的这种比较随性、开放的研究思路或许更加符合禅宗所提倡的"无住"与"不执著"的精神。正如比尔·波特自己所承认的那样，艾伦·瓦茨的《禅道》对他的影响很大，波特从中找到了与自己的思想相契合的东西。[253]比尔·波特和艾伦·瓦茨对《坛经》研究的相似之处不仅在于两人都具备禅宗修行的体验，从而都带着一种浸入或赞赏式的理解去阐释《坛经》内在精神，他们的相似之处还在于两人的书写方式都具有一种自由、洒脱的风格，这种风格带有鲜明的美国本土特征。波特的语言虽然没有瓦茨那么富于诗意，但更加简易通俗、生动有趣，特别适合普通大众的阅读习惯。这也是波特的这部作品出版之后很快就被美国读者所接受的原因。更有意思的是，《六祖坛经解读》一书在美国出版后不久，就被国内的图书公司引进版权翻译出版，这在一定程度上说明，简单通俗的解读风格，在国内也是受到欢迎的。波特的这部作品和大陆及港台作者的一些解读《坛经》的作品相比，学术性和趣味性都不差，非常适合作为一本入门书推荐给普通读者。

二、美国学术界哲学层面的《坛经》义理研究

除了对《坛经》的内容和思想展开分析解读的研究之外，美国学术界还有一些学者从哲学的角度对《坛经》的义理展开阐释。学者斯蒂芬·列卡克（Steven Laycock）的论文《慧能与先验观点》（*Hui-neng and the Transcendental Standpoint*）和《空无的辨证法：对神秀与慧能的再审视》（*The Dialectics of Nothingness: A Reexamination of Shen-hsiu and Hui-neng*）以及美籍华裔哲学家成中英先生的论文《对立与超越：慧能〈坛经〉中三十六对法的哲学意义》（*Relativity and Transcendence in the Platform Sutra of Hui-neng: on Polarities and Their Philosophical Significances*）是其中比较有代表性的研究成果。

1985 年，列卡克发表在《中国哲学季刊》（*Jouranl of Chinese Philosophy*）上的论文《慧能与先验观点》从《坛经》中神秀和慧能的两首"心偈"出发，分析了慧能的思想与现代西方哲学中胡塞尔现象学及萨特存在主义哲学的契

---

253 华程，墨岩，比尔·波特：寻找中国禅的行者 [J]，佛教文化，2015，（第 3 期），第 56 页。

合之处。这篇论文分成四个部分，分别对两首"心偈"中出现的"本来无一物"、"明镜"、"身与菩提树"、"尘埃与染著"等内容加以阐释。这篇论文开宗明义地指出："中国禅宗六祖得法的传奇故事所蕴含的思想与哲学传统和西方之间存在着很大的不同，然而，如果从当代现象学出发对其加以阐释，却可以得出相当有意义的深刻见解。值得一提的是，这种阐释有助于我们从现象学研究的范畴中发现意识所能达到的最高级的认知类型：开悟。"[254]列卡克所要论证的核心观点是，慧能的佛学思想在很多方面与胡塞尔的先验主义现象学极为相似，慧能的"顿悟"蕴含着与先验主义现象学观点相近的某些见解。

列卡克首先审视了慧能所说的"本来无一物"。他指出，在胡塞尔看来被现象"带入"而不见思考就做出假设的对象不仅是外在的客体，而是整个世界。世界的存在以客体的存在为前提，对这个基本前提预设的疑问就等同于对全部存在信念提出怀疑。这种"元信念"（Urdoxa）的"悬置"（epoche）使我们免于被任何现象所迷惑。从这种立场出发，各种现象的显现才能够得到辨认，胡塞尔把这称之为"先验还原"（transcendental reduction）。[255]以胡塞尔的这种看法审视慧能的"本来无一物"，其意义就清晰起来。先导词"本来"决定了"无一物"的陈述方式是正确的。列卡克指出，如果我们为这个西方现象学传统寻找对应物，我们会别无选择地用"本来"代指先验主义现象学的态度。在胡塞尔看来，先验的观点令存在的假设彻底失效。"本来"或"先验"地，无一物存在。另外，慧能所说的"不生不灭"也体现着某种先验的态度。现象学论者既不主张，也不否认客体的存在，他们只是乐于精确地分析每一个客体的纯粹的现象显现。[256]

接下来，列卡克用萨特的哲学思想分析了神秀"心如明镜台"与慧能"明镜亦非台"之间的对立。首先，列卡克引用了萨特《自我的超越性》一书中的观点批判神秀的说法。萨特认为："自我不仅是理解的客体，而且是由反思性的意识构成的客体。意识在先，通过意识构成各种状态，通过各种

---

254 Steven Laycock. Hui-neng and the Transcendental Standpoint[J]. Journal of Chinese Philosophy. V. 12 (1985). p 180.

255 Steven Laycock. Hui-neng and the Transcendental Standpoint[J]. Journal of Chinese Philosophy. V. 12 (1985). pp 181-182.

256 Steven Laycock. Hui-neng and the Transcendental Standpoint[J]. Journal of Chinese Philosophy. V. 12 (1985). p 182.

状态构成自我。如果这个顺序被一个将自己禁锢在世界上并企图逃离自身的意识颠倒过来，那么各种意识就从状态中出现，而各种状态则由自我产生。在这种情况下，各种意识将其自发性投射到自我客体之上，赋予自我创造性的力量。但这种被客体所描述及具体化的自发性成了一种低下的自发性，其创造力变得被动，自我观念的非理性由此产生。"[257]从萨特的这种观点出发，神秀的主张混淆了自我客体和意识本身。而慧能的"明镜亦非台"则清晰地反对了意识"发生性颠倒"的谬误。

论文的第三部分，列卡克借用萨特关于"身"的阐述分析了神秀和慧能关于"身"与"菩提树"的分歧。萨特认为，有生命的身体的"透明性"——我的"存在"之身体——决定了其"普遍性"。"以身体为视角"是一种面对现象世界的观点。反过来说，现象世界是一个因"视角"而存在的世界，是一个有生命的身体。列卡克把萨特的这种看法和慧能所说的"三身佛"中的"法身"与"化身"的关系相比较，认为两者存在这些相似之处。对于"菩提树"，列卡克认为："菩提树"代表着智慧和开悟。[258]对神秀来说开悟超越自性；而对慧能来说，开悟则是内在的固有的。对于神秀来说，开悟是有意识的生活的终极目标，这个目标可以被接近并逐步获得；而对于慧能而言，开悟只能被"实现"。[259]

在论文的最后一部分，列卡克首先解释了神秀"莫使染尘埃"和慧能"何处染尘埃"背后的哲学依据，而后回到了他这篇文章开头提到的核心观点，即慧能的"本来"意识和胡塞尔的"先验还原"之间存在着相当大的相似之处。对"本来"或先验性意识来说，所有现存的观念都被"还原"，肯定或者否定都失去了作用，只剩下意识以一种纯粹描述性、非理论化的立场来面对现象性存在。无论是慧能的"本来"还是胡塞尔的先验性意识，从现象学的角度来说都揭示了一种对主观性的关注。这并非来自某个特定的视角，而是来自"虚空"的所有视角。"本来"与先验性意识以及现象性存在都不会扭曲对前反思或反思意识和低级序行为的理解。不仅如此，对于"本来"

---

257 Jean-Paul Sartre. The Transcendence of the Ego: An Existentialist Theory of Consciousness[M]. translated by Forrest Williams and Robert Kirkpatrick (New York:Noonday Raw,1972). pp. 80-91.

258 Steven Laycock. Hui-neng and the Transcendental Standpoint[J]. Journal of Chinese Philosophy. V. 12 (1985). p 191.

259 Steven Laycock. Hui-neng and the Transcendental Standpoint[J]. Journal of Chinese Philosophy. V. 12 (1985). p 192.

和先验意识来说，现象的主观性都内生于感觉之中，除了直接呈现之外并没有什么可以看到（这也许就是胡塞尔所说的现象学直观，笔者注）。最后，对于"本来"和先验意识来说，意识的低级序行为足够其"元观点"升华，这种升华是无条件的、"顿悟"的。

　　1997，列卡克延续了其对《坛经》中神秀和慧能"心偈"的研究，在《中国哲学季刊》发表了《空无的辨证法：对神秀与慧能的再审视》一文。这篇文章尽管仍然将《坛经》中的思想与以胡塞尔和萨特为代表的西方现代现象学思想放在一起审视，但作者的观点和方法相对其1985年的论文却发生了不小的变化。列卡克坦率地承认，对于神秀和慧能的两首心偈，"我早先的理解，现在看来太过幼稚……这两首心之间的不同并不是简单直接的矛盾对立。事实上，两首诗都得到了五祖弘忍的赞许。两者之间的差异存在于'层次'或'视角'上，这种差异和维特根斯坦著名的'鸭兔图'中的鸭与兔的关系相似。神秀的偈子并不单纯是一个严重教义错误的诗化表达，也并非是一个与慧能的教法相对立的虚假教义，而是表达了'修行'的观点。与之相对，慧能的偈子表达的是'证悟'的观点。'身'、'镜'、'尘'都属于不同方式的'本体'。"[260]列卡克进而提出，这两首心偈之间并没有正面对立冲突，也不简单地是佛教教义优越性上的层次关系，"理论"的观点并不一定优于"实践"的假设。（神秀与慧能的心偈代表的思想）两者之间是一种矛盾的"对立统一（coincidentia oppositorum）"的关系。[261]

　　列卡克使用了"二维"与"三维"之间的关系来说明以上他的观点："如果看地球的二维静态图像，东方西方南北两极在一个绝对的空间中都有准确的位置。但在三维的地球仪上，一个人却可以通过向西走而到达东方，反之亦然。"[262]在做了这个比喻之后，列卡克提出了自己在这篇论文中的核心观点，"以'二维'的方式理解，神秀与慧能确实是直接对立的。如果没有'菩提树'，'身'就无法与之相似；如果从一开始就'本来无一物'，当然就没有'明镜'和'尘埃'。如果这样看，从'平面'逻辑拓

---

260 Steven Laycock. The Dialectics of Nothingness: A Reexamination of Shen-hsiu and Hui-neng[J]. Journal of Chinese Philosophy 24 (1997). pp 20-21.

261 Steven Laycock. The Dialectics of Nothingness: A Reexamination of Shen-hsiu and Hui-neng[J]. Journal of Chinese Philosophy 24 (1997). p21 "coincidentia oppositorum" 也有人翻译成"对立的巧合"或者"相反相成"。

262 Steven Laycock. The Dialectics of Nothingness: A Reexamination of Shen-hsiu and Hui-neng[J]. Journal of Chinese Philosophy 24 (1997). p22.

扑学来说我最初的观点没有什么可以质疑的。然而，对我来说，为了理解这两种观点的相互关系，我们必须抛弃'平面'的逻辑分析而采用辩证逻辑的方式，这样才能看清两者之间同时存在着矛盾和相互预设。神秀的立场预设着慧能的立场，同时，慧能的立场也预设着神秀的立场。更加复杂的是，这两种对立观点的辩证性的相互交织可以和当代西方现象学的严重分歧联系在一起。"[263]

接下来，列卡克分析了胡塞尔和萨特在现象学领域的分歧。他提出："胡塞尔所代表的耐心严谨的长期辛苦努力或萨特所代表的不那么冷静（也许更冷静）的声音在这个关键的节点上都滑向了'形而上学'……一方面是疏离意识，使它成为萨特所说的"虚无"……一方面是胡塞尔式的与之相对的'构造'理论……萨特的意向性意识像是一个放置在有颜色的平面上的水晶球，而胡塞尔的'构造'理论则可能是给这个水晶球上色。萨特就如同'二维'的'神秀'，胡塞尔就如同'二维'的'慧能'。"[264]在列卡克看来，萨特将意识描述为"虚无"，导致其含义走向极端，从而完全颠覆了现象学思考的可能性。如果意识真的是"虚无"，那么在思考中就无一物可见。思考，作为意向性意识的特殊形式，就失去了目标。[265]胡塞尔却认为，意识对象不可否认地体现出反射性的意识。从胡塞尔的看法出发，只有当主体性是建构性的，反射性的意识才能"看到"。萨特也许会说，意识对象是"被发现的"，但胡塞尔却认为意识对象无论在什么时候，都是"被创造出来的"。[266]列卡克认为，萨特将现象学的基本方法反思性描述视为不切实际，从而背叛了现象学。胡塞尔不遗余力地保留反思，却因而使之失去了活力。于是，曾经硕果累累的现象学反思方法在现象被认为要么属于主观领域要么属于客观领域时就变得行不通了。只有当现象学完全忠实地如事物所显现的那样认识事物自身时，胡塞尔式的主观主义和萨特式的客观主义之间的鸿沟才有可能被弥合。[267]

263 Steven Laycock. The Dialectics of Nothingness: A Reexamination of Shen-hsiu and Hui-neng[J]. Journal of Chinese Philosophy 24 (1997). p22.

264 Steven Laycock. The Dialectics of Nothingness: A Reexamination of Shen-hsiu and Hui-neng[J]. Journal of Chinese Philosophy 24 (1997). p25.

265 Steven Laycock. The Dialectics of Nothingness: A Reexamination of Shen-hsiu and Hui-neng[J]. Journal of Chinese Philosophy 24 (1997). p25.

266 Steven Laycock. The Dialectics of Nothingness: A Reexamination of Shen-hsiu and Hui-neng[J]. Journal of Chinese Philosophy 24 (1997). p26.

267 Steven Laycock. The Dialectics of Nothingness: A Reexamination of Shen-hsiu and Hui-neng[J]. Journal of Chinese Philosophy 24 (1997). p27.

　　在对萨特和胡塞尔在现象学领域的分歧做了批判性思考之后，列卡克回到其对神秀与慧能的现象学思考。他指出："对于神秀来说，心如明镜。走进这个比喻的内在逻辑，我们还可以说心就像是一个理想的透明水晶球，它的存在不被任何细小的折射或者污点所侵染。这样一个毫无瑕疵的明镜或者完美透明的水晶球是看不到的，它不被'相'所体现，可见则会产生瑕疵。这样一来，神秀的观点就有了可信性，而慧能一定也是正确的。'本来没有心镜'（因为它是不可见的）。从现象学的角度考虑，没有什么可以看见。因此，神秀的心偈远没有否定慧能的观点，而是清晰地预设了它的正确性。"268

　　最后，对慧能"本来无一物"的说法，列卡克总结道："正如我说论述的，'本来无一物'并不是对存在的否定。实际上，意识应该高于'存在与非存在'。'明镜亦非台'既具有本体论，又具有现象学上的含义：心虽然不是本体，但绝对不应该从本体的位置上将其摒弃，心的存在是为了去'看'并'看穿'。这些观点在神秀的心偈里是暗含的、不言而自明的。但在慧能的心偈中则是完全显露出来的。"269最后，列卡克总结道，神秀和慧能的两种"思考"之中，都有"本心"的存在，这种"本心"用佛教现象学来解释就是佛教中至关重要的术语"真如"。"真如"为两种表面上相反的观点都提供了根据。没有"真如"，我们就只能处在一种"平面"的逻辑之下，现象学也就变成了形而上学。"真如"清晰的经验性实现，为神秀与慧能两种观点的和解提供了根据，也为慧能从弘忍处赢得了祖师地位的传承。270

　　总的说来，列卡克的两篇论文从现象学和存在主义哲学的角度对《坛经》中的两首心偈进行阐发研究，毫无疑问带着一种比较哲学的味道，是一个东西方哲学互释的生动例证。

　　1992年著名美籍华裔哲学家成中英先生在《中国哲学季刊》发表了《对立与超越：慧能〈坛经〉中三十六对法的哲学意义》一文，这是一篇思路清晰、观点明确、论证严谨的学术论文。论文的目的在于考察《坛经》哲学观点

---

268 Steven Laycock. The Dialectics of Nothingness: A Reexamination of Shen-hsiu and Hui-neng[J]. Journal of Chinese Philosophy 24 (1997). p29.

269 Steven Laycock. The Dialectics of Nothingness: A Reexamination of Shen-hsiu and Hui-neng[J]. Journal of Chinese Philosophy 24 (1997). P35.

270 Steven Laycock. The Dialectics of Nothingness: A Reexamination of Shen-hsiu and Hui-neng[J]. Journal of Chinese Philosophy 24 (1997). pp 35-36.

中潜在的方法论及其结构所体现的《易经》思维模式的影响。这种思维模式不但建构了《易经》相反相成的模型之下的世界图景，而且还引入了包容性的逻辑和内在创造力，并以不同方式解决了各种相反相对观点的对立冲突。成中英认为慧能的禅法正体现了《易经》中的这种思维方式和精神，同时也体现了以中观学派为代表的否定与超越的大乘佛教传统精神。[271]这篇论文分为四个部分：《坛经》中世界模型的本体宇宙建构；《坛经》中世界模型的意识宇宙分解；通过理解、超越与开悟消除愚迷的方法；结合了《易经》逻辑与中观逻辑的禅宗开悟逻辑以及对禅修和禅宗哲学重要范畴的解释与示例。

在论文第一部分中，成中英首先指出之前的学者对三十六对法的注意和理解不够，例如扬波斯基将汉字"对"译为 confrontation 就存在错误。"对"字在汉语中有匹配、成双、对照、相对、相关、和谐等意思，但却没有 confrontation（矛盾对立）的意思。另外一个没有引起学者注意的错误是，三十六对法的实际数目是三十七而非三十六。[272]三十六对法所描述的，是一个关于自然、人与精神三者的复杂的世界图景。这个世界图景依据的是与《易经》模式一致的对立统一建构。其中，"外境无情五对"与宇宙的客观现实相关。事实上，天地、日月、明暗、阴阳、水火的相对都出自《易经》。"语言法相对十二"可以直接被视为主客体认识论的知觉概念建构。最后，"自性起用对"显然是主观概念性的，可以被视为精神与"自性"的活动或激活。[273]

在论文的第二部分，成中英提出，禅宗的佛教属性是无法否认的，但它却经历了中国新道家和儒学思想的改变和塑造。从这一点出发，慧能世界图景的意识宇宙分解就可以理解与期待。在《坛经》的第45节中，这个分解以一种精妙的方式发生，三类对法被分为五阴、十八界和十二入。遵从传统的唯意识法则，慧能将上述三类和五阴、六尘、六门、六识相联系。这三种观念性的类别和早先描述的三种本体宇宙的自然类别并不完全对应，但却可以认

---

271 Cheng, Chung-ying. Relativity and Transcendence in the Platform Sutra of Hui-neng: on Polarities and Their Philosophical Significances[J]. Journal of Chinese Philosophy 19 (1992). p73.

272 Cheng, Chung-ying. Relativity and Transcendence in the Platform Sutra of Hui-neng: on Polarities and Their Philosophical Significances[J]. Journal of Chinese Philosophy 19 (1992). p74.

273 Cheng, Chung-ying. Relativity and Transcendence in the Platform Sutra of Hui-neng: on Polarities and Their Philosophical Significances[J]. Journal of Chinese Philosophy 19 (1992). pp74-75.

为六尘大致对应天与地，而五蕴和六识对应人的心性。另一方面，六门指明从精神到自然的整个交互过程。[274]含藏识为慧能世界图景的意识宇宙分解提供了必要的基础，但其哲学影响似乎是很小的，因为意识向世界投射的并不是永远要被消除的幻象，而是要被理解并为开悟的目的服务的一种建构。更为重要的是，在儒学道德心理背景之下"心"与"性"概念的引入和使用天然地把精神与精神的本性联系在一起。这种联系比含藏识和其他识之间的联系更为紧密。[275]成中英认为："心"与"性"的直接关系可以被认为是慧能顿悟禅法的来源和基础。中国经典的心性观，无论其形式是儒家还是道家，都反映出一种对人性和生命的基本体验，正如中国经典的体用观全面地反映宇宙与自然的基本体验一样。慧能当然受到了这些文化遗产的影响，但这却并没有消减《易经》对三十六对法的影响。[276]

　　成中英论文的第三部分总结了《坛经》中如何去消除愚迷（de-delusion）走向开悟（enlightenment）的方式。在成中英先生看来，慧能对这个问题的回答非常简单直接：用三十六对法去理解和诠释世界与人类处境。三十六对法中的每一组对立统一都描述了一种需要超越的状态，因为对立中的两极都需要彼此超越，这样人们才能不至于走向某一个极端。对立中的两极不仅彼此超越而且彼此颠覆，这样人们才能不执着于某一个极端。整个世界无论如何复杂，都可以用这种两极相对的形式来理解，人们超越了两极对立也就超越了整个世界。这就解释了慧能为何将他获得开悟的顿教法门建立在无相、无念、无住的基础之上。成中英将开悟的过程分成了四步：第一步，为了消除愚迷需要进行"对法"的建构；第二步，"对法"的建构在语言中得到概念性的体现，因此消除愚迷需要超越或抛弃语言，也就是禅宗的不立文字；第三步，消除愚迷可以是总体性的，因为所有的对立都可以被认为是互有关联相互交织的；第四步，当消除愚迷，两极对立被解构以后，人们就跳出了建构的世界，不会生出对外境的执着也不会生出任何不需要的建构。用慧能的话说，就是"出入即离两

---

274 Cheng, Chung-ying. Relativity and Transcendence in the Platform Sutra of Hui-neng: on Polarities and Their Philosophical Significances[J]. Journal of Chinese Philosophy 19 (1992). p76.

275 Cheng, Chung-ying. Relativity and Transcendence in the Platform Sutra of Hui-neng: on Polarities and Their Philosophical Significances[J]. Journal of Chinese Philosophy 19 (1992). p77.

276 Cheng, Chung-ying. Relativity and Transcendence in the Platform Sutra of Hui-neng: on Polarities and Their Philosophical Significances[J]. Journal of Chinese Philosophy 19 (1992). p77.

边……出外于相离相，入内于空离空。"[277]消除了愚迷之后，人的心就可以被称为"本心"，"本心"即是"自性"。成中英先生认为慧能的这种对于"心"与"本性"的看法与孟子哲学的心性论有相似之处。[278]

在论文的第四部分，成中英先生对《坛经》三十六对法的逻辑特点进行了总结，他提出："这种逻辑可以被描述为《易经》的包含—内在逻辑与中观学派的排除—超越逻辑的结合。"[279]对于三十六对法的意义，成先生最后总结道："通过禅宗这样的逻辑，就可以清晰地解释《坛经》两极对立式语言所表达的通向开悟的各种基本修行范式。"[280]

三、美国学术界《坛经》研究的新动向：《坛经的研读》

美国《坛经》研究最近的重要成果是 2012 年哥伦比亚大学图书馆出版的《坛经的研读》（*Readings of the Platform Sutra*），[281]这部作品是哥伦比亚大学推出的佛教文献研读系列作品之一。这部文集的两位主编墨顿·史鲁特（Morten Schlütter）和太史文（Stephen F. Teiser）邀请佛教研究方面的知名学者以扬波斯基英译本为主要参考对《坛经》展开研读，全书的内容由七篇论文构成。

第一篇是史鲁特撰写的导论。在这篇导论中，史鲁特首先评价了《坛经》的历史意义及其在当今世界的影响，他指出"随着《坛经》在现代世界的传播，其作为禅宗经典的地位越来越重要。在东亚和西方对佛教的兴趣再度兴起的背景之下，这部经典的各种评注本不断出版，关于《坛经》内容及其核心人物六祖慧能的研究也层出不穷。"[282]随后，这篇导论向读者介绍了《坛

---

277 Cheng, Chung-ying. Relativity and Transcendence in the Platform Sutra of Hui-neng: on Polarities and Their Philosophical Significances[J]. Journal of Chinese Philosophy 19 (1992). pp78-79.

278 Cheng, Chung-ying. Relativity and Transcendence in the Platform Sutra of Hui-neng: on Polarities and Their Philosophical Significances[J]. Journal of Chinese Philosophy 19 (1992). p79.

279 Cheng, Chung-ying. Relativity and Transcendence in the Platform Sutra of Hui-neng: on Polarities and Their Philosophical Significances[J]. Journal of Chinese Philosophy 19 (1992). p79.

280 Cheng, Chung-ying. Relativity and Transcendence in the Platform Sutra of Hui-neng: on Polarities and Their Philosophical Significances[J]. Journal of Chinese Philosophy 19 (1992). pp79-80.

281 Morten Schlütter & Stephen F. Teiser. Ed. Readings of the Platform Sutra[M]. New York: Columbia University Press. 2012.

282 Morten Schlütter & Stephen F. Teiser. Ed. Readings of the Platform Sutra[M]. New York: Columbia University Press. 2012. p 1.

经》出现的背景、它的主要内容及其在禅宗史中的地位；佛教在中国从汉代到唐代的发展及其和中国传统文化（尤其是儒、道两家）关系；佛教的主要宗派；《坛经》的历史演变及其不同版本之间的差异等等。史鲁特最后总结道："（尽管后期的《坛经》版本和敦煌本之间存在着各种差异）然而，《坛经》的核心，慧能那充满戏剧性的动人自传以及他那赞美佛性本自具足的动人说法在各种版本中却基本没有变化，直到今天这部作品仍然具有使读者感到愉悦和振奋的力量。"[283]

第二篇论文是澳洲大学的约翰·乔金森博士撰写的《慧能的形象》（*The Figure of Huineng*），其材料基本上出自其在 2005 年出版的《创造慧能——六祖的圣传与早期禅的传记》（*Inventing Hui-neng, the Sixth Patriarch: Hagiography and Biography in Eearly Ch'an*）一书。乔金森的这篇论文向读者介绍了慧能的"圣传"（hagiography）是怎样形成的，神会和神会的弟子在这个过程中起到了怎样的作用：乔金森认为神会不太可能见过慧能或做过他的弟子，除了神会自己的说法之外，没有什么证据证明他曾见过慧能。神会只是在蕲州弘忍处待过一段时间，除此之外并没有去过遥远的南方。乔金森引用马克瑞和谢和耐的研究，认为神会去过曹溪和广州的说法存在时间上的错误。[284]神会对真实的慧能所知甚少，因此不得不杜撰慧能的传记。除此之外，南能北秀的"顿渐"之分也是神会创造出来的。[285]乔金森还认为神会构建出的慧能"圣传"，和司马迁在《史记》中构建孔子"圣传"的方式非常相似。[286]乔金森特别强调了神会在安史之乱时为朝廷筹集粮饷提升了其政治上的影响力，从而让其代表的宗派获得了某些官员的支持，例如当时的官员王维、柳宗元、刘禹锡都曾为慧能题写碑文。[287]最后，乔金森分析了《坛经》在南宗形成和发展中的重要作用。随着慧能的再传弟子马祖道一所代表的

283 Morten Schlütter & Stephen F. Teiser. Ed. Readings of the Platform Sutra[M]. New York: Columbia University Press. 2012. p 20.

284 Morten Schlütter & Stephen F. Teiser. Ed. Readings of the Platform Sutra[M]. New York: Columbia University Press. 2012. p 36.

285 Morten Schlütter & Stephen F. Teiser. Ed. Readings of the Platform Sutra[M]. New York: Columbia University Press. 2012. p 36.

286 Morten Schlütter & Stephen F. Teiser. Ed. Readings of the Platform Sutra[M]. New York: Columbia University Press. 2012. pp 36-39.

287 Morten Schlütter & Stephen F. Teiser. Ed. Readings of the Platform Sutra[M]. New York: Columbia University Press. 2012. pp 42-45.

洪州禅在晚唐的兴盛，慧能身后的荣誉也越来越高直至被朝廷授予"大鉴禅师"的谥号。[288]

第三篇论文是丹麦哥本哈根大学博士亨利克·索伦森（Henrik H. Sorensen）所写的《早期禅的历史与实践》（*The History and Practice of Early Chan*）。本书首先对早期禅宗的历史进行了梳理，索伦森认为禅宗建立的"西天谱系"表达了禅宗对自身身份及合法性的寻求以及和其他佛教宗派相区别的需要。[289]索伦森援引道宣的《续高僧传》，指出菩提达摩及其弟子只是六世纪中国北部主张禅修的几个佛教派别之一，早期的禅宗也并没有什么排他性。[290]接下来索伦森介绍了以道信和弘忍为代表的东山法门的发展，他认为弘忍的《修心要论》中出现的"磨镜"之喻与《坛经》中神秀所作的心偈中"明镜"的比喻有所关联。[291]对于弘忍在禅宗发展史中的地位，索伦森提出："禅宗发展到弘忍的时代，僧团方才具有了学院式的雏形。从这个意义上说我们可以将其视为禅宗的真正奠基人，因为弘忍塑造了禅宗修行法门的独特形式，是最早围绕统一的修行方式建立起僧团的禅师之一。"[292]接下来，索伦森梳理了弘忍之后禅宗北宗的发展。根据《楞伽人法志》对弘忍的十位传法弟子的记载，索伦森认为神秀、法如、老安（慧安）和玄赜最重要最有影响力，而慧能只是其中的一个边缘人物。[293]对于神会发起的对北宗的攻击，索伦森认为神会对神秀一系北宗禅的批判为禅宗的转变和《坛经》铺平了道路，但神会及其弟子却并没有从他们的努力中获得最终的收益，神会的宗派在其去世后两代就逐渐式微了。[294]再后来，马祖道一的洪州宗和四川的保唐宗继续了慧能的传承谱系。从某种意义上讲，《坛经》中的传承谱

288 Morten Schlütter & Stephen F. Teiser. Ed. Readings of the Platform Sutra[M]. New York: Columbia University Press. 2012. p 47.

289 Morten Schlütter & Stephen F. Teiser. Ed. Readings of the Platform Sutra[M]. New York: Columbia University Press. 2012. p 56.

290 Morten Schlütter & Stephen F. Teiser. Ed. Readings of the Platform Sutra[M]. New York: Columbia University Press. 2012. p 61.

291 Morten Schlütter & Stephen F. Teiser. Ed. Readings of the Platform Sutra[M]. New York: Columbia University Press. 2012. p 62.

292 Morten Schlütter & Stephen F. Teiser. Ed. Readings of the Platform Sutra[M]. New York: Columbia University Press. 2012. p 62.

293 Morten Schlütter & Stephen F. Teiser. Ed. Readings of the Platform Sutra[M]. New York: Columbia University Press. 2012. p 63.

294 Morten Schlütter & Stephen F. Teiser. Ed. Readings of the Platform Sutra[M]. New York: Columbia University Press. 2012. p 69.

系为到慧能为止的正统禅宗历史提供了一个最终的版本，从而开始了一个新的时代。[295]

第四篇论文是哈佛大学博士彼得·格里高利（Peter N. Gregory）的《顿教的〈坛经〉》（*The Platform Sutra as the Sudden Teaching*）。这篇文章将研究的焦点集中于《坛经》中的顿教思想，格里高利对敦煌本《坛经》的两个部分（第 2 至 11 节，即慧能自传起始部分与神秀两人心偈比试的内容；第 12 至 19 节，慧能大梵寺说法的核心部分）进行了细读，得出的核心结论是：顿教即是一种思想，同时也是一种方法。作为一种思想，其核心是不二法门；作为一种方法，它蕴含了对所有"方便"的抛弃。[296]格里高利指出，不同于北宗文献乃至神会著作对大乘佛教经典的广泛征引，《坛经》只引用或提及了很少量的佛经。其中，《维摩诘经》被引用的次数最多，其次是《金刚经》，《楞伽经》被隐约地提及两次，《梵网经》中有关"自性本自清净"的内容被引用两次，第 42 节提到了《法华经》，此外第 35 节讨论西方净土世界的所在时引用了《观无量寿经》中的四个字（此四字为"去此不远"，笔者注）。格里高利认为，《坛经》对其他佛教文献引用在数量上的稀少与慧能的形象是一致的，作为一个天生的宗教奇才，慧能通过直觉而非文字就能见自本性，这一点正体现了禅宗"不立文字，以心传心"的教法特征。[297]在格里高利看来，《坛经》这种"直见本性"的顿教教法有两个思想渊源：大乘的般若理论为摆脱烦恼体悟空无提供了思想上根据；"如来藏"为"顿悟"提供了本体论上的根据。[298]除此之外，《维摩诘经》中的"直心是道场"、"不二法门"和《金刚经》的"见性"思想也成为《坛经》顿教思想的来源。格里高利还向读者解释了《坛经》中的"一行三昧"、"无住"、"无念"、"无相"等慧能说法中的核心概念。例如，在谈到"无念"时，格里高利提出："'无念'中的'无'意味着摆脱二元对立，这就和'定慧一体'或'直心'形成了呼应。因此'无念'既是一种实践——尽管是没有形式束缚的（即无相）——同时也是真如

295 Morten Schlütter & Stephen F. Teiser. Ed. Readings of the Platform Sutra[M]. New York: Columbia University Press. 2012. p 69.

296 Morten Schlütter & Stephen F. Teiser. Ed. Readings of the Platform Sutra[M]. New York: Columbia University Press. 2012. p 77.

297 Morten Schlütter & Stephen F. Teiser. Ed. Readings of the Platform Sutra[M]. New York: Columbia University Press. 2012. p 79.

298 Morten Schlütter & Stephen F. Teiser. Ed. Readings of the Platform Sutra[M]. New York: Columbia University Press. 2012. p 80.

本性的特征。"[299]最后，格里高利的结论是，通过将顿教抬高为新的正统旗帜，《坛经》赋予了禅宗一种激进的语言特征。顿教"无念"的修行方式排斥了其他方法，从而以不受形式束缚的语言重新定义了禅定。[300]

第五篇论文是斯坦福大学温蒂·阿达梅克（Wendi L. Adamek）所著《传法中的传承观念》（*Transmitting Notions of Transmission*）。这篇文章首先总结了在《坛经》的语境中"传承"的三个层次，即佛法的传承；《坛经》的文本本身作为正统性标志的象征或法宝的传承；作为一种正统的思想方法的传承。[301]阿达梅克首先提出了这样的一个问题，佛教传承中的"法"在何处？这个问题引申出了其他一系列的问题。为了解答这些问题，阿达梅克首先回顾了佛教中"三宝"的传统传承方式。他提出，禅宗的教法对"三宝"传承的传统方式构成了挑战。[302]然后，这篇文章向读者介绍了早期中国佛教传承的各种形式以及"顿"、"渐"传承的特殊性。阿达梅克特别提到了菩提达摩的袈裟和弘忍夜半向慧能传授衣钵的故事，认为《坛经》的编集者为了构建将来的传法方式，赋予了传法偈相对传法袈裟更大的重要性。[303]阿达梅克还注意到《传法宝记》和《坛经》以不同的方式记录了五祖弘忍"自古传法，气如悬丝"的说法，他认为这一方面确实地证明佛教权力在当时的扩张；一方面也强调了法脉单传的脆弱性。[304]接下来，阿达梅克叙述了《历代法宝记》与《坛经》关于传法袈裟的不一致的记载，在《坛经》中，法衣的传承到慧能就停止了。而在《历代法宝记》中，这件传法衣被武后赐给了智诜，后来一直传到了无相，最终从无相处传给了无住。[305]最后，阿达梅克提出，八世纪末禅宗传承的叙述中关于传法的记载渐趋模糊，这说明禅宗祖师传承的观念已经

---

299 Morten Schlütter & Stephen F. Teiser. Ed. Readings of the Platform Sutra[M]. New York: Columbia University Press. 2012. p 103.

300 Morten Schlütter & Stephen F. Teiser. Ed. Readings of the Platform Sutra[M]. New York: Columbia University Press. 2012. p 106.

301 Morten Schlütter & Stephen F. Teiser. Ed. Readings of the Platform Sutra[M]. New York: Columbia University Press. 2012. p 109.

302 Morten Schlütter & Stephen F. Teiser. Ed. Readings of the Platform Sutra[M]. New York: Columbia University Press. 2012. p 113.

303 Morten Schlütter & Stephen F. Teiser. Ed. Readings of the Platform Sutra[M]. New York: Columbia University Press. 2012. p 122.

304 Morten Schlütter & Stephen F. Teiser. Ed. Readings of the Platform Sutra[M]. New York: Columbia University Press. 2012. p 125.

305 Morten Schlütter & Stephen F. Teiser. Ed. Readings of the Platform Sutra[M]. New York: Columbia University Press. 2012. pp 126-129.

过时。祖师之间的代代单传在以前曾经是有效的传法方式，但在八世纪以后就难以维持了。中土六祖的"主干"已经建立，而不止一人被称为七祖的事实说明禅宗作为一个宗派已经开始建立起来。随着过去历史中想象性的传承谱系的最终形成，禅宗开始开枝散叶并一直延续至今。[306]

第六篇论文耶鲁大学博士保罗·格罗纳（Paul Groner）撰写的《〈坛经〉中的授戒与戒律》（Ordination and Precepts in the Platform Sutra）将研究焦点集中在《坛经》中的"授戒"上，他的核心观点是：尽管《坛经》出自寺院的环境之下，但它很大程度上是面对在家信仰者的。通过特殊的戒律和授戒仪式，《坛经》似乎试图降低乃至模糊在家与出家的区别。[307]格罗纳首先对中国佛教的戒律展开历史回顾，介绍了不同形式的"授戒"及"授戒"的过程，在这一部分内容中格罗纳重点分析了《坛经》视野下的菩萨戒思想。格罗纳认为："《坛经》主张菩萨戒并非来自授戒仪式，而是来自每一个悟道者本自具有的潜能。《坛经》通过引用《梵网经》中的'本源自性清净'一句作为其中菩萨戒的开始，《梵网经》中的这句话说明持戒应该跟随人的本性而非追随某个群体建立的规矩。"[308]接下来，格罗纳讨论了《坛经》中"授戒"的独特性，这种独特性在于，跟天台宗的授戒仪式相比，《坛经》中的"授戒"要简短许多，也没有那么复杂。不仅如此，《坛经》中的"授戒"即使和早期的禅宗文献所描述的仪式相比也要简单许多。[309]格罗纳认为《坛经》中的这种简化了的授戒表明这种仪式已经更像是在导师和僧俗信众之间建立某种"缘分联系"的包容性的仪式，而不是将人们吸纳为某个特殊宗教团体的仪式。[310]无论如何，《坛经》都明确地传播了一种相对简化的倾向于被广泛使用的授戒仪式。接下来，格罗纳探讨了出家持戒和在家持戒的区别，他指出，在慧能的时代出家僧众和在家信众之间的区分已经不那么明显，授戒的目的

306 Morten Schlütter & Stephen F. Teiser. Ed. Readings of the Platform Sutra[M]. New York: Columbia University Press. 2012. p 131.

307 Morten Schlütter & Stephen F. Teiser. Ed. Readings of the Platform Sutra[M]. New York: Columbia University Press. 2012. p 134.

308 Morten Schlütter & Stephen F. Teiser. Ed. Readings of the Platform Sutra[M]. New York: Columbia University Press. 2012. p 138.

309 Morten Schlütter & Stephen F. Teiser. Ed. Readings of the Platform Sutra[M]. New York: Columbia University Press. 2012. p 143.

310 Morten Schlütter & Stephen F. Teiser. Ed. Readings of the Platform Sutra[M]. New York: Columbia University Press. 2012. p 146.

在这种背景之下变得比较多样。对有些人来说，授戒已经成了筹款敛财的方式；对另外一些人来说，授戒可以和师父之间建立缘分联系；也有人只为了结善缘或交好运而参加授戒。[311]格罗纳探讨的下一个问题是"戒"、"定"、"慧"三者之间的联系。传统的佛教观点认为三者之间存在顺序性的联系，即因戒生定，因定生慧。而《坛经》却否认将三者进行绝对的区分，其所描述的"无相戒"与"定共戒"相似。另外，《坛经》还强调"定慧等"。最后，格罗纳对《坛经》中的授戒进行了总结。他的结论是：首先，《坛经》中的授戒是非常简单的，它不对修行者做任何规则性的要求，授戒作为进入某一团体标志的原始意义并不明显。其次《坛经》中的授戒对象不分出家在家；最后，《坛经》中的"无相戒"的对象应该是修为较深的践行者，而非刚入门的人。[312]

第七篇论文是密歇根大学博士任博克（Brook Ziporyn）撰写的《〈坛经〉与中国哲学》（*The Platform Sutra and Chinese Philosophy*）。这篇文章从思想史的角度出发，分析了《坛经》中的思想与中国本土思想的相似之处，向读者解释了为什么禅宗经常被认为是一场佛教中国化的运动。例如，任博克把儒家的人世思想、性善论和《坛经》中的"随心净即佛土净"、"自性清净"相比较，把《易经》中的"易"和《坛经》中的"无住"相比较，把《道德经》的"体"、"用"观念和《坛经》中的"体"、"用"观念相比较，得出的结论是：《坛经》的思想是在中国已有的哲学主题之上的延续，是在中国先代思想家基础上的一个重要创新。任博克认为《坛经》创造性的综合了两个思想体系：一是根植于印欧范畴之下的佛教救世主义哲学体系；二是不同观点和文化前提的中国传统。[313]任博克认为《坛经》的这种综合的创造性正在于它吸纳了旧有的主题，将新酒装入旧瓶中，或者将旧酒装入新瓶中。通过将佛教"商品"进行更受中国市场欢迎的包装，《坛经》再度复兴了中国知识分子早已熟悉的主题，从而制造了一种新的产品。这种产品既不旧也不新，既不熟悉也不陌生。作为一种具备双重属性于一体的文本，《坛经》成了对佛教和中国传统来说都必不可少的一部作品，在长久的历史时期里发挥着其经

---

311 Morten Schlütter & Stephen F. Teiser. Ed. Readings of the Platform Sutra[M]. New York: Columbia University Press. 2012. p 151.

312 Morten Schlütter & Stephen F. Teiser. Ed. Readings of the Platform Sutra[M]. New York: Columbia University Press. 2012. pp 156-157.

313 Morten Schlütter & Stephen F. Teiser. Ed. Readings of the Platform Sutra[M]. New York: Columbia University Press. 2012. p 186.

典的作用。[314]

综上所述，《坛经的研读》所收录的这七篇论文，从各个不同角度对《坛经》展开研究，代表了美国学术界至今为止《坛经》研究领域的最新发展。通过对这些论文内容的总结我们看到，除了第一篇论文（史鲁特介绍《坛经》背景知识的导论）和第三篇论文（索伦森对早期禅宗史和实践的梳理）之外，其余五篇论文都是或者对《坛经》的内容、思想，或者对其中的核心概念、义理展开研究，又或者关注了《坛经》与中国本土思想的联系。从笔者目前掌握的材料来看，此前美国学术界《坛经》研究的多数专著或论文基本上都是从外部入手，强调历史文献的梳理和考证。而《坛经的研读》则将视线转向了《坛经》本身。这一点是值得我们关注的，因为我们或者可以由此推论，美国学者在《坛经》研究领域正在悄然发生着一种"由外向内"的转变，而这种转变或许和西方世界在新世纪以来对佛教的兴趣再度复兴有关。

小结

本节内容简要介绍了美国学术界以内容分析和义理阐发为特征的《六祖》坛经研究，如果说以历史梳理和文献考据为特征的《坛经》研究是一种"外部"研究，那么以内容分析与义理阐发为特征的《坛经》研究则具备一种"向内"的倾向。这种"内向"的研究虽然在数量上是少数，但在近年来却呈现出一种上升的趋势。

美国学术界对《坛经》的这种"内向"型研究显现出一种多样性的特征。例如比尔·波特承袭了源自德怀特·戈达德、鲁思·富勒·佐佐木和艾伦·瓦茨等早期《坛经》研究学者的"体验式"传统，从他的《六祖坛经解读》中可以看出，他的许多观点都来自于长期的禅宗修行体验。这一点与大多数从历史梳理和文献考据的角度对《坛经》展开研究的美国学者有明显的区别。如果说扬波斯基、马克瑞等学者的研究在立场和方法上与胡适接近，比尔·波特的研究则和铃木大拙类似。总的来说，美国学术界对禅宗有过"浸入"式体验的学者并不多，大多数人都属于"学院派"，因此比尔·波特的《坛经》研究多少显得有些另类。但从另一个角度说，长期行走于中国大地、对禅宗传

---

314 Morten Schlütter & Stephen F. Teiser. Ed. Readings of the Platform Sutra[M]. New York: Columbia University Press. 2012. p 186.

统文化有着深入了解的比尔·波特赋予了他的研究一种鲜活的特征，他不太在意学术研究领域的某些争议（尽管他对这些争议有清晰的认识），而是强调通过阅读《坛经》人们可以获得什么，这一点又使得他的研究多了一些实践的价值。除此之外，波特经常用活泼、生动的语言表达一些有趣的见解，这也是他的这部作品成为受美国读者欢迎的一本畅销书的原因。应该说，比尔·波特的《六祖坛经》解读，对新世纪以来《坛经》在美国的传播是有所贡献的。

2012 年出版的由墨顿·史鲁特（Morten Schlütter）和太史文（Stephen F. Teiser）主编的《坛经的研读》（*Readings of the Platform Sutra*）代表了美国学术界《坛经》研究的最新成果。或许是注意到禅宗史梳理和考证性的研究太多，而对《坛经》内容本身的关注有所缺失，上面提到的这两位学者组织了其他六位学者对《坛经》展开了深入的"研读"。我们可以看到这一作品中七篇长篇论文大部分都是围绕《坛经》的内容、核心概念、历史地位及其思想来源展开研究。通过这部作品，我们似乎看到了美国《坛经》研究领域或许存在着一个"由外向内"的转变倾向。

但当我们把视线跳出历史与宗教研究的维度，就会发现美国学术界从哲学维度对《坛经》的"内向性"研究其实从很早以前就开始了，本节选取了斯蒂芬·列卡克的两篇论文及成中英先生的一篇论文进行重点介绍。列卡克的两篇文章主要是从现象学的角度对《坛经》中慧能与神秀禅法的差别展开研究。第一篇文章《慧能与先验观点》的核心看法是慧能的"顿悟"蕴含着与胡塞尔先验现象学相近似的某些观点。他还引用萨特的某些理论批判了神秀的看法。然而，在第二篇文章《空无的辨证法：对神秀与慧能的再审视》中，列卡克修正了之前的观点，他通过对慧能和神秀的思想进行更加深入的思考，结合对西方现象学理论分歧的分析，得出神秀与慧能思想存在一种矛盾的"对立统一（coincidentia oppositorum）"的关系。从列卡克的两篇论文中，我们看到了美国学者的坦率、勇于自我批判的精神，这是非常难能可贵的。成中英先生的论文《对立与超越：慧能〈坛经〉中三十六对法的哲学意义》对《坛经》的思维方式、其思想来源和意义展开研究。这篇文章着重探讨了《坛经》思维方式的来源，认为《易经》的对立统一思想、印度中观学派对"否定"与"超越"的见解以及中国儒家的体用观和心性论都对《坛经》思维方式的构建有所影响。这是一篇概念极为明确，逻辑理路极为清晰，同时论证严谨、语言流畅的论文，可以说代表了美国学术界从哲学的维度对《坛经》进行研究的最高水准。

第五章　互证与互补：中美两国
《六祖坛经》研究之比较

　　本章的内容是对中美两国《六祖坛经》研究的比较。首先，本章将对上一章所梳理的美国各个时期《六祖坛经》研究所体现出的一些特征做一个总结；然后选取中国自民国以来的具有代表性的《坛经》研究领域著名学者及其著作进行概述，之后对中国的《坛经》研究特点做一个总结；最后，本章将对中美两国的《六祖坛经》研究所反映出的某些异同点进行比较和分析，论述两国本领域研究互证、互补的重要性以及《坛经》研究国际间合作的可行性。

第一节　美国《坛经》研究特点总结

　　美国的《六祖坛经》研究自 1930 年代发端以来，在不同时期研究者的努力之下，其广泛程度和和深入程度都有了很大的提升。从初期以自发性的个人兴趣为导向，到 1960 年代以后变得的更为有系统、有侧重，美国的《坛经》研究积累了大量的研究成果。从研究主体来看，美国《坛经》的研究者既有学院派学者，也有来自民间或宗教界的人事。从研究类型来看，既有实证性的历史梳理和文献考证式研究，也有以内容分析与义理阐发为特征的研究，一些学者还从比较哲学或比较宗教学的角度展开研究。经过上一章对美国《六祖坛经》研究整体情况的考察，我们可以总结出美国的《坛经》研究有如下一些特点：

1. 研究者之间联系较为密切

美国《六祖坛经》的研究者从 1930 年代开始就形成了一种彼此之间较为密切的联系。早期的美国《坛经》研究者彼此之间都比较熟悉，例如将《坛经》的第一个英译本引入美国的戈达德与另一位学者鲁思·富勒·佐佐木之间就保持了长时间的通信往来，后者在前者的影响之下赴日本学习禅宗。比两个人稍晚一些的对禅宗在美国传播影响巨大的学者艾伦·瓦茨曾娶鲁思·富勒·佐佐木与其前夫的女儿为妻。这几位学者都与铃木大拙关系密切，都曾接受过铃木大拙在禅学方面的指导，对铃木大拙都有一种发自内心的由衷敬意。

1960 年代，美国《坛经》研究最重要的一位学者是菲利普·扬波斯基，他也曾经在 1950 年代末加入过鲁思·富勒·佐佐木组织的佛经研究与翻译团队。同一团队的学者还有美国文学界"垮掉一代"的著名人物加里·斯奈德。后来扬波斯基还曾经介绍约翰·马克瑞赴日本跟随著名学者柳田圣山学习禅宗史，并为马克瑞于 1985 年出版的《北宗禅与早期禅宗的形成》一书撰写序言。另一位研究禅宗北宗的知名学者伯兰特·佛尔也曾接受到过扬波斯基的帮助。同时，他与卡尔·比勒菲尔德、温迪·阿达梅克等学者保持了比较密切的往来。此外，墨顿·史鲁特、路易斯·兰卡斯特、保罗·格罗纳等学者也与上述几位学者较为熟悉。

总的来说，从 1930 年代开始，美国学术界《六祖坛经》的研究者们之间就形成了比较密切的联系，这种联系一直延续至今。学者们相互影响、相互启发、相互帮助、互通有无，使美国的《坛经》研究形成了一个连续不断的学术传统。

2. 善于借鉴、考察和吸收他国学者的研究方法和研究成果

众所周知，欧洲的 19 世纪末 20 世纪初的东方学研究在佛教领域取得了丰硕成果，这对美国学者的《坛经》研究影响不小。除此以外，20 世纪以来日本、中国学者的禅宗史研究、敦煌学研究更是对美国学者产生了直接的影响。

在欧洲方面，对美国学者影响较大的当属德国佛教语言文字学研究以及法国的东方学研究（特别是敦煌文献研究）。19 世纪末以来，欧洲主流的佛学研究以文献学研究为主要途径，德法两国这一领域的研究不仅为美国学者的研究提供了丰富的资料，其方法也对美国学者影响甚大。可以说，1970 年

代以前的美国佛学研究，基本以佛教（尤其是禅宗）典籍翻译为主，对佛教思想的研究比较有限，这和欧洲研究范式的影响存在较为密切的关系。具体到禅宗及《坛经》研究方面，德国学者中对美国相关领域研究影响比较大的是海因里希·杜默林神父。杜默林神父出生于德国的莱茵兰，于 1933 年成为耶稣会神父，1935 年赴日本传教，他对于日本神道与佛教的非常熟悉，后来还曾任日本上智大学哲学与历史学教授。杜默林神父用德文和英文撰写了很多禅宗方面的著作，如《无门关：六祖之后中国的禅宗发展》（*The Development of Chinese Zen After the Sixth Patriarch in the Light of Mumonkan*）、《禅佛教史》（*A History of Zen Buddhism*）、《禅的觉悟之道》（*Zen Enlightenment: Origins and Meaning*）、《二十世纪禅佛教》（*Zen Buddhism in the Twentieth Century*）、《禅佛教的历史：卷一 印度与中国》（*Zen Buddhism: A History: Volume 1 India and China*）、《禅佛教的历史：卷二 日本》（*Zen Buddhism: A History: Volume 2 Japan*）等。在上述的这些作品中，美国学者鲁思·富勒·佐佐木在 1952 年将杜默林用德文撰写的《无门关：六祖之后中国的禅宗发展》一书翻译成英文，并添加了相当丰富的注释，这部作品对其他美国学者的研究影响甚大。

在法国学者中，对美国学者研究影响较大的是戴密微（Paul Demiéville）和谢和耐（Jacques Gernet）。戴密微曾跟随法国著名学者沙畹（Edouard Chavannes）和列维（Sylvain Lévi）学习汉语和梵文，在汉学和敦煌学领域成绩卓著，其中国佛教研方面的成果究尤为突出。戴密微代表作之一是《吐蕃僧诤记》，这部作品围绕 8 世纪末汉地僧人摩诃衍和印度僧人莲华戒发生在吐蕃的一场宗教大辩论展开详细的论述。这部作品注释详尽，资料丰富，是一部汉藏佛教研究方面不可多得的佳作，也是该领域研究的必读著作之一。谢和耐曾经师从戴密微学习东方语言，是敦煌学研究的专家。他在中国佛教研究方面最为重要的著作是《菏泽神会禅师（668-760）语录》和《中国 5-10 世纪的寺院经济》。谢和耐对法国国家图书馆藏伯希和当年从敦煌带走的各种卷子进行了详细的研究，上述两部作品正是在此基础之上完成的。前者在神会研究方面填补了很多空白，具有极为重要的文献意义；后者采取社会研究的方法，综合考察了各种佛教现象，是迄今为止寺院经济研究领域最重要的著作之一。戴密微和谢和耐的上述几部作品，几乎所有美国禅宗及《坛经》研究领域的学者都曾引用。

　　日本学者的《坛经》研究，对美国同行的研究影响更大。从世界范围来看，日本学者禅宗史研究领域涉及《坛经》的研究开始得比较早，成果也比较丰富。代表性的研究著作包括：境野黄洋的《中国佛教史纲》（1907）、松本文三郎的《金刚经与坛经》（1913）和《六祖坛经书志学研究》（1944）、忽滑谷快天的《禅学思想史》（1925）、矢吹庆辉的《鸣沙遗韵解说》（1933）、宇井伯寿的《禅宗史研究》（1939）和《第二禅宗史研究》（1941）、柳田圣山的《初期禅宗史书志研究》（1967）、田中良昭的《惠能研究》（1978）和《敦煌禅宗文献之研究第二》、伊吹敦的《禅的历史》（2001）等。这些著作都是美国学者经常引用的文献。

　　中国方面，对美国学者研究影响最大的是胡适。胡适的《神会和尚遗集》《〈坛经〉考之一》《〈坛经〉考之二》《楞伽宗考》《禅宗史的一个新看法》《新校订的敦煌写本神会和尚遗著两种的校写后记》等著作或论文，对美国学者的《坛经》研究影响极大。从1960年代至今，在《坛经》作者这个关键问题上，多数的美国学者都不同程度地受到了胡适的影响，例如，陈观胜、扬波斯基、马克瑞等学者都曾在著作中引用胡适的观点对《坛经》是慧能所说表示怀疑，他们普遍认为历代的禅宗文献对慧能的叙述多有虚构的成分。

　　上述内容简要介绍了对德、法、日、中等国对美国学者影响较大的一些学者及其学术成果。以美国《坛经》研究领域成就最著名的学者菲利普·扬波斯基为例，他的代表作《敦煌本六祖坛经译注》的参考文献中列举了戴密微、谢和耐、杜默林、入矢义高、小林圆照、中川孝、关口真大、铃木大拙、宇井伯寿、矢吹庆辉、柳田圣山、向达、谢扶雅、胡适等等多国学者的研究著作。从数量上看，扬波斯基引用日本学者的研究最多，这与日本学者20世纪以来禅宗史研究领域的重要地位相吻合。从单一一位学者看，扬波斯基引用最多的是胡适的研究，所引用的文章和专著达到13篇（部），几乎覆盖了胡适禅宗史研究方面所有公开发表的成果。《敦煌本六祖坛经译注》的长篇导读和译文注释中直接引用胡适研究的地方达到了40余处，这些都说明了胡适对扬波斯基的影响之大。

　　总之，美国学者的《坛经》研究比较善于吸收其他国家学者研究的丰富成果，欧洲、日本、中国学者的研究都对美国同行有所影响，这种影响既存在于研究方法和途径方面，也存在于材料和观点方面。在研究方法上，欧洲学者对美国学者的影响比较大；在材料与观点方面，中日两国学者对美国学者的影响更为显著。

3. 注重文献考证、重视细节

日本青山学院陈继东教授指出："近代佛教研究的重要标志就是自觉地运用文献学、历史学的方法，力图排除偏重于信仰的、传说的、神秘倾向的传统叙述，对佛教的教义和历史进行客观的、合理的、科学的思考和探究。"[1]近代以来，盛行于欧洲的文献学、历史学方法很快成为佛教研究的主流途径，传统的宗教信仰型研究受到了很大的冲击，这种情况在日本和中国都有非常显著的体现。美国的《坛经》研究和中日两国情况不同，上世纪五六十年代以前，佛教在美国社会的影响力有限，《坛经》在美国的传播也并不广泛。因此，在信仰性研究极少的背景之下，美国的《坛经》研究很早就开始以文献学、历史学方法为主要研究途径。

大多数从事《坛经》研究的美国学者都接受过严格的学术训练，他们都比较注重引用历史文献来证明自己的看法。其中有两点值得说明：一是美国学者普遍将《坛经》研究放在大的历史背景之下加以考量，例如扬波斯基对整个八世纪禅宗发展的详细论述；又如乔金森结合唐代历史、地理、经济、中国传统文化等方面的内容对慧能与《坛经》的综合性研究等等。二是美国学者善于抓住某些具体细节进行深入的考察，例如扬波斯基对《付法藏传》《达磨多罗禅经》《传法宝记》《楞伽师资记》《历代法宝记》《坛经》《宝林传》等禅宗典籍中关于西天二十八祖的叙述所做的综合性对比等等。

同时，美国学者对各种历史文献的梳理一般都比较仔细、严谨。用胡适的话说，多数美国学者的《坛经》研究都带有一种"大胆假设，小心求证"的风格。对于和慧能与《坛经》相关的禅宗史文献，美国学者决不轻信，而是以批判性的眼光寻找并求证其中合理或不合理的内容。例如，在慧能生平的问题上，扬波斯基依次对《六祖大师法宝坛经略序》《六祖大师缘起外纪》《光孝寺瘗发塔记》等文献进行了考证，认为这些文献的可信度均不高，并提出最早的关于慧能的可靠记载出自《楞伽师资记》。[2]又如，对于流传日本的《曹溪大师别传》，胡适认为"是一个无识陋僧妄作的一部伪书，其书本

1　陈继东，日本对六祖惠能及《六祖坛经》的研究综述［A］，见《六祖坛经》研究集成［C］，北京：金城出版社，2012，第 123 页。

2　Philip B. Yampolsky. The Platform Sutra of the Sixth Patriarch[M]. New York: Columbia University Press. 1967. 第 59-66 页。

身毫无历史价值，而有许多荒谬的错误。"[3]与胡适不同的是，扬波斯基对这部文献的考证更为缜密，看法也更为客观。他通过对《曹溪大师别传》与《祖堂集》《宋高僧传》《景德传灯录》等禅宗文献的对比研究，提出《曹溪大师别传》中既存在明显的错误，也有一些真实的材料。后世的禅宗文献剔除了其中的明显错误，但保留了《别传》的基本主干。[4]扬波斯基继而提出，《曹溪大师别传》大约完成于 782 年，它出自行韬及其门人所代表的禅宗支派，这一支派是一个远离大城市的地方性禅宗派别，对南北两宗的敌对并不十分关心。[5]

对美国学术界《六祖坛经》研究的总体情况考察证明，文献学和历史学研究是美国学者这一领域研究的主流。由于深受近代以来欧洲和亚洲诸国研究范式的影响，美国《坛经》研究领域的文献梳理和历史考证性的研究远多于义理分析和思想阐发性的研究。和中日两国的情况有所不同，美国民间宗教性的《坛经》研究较为缺失。多数和《坛经》有关的研究集中于大学和研究机构中，学者们更为看重研究的科学性和严谨性，这也是文献考证式研究在美国成为主流的重要原因。

4. 研究视野较为开阔、类型丰富

美国学术界的《六祖坛经》研究在视野上往往比较开阔，这和美国学者研究禅宗史的传统有关。李四龙先生指出："美国学者的禅宗史研究，亦在'东亚佛教'的整体框架内展开。这种学术格局，使他们具有开阔的学术视野，常会主动比较三国佛教各自的特点。在他们的笔下，禅绝非仅限于禅宗。他们的禅宗研究，一是基于'东亚'的研究视角，二是跨宗派的研究立场。这就导致他们在解读'禅宗'时，会有诸多不同于我们中国学者的地方，除了东西方学者共同的实证史学或文献学传统，他们至少还有三种不同的解读方式：禅宗的社会史解读、禅宗的人类学解读和禅宗的哲学解读。"[6]

---

3 胡适著，胡适说禅（新编胡适文丛）[M]，北京：文化艺术出版社，2012 年，第 179 页。

4 Philip B. Yampolsky. The Platform Sutra of the Sixth Patriarch[M]. New York: Columbia University Press. 1967. p71.

5 Philip B. Yampolsky. The Platform Sutra of the Sixth Patriarch[M]. New York: Columbia University Press. 1967. p77.

6 李四龙著，美国佛教：亚洲佛教在西方社会的传播与转型 [M]，北京：人民出版社，2014 年，第 127 页。

具体到《六祖坛经》研究，约翰·乔金森博士撰写的《创造慧能——六祖的圣传与早期禅的传记》(*Inventing Hui-neng, the Sixth Patriarch Hagiography and Biography in Early Ch'an*) 就是禅宗社会史解读的一个例证。这本著作围绕慧能展开的各种研究就带有鲜明的社会学研究性质。全书分为两部分，第一部分围绕有关慧能的传记进行。乔金森认为后世塑造的慧能形象来源于三个人：孔子、佛陀和菩提达摩。他认为后人（可能是神会或者道一的弟子）在《坛经》中塑造慧能形象的方法和孔子的弟子们在《论语》中塑造孔子形象的方法如出一辙；佛祖、菩提达摩身世和经历也都对慧能形象的形成有所影响。在这三个人当中，乔金森认为慧能的传记和孔子的传记最为接近。乔金森的这部作品对慧能的研究之深入是空前的。例如，乔金森对慧能不坏肉身舍利的研究参考了各种汉语、日语、英语文献，其深入程度让人赞叹。该书第二部分对记录慧能生平的《六祖坛经》《曹溪大师传》《祖堂集》等文献的历史背景展开研究，提供的大量细节令人叹为观止。乔金森对慧能所作的研究不限于佛教领域，整个唐代的政治、经济乃至地理方面的信息都被他用来作为支撑资料加以呈现。

又如，比尔·波特撰写《六祖坛经解读》一书中的许多内容都带有人类学田野考察的性质。这或许和比尔·波特在加州大学和哥伦比亚大学的人类学专业背景有关。例如，敦博本《坛经》第 2 节的"我于蕲州黄梅县东冯茂山，礼拜五祖弘忍和尚，见今在彼门人有千余众"一句，一些学者认为"门人有千余众"有夸张的成分。波特则指出："如果你到早期禅宗庙址参观的话，就会发现有足够多的证据证明此言不虚。2004 年我到玉泉寺（此寺离神秀当年所住茅庵不远）参观，住持带我看了一口可为五百余僧人煮饭的隋代大锅。另外，根据五祖寺自己的记载，7 世纪弘忍住持该寺时，寺中僧人达1150 人之多。拥有庞大的僧团实际上正是禅宗寺院的一大特点。"[7]波特将自己的实地考察和文献记载联系起来，通过真实的历史遗迹来印证文献资料中的描述，这是典型的人类学研究方法。

5. 跨文化的研究特质及较强的哲学思辨精神

美国的《坛经》研究，从本质上讲就带有一种跨文化的属性。《坛经》在美国的传播，从戈达德等对佛教和禅宗感兴趣的学者或禅的体验者开始。以

7　[美] 比尔·波特著，吕长清译《六祖坛经》读解 [M]，海口：南海出版公司，2012，第 30 页。

戈达德为例，他在 1930 年代对黄茂林译本的改写还带有相当大的随意性。不难想象，戈达德的改写是出于适应美国本土文化的考量。同时，这也和美国人自由奔放的民族性格不无关系。到了 1960 年代以后，美国学术界更为严谨、更加强调学术性的研究开始出现并一直延续至今。无论是早期美国的《坛经》译介还是后来的学院派研究，都具有鲜明的跨文化特质。

对于美国来说，《六祖坛经》代表着来自东方的中国化的佛教思想，这种思想和美国本土的主流宗教思想差异极大，因此美国学术界对于《坛经》的研究必然本土固有文化的影响。另外，从研究材料、方法和学术观点方面讲，美国的研究受到欧洲、日本、中国的多重影响，很多美国学者都有游学日本、中国的经历，这使得美国《坛经》研究的跨文化色彩更为强烈。跨文化特征为美国的《坛经》研究带来了不少独特的、具有启示性的学术观点。例如，乔金森在《创造慧能》提出慧能传记和孔子传记最为接近，同时还指出在西方基督教世界和印度，类似一些宗教人物的"圣传"式塑造也不少见。例如，欧洲公元三世纪的圣马夏尔就是双重塑造（double invention）例子，有人认为他的生平是其学生奥勒利安所写。之后，法国僧侣阿德马尔·德·夏巴尼斯在公元十一世纪又一次杜撰了圣马夏尔的生平。[8]乔金森还指出，有些虚构是社会或文化性的虚构，应该和谎言与欺骗区别开来。有些宗教性的虚构并非有意的误导，从某种意义上讲，这些虚构既是我们赞成的自我欺骗也是主动对怀疑的搁置。[9]乔金森的这个看法，显然比国内某些学者动辄以"篡改"、"欺骗"等词语描述禅宗史某些文献的做法要高明得多。乔金森将关于慧能的某些问题与其他文化的类似问题相对比，显然带有跨文化研究的性质，这在美国学者中是非常普遍的。他们的观点尽管并不总是十分牢靠，但经常给人一种耳目一新之感，且颇具启发意义。

除了跨文化属性外，很多研究《坛经》的美国学者还富有较强的哲学思辨精神，例如马克瑞的《禅的透视：中国禅佛教的遭遇、变形与谱系》（*Seeing through Zen: Encounter, Transformation, and Genealogy*）（2003）与《北宗禅与早期禅宗的形成》(2015)、佛尔的《正统性的意欲：北宗禅的批判谱系》(2010)、格里高瑞的《顿与渐：中国思想中通往觉悟的不同法门》等著作虽然主要是

---

8 John Jorgensen. Inventing Hui-neng, the Sixth Patriarch Hagiography and Biography in Early Ch'an［M］. Leiden & Boston: Brill. 2005. 11.

9 John Jorgensen. Inventing Hui-neng, the Sixth Patriarch Hagiography and Biography in Early Ch'an［M］. Leiden & Boston: Brill. 2005. 10.

对禅宗史进行研究，但都具有较强的哲学思辨精神。还有一些学者直接从哲学的角度展开对《坛经》的研究，例如上一章第四节曾经提到的美国哲学家列卡克从胡塞尔现象学和萨特存在主义哲学角度对《坛经》中神秀与慧能的两首心偈进行的研究，以及成中英先生对《坛经》的思维模式和逻辑方法展开的研究都属于此类。美国学者的哲学思辨精神，在深度和广度上，都对《坛经》研究贡献不小。

小结

　　本节内容为美国学术界《六祖坛经》研究特点的总结。从研究主体来看，尽管美国《坛经》研究者的绝对数量并不是很多，但从上世纪 30 年代起就形成了彼此之间较为紧密的联系。这些研究者或者是比较要好的朋友，或者是有相互师承的关系，他们通过对《坛经》的研究自发地形成了一个关系密切的学术共同体，彼此之间互相启发，互通有无，很好地推动了本领域的研究。从研究传统来看，欧洲（尤其是德法两国）、日本、中国等多国学者对美国学者的《坛经》研究影响较大，这种影响既体现在研究途径上，也体现在一些观点方面。从具体研究方法来看，美国《坛经》研究领域的学者大多数都注重文献的考证，文献学、历史学方法是主流的研究方式。他们大多极为重视细节，善于从某些容易被忽略的地方着手进行细致、缜密的研究，由此产生的很多观点颇具启示性意义。从研究视野、类型和涉及的领域来看，美国学者的《坛经》研究呈现出很大的开放性、包容性，他们对《坛经》的研究绝不限于《坛经》本身，而是从东亚乃至世界的视角对这部中国经典加以审视。他们的研究往往涉及文献研究和禅宗史以外的领域，例如从唐代政治、经济角度的研究，社会史角度的研究，人类学田野考察性质的研究等等。美国学者的这些研究，极大地丰富了《坛经》研究的领域和类型。最后，从研究属性上看，美国学者的《坛经》研究带有跨文化的性质，另外很多美国学者还富于哲学思辨精神，这使得他们的研究更为深入。很多学者的《坛经》研究，都带有比较宗教学或者比较哲学的色彩。

　　然而美国学术界的《六祖坛经》研究也并非没有令人遗憾的地方，主要体现为一些学者还是无法摆脱西方中心论或者某些偏见的影响。这一点在伯兰特·佛尔和约翰·乔金森身上体现的尤为明显。伯兰特·佛尔的《正统性的意欲：北宗禅之批判谱系》一书主要以西方思想书写传统对禅宗史加以考量，他的研究带着一种显而易见的"洋格义"风格，即以西方人所熟悉的那些概念和表达方式对禅宗史加以解读。此外，他的论述突出政治对于宗教的影响，试图找到禅宗史背后潜藏的权力斗争，这一研究思路明显地带有西方学术研究的某些典型特征。约翰·乔金森的《创造慧能》一书也存着一些类似的问题。依法法师就曾指出："根据乔金森的说法，佛教的历史与人类所有的组织一样，都是为了争取权利，或者是一种自我控制、禁欲的宗教，企图把自己的意念扩张出去控制他人以利于揽权。慧能传记的出发点同时也是禅宗变动下的产物——为了避免派系分化而导致衰退；然而此举对神会自身的派系并没有正影响，只是将慧能本身神化。全书作者虽然引用许多文献提供的历史证据，但使用的字眼非常负面，例如迷信（cult），伪造的（forgery），欺骗的（deception），幻想的（fictional），骗子（liar 指神会）。"[10]除了西方中心论和某些偏见的影响，美国学者的《坛经》研究还有两个值得注意的问题：第一，一些美国学者虽然对历史文献的解读和研究十分在行，但却缺少对于《坛经》所代表的南禅宗顿教禅法的直接接触。实际上，无论是在中国，还是在日本，南禅宗的思想和修行方式仍在一些寺庙中延续着。一些美国学者对于这种"活的"《坛经》思想还缺乏了解。第二，一些美国学者对日本学者的《坛经》研究极为熟稔，这大概和日本学术界的禅宗研究对美国学者的影响有关。然而，他们对中国学者的《坛经》研究，尤其是近三十年来的研究情况知之甚少，和中国学术界的交流也十分有限。需知近三十年来，随着敦博本和旅博本《坛经》的再现于世，中国学术界对新材料的掌握已经使得敦煌系统《坛经》的研究有了较大的突破，而美国学术界对此的了解还比较有限，是美国学术界值得注意的问题。

第二节　中国的《坛经》研究及其特点

本节内容是对中国学术界自民国时期至今的《六祖坛经》研究及其特点的概述。由于中国国内《坛经》研究领域学者众多，各自研究的侧重点和方法也多有不同，因此限于篇幅，本节只选取各个时期最具代表性和影响力的

---

10 释依法，西方学术界对惠能及《六祖坛经》的研究综述［A］，见《六祖坛经》研究集成［C］，北京：金城出版社，2012，第112页。

学者及其研究论著进行以点带面式的介绍，最后对中国学术界自民国至今的《六祖坛经》研究特点进行概括性的总结。

一、民国时期的《坛经》研究

本书所指的民国时期，是指 1911 年中华民国成立到 1949 年中国人民共和国建国之间的这段时间。民国时期曾经对《六祖坛经》进行过研究的学者很多，此处选取胡适、丁福保和谢扶雅三位学者，对他们的研究做一个概括性的介绍。

民国时期《六祖坛经》研究的第一人，非胡适先生莫属。胡适对中国禅宗史的研究开始于 1920 年代初，其于 1925 年 1 月撰写的《从译本里研究佛教的禅法》一文，[11]对译入中国的《坐禅三昧经》《禅经》（即《修行方便论》）《修行道地论》等佛典中和禅法有关的基本概念进行了梳理，这篇文章是胡适在禅学研究方面的第一篇论文。这篇文章的内容基本是对某些禅学概念的介绍，还未曾涉及禅宗史的考证。胡适《坛经》研究的真正起点，应从 1930 年 4 月发表在《武汉大学文哲季刊》第一卷第一期的《〈坛经〉考之一（跋〈曹溪大师别传〉）》。胡适在这篇文章中通过将流传日本的《曹溪大师别传》和敦煌写本《坛经》以及明藏本《坛经》的比较，考证出《别传》一书"是一个无识陋僧妄作的一部伪书，其本身毫无历史价值，而有许多荒谬的错误"之结论。他还认为契嵩所得的"曹溪古本"就是《曹溪大师别传》，《别传》中的许多内容都被契嵩添进了《坛经》里，后来经过宗宝的增改，最终形成了明藏本《坛经》。胡适的这篇文章，不仅是他本人研究《坛经》的起点，同时也是中国学术界讨论《坛经》版本问题的开始。

1930 年，上海亚东图书馆出版了胡适禅宗研究领域的重要著作《神会和尚遗集》，其中收录了胡适发现在敦煌出土文献并加以校勘的各种与神会和尚有关的资料。胡适将这些材料分为四卷，分别是：神会语录第一残卷（巴黎藏敦煌写本）；神会语录第二残卷——菩提达摩南宗定是非论（巴黎藏敦煌写本）；神会语录第三残卷——疑是南宗定是非论的后半（巴黎藏敦煌写本）；顿悟无生般若颂残卷——即菏泽大师显宗记（伦敦藏敦煌写本）。这些材料虽然都和神会有关，但对《六祖坛经》和慧能研究也是极有价值的文献。此外，胡适为《神会和尚遗集》撰写的序以及卷首近万字的长文《菏泽大师神会传》

---

11 此文没有单独发表过，1930 年 9 月收入胡适编订的《胡适文存》三集卷四中。

也包含了他在《坛经》与慧能研究方面一些重要学术观点。胡适在《神会和尚遗集序》中提出颠覆性的观点即，"神会是南宗的第七祖，是南宗北伐的总司令，是新禅学的建立者，是《坛经》的作者。在中国佛教史上，没有第二个人比得上他的功勋之大，影响之深。"[12]为了证明上述的这一观点，胡适在《菏泽大师神会传》一文中提供了若干证据。

首先，在这篇文章的第一部分"神会与慧能"中，胡适提出"最可注意的是慧能临终时的预言"，即敦煌写本《坛经》中"吾灭度后二十余年，邪法缭乱，惑我宗旨。有人出来，不惜身命，第佛教是非，竖立宗旨，即是吾正法"的一段"悬记"，说明敦煌本《坛经》成于神会或神会一派之手笔。之后，胡适又引圭峰宗密《禅门师资承袭图》中的两段内容为证，这两段内容分别是：

> 传末又云：和尚（慧能）将入涅槃，默受密语于神会，语云："从上已来，相承准的，只付一人。内传法印，以印自心，外传袈裟，标定宗旨。然我为此衣，几失身命。达摩大师悬记云：至六代之后，命如悬丝。即汝是也。是以此衣宜留镇山。汝机缘在北，即须过岭。二十年外，当弘此法，广度众生。"

> 和尚临终，门人行韬、超俗、法海等问和尚法何所付。和尚云："所付嘱者，二十年外，于北地弘扬。"又问谁人。答云："若欲知者，大庾岭上，以网取之。"（原注：相传云，岭上者，高也。菏泽姓高，故密示耳。）

胡适认为这两段内容"皆可证《坛经》是出于神会或神会一派的手笔。敦煌写本《坛经》留此一段二十年悬记，使我们因此可以考知《坛经》的来历，真是中国佛教史的绝重要史料。"[13]

除了上述的这两段内容之外，胡适还提出了一些其他证据支撑他的观点。例如，胡适认为"《坛经》古本中无有怀让、行思的事，而单独提出神会得道，'余者不得'，这也是很明显的证据。"[14]又如，韦处厚的所作之《兴福寺大义禅师碑铭》中"洛者曰会，得总持之印，独曜莹珠。习徒迷真，橘柘变体，竟成《檀经》《传宗》，优劣详矣"[15]一段，胡适认为这是一个"更无可疑

---

12 胡适著，神会和尚遗集 [M]，上海：亚东图书馆，1931年，自序第3-4页。
13 胡适著，神会和尚遗集 [M]，上海：亚东图书馆，1931年，第12页。
14 胡适著，神会和尚遗集 [M]，上海：亚东图书馆，1931年，第74页。
15 此段文字依据的是胡适自己的校对。

的证据"，证明《坛经》是神会门下的"习徒"所作，同时怀疑《传宗》就是《显宗记》。再如，胡适对比了《坛经》敦煌本、《坛经》明藏本和《神会语录》，举出"定慧等"、"坐禅"、"辟当时的禅学"、"论《金刚经》"、"无念"等五方面的例子，根据考据学所谓"内证"的方法，找出敦煌本、明藏本和《神会语录》中相同的成分，将其作为"最重要的证据"证明《坛经》的主要部分是神会所作。[16]

　　1934 年 4 月，胡适撰写了对日本兴圣寺藏北宋惠昕本《坛经》的考证性文章，以《〈坛经〉考之二——记北宋本的〈六祖坛经〉》为标题发表在 1934 年 5 月山东大学《文史丛刊》第一期上。对于惠昕本《坛经》胡适的主要观点包括：1.惠昕改定二卷十一门的时间是乾德丁卯（967），这个本子的祖本是十世纪的写本，离敦煌写本的时间比较近。2.通过晁公武《郡斋读书志》中的记载可以推测，"在 1031 年到 1131 年，在这一百二十年之间，惠昕的二卷十一门《坛经》，已被人改换过了，已改成三卷十六门了。"[17]胡适进一步推测，这个被改成"三卷十六门"的本子也许就是北宋至和三年（1056）契嵩和尚的改本。3.惠昕真本是人间第二最古的《坛经》。4.相对敦煌本《坛经》，惠昕本既有枝节上的增加，也有删节和改动次第的地方。胡适认为"惠昕增添的地方都是很不高明的；但他删去的地方都比原本好的多。"[18]5.通过对敦煌本惠昕本结尾《坛经》递相传授之差异的分析，可以总结出两点，一是敦煌本的祖本大概成于神会和尚未死之前；二是惠昕本递相传授与敦煌本的不同也许是因为惠昕本《坛经》的传授世系也是惠昕妄改的。[19]对于惠昕本，胡适总的看法是："虽然有了不少的增改，但不失为'去古未远'之本，我们因此可以考见今本《坛经》的那些部分是北宋初年增改的，那些部分是契嵩和契嵩以后的人增改的。"[20]

　　以上即为胡适在 1911 年至 1949 年间研究《六祖坛经》主要著述的概括

---

16 胡适著，神会和尚遗集［M］，上海：亚东图书馆，1931 年，第76-90 页。

17 胡适著，胡适说禅（新编胡适文丛）［M］，北京：文化艺术出版社，2012 年，第 186 页。

18 胡适著，胡适说禅（新编胡适文丛）［M］，北京：文化艺术出版社，2012 年，第 192 页。

19 胡适著，胡适说禅（新编胡适文丛）［M］，北京：文化艺术出版社，2012 年，第 193-194 页。

20 胡适著，胡适说禅（新编胡适文丛）［M］，北京：文化艺术出版社，2012 年，第 195 页。

性总结。1949 年以后胡适在台湾继续了他对《坛经》的研究，相关情况本节后面还会有所介绍。

如果说胡适代表了民国时期《坛经》研究版本考证式研究的最高水准，那么丁福保居士的《六祖坛经笺注》则代表佛教信仰性的笺注式研究在民国时期的延续。任继愈主编的《佛教大辞典》对丁福保居士的介绍如下：

> 中国现代佛教居士。字仲祜，号畴隐。江苏无锡人。七岁入家塾，肄业与南菁书院。擅长数学、医学、词章考据学，通日文。曾任京师大学堂及译学馆教习。三十六岁时去日本考察医学，后在上海行医并创办医学书局，除编印医学书籍外，又编有《说文解字诂林》《历代诗话续编》等。自三十二岁开始读佛教书籍，收藏佛经。四十三岁因病再读佛经，开始信奉。翌年编辑刊印佛书，先后出版《一切经音义 提要》《佛经精华录笺注》《六祖坛经笺注》《心经笺注》《六道轮回录》《佛学指南》《佛学起信论》等。1921 年编辑出版《佛学大辞典》。另辑有《道藏精华录》等。[21]

丁福保居士的《六祖坛经笺注》于 1919 年第一次出版，采用 "笺注" 的方式，对《坛经》的偈颂、典故、地名、称谓等内容进行了详尽的注解，所选用的底本是明正统四年本与嘉靖五台山房刻本的互校本，后又于民国二十二年（1933 年）依据敦煌本与《神会和尚遗集》进行了一些校正。丁福保居士采用的 "笺注" 是一种中国传统的对文献进行注解的方式。所谓 "笺"，即指对前人文意或注解的补充与订正；所谓 "注"，一般指对古籍、经典的直接注释。据黄开国所编之《经学辞典》，笺注即 "对经书的注解。根据孔颖达之说，笺是表明其意，记识其事；注是为之解说，使其义著明，二者是不同的。但一般不加分别，将对经书的注解都称为笺注。"[22]丁福保居士对自己采用的 "笺注" 方式，在《六祖坛经笺注后序》一文中也做了一些说明："笺与注本是不同。笺之云者，《说文》云：表识书也。谓书所未尽，待我而表识之也。康成《诗笺》：昔人谓所以表明毛意，记识其事，故特称之为笺。今《坛经》中之各偈，大抵用笺者为多，因非笺不能达其意也。注之云者，稽典故、考舆地、详姓字、明训诂、识鸟兽草木之名也。"[23]这段话大致是说，对于《坛

21 任继愈主编，佛教大辞典［M］，南京：江苏古籍出版社，2002，第 53-54 页。
22 黄开国主编，经学辞典［M］，成都：四川人民出版社，1993 年，第 572 页。
23 丁福保笺注，六祖坛经笺注［M］，济南：齐鲁书社，2012 年，第 7 页。

经》中的偈颂，此书多使用"笺"的方式说明其意；对于典故、佛教术语与称谓、地名、人物、字词读音等方面多采用"注"的方式加以解释。对于历代以来，对《六祖坛经》的注释性文献有所缺失的情况，丁福保居士提出：

> 余独怪《坛经》为宗门切要之书，自唐以来千二百馀年间，未见有人为之注者，何也？岂视为浅近易晓，人人可以尽解耶？抑道在心悟，不在文字，我宗门下客，不必求知求解耶？夫以指指月，指本非月，非马喻马，马非非马。指与非马，犹之文字。借指可以见月，借非马可以明马。尤之借文字可以通经义，通经义可以明心见性。故文字为传道之器，得道则其器可投。文字如渡海之筏，到岸则其筏可舍。若未到岸未得道之时，文字究不可以不求甚解。此《坛经》之所以不可无笺注也。

这一段话与宗宝本《坛经》《付嘱品第十》中的"执空之人有谤经，直言不用文字。既云不用文字，人亦不合语言；只此语言，便是文字之相。又云，直道不立文字，即此不立两字，亦是文字。见人所说，便即谤他言著文字，汝等须知自迷犹可，又谤佛经；不要谤经，罪障无数"的大意甚合，从中可以看到丁居士为《坛经》做笺注的良苦用心。

丁福保居士还在《六祖坛经笺注》的序言中对此书的体例做了一些说明："余之笺注是经也，折衷众说，择善而从。或别书于册，或书于片纸，或饮行跳格，而书于本经字句之旁，及书眉之上。久之得数万言。乃使人录出，分疏于每句之下，仿王逸注《骚》、李善注《选》之例也。其音训即于每字之下注之，俾学者易于成诵，仿朱晦庵《诗传》例也。其注作双行小字，仿宋本《十三经注疏》之例也。"[24]

丁福保居士除了对《六祖坛经》的内容进行笺注之外，他在《六祖坛经笺注序》《六祖坛经笺注后序》《笺经杂记十四》等文中对《坛经》内容所作的某些阐释也具有传统信仰性研究的特征。透过那些内容，我们可以了解佛教界内部对于《坛经》的某些观点。例如，丁福保居士在《六祖坛经笺注序》中提出：

> 《坛经》所谓佛性、实性、真如、自本心、自本性、明心见性、禅定解脱、般若三昧、菩提涅槃、解脱知见、诸佛之本源、不思善、

---

24 丁福保笺注，六祖坛经笺注 [M]，济南：齐鲁书社，2012 年，第 4 页。

不思恶、即自己本来面目，皆自性之异名也。又谓自性本不生灭，本无去来，本来清净，本子具足，本不动摇，如如不动，第一义不动，无有一法可得，皆言自性之体也。

《坛经》又谓：自性真空，能生万法也。真如有性，所以起念也。用即了了分明，应用便知一切也。引《维诘经》之能山分别诸法相也，引《金刚经》之应无所住而生其心也。皆言自性之用也。

《坛经》又谓：众生是佛。佛性本无差别，但用此心直了成佛。离心无别佛。所以自性自度，自识自见，自净自定，自悟自解，自修自行，自开心中之佛知见，不假外求，归依自性天真佛。一悟即见心地上觉性如来。此即孟子性善之说，及人皆可以为尧舜也。亦言性之用也。论自性之用，三教之相同者又如此。自性之体用既已证明，然后再读《坛经》，以自本性证乎了义，则天机利者一悟即入大圆觉海，天机钝者亦能得其深处。故谓之圆顿教，谓之最上乘，谓之如来清净禅，谓之菩萨藏之正宗也。是则六祖者，乃三界之慈父、诸佛之善嗣欤。[25]

丁福保居士总结了《六祖坛经》当中出现的"自性之体"与"自性之用"的种种表述，然后将之与孟子的性善论相互印证，并由此阐发《坛经》的价值。从上述内容我们可以看出丁福保居士对中国哲学"体用"论的继承。丁居士还在《笺经杂记十四》中对《坛经》的宗旨进行了总结，他认为："《坛经》最要之宗旨，在于示明一切万法，皆从自性生。自性即是自心，自心即是真佛。故不必舍自佛而求他佛，但觅自心佛可也。其重要之下手处，在于依法修行。修须自修，行须实行。"[26]透过这一段话，我们可以看出丁居士对《坛经》"万法不离自性"之宗旨的深刻理解以及对于《坛经》所倡导之修行方式的精当总结。

学者哈磊对丁福保居士的《六祖坛经笺注》给予了高度评价，他认为此书"注释以说明《坛经》本义为主，注重以经、律、论、疏之经典文字为依据，以大德高僧之相关著述及佛教史传等为参照，而尽量避免个人的空疏之论与独断之说。注释贴近《坛经》本文，引用众多的佛教经典说明相关术语

---

25 丁福保笺注，六祖坛经笺注［M］，济南：齐鲁书社，2012 年，第 2-3 页。
26 丁福保笺注，六祖坛经笺注［M］，济南：齐鲁书社，2012 年，第 10 页。

的语义及经典依据，引文以禅宗类经典为主，旁及大小乘经典各部，以一大藏教为《坛经》注脚，将《坛经》的思想主旨与全体佛法很好地关联起来，较好地呈现了全体佛法作为禅宗思想背景的意义，是宗宝本系统的《坛经》注本中内容最为丰富、征引最为广泛、解说相当全面、理解较为可靠的一种，为人们更为准确、深入地理解《坛经》提供了很大的方便。"[27]值得一提的是，《六祖坛经》的第一个英译本黄茂林译本，就是以丁福保居士的《六祖坛经笺注》为主要参考翻译而成的。总之，《六祖坛经笺注》以传统的形式对《坛经》的内容进行了极为详细、丰富的注解，《笺注》一书，不仅可以帮助对《坛经》的内容进行较为深入的了解，同时也为读者提供了一把理解汉传大乘佛教，尤其是禅宗一系的钥匙。因此笔者认为，说《六祖坛经笺注》是《六祖坛经》宗教性研究的巅峰之作亦不过分。这部作品之重要，凡《坛经》之研究者，无论中外，都应将其视为必读之著作。

民国时期，较早地以国际性视野对《六祖坛经》和慧能进行研究的是著名哲学家谢扶雅先生，他的《光孝寺与六祖慧能》一文，在民国的学术界开了将六祖慧能及其禅学思想和西方哲学相比较之先河。

谢扶雅先生的这篇论文考证了光孝寺的历史沿革及寺内与六祖慧能有关的历史古迹，并参考王维、柳宗元、刘禹锡等人为慧能撰写的碑铭，以及《六祖坛经》《宋高僧传》《景德传灯录》流传日本的《曹溪大师别传》等文献中的记载对慧能的生平进行了一个简略的描述。对于慧能代表的禅宗思想，谢扶雅提出"禅宗，在佛教上的地位和思想，本来是很革命的。它主张单刀直入，不取那种逻辑的、琐碎的、经院派的哲学。"[28]对于"顿渐"之分，谢扶雅认为："这个'渐'字和'顿'字底区别，用现代的通行语来翻译，不妨说就是evolution（进化）和revolution（革命）两字的不同。'渐'是慢慢地推演，'顿'是一下子速成的。'渐'是论理主义（logism），'顿'是心理主义（psychologism）；'渐'是外铄的，'顿'是内悟的，'渐'是知的（intellectualistic），'顿'是情意的（voluntaristic）。南中国——尤其是广东人的性情是长与行而短于知，长于直觉而短于推理，往往开门见山，直截爽快，所以顿宗合该是广东的产品，而华南的六祖慧能正好比西洋中世的南欧

---

27 哈磊，大陆地区惠能及《六祖坛经》研究综述［A］，见《六祖坛经》研究集成［C］，北京：金城出版社，2012，第27页。

28 谢扶雅，光孝寺与六祖慧能［J］，岭南学报，1935年第4卷第1期，第175页。

意大利的一位宗教思想革命家蒲鲁诺（Giordano Bruno）。"[29]

接下来，谢扶雅对禅宗的"唯心"思想进行了论述。在谢扶雅看来，对于"自我小心"与"宇宙大心"之间的关系有三种解答：一是"大心远优于小心，小心必须依附大心"，相对应的是超越主义的世界观（Transcendentalism）；二是"大心与小心相对，小心必须认知大心"，相对应的是经验主义的世界观（Empiricism）；三是"大心与小心打成一片，五分高下彼此"，相对应的是直觉主义的世界观。谢扶雅认为，在《六祖坛经》著名的"风幡之辩"中，"风动说"是上述第一种世界观的演绎。"幡动说"可以推导出第二种世界观。而慧能的"心动说"则契合于第三种世界观。[30]对于慧能的思想，谢扶雅将其总结为彻头彻尾的一元论，同时又带有泛神论的色彩。[31]

谢扶雅提出："在宗教思想上，慧能所居的地位，很可与西洋文艺复兴期（Renaissance）初叶的蒲鲁诺（G. Bruno 1548-1600）媲美。蒲鲁诺是最有力的反中古经院哲学的思想革命家。中古时期的经院哲学（Scholasticism）可分前后两派：前期以奥古斯丁（St. Augustine）神学，后期是阿奎那士（St. Thomas Aquinas）神学。前者主意志，很似风动派；后者主理知，酷肖幡动派；而两者又都是二元论。蒲鲁诺信世界是通体一致的，而又一切平等，一切是神。神无所不在，每一瞬间，都是他完全的无限的活动……（慧能和蒲鲁诺）两个人都是生在南方，都是感情的，直觉的，抱着美的世界观，对传统的正宗派不惮为热烈的反抗，树起堂堂正正的革命之旗，与之周旋，而卒终身不得意或被惨杀。这个比较，表示慧能在宗教方面已为中国开了'文艺复兴'期的曙光。思想演进的则律，宜无分于今昔东西。"[32]

谢扶雅先生对慧能和布鲁诺所做的比较，认为两者的思想都强调直觉、都带有泛神论的色彩，将慧能的思想放在东西方哲学之比较的大范畴之下，无疑赋予了慧能思想世界性的意义。他的慧能和布鲁诺都出生于南方，从而更具革命性的提法虽然有些牵强，但慧能和布鲁诺在东西方哲学史上各自具备的革命性意义却为众人所认可。谢扶雅先生在比较哲学层面对慧能思想的

---

29 谢扶雅，光孝寺与六祖慧能［J］，岭南学报，1935 年第 4 卷第 1 期，第 176 页。
30 谢扶雅，光孝寺与六祖慧能［J］，岭南学报，1935 年第 4 卷第 1 期，第 195 页。
31 谢扶雅，光孝寺与六祖慧能［J］，岭南学报，1935 年第 4 卷第 1 期，第 199 页。
32 谢扶雅，光孝寺与六祖慧能［J］，岭南学报，1935 年第 4 卷第 1 期，第 200 页。

讨论，至今看来仍然具有某些启发性的意义，这样的眼光和研究思路，也是当代国内的慧能研究所缺乏的。

二、1949 年以后大陆地区的《坛经》研究

1949 年以后，中国大陆地区的《六祖坛经》研究由于种种原因长时间以来处于停滞的状态。直到 1980 年代之后，《六祖坛经》的研究才开始复兴。从 1980 年代至今，大陆学者完成的最为出色的研究在于对敦煌系统《坛经》的校释和笺注。其中著名的学者有郭朋、杨曾文、邓文宽、方广锠、周绍良等。

在敦煌本《六祖坛经》的研究方面，郭朋先生的《坛经校释》是国内最早对敦煌本进行校注的学术著作。丁守和等主编之《世界当代文化名人辞典》对郭朋先生的经历和学著作介绍如下：

> 郭朋，中国当代佛教学家。原名云章。河南唐河县人。1938-1943 年先后在河南、北京、陕西和重庆等地寺院、佛学院游学。1949 年以后，在北京市、中共中央的统战部和宗教部门工作。1964 年迄今在中国社会科学院世界宗教研究所工作，现任研究员。他用历史唯物主义的观点，从第一手材料出发，对中国佛教史及其思想史进行系统论述和剖析，阐述佛教在中国的演变、发展规律和流弊。发表中国佛教研究论著达 355 万字，有的著作填补了国内佛教研究方面的空白。曾对斯里兰卡、柬埔寨和日本等国进行友好访问和学术交流。主要著作有《汉魏两晋南北朝佛教史》《隋唐佛教》《宋元佛教》《明清佛教》《中国佛教史略》《中国佛教思想史》《坛经校释》《坛经导读》等。[33]

郭朋先生在《坛经》研究领域的主要著作有《坛经校释》（1983）、《坛经对勘》（1981）和《坛经导读》（1987）三部。这三部著作基本构成了郭朋《坛经》研究的主干。三部著作中《坛经对勘》是完成最早的一部，这部著作以敦煌写本（法海本）为准，按法海本的文字顺序对敦煌写本、形成于晚唐的惠昕本、形成于北宋的契嵩本和形成于元代的宗宝本进行了对勘，同时用"按语"的方式加入了郭朋自己的评述性观点。《坛经对勘》最重要的价值在于，

---

33 丁守和等主编；《世界当代文化名人辞典》编委会编，世界当代文化名人辞典［M］，北京：北京燕山出版社，1992 年，第 453 页。

通过逐节对比，后出的《坛经》版本对之前版本的添加、删减与改造得以凸显，后来的学者通过郭朋的对勘可以判断《坛经》历史演变的轨迹。值得注意的是，郭朋对后出版本《坛经》的态度基本上是否定的，他在提及惠昕本、契嵩本和宗宝本的时候，经常使用"窜改"、"演义式的描述"、"借题发挥"、"虚构"、"无稽之谈"、"故弄玄虚"、"作伪"等等颇具贬义的词汇以表达对后出版本的不满。

1983 年出版的《坛经校释》一书，是郭朋《坛经》研究的代表性著作。首先，《坛经校释》的序言中体现了很多学术观点。例如，郭朋明确指出："中国佛教的禅宗，是由慧能创始的，慧能以前，只有禅学，并无禅宗。"[34]对于《坛经》所体现的慧能禅法，郭朋认为："慧能之禅，朴质无文，不加缘饰，径直倡导'明心见性'，亦即所谓'直指人心'，'见性成佛'。慧能之后的禅宗，虽仍讲究'明心见性'，却平添了许多枝蔓。"[35]对于慧能与禅宗的关系，郭朋认为："慧能创立了禅宗，但他并不等于禅宗；同样，禅宗是由慧能创立的，但它也决不等于慧能。两者之间，在其基本思想上，即：世界观上的'真心'一元论——'真如缘起'论，解脱论上的佛性论，宗教实践上的顿悟思想，是大致相同的。但是，如上所述，随着时移势易，两者之间，却又有着许多的不同。这些不同，正标志着慧能以后禅宗的发展和演变。"[36]在《坛经》的版本问题上，郭朋指出了胡适所列《坛经》历史演变图表中的一些疏漏。例如，郭朋认为胡适把不同版本明代《坛经》版本笼统地称为"明藏本"的做法不妥；又如，胡适没有将惠昕本列入图表内，等等。[37]接下来，郭朋总结了印顺法师《中国禅宗史》、忽滑谷快天《禅学思想史》、宇井伯寿《禅宗史研究》等文献中对《坛经》版本谱系的种种看法，认为"真正独立的《坛经》本子，仍不外乎敦煌本（法海本）、惠昕本、契嵩本、和宗宝本这四种本子；其余的，都不过是这四种本子的一些不同的翻

---

34 （唐）慧能著；郭朋校释，坛经校释［M］，北京：中华书局，1983 年，序言第 1 页。

35 （唐）慧能著；郭朋校释，坛经校释［M］，北京：中华书局，1983 年，序言第 1 页。

36 （唐）慧能著；郭朋校释，坛经校释［M］，北京：中华书局，1983 年，序言第 2 页。

37 （唐）慧能著；郭朋校释，坛经校释［M］，北京：中华书局，1983 年，序言第 11 页。

刻本或传抄本而已。"[38]在敦煌本（法海本）和其他几个后出版本《坛经》所载内容真实性的问题上，郭朋在《坛经校释》一书中的观点与其《坛经对勘》中的观点完全一致。他认为："愈是晚出的《坛经》，就篡改愈多，就愈多私货！读者从《校释》正文中将会看到，即使在被公认为'最古'的法海本《坛经》里，也已经有了不少为后人所加进去的东西，更何况乎晚出的《坛经》！古本《坛经》尚且有假，晚出《坛经》反而皆真，这难道是可能的吗？当然，比较起来，法海本《坛经》，基本上确可以说是慧能《语录》（因而确实可以把它当作慧能的思想'实录'来看待）。至于惠昕以后的各本《坛经》，从'慧能的《坛经》'这一角度（如果它不是'慧能的《坛经》'而是'禅宗的《坛经》'，自然另当别论）说来，就不能不说它们在不少方面同慧能的思想是颇不相同的。其原因，就是由于惠昕、特别是契嵩、宗宝等人，对《坛经》进行了肆意的篡改！"[39]

　　以上是郭朋在《坛经校释》的序言中表达的一些主要的学术观点。这部是国内学者对敦煌本《坛经》所作校释最早的一部著作，也是迄今为止国内敦煌本《坛经》研究方面必不可少的基础性著作之一。郭朋以其扎实的佛学知识和文献学功底对敦煌本《坛经》进行了极为细致的校释工作，可以说，他对于国内学术界《坛经》研究的贡献是不可磨灭的。但是，此书完成于文革结束之后不久，由于时代和当时的学术研究总体水平的限制，《坛经校释》还是存在着一些缺憾。学者哈磊就曾指出其中存在的一些不足之处："首先，作者没有采用敦煌本的原本做底本，因此受到了铃校本的局限，随同铃校本出现了众多的失校之处。其次，也存在铃校本正确而作者误校、误改之处。邓文宽先生在《〈坛经校释〉补订》（《文史》1997年第42期）一文中，列出文字校订方面的失误159处，绝大多数是完全成立的。第三，除了文字校读方面的失误外，《坛经校释》在对待不同《坛经》版本的态度上也存在问题，主要是不能采取客观、理性的态度，不仅贬斥宗宝、契嵩、惠昕等版本，有时又借用其他版本，来贬斥敦煌本。第四，对于佛教思想、信仰的评论，往往失于偏颇、武断。第五，《坛经校释》对于佛教义理的把握也不够准确，如将般

38　（唐）慧能著；郭朋校释，坛经校释［M］，北京：中华书局，1983年，序言第13页。

39　（唐）慧能著；郭朋校释，坛经校释［M］，北京：中华书局，1983年，序言第14页。

若空性与《涅槃》佛性相对立，将真如缘起于性空缘起相对立，视机锋、公案、看话头为蒙昧主义；此外，名词、概念的释义也往往有误，等等。"[40]

1987年出版的《坛经导读》一书，是郭朋《坛经》研究的又一部较为重要的作品。由于《坛经导读》是巴蜀书社推出的《中国文化要籍导读丛书》系列之一，该丛书的目的主要在于引导读者对中国古代文化要籍做基本的了解，因此相比《坛经对勘》和《坛经校释》，《坛经导读》并不过分强调学术性，而是侧重介绍《坛经》的内容，并从方法上给予读者一些具体的建议和指导。在《坛经导读》的导言中，郭朋首先回顾了佛教流传中国的历史，之后对中国佛教的基本派别、各派别之间的不同的理论主张、佛教对于中国的影响等问题进行了比较通俗化的讲解，继而对禅在中国的历史发展进行了概括性的介绍。郭朋在这一部分的介绍中，比较有价值的内容是对"禅学"与"禅宗"的区分。他认为："禅学与禅宗的区别在于：禅学，有两个显著的特点：其一，'藉教悟宗'；其二，静坐、渐修。与此相反，禅宗：第一，他们提倡'教外别传'，也就是，他们修禅，并不要以经典教义为依据，为准绳；第二，他们提倡'明心见性'，'见性成佛'，而并不主张（而且反对）闭目枯坐（禅宗的人们，把专事静坐者，叫做修'枯禅'），既然'见性'就能'成佛'，自然是'顿悟'而不是'渐修'了。总的特点是，禅学讲究'坐'（即所谓静坐、'坐禅'），禅宗讲究'参'（即所谓'行、住、坐、卧，不离这个'地'参禅'）。"[41]郭朋在《坛经导读》的导言部分其他较为独特的观点还包括：慧能从弘忍处得到的，是"开山"传法的"合法"权利，而非"法"本身。对于"法"，慧能是得之于自我，而非得之于弘忍；[42]《坛经》在中国思想史，文化史上之所以具有重大的影响，其根本的原因在于它非常强调人的能动作用，或者说充分肯定了人的价值，[43]等等。总的说来，《坛经导读》虽然没有《坛经校释》那么知名，但对于《坛经》初学者或对禅宗感兴趣的一般读者来说都不失为一本极佳的入门书籍。

国内的学者中，最早对敦博本《坛经》进行校注的，是中国社会科学院世界宗教研究所的杨曾文教授。他的《敦煌新本·六祖坛经》一书，是迄今为

---

40 哈磊，大陆地区惠能及《六祖坛经》研究综述［A］，见《六祖坛经》研究集成［C］，北京：金城出版社，2012，第26页。

41 郭朋著，坛经导读［M］，成都：巴蜀书社，1987年，第26页。

42 郭朋著，坛经导读［M］，成都：巴蜀书社，1987年，第29页。

43 郭朋著，坛经导读［M］，成都：巴蜀书社，1987年，第45页。

止敦博本《坛经》最重要的校写及研究著作。杨曾文先生的《敦煌新本·六祖坛经》一书于 1993 年由上海古籍出版社出版，后又于 2001 年由宗教文化出版社再版。全书分为三个部分：第一部分是敦煌博物馆藏本《六祖坛经》全文及杨曾文所作的校记；第二部分是惠昕系统《坛经》的日本大乘寺本及其他有关慧能和早期禅宗史的相关资料；第三部分是杨曾文撰写的长篇论文《〈坛经〉敦博本的学术价值和关于〈坛经〉诸本演变、禅法思想的探讨》。敦博本《六祖坛经》系敦煌县（现为敦煌市）博物馆所收藏的 077 号文书中第四个抄件（关于这个版本《坛经》之发现、湮没、再发现的过程，详见本书第一章第一节），其标题和内容与 1923 年矢吹庆辉在伦敦大英博物馆发现的编号为 S5475 的敦煌本《坛经》抄本相同，但字迹更加清晰，错抄与漏抄相对较少。杨曾文在《敦煌新本·六祖坛经》的第一部分参考敦煌本、方广锠发现的敦煌本残本照片以及铃木大拙校订的敦煌本、惠昕本对敦博本进行了校订，并将正文中的校注以及据上下文意对缺漏字所作的补充一一标明。敦博本《六祖坛经》的再发现具有相当重要的学术意义。首先，敦博本的出现证明敦煌本并不是一个孤本，因此很多问题在两本互证之下得到了解决；其次，杨校敦博本弥补了敦煌本多处错讹字与漏抄的缺憾，通过两本的互校，两本中各自存在的一些晦涩不清之处得以解决；最后，敦博本的再发现，让一些《坛经》研究中悬而未决的问题获得了解决的可能。例如，台湾学者黄连忠就注意到，敦博本中三次提到神会的时候，都使用了书信中"挪抬"（挪空一字）的敬称用法，这种用法也用在对"六祖"、"大师"的尊称手法中。黄连忠由此做出大胆的推断："在抄手或原文本中'惠能大师'与'神会'是等同地位对待的……令人不禁怀疑敦博本《坛经》的作者，是否与神会本人或神会一系有密切的关系。"[44]总之，敦博本《六祖坛经》的再发现，以及杨曾文参考此前已有之《坛经》版本对它的校订，是国内《坛经》研究领域的一个重要的具有突破性意义的进展。

　　收录于《敦煌新本·六祖坛经》的长篇论文《〈坛经〉敦博本的学术价值和关于〈坛经〉诸本演变、禅法思想的探讨》是杨曾文教授《坛经》研究领域一个重要的学术成果，通过对这篇文章的考察，我们可以总结出杨教授《坛经》研究的一些最具代表性的学术观点。杨曾文先生的这篇论文分为四个部

---

44 黄连忠，中国台湾地区对惠能及《六祖坛经》的研究综述［A］，见释明生主编之《六祖坛经》研究集成［C］，北京：金城出版社，2012 年，第 77 页。

分：一、六十年来《坛经》研究的回顾；二、敦博本《坛经》及其学术价值；三、慧能与《六祖坛经》；四、《坛经》禅法思想略析。

论文的第一部分，"六十年来《坛经》研究的回顾"总结了自上世纪三十年代至九十年代中外各国（以中日两国为主）《坛经》研究领域的一些重要研究成果。在这一部分内容中，杨曾文对矢吹庆辉、胡适、松本文三郎、铃木大拙、石井修道、柳田圣山、宇井伯寿、钱穆、印顺法师、郭朋等学者的研究进行了较为详细的介绍。杨曾文对日本学者的《坛经》研究尤为熟稔，他对日本学者研究成果的介绍具有相当重要的参考价值。例如，他所介绍的日本驹泽大学禅宗史研究会编著的《慧能研究》（1978 年大修馆书店版）一书，在敦煌本《坛经》作者这个问题上，总结了五种最具代表性的观点：

> 一、胡适、久野芳隆认为《坛经》的主要部分是神会作；二、矢吹庆辉、关口真大认为是神会或神会一派作；三、铃木大拙认为《坛经》原是慧能的说法集，后人又附加上部分内容，宇井伯寿认为是神会派作了这种附加；四、柳田圣山认为《坛经》古本原是牛头禅系的法海所编，后人又有修改；五、中川孝在《禅的语录四·六祖坛经》的"解说"中认为，敦煌本是神会在法海所抄录的慧能授戒、说法而形成的"祖本"基础上，有加上祖统说等内容而编成的，后来曹溪山的僧徒进行了一些改动，受到慧忠的批评。[45]

在敦煌本《坛经》作者这个问题上，也有一些中外学者就学术界的不同看法进行过总结，但杨曾文所介绍的《慧能研究》就这个问题的总结是笔者所见最为详细的，几乎囊括了这个问题可能存在的各种答案，因而具有重要的学术意义。杨曾文所总结的国内外学术界六十年来《坛经》研究方面的主要进展包括：一、主要的研究对象从宗宝本变为敦煌本，对敦煌本的校勘、注释与研究已经较为深入，已经有日文、英文的敦煌本《坛经》问世。二、敦煌本的发现带动了人们研究其他版本《坛经》的兴趣，流传到日本的惠昕系统各版本《坛经》都已经有了校勘研究，人们普遍认识到《坛经》在历史上经历了一个形成演变的过程。三、在对《坛经》作者和形成的问题上，存在种种不同的看法。但现在已经向一个看法靠拢，即《坛经》原来为慧能的弟子法

---

45 杨曾文校写，新版敦煌新本六祖坛经 [M]，北京：宗教文化出版社，2001，第 212 页。

海集记，后来不断经过改编直至元代宗宝本出现。其发展线索是：敦煌本—惠昕本（真福寺本、大乘寺本、兴圣寺本）—德异本和宗宝本（二者皆属契嵩本系统）。[46]

论文第二部分，"敦博本《坛经》及其学术价值"，杨曾文首先通过对比敦博本与敦煌本的许多共同点，指出两本抄自同一个《坛经》底本（这一观点目前基本成为学术界的共识）。之后，杨曾文对敦博本的特殊价值做了几点总结：一、敦博本抄漏字句较少；二、敦博本抄写工整，字体清晰秀丽，而敦煌本抄写杂乱，错讹字句很多（杨曾文在此部分总结了日本学者松本文三郎和宇井伯寿对敦煌本各种错别字情况的研究，并对敦博本的错别字情况进行了说明）；三、敦博本的发现，使人重新考虑同种《坛经》流传范围和流行时间（杨曾文认为，唐末宋初时期，敦煌一带至少存在三个以上的与敦煌本和敦博本类似的《坛经》写本，[47]2009 年旅博本《坛经》的再度发现，印证了杨曾文的看法。笔者注）。

论文第三部分，"慧能与《六祖坛经》"对慧能及其禅法，以及各种《坛经》共同的基本内容进行了考证式的研究。杨曾文在这一部分梳理了和慧能有关的各种史料文献，对慧能的身世、求法经历、出家受戒、曹溪传法、六祖地位的确立等方面的相关史料进行了详细的论述，并对各种文献中所体现出的慧能禅学主张进行了总结。之后，杨曾文对《坛经》的形成进行了研究，他所关注的第一个问题是《坛经》的结构，认为从整体上看《坛经》由三大部分构成：（一）慧能对僧俗徒众的公开说法，传禅，授戒等，即于大梵寺登坛"说摩诃般若波罗蜜法，授无相戒"部分；（二）慧能生平简历部分；（三）慧能与弟子之间关于佛法的问答（教示机缘），慧能临终付嘱以及有关《坛经》编传的部分。[48]杨曾文用图示的方式清晰地展示了敦煌系统两个版本与惠昕本、宗宝本第一部分内容的章节次第差异，认为敦煌本、敦博本的第一部分的排列比较原始，"正是由于第一部分相对稳定，才使后代流传到诸本《坛经》的基本思想没有重大变化，而主要由于第二、第三部分的增补变动，才使《坛

---

46 杨曾文校写，新版敦煌新本六祖坛经［M］，北京：宗教文化出版社，2001，第 221 页。

47 杨曾文校写，新版敦煌新本六祖坛经［M］，北京：宗教文化出版社，2001，第 234 页。

48 杨曾文校写，新版敦煌新本六祖坛经［M］，北京：宗教文化出版社，2001，第 271 页。

经》诸本各有特色。"[49]在《坛经》作者究竟为谁的这个问题上，杨曾文认为胡适《坛经》出自神会（或其门人）之手的结论不能成立，并对胡适提出的一些证据进行了逐条的批驳，指出了胡适的论证中存在的以偏盖全，[50]曲解碑文原意，[51]源流不分、因果倒置[52]等等问题。杨曾文关于这个问题的结论是："《坛经》当是慧能的弟子法海编录，既非神会或神会弟子所作，也没有可信的证据是别的什么人所作。"[53]接下来，杨曾文对诸版本《坛经》的演变进行了较为详细的说明，他用一个比较清晰直观的示意图描述了从慧能生活的时代到明代各种《坛经》版本的相互关系及历史演变。[54]

论文第四部分，"《坛经》禅法思想略析"是杨曾文对《坛经》代表的禅法所作的介绍与阐释，分为四个方面：一、强调众生皆有成佛的可能性，皆可自修自悟，即《坛经》所谓的"无相戒"；二、主张顿教法门，"一悟即至佛地"；三、寄坐禅于自然无为和日常生活之中，即《坛经》所谓的"无念为宗"；四、关于不二法门于慧能禅法。对于"无相戒"，杨曾文认为"强调佛性为戒体、戒之清净本源，教人坚定主观信仰，相信佛不在外而在每个人心性之中，说自修自悟可以成佛，就构成了'无相戒'的主要内容和特色。"[55]对于《坛经》倡导的"顿教法门"，杨曾文认为"慧能的禅法理论有两大佛学理论来源，一是般若学说，一是涅槃佛性学说。他从般若学说吸收空观本体论和观察世界的方法论——二谛论和不二法门；又从涅槃佛性学说中吸收人人皆可成佛的佛性论，然后加以变通融合，构成自己的禅法体系……慧能认为，佛法自身没有顿渐之分，只是人的素质有利钝

---

49 杨曾文校写，新版敦煌新本六祖坛经 [M]，北京：宗教文化出版社，2001，第 279 页。

50 杨曾文校写，新版敦煌新本六祖坛经 [M]，北京：宗教文化出版社，2001，第 281 页。

51 杨曾文校写，新版敦煌新本六祖坛经 [M]，北京：宗教文化出版社，2001，第 287 页。

52 杨曾文校写，新版敦煌新本六祖坛经 [M]，北京：宗教文化出版社，2001，第 288 页。

53 杨曾文校写，新版敦煌新本六祖坛经 [M]，北京：宗教文化出版社，2001，第 293 页。

54 杨曾文校写，新版敦煌新本六祖坛经 [M]，北京：宗教文化出版社，2001，第 314 页。

55 杨曾文校写，新版敦煌新本六祖坛经 [M]，北京：宗教文化出版社，2001，第 319- 320 页。

之别。'迷自渐劝，悟人顿修'，是谓没有领悟自心本有佛性的人，应予循次劝勉，而一旦领悟这点，即可顿修成佛。"[56]对于《坛经》的"戒定慧"与"无念为宗"，杨曾文认为"所谓'自性戒'、'自性定'、'自性慧'，无非是说佛性本身就是戒、定、慧，它们为人的心性所本有。虽然没有觉悟之前对此不知，一旦通过般若之智的观想，使佛性从有相的'迷妄'中显现，就会认识到这点……在'无念'、'无相'、'无住'中，'无念'是个总概念。'无念'不是什么也不想，什么也不念，而是照样生活在现实社会环境中，无论对什么事物，什么对象，都不产生贪取或舍弃之念头，没有执意的好恶美丑观念……'无相'是反对执着名相（语言概念、形象）；'无住'是反对执固定的见解和产生特定的心理趋向。二者实为'无念'所包含。实际上，'无念'不仅是知道坐禅的原则和方法，而且是修行所要达到的最高境界，所谓'悟无念顿法者，至佛位地'。"[57]对于《坛经》中的"不二"思想，杨曾文认为"'人不二'是既不是此方，也不是彼方，如非空非有，非常非非常，非善非不善，以及一相即是无相，色即是空，无明实性即是明，世间即是出世间等等，都是人不二法门。'不二人'与'中道'、'中观'大体上同义。在佛教解脱论上，不二人法门具有重要意义，它在逻辑上缩短了世间和出世间、在家和出家的距离，有助于佛教向社会各阶层发展。"[58]

上述内容即为杨曾文教授体现在《敦煌新本·六祖坛经》中的《坛经》研究相关学术观点之总结。应该说，《敦煌新本·六祖坛经》既具有敦博本《坛经》研究基础资料的性质，同时也代表了迄今为止国内学术界敦博本《坛经》研究的较高水准。

中国大陆地区另一位在《六祖坛经》研究领域成果丰硕的学者是敦煌文献专家，国家文物局中国文化遗产研究院的邓文宽先生。他对《坛经》研究的代表性著作是《敦煌文献分类录校丛刊：敦博本禅籍录校》和《六祖坛经：敦煌〈坛经〉读本》。前者是对包括敦博本《六祖坛经》在内的敦煌博物馆藏

56　杨曾文校写，新版敦煌新本六祖坛经［M］，北京：宗教文化出版社，2001，第320-323页。

57　杨曾文校写，新版敦煌新本六祖坛经［M］，北京：宗教文化出版社，2001，第325-330页。

58　杨曾文校写，新版敦煌新本六祖坛经［M］，北京：宗教文化出版社，2001，第334页。

五种禅宗文献的录校,后者是专门对敦博本《坛经》所作的校注。和杨曾文先生的《敦煌新本·六祖坛经》类似,邓文宽先生的这两部作品不只是《坛经》研究领域的基础性材料,同时也包含了作者的许多学术观点。

《敦博本禅籍录校》是由敦煌文献编辑委员会发起编辑完成的《敦煌文献分类录校丛刊》之一,季羡林和周绍良两位先生分别为该书撰写了序言。邓文宽先生在前言中指出:"由于前人主要是从禅学的角度来整理这些敦煌文献,对于它们作为敦煌写本的一些特性往往不太措意,而这却是我们今天校理这部禅籍的重要着眼点。从'敦煌学'的角度,以'敦煌学'的方法来整理这部禅籍,是我们的目的与手法。正如我们在这里不去讨论从曹溪到敦煌本《坛经》的传承,而重点分析敦煌各本的关系;又如我们坚持按敦煌写本原行一字不改地录文等等,都是在贯彻把这部禅籍作为敦煌文献加以研究的主导思想。"[59]可见,邓文宽先生的研究途径与民国以来的学者们都不相同,他更加强调历史学、语言文字学角度的研究,因此在方法上具有其独特的参考价值。

邓文宽先生在《敦博本禅籍录校》的前言中首先回顾了敦煌禅籍发现与研究的历史,并对中、日、韩、美、法等国的《坛经》校录、译注情况进行了一个概述。值得注意的是,他的回顾提及了1960年代美国出版的两个敦煌本《坛经》英译本,陈荣捷译本和扬波斯基译本,并对后者的校对水平给予了充分肯定。[60]可以说,邓文宽先生是国内较早注意到《坛经》英译问题的学者之一。之后,邓文宽对敦煌博物馆藏禅籍传存于研究进行了介绍,并对敦博本的年代及其构成形式进行了考察。邓文宽先生提出:"根据研究敦煌写本形制的专家考察大批册子本而得出的结论,这种书籍形式是介于经折装和包背装之间的一种形态,流行于九、十世纪,在敦煌来说,即吐蕃统治中后期和归义军时期。在九、十世纪的范围内,对比其他同类资料,参考敦煌的历史发展阶段,可以推测出敦博本的大致年代。"[61]对于这个具体的年代,邓文宽先生在比对了敦煌本、旅博本、敦博本和北图本等四件《坛经》的全本或

---

59 邓文宽、荣新江录校,敦煌文献分类录校丛刊:敦博本禅籍录校 [M],南京:江苏古籍出版社,1998年,前言第2页。

60 邓文宽、荣新江录校,敦煌文献分类录校丛刊:敦博本禅籍录校 [M],南京:江苏古籍出版社,1998年,前言第4页。

61 邓文宽、荣新江录校,敦煌文献分类录校丛刊:敦博本禅籍录校 [M],南京:江苏古籍出版社,1998年,前言第20-21页。

残卷之后提出："照常理讲，写在背面的《坛经》（北图本残卷）应当距吐蕃时期不远，或可推测是成于归义军张氏时期。旅博本有年代，在十世纪中叶。比较而言，敦博本最为整洁，旅博本与斯坦因本较乱，文字书法皆不佳，大概出于十世纪曹氏归义军时期，这样的印象，也是我们从写本中的方音差异上看出来的……在《坛经》四本中，旅博本仅存一页，可比材料太少。其他三本的关系，大体而言，敦博本与北图本接近，极少明显的河西方言特征；斯坦因本的河西方言特征却极为明显。结合敦煌的历史，斯坦因本应当产生于十世纪，即河西方言占主导地位的曹氏归义军时期。而敦博本和北图本应产生于九世纪后半叶。这种考订是和我们上面所说北图本正面的年代、册子本形制的大体一致等等因素相吻合的。"[62]最后，邓文宽先生对敦煌博物馆藏禅籍的价值进行了评价，他做了四点总结："1. 从文献学上来讲，敦博本的《坛经》《菩提达摩南宗定是非论》、和《坛语》三种重要的禅籍，都是现存敦煌写本中的精钞本，是我们今天整理和利用这三种禅籍最重要的依据。2. 敦博本禅籍使我们可以判定出其他敦煌写本中河西方音的特征，从而可以大体理清敦煌本《坛经》等文献的钞写地域和年代。3. 敦博本的册子本形态，可以使我们了解到晚唐五代时敦煌禅籍在禅僧或民众中流传的情形，他们似乎主要是由私人使用的书籍。4. 敦博本五种禅籍钞在一起的构成形式，反映了当时敦煌或北方一些地区的禅法思想，它很可能是南北二宗调合的产物。"[63]

邓文宽先生对敦博本《坛经》的校录进行了详细的说明。他所校录的敦博本《坛经》底本是敦煌市博物馆藏 077 禅籍中的第四个文献，校本包括甲本，伦敦英国图书馆藏斯 5475 号册子本（敦煌本）；乙本，北京图书馆藏冈字 48 号（胶卷 8024）背面之文献（北图本《坛经》残卷）；丙本，原旅顺博物馆藏无编号之册子本的首尾照片各一帧（旅博本首尾页）。参校本包括日本京都兴圣寺藏北宋惠昕本；柳田圣山所编《六祖坛经诸本集成》中收录的宋代契嵩改编的《曹溪原本》；明南藏本宗宝本；史金波译释的西夏文《六祖坛经》残页；铃木大拙和公田连太郎校订的《敦煌出土六祖坛经》；美国学者阎波尔斯基（扬波斯基）的《敦煌写本六祖坛经译注》；石井修道校订的惠昕本；

---

62 邓文宽、荣新江录校，敦煌文献分类录校丛刊：敦博本禅籍录校［M］，南京：江苏古籍出版社，1998 年，前言第 22-26 页。

63 邓文宽、荣新江录校，敦煌文献分类录校丛刊：敦博本禅籍录校［M］，南京：江苏古籍出版社，1998 年，前言第 31 页。

郭朋的《坛经校释》；韩国学者金知见的《校注〈敦煌六祖坛经〉》；田中良昭校注的北图本；法国人凯瑟琳·杜莎莉的法文校本；杨曾文校订的《敦煌新本·六祖坛经》。邓文宽在敦博本《坛经》的校录说明中还特别提及了杨校本和西夏本。他认为："'杨校本'是以敦博本为底本，参以斯坦因本和惠昕本校录的。按理说，既得到了敦博本照片，应该校出一个截止到目前最好的本子，但情况并非如此。该书录文脱录、错失；当删而不删，不当删而删；当补而未补，不当补而臆补；断句标点错失，失校、误校等均不在少数。当然，'杨校本'也有诸多可取之处，凡被本书吸收者，如同其他参校本一样，于'校记'中加以注明。'西夏本'约成于十一世纪，现存十二个断片。虽然这个本子经历了汉文——西夏文——汉文的过程，但从其现存内容看，也是法海本系统的；文字的译去译回也不免失真之处，但对理解敦煌本《六祖坛经》也颇有助益，因此本书也取之参校。"[64]从这段文字可以看出邓文宽先生对杨曾文校敦博本有一些不满意的地方，他还曾经撰文总结过杨曾文校本当中的失校、误校等问题。当然，两位学者有些校订上的差异是由于各自学术观点不同导致的，随着旅博本的再发现，两位学者或许都会据此对之前的一些校法进行改订。邓文宽校本的最大特点是他自己提出的从"敦煌学"的角度进行的校录，他在校记中使用历史语言学和文献学方法，结合他对唐五代河西方言的研究，对敦博本的文字进行了大量的与前人不同的校订。这也是邓文宽先生《坛经》研究最突出的特点。

邓文宽先生《坛经》研究的另一部著作是《六祖坛经：敦煌〈坛经〉读本》。这部著作是邓文宽专门对敦博本《坛经》所作的校注，其方法和校本、参校本均和上文的《敦博本禅籍录校》相类似，因此不再赘述。在《六祖坛经：敦煌〈坛经〉读本》的前言中，邓文宽对敦煌《坛经》的"文字障"问题进行了论述，他认为敦煌系统的几个版本《坛经》中的文字障碍来自三个方面，第一，古人的手抄本中存在很多俗体字乃至怪异字，这些字虽然在今人看来很不规范，但在古人却有一定的约定俗成的书写方法。必须了解当时的书写习惯，才能对某些文字加以确定。第二，由于《坛经》是六祖当年说法授戒的记录，因此其中有很多口语词，必须了解这类词的用法才能读通一

64 邓文宽、荣新江录校，敦煌文献分类录校丛刊：敦博本禅籍录校［M］，南京：江苏古籍出版社，1998 年，前言第 202-203 页。

些句子。第三，《坛经》最初产生于广东，流传到河西地区后，由于当地人的口音，出现了不少方音替代字。[65]对于各版本《坛经》的校释、整理工作，邓文宽认为从总体上看分为两种类型："第一类是从禅宗史和佛教思想史的角度进行。这种方法虽然也取得了不少成绩，但尚难对古写本产生真切的认识，出现的问题也就不在少数。第二类是从'敦煌学'的角度进行。由于整理者是专门从事'敦煌学'研究的学者，从这个角度切入也就带有某种必然性。从写本自身具有的时代、地域特征出发，力图探明其原义，便成了使用'敦煌学'方法整理《坛经》的特征。"[66]邓文宽所说的"敦煌学"方法，具体到他的《坛经》研究中即指文献学和历史语言学方法，他从《坛经》中的混用字现象出发，提出敦煌《坛经》中的一些字可能被方音字所替代。通过大量的材料整理以及参考中外学者对唐五代河西方音的研究成果，邓文宽将《坛经》中方音替代字归纳为五个大类：（一）止摄、鱼摄混同；（二）声母端、定互注；（三）声母以审注心；（四）韵母青、齐互注；（五）韵母侵、庚互通。通过上述归纳，邓文宽所找到的方音替代字均可归位。[67]邓文宽从文字学、音韵学的角度对《坛经》方音通假字的研究，开辟了一条《坛经》研究的新途径，使以往悬而未决的一些问题得以解决，其工作对后来的学者具有相当高的参考价值。

三、1949 年以后台湾地区的《坛经》研究

　　1949 年以后，胡适在中国台湾地区继续了对《六祖坛经》的研究，发表的较为重要的文章有：《禅宗史的一个新看法》，原载于 1953 年 1 月 12 日台湾《中央日报》；用英文撰写的《禅宗在中国：它的历史与方法》，发表于 1953 年 4 月美国《东西方哲学》期刊第三卷第一期（本书第四章第一节已有较为详细的介绍）；《新校订的敦煌写本神会和尚遗著两种的校写后记》，原载于 1958 年 12 月台北中央研究院历史语言研究所集刊第 29 本下。

　　《禅宗史的一个新看法》是胡适 1953 年 1 月 11 日在台北蔡元培先生 84

65　（唐）惠能著，邓文宽校注，六祖坛经：敦煌《读本》[M]，沈阳：辽宁教育出版社，2004 年，前言第 2-3 页。

66　（唐）惠能著，邓文宽校注，六祖坛经：敦煌《读本》[M]，沈阳：辽宁教育出版社，2004 年，前言第 4 页。

67　（唐）惠能著，邓文宽校注，六祖坛经：敦煌《读本》[M]，沈阳：辽宁教育出版社，2004 年，前言第 5 页。

岁诞辰纪念会上发表的演讲，次日发表在台湾《中央日报》。据胡适 1 月 10 日的日记，这个话题产生于和钱思亮有关禅宗的谈论。这篇文章依然延续了胡适一贯对《坛经》所持的怀疑的态度，例如，他直截了当地指出："我们仔细研究敦煌出来的一万一千字的《坛经》，可以看出最原始的《坛经》，只有六千字，其余都是在唐朝稍后的时候加进去的。在考这六千字，也是假的。"[68]但这篇文章更为有价值的一点是对以禅宗的形成和发展为标志的中国佛教革新运动进行了恰当的评价。胡适提出："中国佛教革新运动，是经过了很长时期的演变的结果；并不是广东出来了一个不识字的和尚，做了一首五言四句的偈，在半夜三更得了法和袈裟，就突然起来的，它是经过了几百年很长时间的演变而成。"[69]对于禅宗所代表的佛教革命的意义，胡适认为可以从两层来说。"第一个意义是佛教的简单化、简易化；将繁琐变为简易，将复杂变为简单，使人容易懂得。第二个意义是佛教本为外国输入的宗教，而这种外来的宗教，在一千多年中，受到了中国思想文化的影响，慢慢的中国化，成为一种奇特的、中国新佛教的禅学。"[70]胡适将禅宗这场佛教革命的意义归结为佛教的简易化和中国化，他的这一表述既恰当又凝练，可谓一语中的。对于佛教的简易化和中国化的过程，胡适认为中国佛教首先将"戒"、"定"、"慧"中的"定"拿出，这个"定"就是禅宗中的"禅"，中国僧人以之为中心，是印度佛教中国化第一时期的方式。[71]之后，中国佛教进一步产生出了更为简易的以"念佛"为特征的净土法门。胡适还提及了道生提出的"顿悟"思想，并将之与欧洲宗教改革时期变间接与上帝接触为直接回到个人良知良心的思想相提并论（胡适的这种表述带有明显的东西方宗教哲学之比较的色彩）。胡适认为道生的这个顿悟的学说，"是以中国古代道家的思想提出的一个改革。"[72]到了菩提达摩渡海东来，提出用不着佛教的许多书，

---

68 胡适著，胡适说禅（新编胡适文丛）[M]，北京：文化艺术出版社，2012 年，第 240 页。

69 胡适著，胡适说禅（新编胡适文丛）[M]，北京：文化艺术出版社，2012 年，第 241 页。

70 胡适著，胡适说禅（新编胡适文丛）[M]，北京：文化艺术出版社，2012 年，第 241 页。

71 胡适著，胡适说禅（新编胡适文丛）[M]，北京：文化艺术出版社，2012 年，第 243 页。

72 胡适著，胡适说禅（新编胡适文丛）[M]，北京：文化艺术出版社，2012 年，第 244 页。

只要四卷《楞伽经》即可，这是印度和尚把佛教简单化的一个改革。[73]胡适认为在菩提达摩之后，神会以其"顿悟"和"无念"的主张，使他的宗教革命运动得到成功。[74]最后，胡适总结道："禅宗革命是中国佛教内部的一种革命运动，代表着他的时代思潮，代表八世纪到九世纪这百多年来佛教思想慢慢变为简单化、中国化的一个革命思想……经过革命后，把佛教中国化、简单化后，才有中国的理学。"[75]

《新校订的敦煌写本神会和尚遗著两种的校写后记》分为四个部分和一个附录：一、校写《南阳和上顿教解脱禅门直了性坛语》后记；二、校写《菩提达摩南宗定是非论》后记；三、附记神会和尚的生卒年的新考证；四、总计三十多年来陆续发现的神会遗著；附录（敦煌写本《顿悟无生般若颂》的全文）。

在以上几部分中，胡适与《坛经》关系最为密切的研究主要体现在"校写《南阳和上顿教解脱禅门直了性坛语》后记"中。在这一部分，胡适总结了神会《坛语》的主旨，即"立无念为宗"。胡适认为神会于"六智慧"（六波罗蜜）之中，只取"般若智慧"，即将"禅定智慧"包括在"般若智慧"中，也就是融"定"于"慧"，从而抛弃了佛教向来重视的坐禅的"定"。[76]胡适在1920年代研究中国禅宗史的过程中，通过对《神会语录》等文献的考察发现《坛经》的思想和文字与《神会语录》很接近，从而提出《坛经》的主要部分为神会所作。《坛语》的出现，让胡适更为确定其当年的想法，他提出，《坛语》的"无念"、"定慧等"等内容均可以在《坛经》中找到相同的文句进行比勘。[77]胡适还提出："最可注意的是《南阳和上顿教解脱禅门直了性坛语》的标题。敦煌写本的《六祖坛经》的原题是《南宗顿教最上大乘摩诃般若波罗蜜经：六祖惠能大师于韶州大梵寺施法坛经一卷，兼受无相戒》，敦煌

73 胡适著，胡适说禅（新编胡适文丛）[M]，北京：文化艺术出版社，2012年，第244页。

74 胡适著，胡适说禅（新编胡适文丛）[M]，北京：文化艺术出版社，2012年，第247页。

75 胡适著，胡适说禅（新编胡适文丛）[M]，北京：文化艺术出版社，2012年，第247-248页。

76 胡适著，胡适说禅（新编胡适文丛）[M]，北京：文化艺术出版社，2012年，第262页。

77 胡适著，胡适说禅（新编胡适文丛）[M]，北京：文化艺术出版社，2012年，第263页。

本的卷尾又有简题一行:《南宗顿教最上大乘坛经一卷》。《坛语》的'坛'字和《坛经》的'坛'字原文可能都是'檀波罗蜜'的'檀'字。即是'檀那',即是'檀施'的意思。(敦煌本《坛经》里面还有几处写作从木的'檀'字。)"在胡适看来,这并非出于巧合,而是《坛经》与《坛语》之间存在密切关系的证据。

台湾地区 1949 年以后《六祖坛经》研究领域的一个重要的研究成果是收录在张曼涛主编之《现代佛教学术丛刊》(1976)中的《六祖坛经研究论集》。这部论文集以"《坛经》的作者是谁?"这个学术界之热点问题为缘起,以纯学术立场为标准,选取二十五篇论文,将从胡适开始的有关《坛经》的各种争论做了一个归纳。全书的二十五篇论文分为三个部分,第一部分十篇论文是对《坛经》的历史、版本以及神会和尚生平的考辩;第二部分九篇论文是多年以来有关惠能和《坛经》的辩论;第三部分是对《坛经》教义的研究。

在对《坛经》之历史和神会生平的考辩方面,最重要的一篇文章是印顺法师的《神会与〈坛经〉——评胡适禅宗史的一个重要问题》。这篇文章运用考据的方法对胡适认为"其书成于神会或神会一派之手笔"的观点进行了反驳。对于胡适所运用的考据方法,印顺法师提出:"考据是治学的方法之一,对于历史纪录(或是实物)的确实性,是有特别价值的。然考据为正确的方法,而考据的结论,却并不等于正确……例如胡适所作的论断,是应用考证的,有所依据的。我们不同意他的结论,但不能用禅理的如何高深,对中国文化如何贡献(这等于在法官面前讲天理良心),更不能作人身攻讦。唯一可以纠正胡适论断的,是考据。检查他引用的一切证据,有没有误解、曲解。更应从敦煌本《坛经》自身,举出不是神会所作的充分证明。唯有这样,才能将《坛经》是神会或神会一派所造的结论,根本推翻。否则,即使大彻大悟,也于事无补。"[78]印顺强调,对于胡适的反驳也必须从考证出发,这就从方法上避免了之前佛教界人士或某些思想史研究者对于胡适所作的批判过于主观,或者带有成见的弊病。

印顺法师首先驳斥的,是胡适依据韦处厚为马祖道一门下鹅湖大义禅师所作之《兴福寺大义禅师碑铭》中的"洛者曰会,得总持之印,独曜莹珠。习徒迷真,橘枳变体,竟成坛经传宗,优劣详矣!"一句断定《坛经》出于神会

---

78 张曼涛主编,现代佛教学术丛刊1六祖坛经研究论集禅学专集之一 [M],台北:大乘文化出版社,1976年,第110页。

一派的看法。印顺法师认为胡适将"竟成坛经传宗"一句话中的"传宗"二字理解为书名的看法有问题，并引敦煌本《坛经》中的"若论宗旨，传授《坛经》，以此为依约。若不得《坛经》，即无禀受。"一句来说明《坛经》为传法依约的性质。对于"坛经传宗"，印顺法师认为："神会门下利用《坛经》的秘密传授（原本是曹溪方面的传授，与神会无关），在传法时，附传一卷《坛经》，'以此为依约'。对外宣称：六祖说，衣不再传了。以后传法，传授一卷《坛经》以定宗旨。《坛经》代替了信袈裟，负起'得有禀承'、'定其宗旨'的作用。这就是'竟成坛经传宗'。这是神会门下而不是神会，是在《坛经》中补充一些法统，禀承（惟有这小部分，与神会门下的思想相合），而不是造一部《坛经》。引用韦处厚《大义禅师碑铭》，以证明《坛经》是神会或门下所作，是完全的误解了！"[79]

接下来，印顺法师驳斥了胡适为证明《坛经》为神会或神会门下所作举出的"很明显的证据"。胡适认为："《坛经》最古本中，有吾灭后二十余年……有人出来，不惜身命，第佛教是非，竖立宗旨的悬记，可为此经是神会或神会一派所作的铁证。神会在开元二十二年，在滑台定宗旨，正是慧能死后二十年，这是最明显的证据。《坛经》古本中，无有怀让、行思的事，而单独提出神会得道，余者不得，这也是很明显的证据。"[80]对于胡适的这个观点，印顺法师认为其问题在于将敦煌本《坛经》错误地当做《坛经》的"最古本"，"敦煌本是现存《坛经》各本中的最古本，而不是《坛经》的最古本。从《坛经》成立到敦煌本，至少已是第二次的补充了。"[81]印顺法师所说的两次补充，其中第一次是指《景德传灯录》卷二八所载，六祖慧能的弟子南阳慧忠所说的"吾比游方，多见此色，近尤盛矣！聚却三五百众，目视云汉，云是南方宗旨。把他《坛经》改换，添糅鄙谭，削除圣意，惑乱后徒，岂成言教！苦哉，吾宗丧矣！"印顺法师认为："慧忠知道'南方宗旨'本是添糅本，可见慧忠在先已见过《坛经》原本。"[82]印顺法师的这个看法是有根据的。根

79 张曼涛主编，现代佛教学术丛刊 1 六祖坛经研究论集禅学专集之一 [M]，台北：大乘文化出版社，1976 年，第 116 页。

80 胡适著，神会和尚遗集 [M]，上海：亚东图书馆，1931 年，第 74 页。

81 张曼涛主编，现代佛教学术丛刊 1 六祖坛经研究论集禅学专集之一 [M]，台北：大乘文化出版社，1976 年，第 117 页。

82 张曼涛主编，现代佛教学术丛刊 1 六祖坛经研究论集禅学专集之一 [M]，台北：大乘文化出版社，1976 年，第 117 页。

据《景德传灯录》《祖堂集》来看，南阳慧忠曾经长期追随六祖慧能，并被后人与行思、怀让、神会、玄觉等四人并称为六祖慧能门下的五大宗匠，由此可见，慧忠见过"曹溪原本"的可能性是比较大的。印顺法师所说的第二次补充，即是指韦处厚《兴福寺大义禅师碑铭》中所说的"坛经传宗"本，这个版本在"南方宗旨"本的基础上，又进行了增添改造。据此，印顺法师提出："敦煌本《坛经》，有神会门下增补的'坛经传宗'部分，我们不能就此说《坛经》全部是神会或神会门下所造。所以胡适的'很明显的证据'，犯了以少分而概全部的错误。错误的根源，在不知敦煌本《坛经》成立的过程，而误认敦煌写本为《坛经》最古本。"[83]

胡适认为《坛经》是神会或神会门下弟子所作并提出："我的根据完全是考据学所谓内证。《坛经》中有许多部分和新发见的《神会语录》完全相同。这是最重要的证据。"[84]对于胡适所说的"最重要的证据"，印顺法师提出："慧能自己没有著作，由弟子们记集出来。神会当然是继承慧能的，那么《神会语录》中的语句，部分与《坛经》相同，为什么不说神会采用慧能的成说，要倒过来说《坛经》是神会或神会门下所造呢？如说神会没有明说是老师所说，所以是他自己说的。但这种理由，至少在佛教著作中，是不能成立的。"[85]接下来，印顺法师逐一批驳了胡适所列举的这些"最重要的证据"，包括"定慧等"、"坐禅"、"无念"等等，最后提出"胡适所举的种种证据，经审细的研讨，没有一条是可以成立的。所以，神会或神会门下造《坛经》的论断，不能成立，不足采信！"[86]

在依次反驳了胡适提出的种种证据之后，印顺法师提出了自己在《坛经》和《神会语录》内容相似性这个问题上的观点："敦煌本《坛经》而与神会门下所说相合的，只是'坛经传宗'的小部分而已。"[87]为了支持自己的这个观点，印顺法师列举了《坛经》和《神会语录》中有关慧能的内容、有关神会的

83 张曼涛主编，现代佛教学术丛刊1六祖坛经研究论集禅学专集之一 [M]，台北：大乘文化出版社，1976年，第118页。

84 胡适著，神会和尚遗集 [M]，上海：亚东图书馆，1931年，第76-77页。

85 张曼涛主编，现代佛教学术丛刊1六祖坛经研究论集禅学专集之一 [M]，台北：大乘文化出版社，1976年，第119页。

86 张曼涛主编，现代佛教学术丛刊1六祖坛经研究论集禅学专集之一 [M]，台北：大乘文化出版社，1976年，第127页。

87 张曼涛主编，现代佛教学术丛刊1六祖坛经研究论集禅学专集之一 [M]，台北：大乘文化出版社，1976年，第128页。

内容和有关南宗禅法的内容等方面的种种不同之处，最后得出两个结论，即：一、《坛经》决非神会或神会门下所造；二、神会门下补充了一部分——《坛经》传宗。[88]纵观印顺法师的这篇文章，我们可以发现其对胡适的反驳从内容上讲无一不是极具针对性，从方法上讲无一不是采取和胡适同样的极为细密的文献考据、梳理和分析，因此具有相当的说服力。印顺法师这篇文章另一个值得称道的地方是在结尾的部分一分为二地评价了胡适对于神会和《坛经》的研究。一方面，印顺法师肯定了胡适对神会的研究，认为"凭他的努力，神会北上努力于南宗的事迹，被发掘出来，这不能不说是难得的！尤其是有关神会的作品，他一再搜求，校正发表，对禅学及禅宗史的研究，给以参考的方便。"[89]另一方面，印顺法师也对胡适的治学态度进行了质疑，认为胡适"捉妖"、"打鬼"，"把达摩、慧能，以至西天二十八祖的原形都给打出来"[90]的说法太过刻薄，"存着这样的心理，考据也好，历史学也好，都如戴凹凸镜，非弄得满眼都是凹凸歪曲不可。这也难怪胡适禅宗史的离奇，以及到处流露恶意了。"[91]实际上，印顺法师所谓胡适的"刻薄"，或许是胡适无神论的宗教观使之然。由于立场和角度的差异，宗教家和无神论者之间的对话总是难以实现的，这也是本书第四章第一节所论及的胡适与铃木大拙之争并非真正的学术争鸣之原因。与铃木大拙对胡适的回应不同，印顺法师的《神会与〈坛经〉——评胡适禅宗史的一个重要问题》这篇文章并非发表一个宗教家的主观感受，而是以严谨的学术研究来反驳胡适的观点，因此比铃木大拙走的更远，可以说是最终完成了与胡适的真正意义上的对话。

民国以来至今的国内学者中，在《坛经》的义理阐发方面影响力比较大的研究者当属钱穆先生。上文提到的《六祖坛经研究论集》也收录了多篇钱穆先生研究《坛经》的文章，其中《〈六祖坛经〉大义——惠能真修真悟的故事》一文最具代表性地体现了钱穆先生对《坛经》的论述观点。《〈六祖坛经〉大义》一文，原本是1969年台北善导寺邀请钱穆先生演讲佛学的内容，后来

---

88 张曼涛主编，现代佛教学术丛刊1 六祖坛经研究论集禅学专集之一 [M]，台北：大乘文化出版社，1976年，第136-137页。

89 张曼涛主编，现代佛教学术丛刊1 六祖坛经研究论集禅学专集之一 [M]，台北：大乘文化出版社，1976年，第137页。

90 见胡适著，胡适文存三集 [M]，上海：亚东图书馆，1930年，第125-126页。

91 张曼涛主编，现代佛教学术丛刊1 六祖坛经研究论集禅学专集之一 [M]，台北：大乘文化出版社，1976年，第139页。

整理成文刊发。这篇文章从思想史的角度出发，对《坛经》与惠能禅学思想进行了深入的解读，可以视为中国《六祖坛经》研究领域阐发型研究的代表之作。

在这篇文章中，钱穆开宗明义地指出："在后代中国学术思想史上有两大伟人，对中国文化有其极大之影响，一为唐代禅宗六祖惠能，一谓南宗儒家朱熹……惠能实际上可说是唐代禅宗的开山祖师，朱子则是宋代理学之集大成者。一儒一释开出此下中国学术思想种种门路，亦可谓此下中国学术思想莫不由此导源。"[92]钱穆先生之所以给予两者如此之高的评价，在于惠能和朱熹二人代表了中国学术思想当中极为重要的两种不同的方法与途径。钱穆指出："学术思想之前进，往往由积存到消化，再由消化到积存。正犹人之饮食，一积一消，始能营养身躯。同样，思想积久，要经过消化工作，才能使之融会贯通。观察思想史的过程，便是一积一消之循环。六祖能消能化，朱子能积能存。所以中国传统文化的儒释融合，如乳投水，经慧能大消化之后，接着朱子能大积存，这二者对后世学术思想的贡献，也是相辅相成的。"[93]钱穆先生对"积存与消化"之说进行了解释，他认为，从佛教传入中国到唐代的四百多年里，大量佛经译为汉语，各种派别次第出现，这种"积存"多了，就需要像惠能这样的人出来完成消解的工作。惠能以心印心，见性成佛的简易方法消解了此前学佛者对于文字书本的执着，使得此下的佛教徒几乎全部走向禅宗。"也可以说，从惠能以下，乃能将外来佛教融入中国文化而正式成为中国的佛教。也可说，惠能以前，四百多年间的佛教，犯了'实'病，经惠能把它根治了。"[94]钱穆先生的这种看法极有见地。产生于印度的佛教，本就以其理论的深奥和逻辑的繁复著称，即使到了隋唐，天台、三论、法相诸宗的理论仍然足以让凡俗之人望而却步，其中法相宗更是出现了玄奘法师这样的唯识学和因明学的大宗师。然而，学术性、精英化的佛学研究却无法拉近佛教和普通民众的距离，而玄奘之后不久的惠能，正是理论化、学术性之佛学理论的消解者。正是经过了惠能简易化的消解，佛教才真正地走

---

92 张曼涛主编，现代佛教学术丛刊 1 六祖坛经研究论集禅学专集之一［M］，台北：大乘文化出版社，1976 年，第 183 页。

93 张曼涛主编，现代佛教学术丛刊 1 六祖坛经研究论集禅学专集之一［M］，台北：大乘文化出版社，1976 年，第 184 页。

94 张曼涛主编，现代佛教学术丛刊 1 六祖坛经研究论集禅学专集之一［M］，台北：大乘文化出版社，1976 年，第 184 页。

向了民间。

钱穆接下来指出，在佛教三宝当中，佛是说法者，法是佛所说，但没有了僧，前两者就都不复存在。佛教起源于印度，但他们没有了僧，就没有了佛所说之法。佛学成为中国文化体系的一支，正是因为历代高僧延绵不绝。"而惠能之贡献，主要亦在能提高僧众地位，扩大僧众数量，使佛门三宝，真能鼎足并峙，无所轩轾。"[95]钱穆先生对惠能的这个评价是恰当的。据敦煌系统《坛经》，惠能在大梵寺讲堂中的说法，听众竟有一万余人。这个数字或有夸大，但即使到了宗宝本中，仍有"僧尼道俗一千余人"的说法。这说明，唐代禅宗寺庙的规模以及僧团的人数已经相当之大，而且禅宗的僧团较其他宗派更为紧密。后来经历了安史之乱和会昌法难，天台、法相诸宗逐渐衰微，但禅宗却越来越兴盛，惠能再传弟子马祖道一门下的百丈怀海还制定了禅宗的丛林清规，对之后禅宗的发展起到了至关重要的作用。再到后来，禅宗逐渐成为中国佛教的主流，几乎成了佛教本身的代名词。如此种种，其功劳都可以上溯至六祖惠能的贡献。

钱穆先生不只评价了惠能在中国佛教史上的贡献，还将目光投向了二十世纪的"当下"。他指出："当前的社会，似乎在传统方面，已是荡焉无存，又犯了虚病。即对大家内心爱重的西方文化，亦多是囫囵吞枣，乱学一阵子，似乎又犯了一种杂病，其实则仍还是虚病。试问高唱西化的人，哪儿人肯埋首翻译，把西方学术思想，像惠能以前的那些高僧般的努力，既无积，自也不能消。如一人长久营养不良，虚病愈来愈重。此时我们要复兴中国文化，便该学朱子。把旧有的能好好积。要接受西方文化便该学惠能，把西方的能消化融解进中国来。最少亦要能积能存。把西方的移地积存到中国社会来，自能有人出来做消化工作。到底则还需要有如惠能其人，他能在中国文化中消化佛学，自由惠能而佛学始在中国社会普遍流传而发出异样的光采。"[96]钱穆先生的看法可谓是一针见血。自五四以来，中国传统文化不断被打倒，一度到了濒危的境地。时至今日，无论是大陆还是港台地区，国学的传承都经历着钱穆先生说的"虚病"。另一方面，西学自清末起遽然大盛，大陆地区

95 张曼涛主编，现代佛教学术丛刊1六祖坛经研究论集禅学专集之一［M］，台北：大乘文化出版社，1976年，第185页。

96 张曼涛主编，现代佛教学术丛刊1六祖坛经研究论集禅学专集之一［M］，台北：大乘文化出版社，1976年，第185页。

八十年代以来各种学说主张更是纷至沓来，然而我们对经过了翻译（有些翻译相当拙劣）的大量学术舶来品理解是否透彻、全面却还是个很可怀疑的问题。三十余年以来，真正能够"消解"地接受西方学术观点的学者，似乎还很有限。这也正是钱穆先生所看重的惠能的"消解主义"带给我们的启示。

钱穆先生又指出，佛学分为义解和修行两大部门，"新文化运动气焰方盛之时，一面说要全部西化，一面又却要打到宗教，不知宗教亦是西方文化中一大支。在此潮流下，又有人说佛教乃是哲学，非宗教，此是仅重义解、思辨。却蔑视了信奉修行，两者不调和，有成为近代中国社会一大病痛。"[97]钱穆先生此语似乎将矛头指向了胡适对禅宗史的考证式研究，在这一点上，他的看法和铃木大拙对胡适的批判有颇为相近之处。他们两人都强调佛教既代表了一种理论，也必须有活生生的修行体验。禅宗在佛教的各个宗派中，是尤为强调实践的一支，不考虑到修行实践，或者将义理和修行相割裂，就很容易产生表面化的批判。正是由此出发，钱穆先生着重阐述了惠能的"真修真悟"。在钱穆先生看来，惠能从听闻《金刚经》时的初悟，到跋涉三十余天由广东到黄梅，其间的修行是真实的心修；惠能回答弘忍的"人虽有南北，佛性本无南北，獦獠身与和尚不同，佛性有何差别"之语乃是由心实悟；"本来无一物"之心偈，更是八个月磨米磨出来的到家之悟。穆先生叙述了惠能受弘忍夜半传法、大庾岭上点化慧明、隐迹庾四会猎人队中十五年等等阶段性的潜修经历，最后到了广州法性寺，才有"不是风动，不是幡动，而是仁者心动"的惊人之语。钱穆先生认为"此乃惠能在此十五年中之一番真修实悟。"[98]

最后，钱穆先生总结了《坛经》中最为重要的两点。其一是佛之自性化，"此乃惠能之独处前人处，亦是惠能所说中之最伟大最见精神处。"[99]其二是佛之世间化，"欲求见佛，但识众生，不识众生，则万劫觅佛难逢。"钱穆先生进一步总结："惠能讲佛法，主要只是两句话，即是'人性'与'人事'，他教人明白本性，却不教人屏弃一切事……惠能讲佛法，既是一本心性，又

---

97 张曼涛主编，现代佛教学术丛刊 1 六祖坛经研究论集禅学专集之一 [M]，台北：大乘文化出版社，1976 年，第 185-186 页。

98 张曼涛主编，现代佛教学术丛刊 1 六祖坛经研究论集禅学专集之一 [M]，台北：大乘文化出版社，1976 年，第 191 页。

99 张曼涛主编，现代佛教学术丛刊 1 六祖坛经研究论集禅学专集之一 [M]，台北：大乘文化出版社，1976 年，第 192 页。

不屏弃世俗，只求心性尘埃不惹，又何碍在人生俗务上再讲些孝悌仁义齐家治国。因此唐代之有禅宗，从上是佛学之革新，向后则成为宋代理学之开先，而惠能则为此一大转捩中之关键人物。"[100]钱穆先生所总结的佛之自性化与佛之世间化两点，正是《六祖坛经》内容的精髓之所在，也是《坛经》成为禅宗最重要的宗经之原因，同时正是这样的思想使得《坛经》能够历经千余年传抄刻印不断，最终成为了中国思想史上的一部重要的著作流传至今。

小结

本节内容对中国学术界民国以来的《六祖坛经》研究进行了一个概括性的回顾，选取各个不同时代最有代表性的一些学者及其研究成果进行梳理和总结。除了上述一些著名学者的专著和论文，进入新世纪以来，一些大陆和台湾高校博士研究生撰写的学位论文也具有一定的学术水准，其研究所涉及的一些问题往往具有较好的学术前沿意义，因此也值得关注。由于篇幅所限，此处只做一个初步的列举，对这些论文的内容不作详细讨论。在大陆方面，《坛经》研究领域的博士学位论文有：中国社会科学院潘蒙孩的《〈坛经〉禅学新探》（2010）、南京大学韩国留学生金命镐的《〈坛经〉思想及其在后世的演变与影响研究》（2011）、湖南大学李林杰的《〈坛经〉心性论及其研究方法与湘赣农禅之心境并建》（2012）、华中师范大学越南留学生阮氏美仙的《〈坛经〉心理道路研究》（2014）等。台湾方面的博士学位论文有：辅仁大学何照清的《在般若与如来藏之间——从〈坛经〉诸本及相关文献探讨〈坛经〉属性》（2003）、政治大学元钟实的《惠能禅思想》（2005）、华梵大学郭济源的《〈六祖坛经〉般若三昧于摩诃止观——非行非坐三昧在修学思想上的比较研究》（2011）等。上述的这些博士学位论文基本上都以《坛经》中的禅学思想为切入点进行研究。值得注意的是，大陆方面来自韩国和越南两位留学生的博士论文水平也比较高，这从一个侧面说明了《坛经》研究的东亚区域属性。

经过本节的梳理，笔者认为中国学术界民国以来的《六祖坛经》研究有如下一些值得说明的特点：

---

100 张曼涛主编，现代佛教学术丛刊 1 六祖坛经研究论集 禅学专集之一［M］，台北：大乘文化出版社，1976 年，第 192 页。

1. 中国的《坛经》研究，以宗教信仰性研究为起源和传统，到了民国时期，这类的研究一度式微，但从上世纪后期开始，这种类型的研究展现了复苏的倾向，并有再度兴起的可能。广义上的《坛经》研究，从晚唐时期就已经存在，历经各朝代一直延续到民国时期。人类进入 20 世纪以来，随着近现代工业革命在各国的兴起，西方思维方式和学术研究方法不断促进人类改变原有的认识世界和自身的方式与态度。中国的《坛经》研究，也在很大程度上受到这种历史转变的影响。哈磊指出："信仰性的研究日渐边缘化，而以宗教学、语言文字学、哲学、历史学等现代学科理解为基础，采取非宗教化的学术态度，运用分析考证的方法，日渐成为流行的、主流的研究方法。研究者们通过强调其研究方法的科学性、研究逻辑的正当性、严密性来试图保证其学术成果的可靠性，并将其研究结论推向社会，进而影响大众，在很大程度上影响和改变了社会对六祖及《坛经》的认识和态度。这一过程不仅在中国，也在日本、韩国等地以相似的方式进行着。"[101]尽管信仰性的研究到了民国时期已经边缘化，但并没有消失，丁福保居士的《六祖坛经笺注》就是其中的典型代表。上世纪后期，台湾地区佛教界自发的《坛经》研究率先开始，例如，1989 年台湾佛光山发起举办了国际禅学会议，许多国际知名的专家学者都在这次会议上发表了水准很高的学术论文。进入新世纪以来，大陆许多六祖慧能曾住锡、说法的寺庙都编辑整理了《坛经》研究方面的文献。例如，2003 年，广东新兴国恩寺编辑出版了《〈六祖坛经〉研究》，这部作品共有 5 册，共计收录了从民国开始各种类型《坛经》研究的重要论文共计 140 余篇，可以说是一套极具工具价值的参考书。又如，广州光孝寺方丈明生法师主编，2012 年出版的《六祖坛经研究集成》，这部作品的特点是对大陆、台湾、欧美、日韩的《坛经》研究进行了比较全面的综述，并且提供了上述各地区《坛经》研究的专著、论文等参考文献，对中国学者了解海外《坛经》研究的动态极有助益。又如，2016 年初，由广东四会六祖寺大愿法师发起，北京华文出版社出版了 11 种语言的宗宝本《六祖坛经》，为《坛经》的外译做出了突出贡献。除此之外，近些年来，大陆和港台地区佛教界对《坛经》进行阐释、讲解的读物更是层出不穷。综上所述，上世纪末以来，佛教界既有组织《坛经》研究领域的学术会议，也有编辑整理各时期的学术研究成果，更有

---

101 哈磊，大陆地区惠能及《六祖坛经》研究综述［A］，见《六祖坛经》研究集成［C］，北京：金城出版社，2012，第 18 页。

宗教性的阐释、讲解读物。由此可以判断，宗教信仰性的《坛经》研究，存在着全面复兴的可能。

2. 历史考证与版本研究成果卓著。在民国以来的《坛经》研究领域，与思想方式和研究方法上的革新伴随而至的是研究材料方面的革命性突破。从1910年代开始，不断有与《坛经》相关的历史文献被发现，这些曾经淹没在历史长河中的文献改变了人们对《坛经》的传统观点。20世纪初发现的与《坛经》相关的历史文献主要有两个来源：一是各国学者于不同时期发现的敦煌出土文献中的《坛经》写本及其他相关文献；二是日本各地发现的北宋本《坛经》的不同写本、刻本。由胡适开始，国内学者进行了大量细致严谨的历史考证与版本研究。胡适的《〈坛经〉考之一》《〈坛经〉考之二》《楞伽宗考》、钱穆的《神会与〈坛经〉》、印顺法师的《神会与〈坛经〉——评〈胡适禅宗史〉的一个重要问题》、史金波的《西夏文〈六祖坛经〉残页译释》、周绍良的《敦煌写本〈坛经〉之考定》、杨曾文的《〈六祖坛经〉诸本的演变和慧能的禅法思想》等等，都属于这一类型研究的代表。类似的研究成果还有很多，此处不再一一列举。《六祖坛经》的形成时间、敦煌系诸版本的关系、宋元之后诸版本的演变等方面的研究，已经有了相当大的突破。总的来说，民国以来的强调科学性与严谨性的考证与版本研究，尽管还有一些问题存在争议没有得到彻底的解决，但已经积累了相当丰硕的成果。

3. 校注、校释、笺注是中国《坛经》研究的突出特点。对古籍的校释、笺注，是中国学术研究的传统内容，自古以来一直延续不断。中国学术界在这个领域有着相当丰富的经验，自民国以来不同版本《坛经》的各种笺注、校释、校注、评注、译注层出不穷。代表性的著作有丁福保居士的《六祖大师法宝坛经笺注》（1919）、郭朋的《坛经校释》（1983）、杨曾文的《敦煌新本·六祖坛经》（1993）、李申合校、方广锠简注的《敦煌坛经合校简注》（1999）、邓文宽的《六祖坛经——敦煌坛经读本》（2005）等等。这些著作对各版本的《坛经》进行了详尽的校订与注释，尽管不同学者之间针对某些细节的校读存在差异，有些学者的校读还存在一些明显的纰漏，但他们的工作毕竟为后来者的解读做了较为可靠的铺垫，也为人们准确深入地理解《坛经》提供了巨大的方便。

4. 义理与阐发研究方面名家辈出、内容广泛。自民国以来，许多中国学术界的著名学者都曾经对《坛经》的思想和义理进行过深入的剖析。有代表性的研究成果如：陈寅恪的《禅宗六祖传法偈之分析》、钱穆的《〈六祖坛经〉大义》、圣严法师的《〈六祖坛经〉的思想》、方立天的《性净自悟——慧能〈坛经〉的心性论》、楼宇烈的《敦煌本〈坛经〉、〈曹溪大师传〉以及初期禅宗思想》等等。还有一些著名学者的著作中涉及《坛经》及慧能思想研究，如印顺的《中国禅宗史》、吕澂的《中国佛学源流略讲》等等，此处不再一一列举。《坛经》义理与思想阐发研究在内容方面极为丰富。哈磊指出："对惠能《坛经》思想的研究，当代学界的兴趣主要集中在惠能思想的渊源、得法偈、心性论、修行解脱论、不二论等问题上。"[102]对惠能思想的研究，从民国时期开始至今持续不断，研究所涉及的内容相当广泛，可以说是学术界《坛经》研究的一座富矿。

5. 敦煌学研究的途径，即历史语言学角度出发的文字音韵研究成绩斐然。前文已经提到，邓文宽先生在《敦煌文献分类录校丛刊：敦博本禅籍录校》和《六祖坛经：敦煌〈坛经〉读本》两部著作中都采用了敦煌学研究的思路，具体地说他的研究融合了文献学与历史语言学文字音韵研究的若干方法，通过研究敦煌本、敦博本在通借字与方音的特点总结出其中蕴含的某些规律，并对《坛经》在敦煌地区的历史演变进行推断。邓文宽先生运用这样的方法进行研究的论文还有《英藏敦煌本〈六祖坛经〉通借字刍议》（1993）、《英藏敦煌本〈六祖坛经〉的河西特色》（1994）等。用敦煌学的途径，通过历史语言学的方法对敦煌系《坛经》文字、音韵方面的有些特点进行研究，随着旅博本的再发现，必将迎来更多有价值的新成果。

6. 旅博本的重新发现是中国学术界《坛经》研究的一件大事。有关旅博本的校注研究，或与其他敦煌系统《坛经》的比对研究将是日后学界研究的重要方向。关于旅博本的学术价值，至少可以总结出如下几点：第一，旅博本是迄今为止唯一一个题记中有明确纪年的版本，这就为判断敦煌系统《坛经》的形成年代提供了最直接的依据；第二，旅博本通卷有朱笔标点的分段与断句标记，尽管目前还无法判断这些朱笔标记形成于何时，但这无疑对研究古人如何修订、理解《坛经》内容提供了直接的线索；第三，旅博本的再发现，为研究敦煌系统三个全本《坛经》的相互关系提供了重要的依据；第四，旅博本重现于世，可以借此形成敦煌系统三个全本《坛经》的更为全面、有

---

102 哈磊，大陆地区惠能及《六祖坛经》研究综述［A］，见《六祖坛经》研究集成［C］，北京：金城出版社，2012，第44页。

效的对勘。总之，正如台湾学者黄连忠所指出，旅博本的再现于世，不仅为《坛经》研究提供了极为重要的新材料，同时也开启了敦煌本《坛经》研究的新纪元与新课题。[103]

7. 分歧甚多，学者们在许多问题上观点对立。民国以来，学者们在《坛经》的作者身份、形成年代、版本演变等问题上都存在不同的看法，一些学者观点上的对立甚至发展为火药味十足的直接论战。其中，最广为人知的是发生在胡适与铃木大拙之间以及钱穆和杨鸿飞之间的两场论战。胡适与铃木之争以 1953 年 4 月美国《东西方哲学》期刊同时刊发胡适的《禅宗在中国——它的历史和方法》和铃木大拙的《禅：答胡适》这两篇观点对立的文章为标志。实际上，胡适和铃木两人相识于上世纪 30 年代初，一度有过相当深厚的交情。后来由于彼此之间的学术分歧越来越大，才有了 1953 年的这场论战。在这场笔墨官司中，胡适声称"对他（铃木大拙）的研究方法，一直表示失望。"[104]而铃木则回敬："他（胡适）对历史知道得很多，但他对历史背后的行为者却一无所知。"[105]关于这场争论的来龙去脉本书第四章第一节已经做过详细介绍，此处不再赘述。钱穆与杨鸿飞之间的论战核心问题仍然是《坛经》的作者身份问题。这次论战的起源是 1968 年 12 月 28 日台北善导寺举行佛教文化讲座，钱穆发表了题为《〈六祖坛经〉大义——惠能真修真悟的故事》的演讲，后来连载刊发于《中央日报》副刊。旅日学者杨鸿飞针对钱穆的观点，撰写了《关于〈六祖坛经〉》一文进行反驳。之后，钱穆和杨鸿飞两人又你来我往地发表了《略述有关〈六祖坛经〉之真伪问题》《〈坛经〉之真伪问题》读后、《再论关于〈坛经〉真伪问题》《再论〈坛经〉问题》读后等文章继续论争。这场论争还引起了张曼涛（澹思）、蔡念生、华严关主等人的关注，他们也都投书发表自己的见解。概括说来，这场直接的论战与之前的胡适铃木之争类似，都是围绕宗教体验与客观学术的争论。除了上述两场针锋相对的直接论战之外，关于《坛经》作者的争论还有钱穆、印顺撰文对胡适的批

---

103 黄连忠，中国台湾地区对惠能及《六祖坛经》的研究综述［A］，见释明生主编之《六祖坛经》研究集成［C］，北京：金城出版社，2012 年，第 83 页。

104 Hu Shih. Ch'an (Zen) Buddhism in China: Its History and Method[J]. Philosophy East and West Vol. 3, no. 1(Apr. 1953): p3. 原话是 But I have never concealed from him my disappointment in his method of approach.

105 D. T. Suzuki. Zen: A Reply to Hu Shih[J]. Philosophy East and West Vol. 3, no. 1 (Apr. 1953): p25. 原话是……he may know a great deal about history but nothing about the actor behind it.

驳等等。大陆方面，尽管多数学者认同《坛经》的主体为慧能所述，经过法海集记之后又在各历史时期多有增删的看法，但在《六祖坛经》的形成年代、版本演变以及敦煌系统《坛经》的校注等问题上也存在着不少的分歧。

以上是笔者对国内学术界《坛经》研究特点的初步总结，列举的这 7 点内容，或许也有一些偏颇之处，有待学界同仁的批评指正。

第三节　中美两国《坛经》研究异同点的比较及其意义

通过对美中两国《六祖坛经》研究特点的总结，我们发现，中美两国的《六祖坛经》研究，既有相似的地方，又有各不相同之处。比较中美两国学术界的《坛经》研究，我们发现两者既在很多问题上形成了互证，又在很多方面存在互补的可能性。

从研究内容看，中国学术界的研究内容更为丰富一些。美国学者的《坛经》研究以外部的考证式研究为主，对《坛经》内容、义理的阐发式研究较少。而中国学术界的《坛经》研究，既有文献学、历史学途径的考证式研究，也有中国传统的校释、校注、笺注式研究；既有思想史角度的阐发研究，也有哲学层面的研究等等。美国学者重外部的考证研究，这和 19 世纪末以来欧洲、日本、中国等国学者所侧重的研究范式有关，也和科学主义、实证主义思潮的影响不无关系。随着 20 世纪初敦煌文献中与《坛经》或其他相关的禅宗史料的出现，对这些资料的考证和解读成了各国学术界的主要研究内容。在德国、法国、日本和中国，都有很多著名学者从上世纪二三十年代起就开始了对敦煌文献的考证工作。其中，日本的几位著名学者以及中国学者胡适对美国学术界的影响最大，这种影响甚至一直持续至今。然而，过于重视文献考证和禅宗史的梳理，也从一定程度上限制了美国学者的研究范围。上世纪三十年代以来，从专著、论文的绝对数量来看，美国学者的考证式研究，远远超过对《坛经》内容、义理的阐发研究。但这个情况在近几年有所改变。以 2012 年哥伦比亚大学出版社出版的墨顿·史鲁特和太史文共同主编的《六祖坛经的研读》为标志，美国学术界的《坛经》研究似乎出现了"由外向内"的转向，这是值得我们关注的。

从研究视野来看，美国学者的《坛经》研究国际性特征更为明显，而中国的《坛经》研究，在国际性视野方面还略有缺乏。客观地讲，中国学者除了对日本学者对《坛经》的研究比较熟悉之外，对欧洲、美国的研究了解还不很充分。造成这种情况的原因可能在于，中国学者或许存在这样一种观点，即《六祖坛经》是中国禅宗的经典，对《坛经》的研究，自然应该由中国主导。然而，实际情况却是，欧洲、日本、美国的研究皆有其独到之处。例如法国学者对与《坛经》有关的敦煌文献的梳理，日本学者的禅宗史考证，都有很多值得中国学者学习的地方。进一步客观地说，日本学者的《坛经》研究在很长一段时间里是领先于其他国家的。近三十年来，中国学术界的《坛经》研究，借鉴或引用日本学者研究比较多，然而对欧美等国学者的研究动态还所知甚少。尤其是美国学者的《坛经》研究，笔者通过各种国内学术搜索引擎进行搜索，能够找到的介绍美国同行研究的文献寥寥无几。因此，中国《坛经》研究的国际性视野还有待提高。

最后，中美两国的《六祖坛经》研究均以纯粹的学术性研究为主流，所不同的是，中国除了的纯粹学术性研究之外，还存着这广泛的宗教信仰性研究。近 10 余年来，美国学术界的《六祖坛经》研究虽然仍不断有比较重要的著作、论文问世，但总体而言，《坛经》的研究还是局限在一个有限的范围之内，研究者仍然以一些学院派学者为主。中国学术界的《六祖坛经》研究在这一点上和美国的情况有些类似，即比较严谨、科学的研究基本局限于一些大学和研究机构当中。与美国情况不同的是，中国佛教当前总体上处于快速上升的阶段，整个社会对于佛教的兴趣越来越大，这也许和中国长久以来信仰的缺失有关。经济的快速发展和生活水平的不断提高无助于缓解人们越来越焦虑的心理症状，这促使很多人转向宗教寻求心灵的慰藉。因此，越来越多的人们（尤其是年轻人）开始尝试一些宗教体验活动，其中佛教在各种宗教中受欢迎的程度最高。与此同时，中国汉传大乘佛教（尤其是禅宗一系）从上世纪起就开始了佛教世俗化、生活化的实践（太虚法师很早就提出了"人生佛教"的概念，星云大师数十年来倡导的"人间佛教"已经收到了良好的社会效果），从某种意义上讲，此种实践契合了《坛经》对于"人"的强调以及"行、住、坐、卧"皆是禅修的观念。宗宝本《坛经》有"离世觅菩提，恰如求兔角"的说法，这种"佛法不离世间"的理论与当前社会对宗教的需要是一致的。因此，近些年来，我们看到各种不同的对《坛经》的宗教信仰性研究层出不穷，在数量上远远超过了中国学术界的学术性研究，其中也不乏影响广泛的精品（如星云大师的《六祖坛经讲话》）。因此，《坛经》在中国的宗教性研究复兴的趋势，是值得我们关注的。

美国由于本土存在丰富的宗教信仰，佛教相对于基督教新教和天主教，处于比较弱势的地位。但近些年来美国佛教徒的人数（以及对佛教感兴趣的人数）正在不断上升之中。从历史上将，佛教与禅宗对美国社会影响最大的时期是上世纪五六十年代，当时大量的知识分子和年轻人都将目光转向这一来自亚洲的古老宗教信仰。戈达德、瓦茨等学者的介绍，使得很多人对禅宗熟悉起来。正如本书第一章所述，禅宗在这一时期对美国社会、文化乃至文学都产生了一定的影响。近些年来，虽然美国社会对禅宗的热情没有明显的增长，但仍有很多人对以《六祖坛经》为代表的禅宗文献有浓厚的兴趣，很多对《坛经》加以阐释的著作不断问世，其中有一些甚至被中国的出版机构引进版权在国内出版（例如比尔·波特的《六祖坛经解读》），这说明世界性的交流与融合式的《坛经》解读在民间已经成为了可能。

除了途径、特征、类型上的异同之外，中美两国的《六祖坛经》研究在很多问题上形成了互证。例如，扬波斯基在敦煌本《坛经》形成年代的问题上所作的研究，就可以和胡适、印顺等学者的研究相互印证。又如，扬波斯基对神会所作的研究也同样证明了胡适之前神会研究的某些合理之处。再如，扬波斯基在契嵩本与德异本、宗宝本关系的这个问题上，和中国学者杨曾文的观点相当一致。除此之外，墨顿·史鲁特的《坛经》版本谱系研究、马克瑞的神会研究、格里高瑞在禅宗顿渐之争方面的研究都可以和中国学者们在相同的领域形成互证的关系。中美两国的《坛经》研究，不仅在某些大的学术问题上可以形成互证，即使是某些细节的研究中，也存在相互印证的地方。例如，敦煌本《坛经》第五十三节，"汝等门人好住"中的"好住"一词，扬波斯基将其直接译作 farewell。乍看之下似乎不太合理，但研究唐五代河西方言的专家邓文宽先生却提出："好住"二字正是唐人的告别用语，出行者对留者言"好住"，留者对将出行者言"好去"。因此扬波斯基的翻译是恰当的。由此可见，尽管研究的过程和途径有所不同，但以扬波斯基为代表的美国学者经常与中国学者在很多问题上形成共鸣。迄今为止中美两国学者对彼此研究的了解尚不充分，但仍然在很多问题上形成了互证，这说明两国学者之间进一步的交流和沟通十分必要。

除了互证之外，中美两国的《六祖坛经》研究在很多方面都存在较大的互补性，例如，中国学者对《坛经》的校订、注释、笺注等工作对于美国学术界的《坛经》研究就具有无可替代的工具性意义。尽管近些年来美国汉学家们解读中国古代文献的水平越来越高，但涉及到《六祖坛经》这样宗教性的典籍，由于研究者古汉语以及佛教知识水平的限制，仍然无法做到完全准确地对各版本《坛经》进行校读。通过本书第二章和第三章中的研究，笔者发现，即使是扬波斯基这样出类拔萃的美国佛教学者，仍然免不了在《坛经》字词的校读中出现错误。同样，马克瑞及其他一些美国学者在校读中也出现了一些非常明显的错误。中国学者在针对各版本《坛经》的校释，可以给美国学者提供更为丰富准确的参考。同样的道理，无论是在方法还是在观点和结论上，美国学者所擅长的从政治、经济、社会等角度进行的《坛经》研究，以及某些在哲学层面的比较研究也值得中国学者借鉴。因此，中美两国的《坛经》研究的互补性是两国学者都应该重视的一个问题。

中美两国《六祖坛经》研究的互证与互补以彼此间的互识为基础，但目前的总体情况是两者之间的互识还远远不够。总得来说，美国学术界对中国学术界《六祖坛经》研究的认识与了解，较中国学术界对美国学术界《坛经》研究的认识与了解要多许多。互识最直接的渠道是双向之间的直接交流，这种交流应该以学术论坛、研讨会、讲座等形式为最佳渠道。依法法师就曾经提出："如能够藉由中西方的文化学术交流，让西方学术对《坛经》的研究出了文献探讨外，也加强义理方面的讨论。交流可以截长补短、互取优点，两方面观察、学习、吸收到彼此的不同观点，使《坛经》的研究更向前迈进。西方学者对《坛经》的研究，在日后东西方学者文化交流之下可以发展所谓'坛经学'。因而在此期望西方学者能多参与中国举办关于《坛经》的学术会议，让东西方学者衔接，有更多方面的文化交流，西方学者也能在重新交流之下，再次接触到东方学者们更多不同角度的观点。"[106]

事实上，早在 1989 年台湾高雄佛光山就曾经举办过一次主要以《六祖坛经》为研讨内容的国际禅学会议。据依法法师介绍，在这次会议上来自中国、韩国、日本、欧美等地的学者发表论文共计 50 余篇。[107]其中有很多论文都来自美国学者，例如，墨顿·史鲁特发表了论文《〈坛经〉的谱系与其演进》（"On

---

106 释依法，西方学术界对惠能及《六祖坛经》的研究综述［A］，见《六祖坛经》研究集成［C］，北京：金城出版社，2012，第 122 页。

107 释依法，西方学术界对惠能及《六祖坛经》的研究综述［A］，见《六祖坛经》研究集成［C］，北京：金城出版社，2012，第 117 页。

the Genealogy of the Platform Sutra")、约翰·马克瑞发表了《惠能的传说与天命——一位目不识丁的圣人和天方夜谭的帝王》("The Legend of Hui-neng and the Mandate of Heaven")、约翰·乔金森发表了《南阳慧忠和〈坛经〉的异说》("Nan-Yang Hui-chung and Heresies of the Platform Sutra")、罗伯特·吉米罗发表了《〈坛经〉在北宋禅宗的回响》("Echos of the Platform Sutra in Sung Ch'an")、戴维·恰波尔发表了《〈坛经〉中无相忏悔的比较研究》("Formless Repentance in Comparative Perspective")、保罗·格罗纳发表了《〈坛经〉中的戒仪》("The Ordination Ritual in the Platform Sutra within the Context of the East Asian Buddhist Vinaya Tradation")、路易斯·兰卡斯特发表了《〈坛经〉中的名相》("Terminology in the Platform Sutra")等等。除了上述这些论文之外,还有一些来自美国夏威夷大学的学者从东西方比较哲学的角度对《坛经》展开探讨,发表的论文有戴维·普特尼撰写的《神秀、〈坛经〉和道元的心识佛性论》("Shen-Hsiu, the Platform Sutra and Dogen Issues of Mind and Buddha Nature")、郑学礼撰写的《〈坛经〉中的心理学、本体论和解脱论》("Psychology, Ontology and Soteriology in the Platform Sutra")、成中英撰写的《〈坛经〉中的三十六对及其哲学意义》("On Polarities in the Platform Sutra and their Philosophical Significance")等。1989年的这次国际禅学会议,是《六祖坛经》研究国际交流史上的一件大事。在这次会议上很多美国学者发表的论文都具有重要的学术价值,可惜中国大陆学者对这次学术会议的参与度很低,没有将这些学术研究及时介绍给国内的学术界。由此可见,中国大陆地区与国际同行的交流和沟通还远远不够,这是一个亟待改善的状况。

总之,中美两国《六祖坛经》研究既有彼此之间明显的差异,又有某些相似之处。两国学者的研究既可以在很多问题上形成互证,又在很多方面存在着互补的地方。因此,两国学者有必要进行更进一步的交流与沟通,这样才有助于彼此的研究都能向着更为深入的方向发展。纵观从古至今的《六祖坛经》研究,似乎有一个这样的发展方向,即从中国的《坛经》到东亚的《坛经》,从东亚的《坛经》再到世界的《坛经》。不可否认的是,随着美国等西方国家对《六祖坛经》的更为深入的认识与研究,以及各国学者在《坛经》研究领域交流合作的进一步开展,这部源于中国的佛教经典必将向着世界宗教文化经典的方向迈进。

结 语

　　《六祖坛经》流传至今已历 1000 余年，它的出现是中国本土佛学思想走向成熟的一个里程碑。众所周知，佛教自汉末传入中国以来，历经三国两晋南北朝的巩固与发展，到了隋唐时期迎来了完成和昌盛的阶段。其间，尽管义净、真谛、鸠摩罗什、玄奘等历代高僧汉译了大部分佛教经、律、论三藏，但在一个相当长的历史时期内，这些经书由于较为深奥难解，其读者大部分以寺院僧侣和士大夫阶层为主。《六祖坛经》的出现改变了这种局面，它的内容贯通了外来的佛学思想与中国本土文化，它的语言简单易懂、可读性强，因而更容易为普通民众所接受。

　　《坛经》承载的慧能禅学思想，为中国佛教带来了一场深刻的变革。学者赖永海将这场变革的表现归结为五个方面，"一是把传统佛教的真如佛变为心性佛；二是把传统佛教的强调佛度师度变为注重自性自度；三是把传统佛教的强调修禅静坐变为注重道由心悟；四是把传统佛教的强调经教变为注重不立文字；五是把传统佛教的强调出世间求解脱变为注重即世间求解脱。"[1]慧能发起的这场变革，是对此前佛教思想的根本性突破，因而经常被学术界称为"六祖革命"。可以说，"六祖革命"是发展、改造外来佛教思想并使之适应中国本土文化的一次成功实践，这与二十世纪马克思主义中国化的为伟大历程多少有几分相似。事实上，马克思主义中国化的实践者、领导者之一毛泽东也曾经高度评价过慧能在中国佛教史上的地位。据毛泽东的秘书林克回忆，毛曾说过："慧能主张佛性人人皆有，创顿悟成佛说，一方面使繁

1　赖永海主编，佛学研究 第 5 辑 [M]，南京：江苏古籍出版社，2002 年，第 1 页。

琐的佛教简易化；一方面使印度传入的佛教中国化。因此，他被视为禅宗的真正创始人，亦是真正的中国佛教的始祖。"[2]从这个意义上讲，慧能不愧为一位马丁·路德式的伟大宗教改革家，正是他的思想创新使得《六祖坛经》在长达一千余年的时间里获得了广泛的流传，并最终成为中华大地上知名度最高、影响力最大的佛教经典之一。

《六祖坛经》在海外传播的历史甚为久远，据现有的文献记载，自唐末起《六祖坛经》就开始在东亚地区的日本、韩国、越南等地流传。其中，流传日本的现存版本至少有兴圣寺本（刻本）、大乘寺本（写本）、天宁寺本（写本）、真福寺本（写本）、宽永本（刻本）等五个，这五个版本从上世纪 30 年代到 80 年代陆续在日本发现，其字数和内容都相当接近，且大多有"依真小师邕州罗秀山惠进禅院沙门惠昕述"的字样，因此学术界将其统称为惠昕系统版本。流传韩国的至少有松川寺本、海印寺本等两个版本，这两个版本都依据中国元代末年僧人德异重刊的《六祖法宝坛经》刻印，因此学术界都将其归为德异本。日韩两国多个《坛经》版本的流传，从一个侧面证明了《坛经》在东亚地区的广泛影响。

20 世纪初以来，敦煌出土写本以及日本各地惠昕系统不同版本的陆续发现，为《六祖坛经》研究提供了极为宝贵的文献资料，胡适、铃木大拙等的中日学者在此基础之上将二十世纪上半叶的《坛经》研究推向了一个新的高度。之后，以 1953 年胡适与铃木大拙在美国《东西方哲学》杂志的论战为标志，《六祖坛经》研究走上了更为国际化的道路。西方各国学者在 1950 年代前后逐渐开始对《六祖坛经》这部影响东亚佛教上千年的禅宗文献给予关注，德国的杜默林、法国的戴密微、谢和耐、英国的韩福瑞等汉学家都曾经进行过与《六祖坛经》或慧能相关的研究。到了 1960 年代以后，随着佛教热在美国的兴起，以菲利普·扬波斯基为代表的许多美国学者也将目光投向了《六祖坛经》，一些影响力巨大的学术著作相继出现。到了上个世纪末，美国已经成为西方世界《六祖坛经》研究最重要的舞台。

然而，从上个世纪至今，国内学术界一直对《六祖坛经》在西方世界，尤其是在美国的传播、影响、译介、研究等方面的情况缺乏足够的了解。有鉴于此，本书着重讨论了《六祖坛经》的英译以及其在美国的研究这两方面

---

2 中央文献研究室《缅怀毛泽东》编辑组编，缅怀毛泽东下［M］，北京：中央文献出版社，1993 年，第 560 页。

的问题。将《六祖坛经》的英译及其在美国的研究放在一起，有助于更清晰、完整地认识这部禅宗经典被异域文化所接受、改造和解读的具体情况。之所以将《坛经》研究的国别限定在美国是因为：首先，《坛经》最早的英译本诞生之后不久就传到美国，这在所有西方国家之中是最早的；其次，戈达德改对黄茂林《坛经》译本的改译版本于 1930 年代在美国出版后获得了广泛的传播并对美国文学产生了一定的影响，这种影响可以从比较文学影响研究的实证性和非实证性两个方面进行考察；再次，本书涉及的 14 个《坛经》英译本中，有 7 个译本是美国学者、翻译家、华裔美国人或者美国宗教团体翻译完成的。总之，用佛教的话说，《六祖坛经》的“因缘”在所有西方国家中与美国最深，对美国《坛经》研究的考察，有助于更为具体和深入地了解这部经典在跨语言、跨文明环境下的接受与阐释。

本书第一章主要介绍了《六祖坛经》在美国的译介与流传情况及其对美国文学，尤其是对“垮掉派”诗人的影响。之后，本书第二章和第三章将研究重点转向《六祖坛经》的英译问题。

首先，《坛经》英译研究必须以译本情况的全面掌握为基础。因此，本书收集了目前所能够找到的 14 个《坛经》英译本并对其进行了总结和归纳，这在国内学术界尚属首次。由于《六祖坛经》原本存在着不小的版本差异，其英译本的底本也分为敦煌出土写本和通行本两个系统。在所有 14 个英译本中，依据敦煌出土写本翻译的有 5 个（包括一个节译本）；依据通行本翻译的有 9 个。经过对这些译本的译文特点的分析可以发现，不同译本的译文在很多方面差异极大，两个系统 14 个《坛经》英译本根据其不同的译文特征大致可以分为四类：一类以扬波斯基和陈荣捷的译本为代表，其译文强调学术性，译序、注释等内容中包含了丰富的学术观点。第二类以柯立睿和蒋坚松的译本为代表，其译文较为通俗易懂，追求目的语文化传播的效果。第三类以宣化上人和成观法师译本为代表，其译文强调忠实于原文，在翻译效果上着力体现宗教文献的庄严性。最后一类属于兼具以上三种类型两种以上的译本，以铃木大拙的节译本为代表。铃木大拙本人身兼学者和宗教家两重身份，他的这个节译本尽管内容不长，但却既具有研究型翻译的精确性，同时也兼顾可读性与译文的庄重，可以说是一个综合型的译本。

以《六祖坛经》英译本的收集、整理和分析为基础，本书进行了两个系统《坛经》各个英译本的对勘，对勘的方法是通篇逐句对读与比较。这种方法尽管费时费力，但却能最直观地体现出各译本译文的差异，而译文差异研究正是典籍翻译研究中极具价值的一项内容。通过对敦煌系统《六祖坛经》4 个英文全译本和 1 个节译的通篇逐句对读，本书共总结出 187 个比较明显的翻译差异示例；对通行本《六祖坛经》9 个英文全译本的通篇逐句对读，一共总结出 268 个比较明显的翻译差异示例。经过对这些翻译差异示例的详细比对与思考可以发现，《坛经》各英译本译文之间差异的类型总结起来大致可以分为如下六类：

1. 不同译者翻译同一内容的具体方法差异。

2. 翻译选词上的差异，又包括一般名词翻译中的选词差异和佛教专有名词翻译选词差异。

3. 对原文理解不同造成的差异。

4. 由于不同版本原文不同以及学者们对原文的点校、考证不同造成的差异，其中点校不同又包括断句不同和校读不同两种情况。

5. 误译造成的译文差异。又包括两种情况：第一种情况是纯粹的翻译错误；第二种是译者有意为之的错误翻译，或可称为"有意误读（故意误传）"。

6. 译者提供信息量的多少不同造成的译文差异。

经过对上述这些差异类型在两个系统《坛经》英译本差异示例各自所占比重的分析和比较可以发现：

首先，翻译选词差异的示例最多，而且在两个系统译文差异示例中所占的比例基本相当（分别为 36% 和 34%）。进一步分析发现，《坛经》英译中多数的选词差异都出现在佛教术语的翻译中。翻译选词差异的示例最多，且多数差异出现在佛教术语的翻译上说明，《坛经》中很多佛教术语还没有普遍认可的翻译方式，或者说其中的很多佛教术语英文表达方式还没有固化下来。而所占比例相当，则说明选词差异在两个系统《坛经》英译都广泛存在，是一个"常量"。

其次，相对于选词差异在两个系统《坛经》英译中接近的比例，译者们对《坛经》原文点校、考证不同产生的译文差异以及误译造成的差异在两个系统《坛经》英译译文差异示例中所占的比例数值相差较大。点校、考证不同造成的译文差异示例占敦煌系统《坛经》译文差异示例总数的 26%，而这个数字在通行本《坛经》译文差异示例中所占的比例仅为 5%。敦煌系统《坛经》5 个英译本译者对原文断句、校读、考证多有不同的根本原因在于，三个出土写本（敦煌本、敦博本、旅博本）的原始文字存在着一定的差异，而学者们对这几个版本的考证和校读尚且有待完善。译者在翻译中经常把自己点校、考证方面的学术观点加入进去，由此导致的英译文差异也就比较多。通行本《坛经》的情况则有所不同，9 个译本的英译者几乎都以元代以后通行的宗宝本为底本翻译，由于宗宝本的文字在数百年的时间里经历了比较完善的校读，内容已经固定下来，因而译者们的译文由点校、考证不同所造成的差异也就比较少。考虑到由译者对原文的点校、考证不同引起的译文差异在两个系统《坛经》英译文差异示例中所占比例之差距较大，这一点可以被视为《坛经》英译译文差异的一个"变量"。《坛经》英译译文差异的另一个变量是误译造成的译文差异。这方面的差异只占敦煌系《坛经》译文差异示例的 6%，但却占到了通行本译文差异示例的 23%。这一现象的原因在于，敦煌系 5 个译本基本都属于研究型译本，译者都同时身兼研究者的角色，基本都有较高的学术水平和翻译能力。相比之下，通行本《坛经》的 9 个英译本水平参差不齐，有些译本的误译明显要少一些（如黄茂林译本和蒋坚松译本），而另一些译本的误译则明显较多（如冯氏译本和柯立睿译本）。

在完成了对《六祖坛经》两个系统 14 个英译本译文对勘的综合性分析之后，《坛经》的翻译质量和翻译策略这两个方面可以做如下之评述：首先，在翻译质量方面，若论准确性，扬波斯基本、陈荣捷本、黄茂林本和蒋坚松本这 4 个完整的《坛经》译本明显要更好一些；若论可读性，扬波斯基本、赤松本、柯立睿本和马克瑞本的可读性更强。如果从两个系统分别来看，扬波斯基译本和黄茂林译本可以说分别是迄今为止敦煌系《坛经》与通行本《坛经》各自最佳的英译本。其次，翻译策略方面看，最值得关注的是，14 个译本中柯立睿译本采用了极端的归化翻译策略，而成观译本则采用了极端的异化翻译策略。柯立睿经常采用一些极其西方化的词汇（甚至直接套用基督教词汇）翻译佛教术语，这种译法尽管照顾了英语读者的阅读习惯，但却极大地牺牲了原文的文化和宗教内涵，是一种"洋格义"式的翻译。与之形成鲜明对照的是成观法师的译本，这个译本竭尽全力在思想内容、形式和风格等方面保留原文的特色，甚至在语序上都尽力做到和原文一致。如此翻译最大程度地忠实于原文，但对译文读者来说，其"陌生性"是无法避免的，在可读性方面也或多或少会给译文读者带来负担。宣化法师译本的情况与成观法师译本类似。这两个译本采取极端的异化翻译策略，主要是出于对宗教经典的虔敬之心。除了上述几个译本翻译策略较为极端之外，多数译本的译者均采取较为灵活的翻译方法，综合地运用了音译、直译、意译、释译等等各种翻译手段，译文形式多样，风格各有不同。

本书第二章在各译本译文对勘的基础上对《坛经》英译译文差异、翻译质量和翻译策略等问题进行了综合的评述。这一章主要侧重总结与归纳，其性质属于描述性研究。本书第三章则以比较文学变异学、译介学为支撑，对《六祖坛经》英译的变异问题进行了较为深入的理论思考。

首先，中国传统佛经翻译理论，可以为佛经英译提供某些方面的理论参考，例如玄奘法师提出的"五不翻"就对佛教术语翻译有很好的借鉴价值。其次，自19世纪后半叶西方学者将一些汉传佛教经典译成英文以来的总体情况是，佛经英译的实践比较多，有关佛经英译得失成败的理论反思却相当缺乏。目前的佛经英译，急需在理论层面上对翻译的总体策略、具体方法、译文评价等问题上进行深入的理论探索。然而，西方翻译理论有一个明显的局限，那就是较少考虑异质文化的问题。而佛经的英译，不仅仅是语言转化层面的问题，它既需要融合古人与今人的视域，也需要跨越东西方文化的鸿沟。总之，中国传统的佛经翻译理论尽管在某些具体翻译方法上对佛经英译有所启示，但从总体上却无法适用于当下的佛经英译；而西方当代翻译理论由于较少涉及文化异质性的问题，也无法对佛经英译中的各种变异问题予以合理的解释。因此，本书第三章在对传统佛经翻译理论、佛经英译实践以及当代西方翻译理论进行反思之后，将比较文学变异学理论引入到《坛经》英译的研究之中，对《坛经》英译中的变异问题进行了较为深入的思考。

本书第三章总结了《六祖坛经》英译变异的三种类型：《坛经》译本本身的变异、研究型变异以及文化变异。译本本身的变异是《坛经》英译的特殊情况，美国学者戈达德以及后来的六祖寺翻译团队出于不同的目的，对《坛经》的第一个英译本黄茂林本进行了变异性的改写或修订。研究型变异是指以扬波斯基为代表的一些身兼学者身份的译者，将对《坛经》研究中形成的观点和看法加入到译文中，由此形成的译文相对于原文发生的变异可以称之为研究型变异。文化变异，是《六祖坛经》英译变异中最主要的变异类型，也是本书第三章的研究重点，它是指由于东西方文化差异与冲突引起的译文变异现象。本章通过比较文学变异学的"文化过滤"和"文化误读"等理论，以柯立睿译本为例对《坛经》英译的文化变异现象进行了研究。研究发现，

《坛经》英译中的"文化过滤"既包括佛教术语的变异，也包括其他各种词汇、表达方式中文化因素的失落、扭曲和变异，某些"文化过滤"式的翻译具有典型的"洋格义"特征。《坛经》英译中的"文化误读"则既包括译者的无意识"误读"，也包括很多有意"误读"。其中无意"误读"基本上是由于译者理解不够透彻或者翻译过程中的疏忽造成的；有意"误读"则是译者为了适应英语语言文化及译文读者阅读习惯而对原文进行的"改写"，这种改写近似于谢天振先生所说的"创造性叛逆"。

导致《六祖坛经》英译文化变异的原因有很多，但译者的身份、文化归属和对待异域文化的态度是《坛经》各英译本中存在不同程度文化变异现象的根本原因。在译者的身份上，佛教徒个人或团体的英译中出现的变异现象极少；而非佛教徒以及学者的英译中出现的变异现象则多得多。由信仰产生的对原文本的虔敬之心使得佛教徒或佛教翻译团队的译文极为重视对原文的忠实，因此他们的译文中主动选择变异式翻译的情况极少。译者身份佛教徒与非佛教徒的差异，对《坛经》英译变异的影响最大。除此之外，译者的文化归属和对待异域文化的态度对其译文中的文化变异也有所影响。另有一些外在的客观因素也或多或少会导致《坛经》英译的变异，这些因素包括佛教在美国的影响力和社会地位、译者对潜在读者的考虑、译者对佛教教义理论掌握的深入程度、译者的翻译能力和具体翻译方法等等。在对《坛经》英译变异问题进行深入思考之后，我们似乎可以得出这样一个结论：《坛经》这样的佛教典籍，不能简单地站在汉语源语的文化立场上过分执着于"误译"、"漏译"、"改写"、"误读"等问题，也不能以简单、僵化的标准来评价译文的质量，不同译者对于不同翻译策略的选择是由主客观等多方面的原因决定的。每个译本针对什么样的读者群体而采取何种翻译策略，背后或许有某些复杂的原因，研究者所要做的正是对这些原因进行深入的思考。

本书另一部分重要内容是对美国《六祖坛经》研究情况的介绍与评述（第四章）以及中美两国《坛经》研究的比较（第五章）。第四章首先说明了《坛经》英译与美国《坛经》研究的联系，然后分不同历史时期和不同类型对美国的《坛经》研究展开讨论。美国早期的《六祖坛经》研究，可以追溯到德怀特·戈达德在1932年出版的《佛教圣经》一书中对《坛经》内容的介绍以及对黄茂林译本的改写。从1930年代到1960年代，美国的《坛经》研究带有一定的自发性和宗教性。早期的三位重要研究者德怀特·戈达德、鲁思·富勒·佐佐木、艾伦·瓦茨三人或多或少都有一些佛教信仰，他们受日本学者、宗教家铃木大拙的影响很大，而且彼此之间关系较为紧密。这些早期学者对《坛经》的研究更多地是出自个人兴趣，因此带有一定的自由和随性的色彩。尽管这几位早期学者《坛经》研究的深入程度还有所欠缺，但他们的工作却为 1960 年代后更为深入的研究奠定了基础。1960 年代以后，美国的《坛经》研究逐渐走向成熟，研究主体也从佛教信仰者转变为大学或研究机构的知识精英。以菲利普·扬波斯基为代表的美国学院派学者对《坛经》的研究强调科学性和严谨性，他们的方法以历史梳理和文献考据为特色，在研究中善于抓住细节，通过对文献的研读和缜密思考提出自己的观点。除了扬波斯基之外，马克瑞、佛尔等学者的研究也都以历史梳理和文献考据为特征。这一类型的研究成果数量较多，目前仍然是美国《坛经》研究领域的主流范式。除了以历史梳理和文献考证为特征的研究之外，美国学术界一些以内容分析和义理阐发为特征的《坛经》研究也值得人们关注。这一类型研究的例子如比尔·波特对《坛经》内容的美国本土化解读，以及列卡克和成中英等学者在哲学层面上对《坛经》内容的阐释等等。进入新世纪以来，美国的《坛经》研究还呈现出由"外"向"内"转向的趋势，研究者们开始关注《坛经》内容、核心观念、思想来源等方面的研究，墨顿·史鲁特和太史文主编的《坛经的研读》一书就是这一转向的突出代表。

纵观美国的《坛经》研究史，我们可以看到三种各不相同的研究脉络交织在一起：一是历史性的考证研究；二是哲学性的阐发研究；三是宗教性的体验式研究。尽管三种研究在不同时代的地位有所不同，但彼此之间并不是相互排斥的关系，而是并行不悖地构成了美国《坛经》研究的完整图景。

本书的第五章，是对中美两国《坛经》研究的比较以及对未来国际化《坛经》研究的展望。莎士比亚在《特洛伊罗斯与克瑞西达》中借古希腊英雄阿克琉斯之口说道："一个人看不见自己的美貌，他的美貌只能反映在别人的眼里；眼睛，那最灵敏的感官，也看不见它自己，只有当自己的眼睛和别人的眼睛相遇的时候，才可以交换彼此的形象，因为视力不能反及自身，除非把自己的影子映在可以被自己看见的地方。"[3]对于中国的《六祖坛经》研究来说，美国在该领域的研究就可以被视为这样的"他人之眼"。从全世界范

3　[英]威廉·莎士比亚著，朱生豪，方重译，莎士比亚全集（第 5 卷）[M]　北京：人民文学出版社，2010 年，第 273 页。

围的《坛经》研究来看，如果说二十世纪上半页是中日两国学者占据主导地位的时代，那么在二十世纪下半页，美国学者则因其大量极具价值的研究形成为了一股不可忽视的力量。对美国《六祖坛经》研究的考察，有助于我们了解国外同行的研究方法、研究内容以及学术观点，有助于将国内外的研究成果比较印证，更有助于国内学者突破自身的某些局限，将《六祖坛经》研究提升到更高的层次。

杨慧林先生提出："从缪勒的《东方圣书》到阿部正雄的'跨信仰对话'，其间已有百年之隔。但是要'将相反的两极转化为对话的搭档'，应当说中国与西方的'经文辩读'还没有真正开始。就西方学术之于中国学人的主要意义而言，真正的理解和诠释必将指向对其所以然的追究、对其针对性问题以及话语方式的剥离。从而我们与'他异性'思想和文化的距离，才能成全独特的视角、激发独特的问题，中国语境中的西学和西方语境中的汉学也才能相互回馈。"[4]从杨先生的这段论述中我们深刻地认识到，西方汉学研究对于中国学术研究的价值在于，只有通过互证与互补性的彼此认知，一种高于彼此现有理解层次的新的认识才有形成的可能。对于《六祖坛经》这样的经典，跨文化、跨信仰的"经文辩读"无疑具有极其重要的价值。

经过对美国学术界《六祖坛经》研究的历史性梳理，笔者发现美国同行的研究与中国学者多有不同之处。从研究方法、视野到研究内容、成果，美国同行在很多方面都有值得中国学者借鉴的地方。

从研究视野来看，美国的《坛经》研究从很早就开始产生出一种"国际化"特征，大部分学者都将《坛经》纳入到整个东亚佛教的视野之下，对中国、日本、韩国等国家与《坛经》有关的文献材料充分重视。在研究方法上，美国学者既继承了欧洲以法、德两国学者为代表的东方学特别是佛教语文学研究传统，同时又在很大程度上继承了美国本土的实用主义哲学传统。此外，日本学者铃木大拙、柳田圣山、关口真大等日本学者以及中国学者胡适等人也对美国《六祖坛经》的研究者影响甚大。可见，美国的《六祖坛经》研究具有一种"融合性"特征，这一点在扬波斯基和马克瑞等学者身上有非常突出的体现。

在研究内容上，很多美国学者对《坛经》的研究、解读往往并不限于这

4　杨慧林，中西"经文辩读"的可能性及其价值——以理雅各的中国经典翻译为中心［J］，中国社会科学，2011年第1期，第203页。

部经典本身，其所涵盖的范围往往比较广泛。例如，伯兰特·佛尔在论述神秀和慧能代表的北宗与南宗之间的矛盾冲突时，将这一事件和当时的唐代政治与权力斗争联系起来，着重剖析其背后的深层次原因。又如，约翰·乔金森的《创造慧能》（*Inventing Hui-neng, the Sixth Patriarch*）一书采取考证的方法，对慧能形象的发展变迁展开研究，这部著作既有宗教、历史方面的研究，又有社会学和文化方面的研究，涉及内容之丰富广泛令人叹为观止。再如，《六祖坛经解读》（*The Platform Sutra: the Zen Teaching of Hui-neng*）一书的作者比尔·波特曾经接受过人类学的学术训练，他经常将历史文献中的记载和自己在中国的田野调查相结合，这样的研究具有明显的人类学方法之特征。因此，可以说研究范围的广泛和内容的丰富是美国《六祖坛经》研究的一大特色，与之相对，中国学术界在研究内容和范围上还显得有些狭窄。

此外，一些美国学者在哲学层面对《六祖坛经》思想的阐发以及将其和西方哲学思想的融合性研究，对于《坛经》从"中国的经典"走向"世界的经典"具有重要的意义。例如，美国哲学家列卡克（Laycock）曾运用胡塞尔现象学和萨特存在主义哲学的某些理论对《坛经》中慧能与神秀的两首"心偈"进行分析；又如，著名哲学家成中英（Chung-ying Cheng）曾对《坛经》的方法论和思维模式展开研究，认为慧能的禅法既体现了《易经》相反相成的思维方式，又体现了印度佛教中观学派否定与超越的大乘佛教传统精神。美国哲学家们用西方哲学的理论和方法对《六祖坛经》展开研究是有其根据的。通过将《坛经》中蕴含的思想和西方哲学思想相比较，我们可以发现《坛经》中的某些思想既和胡塞尔、海德格尔的现象学形成呼应，又与德里达的解构主义有某些神似之处。因此，笔者认为，唯有把《六祖坛经》放到世界性经典的高度加以考量，才能真正体现出其蕴含的价值。这也是美国学术界在哲学层面对《坛经》的研究带给我们的启示之一。

以上几点都是美国学术界《六祖坛经》研究值得我们学习和借鉴的地方。在 21 世纪，国际学术研究的一大热点就是不同文明、不同国家之间文化经典的互识与互释。杨慧林先生指出："中西'经文'之互译、互释、互训的实践可能还包含着更为深层的价值，那便是达成一种'非中心'或者'解中心'的'真正的思想'。这也正是'经文辩读'的根本命题。"[5]当前的历史

5　杨慧林，中西"经文辩读"的可能性及其价值——以理雅各的中国经典翻译为中心［J］，中国社会科学，2011 年第 1 期，第 204 页。

背景之下，国际间学术界的交流合作已经成为一种常态，很多领域的研究都已经跨越了国家的界限，"世界性"的研究已经成为一个无可逆转的潮流。早在古希腊时期，柏拉图的《对话录》就有"以他观我"、"因人成己"的思想；巴赫金也曾指出："只有把我看成是他人，通过他人，借助他人，我才能意识到我，才能成为我自己。"6无论在哪一个领域，一国学者只有充分认识和了解他国学者的研究动态，其研究才能向着更为健康的方向发展。因此，了解美国学术界《六祖坛经》研究各个时期的研究内容、方法和成果，对于中国学术界来说是一个必然的选择。

综上所述，如果说整个西方世界的佛经译介与研究是一片尚待国内学界探索的汪洋大海，那么本书对《六祖坛经》英译及其在美国之研究情况所做的考察，或许只是这片大海中的一朵小小浪花。然而，这朵浪花却折射出了许多值得人们关注的问题。希望本书在这些问题上的研究，能够对未来中国佛教典籍更为准确、有效的对外译介有所助益，同时对促进国内外佛教文献研究的交流与合作有所帮助。

6　[法]托多罗夫著；蒋子华，张萍译，巴赫金、对话理论及其他[M]，天津：百花文艺出版社，2001年，第308页。

参考文献

一、英文期刊

（一）书评

1. Carson Chang, *Review of The Development of Chinese Zen after the Sixth Patriarch in the light of Mumonkan* by Heinrich Dumoulin, Far Eastern Quarterly, May 1, 1954: 13.3; 340-342.

2. Chalmers Mac Cormick, *Review of the Platform Scripture tr.* by Wing-tsit Chan, *Journal for the Scientific Study of Religion*, Vol. 5, No.2 (Spring, 1966): 334.

3. George A. Keyworth, *Review of Inventing Hui-neng, the Sixth Patriarch, Hagiography and Biography in Early Ch'an* by John Jorgenson, *Religious Studies Review*, Vol. 34, No. 4 (Dec, 2008): 321-322.

4. George A. Keyworth, *Review of Seeing through Zen: Encounter Transformation, and Genealogy in Chinese Chan Buddhism* by John R. McRae, *Journal of the American Academy of Religion*, Vol. 74, No.1, On the Future of the Study of Religion in the Academy, (Mar., 2006): 256-259.

5. H. Graham Lamont, *Review of The Platform Sutra of the Sixth Patriarch: The Text of the Tun-Huang Manuscript with Translation, Introduction, and Notes* tr. by Philip B. Yampolsky, Books Abroad, University of Oklahoma, Vol. 42, No. 3 (Summer, 1968): 486.

6. Heinrich Dumoulin, *Review of The Platform Scripture, Translated with an Introduction and Notes* by Wing-tsit Chan, *Monumenta Nipponica*, Vol.22, No. 1/2 (1967): 243-246.

7. Heller Natasha, *Review of Readings of the Platform Sutra* Edited by Morten Schlütter and Stephen F. Teiser, *Journal of the American Oriental Society*, 133.1 (Jan-Mar, 2013): 145-149.

8. J. R. W. Review of The Training of the Zen Buddhism Monks, An Introduction to Zen Buddhism, Manual of Zen Buddhism by D. T. Suzuki, Harward Journal of Asiatic Studies, Vol.1 (Mar., 1937): 11.

9. Jason Avi Protass, *Review of Readings of the Platform Sutra* Edited by Morten Schlütter and Stephen F. Teiser, *International Journal of Asian Studies*, 10.2 (Jul, 2013): 210-213.

10. John Blofeld, *Review of the Platform Sutra of the Sixth Patriarch (The Text of the Tun-Huang Manuscript)* by Philip B. Yampolsky, *Journal of Asian Studies* 27 (1968): 635.

11. John Jorgensen, *Review of Zen Buddhism: A History by Heinrich Dumoulin*, *Japanese Journal of Religious Studies*, Vol. 18, No. 4 (Decl., 1991): 377-400.

12. John Kieschnick, *Review of Inventing Hui-neng, the Sixth Patriarch, Hagiography and Biography in Early Ch'an* by John Jorgenson, *T'oung Pao* 93 (2007): 214-217.

13. John R. McRae, *Review of Inventing Hui-neng, the Sixth Patriarch: Hagiography and Biography in Early Ch'an* by John Jorgensen, *China Review International*, Vol. 14, No.1 (Spring, 2007): 132-146.

14. Kenneth Kraft, *Review of Sudden and Gradual: Approaches to Enlightenment in Chinese Thought* Edited by Peter N. Gregory, *Journal of the American Oriental Society*, Vol. 110, No.2 (Apr.,-Jun., 1990): 383-385.

15. Mun Chanju, *Review of Readings of the Platform Sutra* Edited by Morten Schlütter and Stephen F. Teiser, *China Review International*: Vol. 19, No.1 (2012): 111-116.

16. Robert B. Zeuschner, *Review of Zen Buddhism: A History by Heinrich Dumoulin, Monumenta Nipponica*, Vol. 46, No. 3 (Autumn, 1991), 395-398.

17. Shio Sakanishi, *Review of An Introduction to Zen Buddhism, The Training of the Zen Buddhist Monk, Manual of Zen Buddhism* by D. T. Suzuki, *Journal of the American Oriental Society*, Vol. 57, No.4 (Dec., 1937): 445-447.

18. Stanton Marlan, *Review of the Platform Sutra of the Sixth Patriarch (The Text of the Tun-Huang Manuscript)* by Philip B. Yampolsky, *Philosophy East and West* 18 (1968): 216.

19. Steven Heine, *Review of Zen: Tradition and Transition, A Sourcebook by Contemporary Zen Masters and Scholars* Edited by Kenneth Kraft, *Journal of the American Academy of Religion*, Vol. 57, No.2 (Summer, 1989): 405-406.

20. T. H. Barrett, *Review of Inventing Hui-neng, the Sixth Patriarch: Hagiography and Biography in Early Ch'an* by John Jorgensen, *Bulletin of the School of Oriental and African Studies, University of London*, Vol. 69, No. 2 (2006): 330-332.

21. Wing-tsit Chan, *Review of The Platform Sutra of the Sixth Patriarch, Text, Translation, Notes* tr. by Philip B. Yampolsky, *Journal of the American Oriental Society*, Vol. 88, No.3 (Jul.,-Sep., 1968): 616-619.

22. Zimmer, H. *Review of A Buddhist Bible* by Goddard, D. *Orientalistische Literaturzeitung*. Jan 1, 1934.

23. Yoshito S. Hakeda. *Review of The Platform Scripture*. Trans, by Wing-tsit Chan. *The Journal of Asian Studies*, Vol. 24, No.3 (1965): 507-509.

（二）论文

1. Adamek, Wendi L. "Robes Purple and Gold: Transmission of the Robe in the 'Lidai fabao ji' (Record of the Dharma Jewel through the Ages)"[J]. *History of Religions*, Vol.40, No.1, Buddhist Art and Narrative (Aug., 2000): 58-81.

2. Aitken, Robert. "The Legacy of Dwight Goddard"[A]. In: Aitken. *Original Dwelling Place: Zen Buddhist Essays*[C]. Berkeley: Counterpoint Press.

1997. p32.

3. Allinson, R. E. "The General and Master: The Subtext of the Philosophy of Emotion and Its Relationship to Obtaining Enlightenment in the 'Platform Sutra'"[J]. *Modern Chinese Philosophy* (April, 2005): 213-229.

4. Barrett, T. H. "Kill the Patriarchs!"[J]. *Buddhism Forum*: 1:87-98. (1990).

5. Bassnett, Susan. "Reflections on Comparative Literature in the Twenty-First Century" [J]. *Comparative Critical Studies*, 2006(3,1-2).

6. Beilefeld, Carl & Lancaster, Lewis. T'an Ching: Review[J]. *Philosophy East and West*, Vol. 25, No. 2 (Apr., 1975).

7. Brear, A. D. "The Nature and Status of Moral Behavior in Zen Buddhist Tradition"[J]. *Philosophy East and West*. Vol.24, No.4 (Oct., 1974): 429-441.

8. Cheng Chung-ying. "Relativity and Transcendence in the Platform Sutra of Hui-neng: on Polarities and Their Philosophical Significances"[J]. *Journal of Chinese Philosophy*. Vol.19, No.1 (1992): 73-80.

9. Chu Dong-wei. "The Bodhi of Translation: Chan Buddhist Philosophy of Language and Two Gatha of the Platform Sutra in English Translation"[J]. *Translation Quarterly*. No. 76 (2005): 77-100.

10. D. T. Suzuki. "Zen: A Reply to Hu Shih"[J]. *Philosophy East and West* Vol. 3, no. 1 (Apr. 1953).

11. Dumoulin, Heinrich. "Early Chinese Zen Reexamined: A Supplement to Zen Buddhism: A History"[J]. *Japanese Journal of Religious Studies*, Vol.40, No.1 (Mar 1, 1993): 31-53.

12. Heine, Steven. "A Critical Survey of Work on Zen Since Yampolsky"[J]. *Philosophy East and West*, Vol.57, No.4 (Oct, 2007): 577-592.

13. Hu Shih. "Ch'an (Zen) Buddhism in China: Its History and Method"[J]. *Philosophy East and West* Vol. 3, no. 1(Apr. 1953).

14. Hu, T. H. （胡聪贤）. "On Authorship of the Platform Sutra"[J]. 亚东学报. No. 29 (2009): 355-363.

15. Hurritz, Leon. "Platform Scripture: Surrejoinder"[J]. *Journal of the American*

Oriental Society. Vol.87, No.1 (Jan.-Mar., 1967), 56-57.

16. Ivan Strenski. "Gradual Enlightenment, Sudden Enlightenment and Empiricism"[J]. *Philosophy East and West.* Vol.30, No.1 (Jan., 1980): 3-20.

17. Laycock, Steven W. "Hui-Neng and The Transcendental Standpoint"[J]. *Journal of Chinese Philosophy.* Vol.12, No.2 (1985): 179-196.

18. Laycock, Steven W. "The Dialectics of Nothingness: A Reexamination of Shen-hsiu"[J]. *Journal of Chinese Philosophy.* Vol.24. No.1 (1997): 19-41.

19. McRae, John R. "Inventing Hui-neng, the Sixth Patriarch Hagiography and Biography in Early Ch'an: Review"[J]. *China Review International*, Vol. 14, No. 1 (Spring. 2007).

20. McRae, John R. "Shenhui as Evangelist: Re-envisioning the Identity of a Chinese Buddhism Monk"[J]. *Journal of Chinese Religion* 30:123-148 (2002).

21. Nagashimi Takayuki. "Hyothesis: Shen-hui Was Not Acquainted with Hui-neng"[J]. *Journal of Indian and Buddhist Studies* 49 (25, no.1): 42-46 (1976).

22. Sasaki, Ruth Fuller. "A Bibliography of Translations of Zen (Ch'an) Works"[J]. *Philosophy East and West*, Vol. 10, No. 3/4 (Oct., 1960 - Jan., 1961), pp. 149-166.

23. Schlütter, Morten. "Transmission and Enlightenment in Chan Buddhism Seen Through the Platform Sutra" [J]. *Chung-Hwa Buddhist Journal*, no. 20, (2007).

24. Schlütter, Morten. "Transmission and Enlightenment in Chan Buddhism Seen Through the Platform Sutra"[J]. *Chung-Hwa Buddhist Journal*, No.22 (2007): 379-410.

25. Solonin K. J. "The Fragments of the Tangut Translation of Platform Sutra of the Sixth Patriarch Preserved in the Fu Ssu-nien Library, Academia Sinica"[J]. 台湾中央研究院历史语言研究所集刊第 79 本，第 1 分. (2008): 163-185.

26. Walsh, Ned. "Philip B. Yampolsky (1920-1996)"[J]. *The Journal of Asian Studies.* Vol.55, No.4 (Nov., 1996): 1116.

二、英文学位论文

1. Adamek, Wendi Leigh. *"Issues in Chinese Buddhist Transmission as Seen Through the LIDAI FABO JI (Record of the Dharma Jewel Through the Ages)"*[D]. PhD diss. Stanford Unversity. 1997.

2. Falk, Jane E. *"The Beat Avant-Garde, the 1950's, and the Popularizing of Zen Buddhism in the United States."* [D]. PhD diss. The Ohio State University. 2002.

3. Falk, Jane E. *"The Beat Avant-Garde, the 1950's, and The Popularizing of Zen Buddhism in the United States"*[D]. PhD diss. The Ohio State Univerisity. 2002.

4. Foulk, Theodore Griffith. *"The 'Ch'an School' and Its Place in the Buddhist Monastic Tradition"*[D]. PhD diss. The University of Michigan, 1987.

5. Garcia, Donald David. *"The 'Lankavatra' and 'Platform Sutra': Contraries Apart and Polarities Together"* [D]. PhD diss. University of Hawaii. 1997.

6. Giles, Todd R. *"Transpacific Transcendence: the Buddhist Poetics of Jack Kerouac, Gary Snyder, and Philip Whalen"*[D]. PhD diss. University of Kansas. 2010.

7. Kuiken, Cornelis Jan. *"The Other Neng: Topography and Hagiography of the Sixth Ancestor."* [D]. PhD diss. University of Groningen. 2002.

8. Milstead, Claudia. *"The Zen of Modern Poetry: Reading Elliot, Stevens, and Williams in a Zen Context"*[D]. PhD diss. The University of Tennessee. 1998.

9. Myers, Steven W. *"Practice in the Platform Sutra of the Sixth Patriarch"*[D]. MA Thesis. McGill University. 2000.

10. Newman, Philip Michael. *"Zen and the Natural World in the Art of Jack Kerouac and Gary Snyder."* [D]. PhD diss. California State University. 2001.

11. Schuler, Robert Jordan. *"Journeys toward the Original Mind: The Longer Poems of Gary Snyder"*[D]. PhD. diss. University of Minnesota, 1989.

12. Smith, Liam. *"Zen Buddhism and Mid-Century American Art"*[D]. MA Thesis. Stony Brook University. 2011.

13. Wang, Youru. *"Deconstruction, Liminology and Pragmatics of Language in the Zhuangzi and in Chan Buddhism"*[D]. PhD diss. Temple University. 1999.

14. Zhu, Caifang Jeremy. *"The Ordinary Mind in Chan/Zen Buddhism and Its Psychological Significance"*[D]. PhD diss. Califonia Institute of Integral Studies. 2010.

三、英文著作
（一）《六祖坛经》各英译本

1. 黄茂林（Wong，Mou-lam）*Sutra Spoken by the Sixth Patriarch Wei Lang on the High Seat of the Gem of Law*. Shanghai: Yu Ching Press, 1930.

2. 铃木大拙（D. T. Suzuki）收录于他自己的《禅佛教手册》（*Manual of Zen Buddhism*, Publishing in Motion, 2011; first edition in 1935.

3. 陆宽昱（Charles Luk），*The Altar Sutra of the Sixth Patriarch: the Supreme Zen Sutra of the Hui Neng*. Samul Weiser, Inc. 1962.

4. 陈荣捷（Chang, Wing-tsit），*The Platform Scripture: the Basic Classic of Zen Buddhism*, St. John's University Press, 1963.

5. 冯氏兄弟（George D. Fung and Paul F. Fung），*The Sutra of the Sixth Patriarch on The Pristine Orthodox Dharma*. San Francisco: Buddha's Universal Church, 1964.

6. 扬波斯基（Philip B. Yampolsky），*The Platform Sutra of the Sixth Patriarch: the Text of the Tun-huang Manuscript with Translation, Introduction, and Notes*. New York: Columbia University Press, 1967.

7. 宣化版本，*The Sixth Patriarch's Dharma Jewel Platform Sutra*. Buddhist Text Translation Society, 1971.

8. 柯利睿（Thomas Cleary），*The Sutra of Hui-neng: Grand Master of Zen*, Boston: Shambhala, 1998.

9. 马克瑞（John R. McRae），*The Platform Sutra of the Sixth Patriarch*. BDK English Tripitaka. Berkeley: Numata Center for Buddhist Translation and Research, 2000.

10. 林光明等（Lin, Tony; Kunchang Tsai and Josephine Lin）, *The Mandala Sutra and Its English Translation: The New Dunhuang Museum Version Revised by Professor Yang Zengwen*. Taipei: Jiafeng Publisher, 2004.

11. 成观法师（Cheng Kuan）, *The Dharmic Treasure Altar-Sutra of the Sixth Patriarch (the Altar Sutra)*. Taipei: Vairocana Publishing Co., Ltd., 2005.

12. 赤松（Red Pine, 本名 Bill Porter）, *The Platform Sutra: the Zen Teaching of Hui-neng*. Emeryville: Shoemaker & Hoard: Distributed by Publishers Group West, 2006.

13. 星云大师（Hsing Yun）, *The Rabbit's Horn: a Commentary on the Platform Sutra*. Los Angeles: Buddha's Light Pub., 2010.

14. 蒋坚松. *Tan Jing: the Sutra of Huineng*. Changsha: Hunan People's Press. 2012.

（二）著作

1. Addis, Stephen. etc, ed. *Zen Source Book: Traditional Documents from China, Korea, and Japan*[M]. Indianapolis: Hackett Publishing Company. 2008.

2. Bassnett, Susan. *Comparative Literature: A Critical Introduction*[M]. Oxford: Blackwell, 1993

3. Broughton, Jeffrey L. *The Bodhidharma Anthology: The Earliest Records of Zen*[M]. Berkeley: University of California Press. 1999.

4. Cao Shunqing. *The Variation Theory of Comparative Literature*[M]. Springer, 2014.

5. Ch'en, Kenneth. *Buddhism in China: A Historical Survey*[M]. Princeton: Princeton University Press. 1972.

6. Clifford, Patricia H. *Sitting Still: An Encounter with Christian Zen*[M]. Mahwah: Paulist Press. 1995.

7. Dumoulin, Heinrich. S.J. *The Development of Chinese Zen after the Six Patriarch in the Light of Mumonkan*. Translated by Ruth Fuller Sasaki[M]. New York: The First Zen Institute of America, Inc. 1953.

8. Eckel, Malcom David. *To See the Buddha: A Philosopher's Quest for the*

Meaning of Emptiness[M]. Princeton: Princeton University Press. 1992.

9. Faure, Bernard. *The Will to Orthodoxy: A Critical Genealogy of Northern Chan Buddhism*[M]. Stranford, CA: Stanford University Press. 1997.

10. Fromm, E., D. T. Suzuki, and R. de Martino. *Zen Buddhism and Psychoanalysis*[M]. London: George Allen and Unwin. 1960.

11. Goddard, Dwight. *A Buddhist Bible* [M]. Vermont: Thetford. 1932.

12. Graham, Dom Aelred. *Zen Catholicism: A Suggestion*[M]. New York: Harcourt. 1963.

13. Gregory, Peter N. *Tsung-mi and Sinification of Buddhism*[M], Princeton: Princeton University Press. 1991.

14. Heine, Steven and Dales Wright, ed. *The Zen Canon: Understanding the Classic Texts*[M]. Oxford: Oxford University Press. 2004.

15. Hsing Yun. *The Rabbit's Horn: A Commentary on the Platform Sutra*[M]. Los Angeles: Buddha's Light Publishing. 2010.

16. Johnston, William. *Christian Zen: A Way of Meditation*[M]. New York: Macmillan. 1957.

17. Jorgensen, *John. Inventing Hui-neng, the Sixth Patriarch Hagiography and Biography in Early Ch'an*[M]. Leiden & Boston: Brill. 2005.

18. Kerouac, Jack et al. *The Scripture of the Golden Eternity*[M]. San Francisco: City Lights Books. 1996.

19. McRae, John. *Seeing through Zen: Encounter, Transformation, and Genealogy in Chinese Chan Buddhism*[M]. Berkeley and Los Angeles: University of California Press. 2003.

20. McRae, John. *The Northern School and the Formation of Early Ch'an Buddhism*[M]. Honolulu: Hawaii University Press. 1986.

21. Ni Hua-ching. *Enlightenment, Mother of Spiritual Independences: Teachings of Hui Neng*[M]. Los Angeles: Sevenstar Communication Group. 1989.

22. Parkinson, Thomas. *A Casebook of the Beat*[M]. New York: Thomas Y. Cromwell Company. 1961.

23. Sartre, Jean-Paul. *The Transcendence of the Ego: An Existentialist Theory of Consciousness*[M]. translated by Forrest Williams and Robert Kirkpatrick. New York: Noonday Raw, 1972.

24. Schlütter, Morten & Stephen F. Teiser. Ed. *Readings of the Platform Sutra*[M]. New York: Columbia University Press. 2012.

25. Snyder, Gary. *Earth House Hold: Technical Notes and Queries to Fellow Dharma Revolution*[M]. New York: New Directions Publishing Corporation. 1969.

26. Sterling, Isabel. *Zen Pioneer: The Life and Works of Ruth Fuller Sasaki*[M]. Shoemaker & Hoard. 2006.

27. Suzuki D. T. *The Zen Doctrine of No Mind: The Significance of the Sutra of Hui-neng (Wei-Lang)*[M]. Weiser Books. 1991.

28. Suzuki. D. T. *Essays in Zen Buddhism*[M]. London, 1927.

29. Suzuki. D. T. *Manual of Zen Buddhism*[M]. Kyoto: Eastern Buddhist Society, 1935.

30. Tonkinson, Carole. ed. *Big Sky Mind: Buddhism and the Beat Generation*[M]. New York: Riverhead Books. 1995.

31. Venuti, Laurence. *The Translator's Invisibility*[M]. London: Routledge. 1995.

32. Watts, Alan. *The Way of Zen*[M]. New York: Pantheon Books Inc. 1957.

33. Whalen-Bridge, John and Gary Storhoff, eds. *The Emergence of Buddhist American Literature*[M]. Albany: State University of New York Press. 2009.

34. Yifa. *The Origins of Buddhist Monastic Codes in China: An Annotated Translation and Study of the Chanyuan qinggui*[M]. Honolulu: University of Hawaii Press. 2002.

四、中文期刊

1. 班柏，李提摩太以耶释佛英译《大乘起信论》探析［J］，重庆文理学院学报（社会科学版），2012 年第 5 期。

2. 班柏，晚清以将的中国佛典英译高潮［J］，外语教学与研究（外国语文双月刊），2014 年第 2 期。

3. 曹顺庆、李卫涛，比较文学学科中的文学变异学研究 [J]，复旦学报（社会科学版），2006 年第 1 期。

4. 曹顺庆、罗富明，变异学视野下比较文学的反思与拓展 [J]，中外文化与文论，2011 年第 1 期。

5. 曹顺庆，方法论与变异学 [J]，中外文化与文论，2009 年第 1 期。

6. 查明建，田雨，论译者主体性——从译者文化地位的边缘化谈起 [J]，中国翻译，2003 年第 1 期。

7. 陈铭枢，《六祖坛经》述义 [J]，1947 年第 1 卷第 10 期。

8. 迟欣，乔艳丽，于"垮掉派"诗歌见东方佛禅品质 [J]，北京航空航天大学学报，2010 年 11 月第 23 卷第 6 期。

9. 褚东伟，菩提之苦：禅宗佛教的语言哲学与《六祖坛经》中两首偈的英译 [J]，翻译季刊 2015 年第 76 期。

10. 杜萍、曹顺庆，论"跨文化"背景下的变异学研究 [J]，中外文化与文论，2014 年第 1 期。

11. 方立天，性净自悟—慧能《坛经》的心性论 [J]，哲学研究，1994 年第 5 期。

12. 高子文，华莱士·斯蒂文斯诗剧中的禅宗文化 [J]，中国比较文学，2013 年第 2 期（总第 91 期）。

13. 耿纪永，"道非道"：美国垮掉派诗人与佛禅 [J]，解放军外国语学院学报，2006 年 5 月第 29 卷第 3 期。

14. 龚隽，欧美禅学的写作——一种方法论立场的分析 [J]，中国禅学，2004 年第 3 卷。

15. 洪修平，关于《坛经》的若干问题研究 [J]，世界宗教研究，1999 年第 2 期。

16. 胡适，记北宋本的《六祖坛经》[J]，文史丛刊，1934 年第 1 期。

17. 华程，墨岩，比尔·波特：寻找中国禅的行者 [J]，佛教文化，2015,（第 3 期）。

18. 黄连忠，敦博本《六祖坛经》文字校正与白话译释的方法论 [J]，敦煌学辑刊，2007 年第 4 期。

19. 黄连忠，旅博本六祖坛经的学术价值及其录文整理研究 [A]，载明生主编，禅和之声 2011-2012 广东禅宗六祖文化节学术研讨会论文集上 [C]，广州：羊城晚报出版社，2013 年。

20. 李羡林，再谈浮屠与佛 [J]，历史研究，1990 年第 2 期。

21. 蒋坚松，《坛经》与中国禅文化的国外传播—兼论典籍英译的一种策略 [J]，燕山大学学报（哲学社会科学版），2014 年 12 月（第 15 卷，第 4 期）。

22. 蒋坚松，实践刘重德教授的译诗主张——《六祖坛经》中偈、颂的翻译 [J]，2009 年 1 月，第 6 卷第 1 期。

23. 蒋维金，李新德，论苏慧廉对《妙法莲华经》的英译与诠释 [J]，浙江万里学院学报，2014 年第 9 期。

24. 金荣华，敦煌本《坛经》"五祖自送能于九江驿"辩 [J]，敦煌学，2008 年第 27 期。

25. 肯尼斯·K·田中概论美国佛教的戏剧化发展 [J]，见方立天主编，宗教研究 2013 [M]，北京：宗教文化出版社，2013 年。

26. 李丹，跨文化文学接受中的文化过滤与文学变异 [J]，湖南师范大学社会科学学报，2010 年第 6 期。

27. 李嘉言，《六祖坛经》德异刊本之发现 [J]，1935 年第 10 卷第 2 期。

28. 李四龙，佛教在美国的传播及特点 [N]，中国社会科学报，2014 年 8 月 13 日 B05 版。

29. 李四龙，基督禅与佛教自觉 [J]，北京大学学报（哲学社会科学版），2010 年 1 月第 47 卷第 1 期。

30. 李四龙，美国佛教的传播经验 [J]，世界宗教文化，2009（2）。

31. 李新德，"亚洲的福音书"——晚清新教传教士汉语佛教经典英译研究 [J]，世界宗教研究，2009 年第 4 期。

32. 李新德，李提摩太与佛教典籍英译 [J]，世界宗教文化，2006 年第 1 期。

33. 刘国平，《坛经》成书年代考 [J]，研究与动态，2006 年第 6 期。

34. 楼宇烈，胡适禅宗史研究平议 [J]，北京大学学报哲学社会科学版，1987年第 3 期。

35. 罗福成，《六祖大师法宝坛经》残本释义 [J]，国立北平图书馆馆刊·西夏文专号，1930 年第 4 卷第 3 期。

36. 麻天祥，胡适·铃木大拙·印顺——禅宗史研究中具体问题之比较 [J]，佛学研究，1994 年 6 月。

37. 毛剑杰，1960s：美国禅宗热潮 [J]，看历史，2011 年 11 月。

38. 毛明，野径与禅道：加里·斯奈德的禅学因缘——兼论"中国文化还是欧美'本土意识'成就了斯奈德" [J]，海外文坛，2014（1）。

39. 潘重规，敦煌《六祖坛经》读后管见 [J]，敦煌学，1992 年第 19 期。

40. 潘重规，敦煌写本《六祖坛经》中的"獦獠" [J]，敦煌学，1992 年第 18 期。

41. 邱敏捷，《坛经》的作者与版本—印顺与胡适及日本学者相关研究观点之比较 [J]，人文研究学报，2007 年第 41 卷第 2 期。

42. 宋伟华，《坛经》黄茂林英译本与 DwightGoddard 英译本比较 [J]，中国科技翻译，2013 年 2 月第 26 卷 1 期。

43. 宋伟华，语料库驱动的《六祖坛经》三译本比较 [J]，韶关学院学报社会科学版，2014 年 1 月。

44. 孙元旭，佛经的英译与佛经汉译的关系 [J]，牡丹江师范学院学报（哲学社会科学版），2004.4。

45. 孙元旭，黄茂林《六祖坛经》英译本翻译方法探析 [J]，韶关学院学报社会科学版，2013 年 9 月第 34 卷第 9 期。

46. 唐仲明，再论宾州大学博物馆所藏三身造像的来源 [J]，东方考古，2011年，第 8 集。

47. 王东风，翻译文学的文化地位与译者的文化态度 [J]，中国翻译，2000年第 4 期。

48. 王敏，从语境角度看反问句的识别、理解与翻译——以《坛经》为例 [J]，开封教育学院学报，2011 年 6 月第 31 卷第 2 期。

49. 王欣，佛教在美国的传播于发展 [J]，西安文理学院学报（社会科学版），

2011 年 12 月（第 14 卷，第 6 期）。

50. 王振复，法海本《坛经》的美学意蕴 [J]，复旦学报（社会科学版），2001
    年第 5 期。

51. 谢扶雅，光孝寺与六祖慧能 [J]，岭南学报，1935 年第 4 卷第 1 期。

52. 谢洁瑕，《六祖坛经》中的副词研究 [J]，湛江师范学院学报，2006 年第
    27 卷第 4 期。

53. 许鹤龄，阳明《传习录》与惠能《坛经》之义理交涉 [J]，哲学与文化，
    2002 年第 29 卷第 3 期。

54. 杨曾文，《六祖坛经》诸本的演变和慧能的禅法思想 [J]，中国文化，1992
    年第 6 期。

55. 杨曾文，中日的敦煌禅籍研究和敦博本《坛经》《南宗定是非论》等文献
    的学术价值 [J]，世界宗教研究，1988 年第 1 期，第 45 页。

56. 于海玲，《坛经》中比喻手段的使用及英译 [J]，和田师范专科学校学报，
    2011 年 7 月第 30 卷第 3 期。

57. 张广达，论隋唐时期中原与西域文化交流的几个特点 [J]，北京大学学
    报（哲学社会科学版），1985 年第 4 期。

58. 张培锋，《六祖坛经》与道家、道教关系考论 [J]，宗教学研究，2008 年
    第 2 期。

59. 张子开，敦煌写本《六祖坛经》校读拾零 [J]，四川大学学报（哲学社
    会科学版），1998 年第 1 期。

60. 张子清，美国禅诗 [J]，外国文学评论，1998 年第 1 期。

61. 周连宽，《六祖坛经》的考证 [J]，岭南学报，1950 年第 10 卷第 2 期。

五、中文学位论文

1. 郭济源，《六祖坛经》般若三昧于摩诃止观——非行非坐三昧在修学思想
   上的比较研究 [D]，台湾华梵大学，2011 年。

2. 郭晓敏，《坛经》的文学性研究 [D]，浙江大学，2012 年。

3. 何照清，在般若与如来藏之间——从《坛经》诸本及相关文献探讨《坛
   经》属性 [D]，台湾辅仁大学，2003 年。

4. 金命镐，《坛经》思想及其在后世的演变与影响研究［D］，南京大学，2011 年。

5. 李林杰，《坛经》心性论及其研究方法与湘赣农禅之心境并建［D］，湖南大学，2012 年。

6. 刘宜霖，《六祖法宝坛经》英译策略初探：以成观法师译本为例［D］，台湾师范大学，2010 年。

7. 马纳克，阐释学视角下的《坛经》英译研究［D］，湖南师范大学，2016 年。

8. 潘蒙孩，《坛经》禅学新探［D］，中国社会科学院，2010 年。

9. 阮氏美仙，《坛经》心理道路研究［D］，华中师范大学，2014 年。

10. 王欣，20 世纪 60 年代禅佛教在美国的传播［D］，西北大学：2009 年。

11. 于海玲，德怀特·戈达德《六祖坛经》译本研究——突显视域冲突［D］，河南大学，2010 年。

12. 元钟实，惠能禅思想［D］，台湾政治大学，2005 年。

13. 张雅娟，玄奘本《般若波罗蜜多心经》概念英译研究［D］，北京外国语大学，2014 年。

14. 赵长江，19 世纪中国文化典籍英译研究［D］，南开大学，2014 年。

六、中文著作

1.（唐）惠能著；邓文宽校注，六祖坛经［M］，沈阳：辽宁教育出版社，2005 年。

2.（唐）惠能著；潘桂明译注，坛经全译［M］，成都：巴蜀书社，2000 年。

3.（唐）惠能著；王月清注评，六祖坛经［M］，南京：江苏古籍出版社，2002 年。

4.（唐）慧能著，中华国学文库坛经校释［M］，北京：中华书局，2012 年。

5.［法］伯兰特·佛尔，正统性的意欲：北宗禅之批判系谱［M］，上海：上海古籍出版社，2010 年。

6.［法］布吕奈尔等，葛雷，张连奎译，什么是比较文学？［M］，北京：北京大学出版社，1989 年。

7. [法] 梵·第根，戴望舒译，比较文学论 [M]，长春：吉林出版集团有限责任公司，2010 年。

8. [法] 托多罗夫著；蒋子华，张萍译，巴赫金、对话理论及其他 [M]，天津：百花文艺出版社，2001 年。

9. [美] 爱德华·W，萨义德著；王宇根译，东方学 [M]，北京：生活·读书·新知三联书店，2007 年。

10. [美] 巴里·马吉德著，吴燕霞，曹凌云译，平常心：禅与精神分析 [M]，上海：东方出版社，2011 年。

11. [美] 比尔·波特，《六祖坛经》解读 [M]，海口：海南出版公司，2012 年。

12. [美] 迪尼，刘介民主编，现代中西比较文学研究 2，成都：四川人民出版社，1988 年。

13. [美] 杰克·康菲尔德著，维民译，慧心自在——阿姜查的禅修疗愈之道 [M]，海口：海南出版社，2011 年。

14. [美] 杰萨米·D·萨弗兰著，张天布译，精神分析与佛学展开的对话 [M]，上海：东方出版社，2012 年。

15. [美] 肯恩·威尔伯，杰克·安格勒，丹尼尔·布朗著，李孟浩，董建中译，意识的转化 [M]，上海：东方出版社，2015 年。

16. [美] 罗伯特·兰甘著，董建中译，正念生命中重要之事：佛学与精神分析的对话 [M]，上海：东方出版社，2011 年。

17. [美] 乔·卡巴金著，雷叔云译，正念：身心安顿的禅修之道 [M]，海口：海南出版社，2009 年。

18. [美] 史蒂文·C·海斯，维多利亚·M·福利特，玛莎·M·莱恩汉著，叶红萍，李鸣译，正念与接受：认知行为疗法第三次浪潮 [M]，上海：东方出版社，2010 年。

19. [美] 宇文所安著，田晓菲译，他山的石头记—宇文所安自选集·自序 [M]，南京：江苏人民出版社。

20. [日] 儿玉英实，美国诗歌与日本文化 [M]，扬占武等译，西安：陕西教育出版社，1993 年。

21. ［日］忽滑谷快天，朱谦之译，中国禅学思想史［M］，上海：上海古籍出版社，2002年。

22. ［日］桐田清秀主编，铃木大拙研究基础资料［M］，松岗文库，2005年。

23. ［日］宇井伯寿，禅宗史研究［M］，东京：岩波书店，1942年。

24. ［日］宇井伯寿，第二禅宗史研究［M］，东京：岩波书店，1942年。

25. ［英］房德龙主编；中华书局资料组译，汉学研究目录1955年第1期［M］，北京：中华书局，1960年。

26. ［英］苏珊·巴斯奈特著，查明建译，比较文学批评导论［M］，北京：北京大学出版社，2015年。

27. ［英］泰勒著；蔡江浓编译，原始文化［M］，杭州：浙江人民出版社，1988年。

28. ［英］威廉·莎士比亚著，朱生豪，方重译，莎士比亚全集（第5卷）［M］北京：人民文学出版社，2010年。

29. 《比较文学概论》编写组编，比较文学概论［M］，北京：高等教育出版社，2015年。

30. 白光，《坛经》版本谱系及思想流变研究［M］，北京：宗教文化出版社，2013年。

31. 曹顺庆，比较文学教程［M］，北京：高等教育出版社，2006年。

32. 曹顺庆，比较文学学［M］，成都:四川大学出版社，2005年。

33. 曹顺庆著，比较文学论［M］，成都：四川教育出版社，2002年。

34. 曹顺庆著，跨越异质文化［M］，济南：山东友谊出版社，2007年。

35. 曹顺庆著；王向远主编，比较文学与世界文学名家讲堂南橘北枳［M］，北京：中央编译出版社。

36. 陈元音，禅与美国文学［M］，台北：东大图书股份有限公司，1997年。

37. 陈元音，现代美国禅文学［M］，台北：新文丰出版公司，2001年。

38. 程东，究竟无证：《坛经》谛义［M］，汕头：汕头大学出版社，2013年。

39. 邓来送释著，六祖大师法宝坛经辑注曹溪原本［M］，黄石市佛教协会印经功德会，2006年。

40. 邓文宽、荣新江录校，敦煌文献分类录校丛刊：敦博本禅籍录校 [M]，南京：江苏古籍出版社，1998 年。

41. 丁福保笺注，六祖坛经笺注 [M]，济南：齐鲁书社，2012 年。

42. 丁守和等主编；《世界当代文化名人辞典》编委会编，世界当代文化名人辞典 [M]，北京：北京燕山出版社，1992 年。

43. 东方桥著，坛经现代读 [M]，上海：上海书店出版社，2002 年。

44. 董群，慧能与中国文化 [M]，贵阳：贵州人民出版社，2000 年。

45. 方广锠简注，敦煌坛经合校简注 [M]，太原：山西古籍出版社，1999 年。

46. 方克立主编，中国哲学大辞典 [M]，北京：中国社会科学出版社，1994 年。

47. 方立天著，方立天讲谈录 [M]，北京：九州出版社，2014 年。

48. 傅伟勋，铃木大拙 [M]，台北：正中书局，1991 年。

49. 高秉业，英译《六祖坛经》版本的历史研究 [A]，见：六祖慧能思想研究——"慧能与岭南文化"国际学术研讨会论文集 [C]，广州：学术研究杂志社，1997 年。

50. 高士洁，《基督徒灵修传统中的默得方法》，载《辅仁大学神学论集》第 44 号（1980 年夏），第八届神学研习会专辑：灵修生活的一般重要问题（1980 年 1 月 29 日至 2 月 1 日）。网络电子文本。

51. 高振农，刘新美著，中国近代高僧与佛学名人小传 [M]，上海：华东师范大学出版社，1990 年。

52. 葛兆先著，明镜与风幡六祖坛经 [M]，北京：文化艺术出版社，2010 年。

53. 公田连太郎、铃木大拙校订，敦煌出土菏泽神会禅师语录 [M]，森江书店，1934 年。

54. 顾瑞荣，蒋坚松译，《坛经（汉英对照版）》[M]，长沙：湖南人民出版社，2012 年。

55. 广东新兴国恩寺编，六祖坛经研究第 1 册 [M]，北京：中国大百科全书出版社，2003 年。

56. 广东新兴国恩寺编，六祖坛经研究第 2 册 [M]，北京：中国大百科全书出版社，2003 年。

57. 广东新兴国恩寺编，六祖坛经研究第 3 册 [M]，北京：中国大百科全书
出版社，2003 年。

58. 广东新兴国恩寺编，六祖坛经研究第 4 册 [M]，北京：中国大百科全书
出版社，2003 年。

59. 广东新兴国恩寺编，六祖坛经研究第 5 册 [M]，北京：中国大百科全书
出版社，2003 年。

60. 郭富纯，王振芬整理，旅顺博物馆藏敦煌本六祖坛经 [M]，上海：上海
古籍出版社，2011 年。

61. 郭朋编著，国学经典导读：坛经 [M]，北京：中国国际广播出版社，2011
年。

62. 郭朋勘，《坛经》对勘 [M]，济南：齐鲁书社，1981 年。

63. 郭朋著，坛经导读 [M]，成都：巴蜀书社，1987 年。

64. 弘学编著，六祖坛经浅析 [M]，成都：巴蜀书社，2008 年。

65. 洪修平，白光校注，坛经 [M]，南京：凤凰出版社，2010 年。

66. 洪修平，禅宗思想的形成与发展 [M]，南京：江苏人民出版社，2011 年。

67. 胡奇光，方环海撰，尔雅译注 [M]，上海：上海古籍出版社，2004 年。

68. 胡适，禅宗是什么 [M]，桂林：漓江出版社，2013 年。

69. 胡适，胡适论学近著 [M]，上海：商务印书馆，1935

70. 胡适，胡适说禅（新编胡适文从）[M]，北京：文化艺术出版社，2012 年。

71. 胡适，胡适校敦煌唐写本神会和尚遗集 [M]，上海：上海东亚图书馆，
1930 年。

72. 胡适编，胡适文存 4 最新修订典藏版 [M]，北京：华文出版社，2013 年。

73. 黄柏权著，六祖坛经注译 [M]，广州：广东高等教育出版社，1996 年。

74. 黄开国主编，经学辞典 [M]，成都：四川人民出版社，1993 年。

75. 黄连忠，敦博本六祖坛经校释 [M]，台北：万卷楼图书股份有限公司。

76. 惠能著；杨惠南编撰，六祖坛经佛学的革命 [M]，海口：三环出版社，
1992 年。

77. 慧能大师说，六祖大师法宝坛经曹溪原本上［M］，北京：宗教文化出版社，2008 年。

78. 贾题韬著，贾题韬讲《坛经》［M］，上海：上海古籍出版社，2011 年。

79. 江泓，夏志前校注，六祖文化丛书坛经四古本［M］，广州：羊城晚报出版社，2011 年。

80. 净空法师著，净空法师讲六祖坛经［M］，武汉：长江文艺出版社，2010 年。

81. 宽如，宽荣合撰，六祖坛经摸象记［M］，财团法人佛陀教育基金会，2006 年。

82. 赖永海著，湛然［M］，台北：东大图书公司，1993 年。

83. 蓝吉富主编，禅宗全书 37 语录部 2 六祖坛经诸本集成［M］，北京：北京图书馆出版社，2004 年。

84. 乐黛云，（法）勒·比雄（AlainLePichon）主编，独角兽与龙：在寻找中西文化普遍性中的误读［M］，北京：北京大学出版社，1995 年。

85. 李叔同注，金刚经心经坛经精华本［M］，武汉：长江文艺出版社，2014 年。

86. 李四龙著，欧美佛教学术史：西方的佛教形象与学术源流［M］，北京：北京大学出版社，2009 年。

87. 梁启超著，中国佛教研究史［M］，上海：三联书店上海分店，1988 年。

88. 林凡音译著，六祖法宝坛经·译义［M］，广东佛教编辑部。

89. 林光明，蔡坤昌等编译，扬校敦博本六祖坛经及其英译［M］，台北：嘉豊出版社，2004 年。

90. 林光明，蔡坤昌等编译，扬校敦博本六祖坛经及其英译［M］，台北：嘉豊出版社，2004 年。

91. 铃木大拙，禅学随笔［M］，香港：国泰出版社，1988 年。

92. 卢康华、孙景尧，比较文学导论［M］，黑龙江人民出版社，1984 年。

93. 陆锦川，慧能大师《坛经》解［M］，北京：团结出版社，2003 年。

94. 陆庆夫，王冀青主编，中外敦煌学家评传［M］，兰州：甘肃教育出版社，

2002 年。

95. 马克瑞著，韩传强译，北宗禅与早期禅宗的形成 [M]，上海：上海古籍出版社，2015 年。

96. 马祖毅，任荣珍著，中华翻译研究丛书第 2 辑汉籍外译史 [M]，武汉：湖北教育出版社，2003 年。

97. 马祖毅，中国翻译通史（古代部分）[M]，武汉：湖北教育出版社，2006 年。

98. 明生主编，六祖慧能与《坛经》论著目录集成 [M]，广州：广东人民出版社，2015 年。

99. 潘蒙孩著，《坛经》禅学新探 [M]，北京：宗教文化出版社，2012 年。

100. 潘重规老居士校定，敦煌坛经新书 [M]，财团法人佛陀教育基金会，1994 年。

101. 潘重规老居士校定，敦煌坛经新书及附册 [M]，财团法人佛陀教育基金会，2001 年。

102. 朴峰编著，六祖坛经禅宗的精华 [M]，沈阳：春风文艺出版社，1992 年。

103. 齐云鹿著，坛经大义 [M]，北京：宗教文化出版社，2014 年。

104. 饶宗颐；净因法师，中信国学大典六祖坛经 [M]，北京：中信出版社，2013 年。

105. 任继愈主编，佛教大辞典 [M]，南京：江苏古籍出版社，2002 年。

106. 沈善增，坛经摸象 [M]，上海：上海三联书店，2014 年。

107. 释明生主编，《六祖坛经》研究集成 [M]，北京：金城出版社，2012 年。

108. 坛经 [M]，尚荣译注，北京：中华书局，2013 年。

109. 汤用彤著，汉魏两晋南北朝佛教史增订本 [M]，北京：北京大学出版社，2011 年。

110. 王宏印著，中国传统译论经典诠释：从道安到傅雷 [M]，武汉：湖北教育出版社，2003 年。

111. 王孺童编校，《坛经》诸本集成 [M]，北京：宗教文化出版社，2014 年。

112. 王孺童译注，坛经释义 [M]，北京：中华书局出版社，2013 年。

113. 王铁钧著，中国佛典翻译史稿［M］，北京：中央编译出版社，2009 年。

114. 王向远著，翻译文学导论［M］，北京：北京师范大学出版社，2015 年。

115. 王焰安，慧贤编著，南禅宗海外传播史［M］，广州：暨南大学出版社，2013 年。

116. 魏道儒译注，坛经译注［M］，北京：中华书局，2010 年。

117. 魏瑾著，文化介入与翻译的文本行为研究［M］，上海：上海交通大学出版社，2009 年。

118. 吴正荣，冯天春著，《坛经》大生命观论纲［M］，北京：人民出版社，2014 年。

119. 向达著，唐代长安与西域文明［M］，石家庄：河北教育出版社，2001 年。

120. 谢天振著，译介学［M］，上海：上海外语教育出版社，1999 年。

121. 星云大师著，六祖坛经讲话原典·注释·译文·讲话［M］，北京：新世界出版社，2008 年。

122. 熊逸，思辨的禅趣：《六祖坛经》视野下的世界秩序［M］，北京：线装书局，2011 年。

123. 徐文明编著，顿悟心法六祖坛经导读［M］，北京：金城出版社，2010 年。

124. 徐文明注译，六祖坛经［M］，郑州：中州古籍出版社，2008 年。

125. 徐文明著，坛经的智慧［M］，长春：吉林出版集团有限责任公司，2010 年。

126. 徐小跃著，禅与老庄［M］，杭州：浙江人民出版社，1992 年。

127. 宣化法师讲述，六祖法宝坛经浅释［M］，北京：宗教文化出版社，2006 年。

128. 演培法师著，六祖坛经讲记修订版［M］，财团法人佛陀教育基金会，2007 年。

129. 杨保筠主编，华侨华人百科全书人物卷［M］，北京：中国华侨出版社，2001 年。

130. 杨惠南，六祖坛经快读——佛学的革命［M］，海口：海南出版社，2005 年。

131. 杨惠南编撰，佛学的革命——六祖坛经［M］，北京：东方出版社，2007年。

132. 杨柳，王守仁著，文化视域中的翻译理论研究［M］，北京：人民文学出版社，2013年。

133. 杨曾文校写，新版敦煌新本六祖坛经［M］，北京：宗教文化出版社，2001年。

134. 怡僧法师著，禅无境界怡僧法师《六祖坛经》讲记［M］，西安：陕西师范大学出版社，2013年。

135. 易菁著，衣袂飘然曹溪风易菁讲《六祖坛经》［M］，北京：中央编译出版社，2012年。

136. 尹协理译注，白话金刚经白话坛经［M］，石家庄：河北人民出版社，1992年。

137. 印顺，中国禅宗史［M］，贵阳：贵州大学出版社，2012年。

138. 于东辉著，坛经地图［M］，广州：南方日报出版社，2003年。

139. 张曼涛主编，现代佛教学术丛刊1六祖坛经研究论集神学专集之一［M］，大乘文化出版社，1976年。

140. 张曼涛主编，现代佛教学术丛刊84欧美佛教之发展［M］，大乘文化出版社，1976年。

141. 张志芳编，译以载道佛典的传译与佛教的中国化［M］，厦门：厦门大学出版社，2012年。

142. 张中行，禅外说禅［M］，北京：中华书局，2006年。

143. 赵颖主编，中国文化对外译介史料（1912-1949）［M］，北京：高等教育出版社，2015年。

144. 郑金德，欧美的佛教［M］，台北：天华出版事业股份有限公司，1984年。

145. 智崇居士讲述，六祖坛经现代直解［M］，财团法人圆觉文教基金会，2005年。

146. 钟玲著，中国禅与美国文学［M］，北京：首都师范大学出版社，2009年。

147. 周绍良编著，敦煌写本《坛经》原本［M］，北京：文物出版社，1997年。

148. 周志培，陈运香，文化学与翻译［M］，上海：华东理工大学出版社，2013年。

149. 朱湘军著，翻译研究之哲学启示录［M］，上海：上海交通大学出版社，2012年。

附录1：大英博物馆藏敦煌写本《六祖坛经》影印件

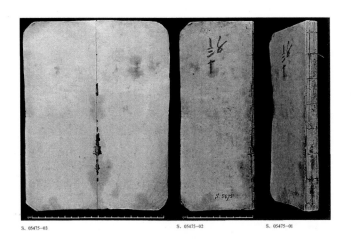

S. 05475-03　　　　　S. 05475-02　　　　　S. 05475-01

二　英國國家圖書館藏敦煌本六祖壇經　（S. 05475號）

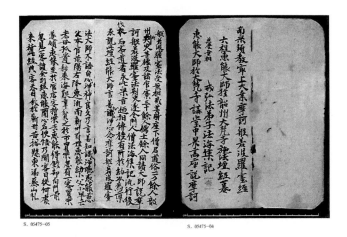

S. 05475-05　　　　　　S. 05475-04

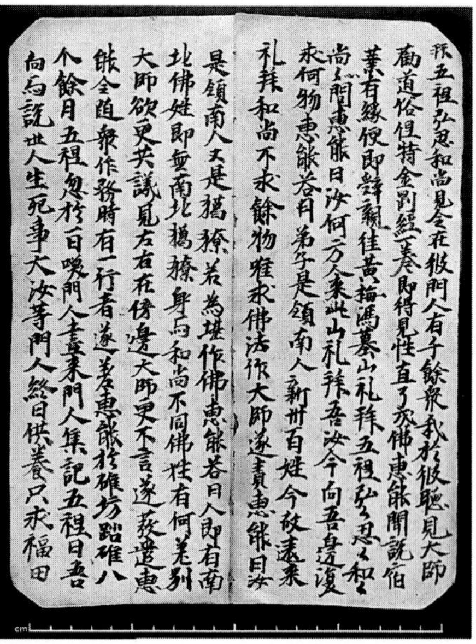

拜五祖弘忍和尚見今在彼門人有千餘衆我於彼聽見大師
勸道俗但持金剛經一卷即得見性直了成佛惠能聞說宿
業有緣便即辭親往黃梅馮墓山禮拜五祖弘忍和尚
弘忍和尚問惠能曰汝何方人來此山禮拜吾汝今向吾邊復
求何物惠能答曰弟子是領南人新州百姓今故遠來
礼拜和尚不求餘物唯求佛法作大師遂責惠能曰汝
是領南人又是獦獠若為堪作佛惠能答曰人即有南
北佛性即無南北獦獠身與和尚不同佛性有何差別
大師欲更共議見左右在傍邊大師更不言遂發遣惠
能令隨衆作務時有一行者遂差惠能於碓坊踏碓八
个餘月五祖忽於一日喚門人盡來門人集記五祖曰吾
向與說世人生死事大汝等門人終日供養只求福田

S. 05475–06

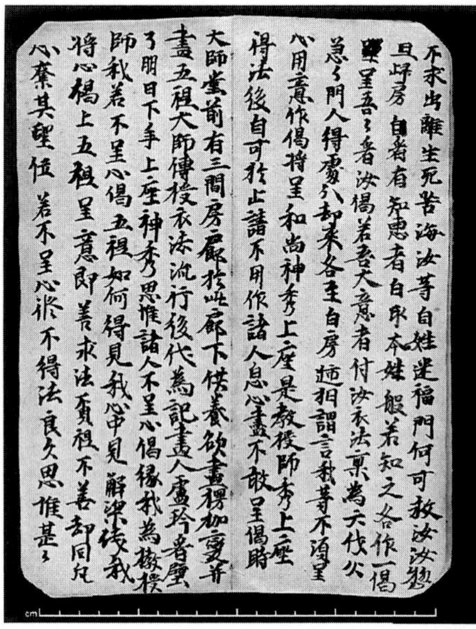

不求出離生死苦海汝等自姓迷福門何可救汝汝總
且歸房自看有智惠者自取本姓般若知之各作一偈
呈吾吾看汝偈若吾大意者付汝衣法稟為六代火
急急門人得處分却來各至自房遞相謂言我等不須呈
心用意作偈將呈和尚神秀上座是教授師秀上座
得法後自可於止請不用作諸人息心盡不敢呈偈時
大師堂前有三間房廊於此廊下供養欲畫楞伽變并
畫五祖大師傳授衣法流行後代為記畫人盧玲看壁
了明日下手上座神秀思惟諸人不呈心偈緣我為教授
師我若不呈心偈五祖如何得見我心中見解深淺我
將心偈上五祖呈意即善求法覓祖不善却同凡
心奪其聖位若不呈心修不得法良久思惟甚甚

S. 05475–07

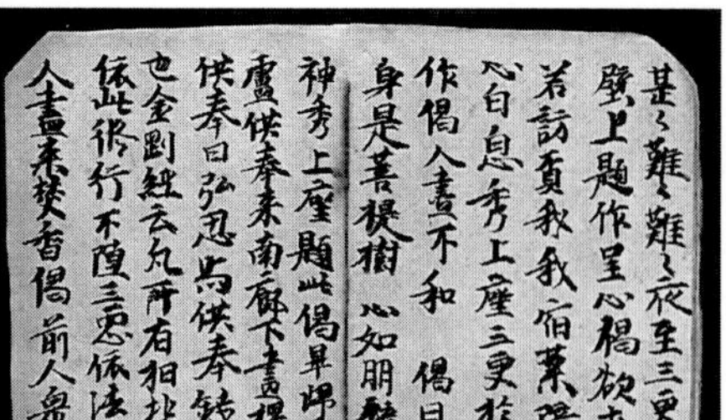

甚難甚難夜至三更不令人見遂向南廊下中間
壁上題作呈心偈欲求於法若五祖見偈言此偈語
若訪覓我我宿業障重不合得法聖意難測我
心自息秀上座三更於南廊下中間壁上秉燭題
作偈人盡不知 偈曰
身是菩提樹 心如明鏡臺 時時勤佛拭 莫使有塵埃
神秀上座題此偈畢歸房臥並無人見五祖平旦遂換
盧供奉來南廊下畫楞伽變五祖忽見此偈請記乃謂
供奉曰弘忍與供奉錢三十千深勞遠來不畫變相
也金剛經云凡所有相皆是虛妄不如流此偈令迷人誦
依此修行不墮三惡依法修行人有大利益大師遂喚門
人盡來焚香偈前人衆人見皆生敬心汝等盡誦此

S. 05475–08

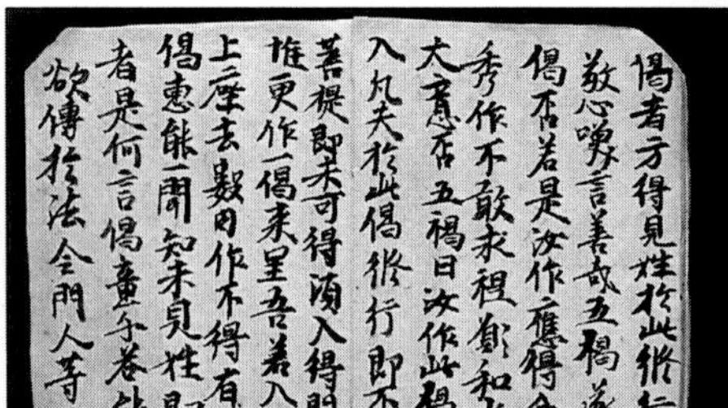

偈者方得見性於此修行即不墮落門人盡誦皆生
敬心喚言善哉五祖遂喚秀上座於堂內門是汝作
偈否若是汝作應得我法秀上座言罪過實是神
秀作不敢求祖願和尚慈悲看弟子有小智惠識
大意否五祖曰汝作此偈見即未到只到門前尚未得
入凡夫於此偈修行即不墮落作此見解若覓無上
菩提即未可得須入得門見自本姓汝且去一兩日來思
惟更作一偈來呈吾若入得門見自本姓當付汝衣法秀
上座去數日作不得有一童子於碓坊邊過唱誦此
偈惠能一聞知未見性即識大意能問童子適來誦
者是何言偈童子答能曰你不知大師言生死是大
欲傳於法令門人等各作一偈來呈看悟大意即

S. 05475–09

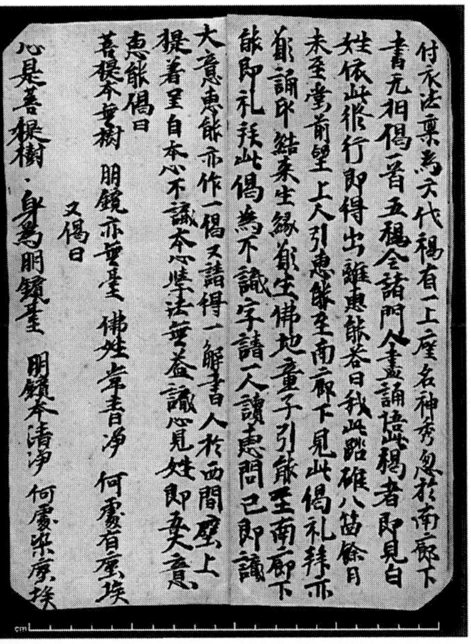

付衣法稟為六代祖有一上座名神秀忽於南廊下
書无相偈一首五祖令諸門人盡誦悟此偈者即見自
姓依此修行即得出離惠能答曰我此踏碓八箇餘月
未至堂前望上人引惠能至南廊下見此偈礼拜亦
願誦取結來生緣願生佛地童子引能至南廊下
能即礼拜此偈為不識字請一人讀惠聞已即識
大意惠能亦作一偈又請得一解書人於西間壁上
提著呈自本心不識本心學法無益識心見姓即悟大意
惠能偈曰
菩提本無樹　明鏡亦無臺　佛姓常青淨　何處有塵埃
又偈曰
心是菩提樹　身為明鏡臺　明鏡本清淨　何處染塵埃

S. 05475-10

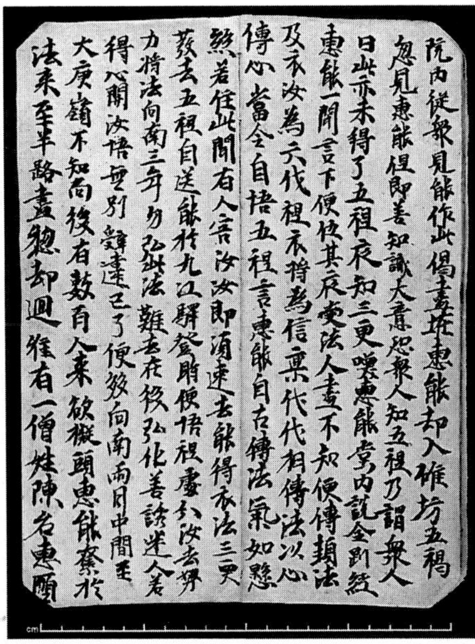

院內徒眾見能作此偈盡怪惠能卻入碓坊五祖
忽見惠能但即善知識大意恐眾人知五祖乃謂眾人
曰此亦未得了五祖夜知三更喚惠能堂內說金剛經
惠能一聞言下便悟其夜受法人盡不知便傳頓法
及衣汝為六代祖衣將為信稟代代相傳法以心
傳心當令自悟五祖言惠能自古傳法氣如懸
絲若住此間有人害汝汝即須速去能得衣法三更
發去五祖自送能於九江驛登時便悟祖處分汝去努
力將法向南三年勿弘此法難去在後弘化善誘迷人若
得心開汝悟無別辭違已了便發向南兩月中間至
大庾嶺不知向後有數百人來欲擬頭惠能奪於
法來至半路盡總卻迴唯有一僧姓陳名惠順

S. 05475-11

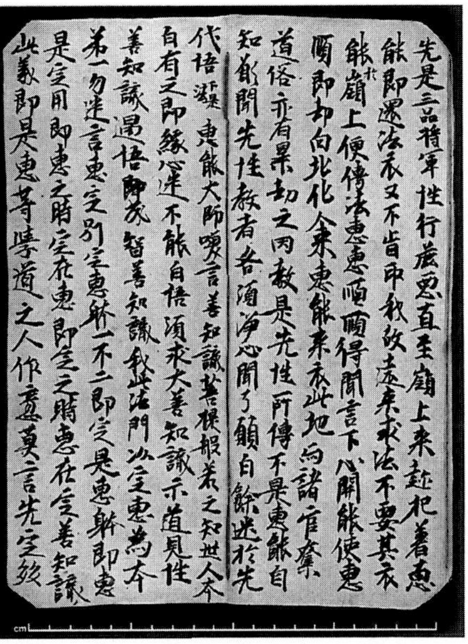

先是三品將軍性行麤惡直至嶺上來趁把著惠
能即還法衣又不肯取我故遠來求法不要其衣
能於嶺上便傳法惠順惠順得聞言下心開能使惠
順即卻向北化人來惠能來衣此地所諸官僚
道俗亦有累劫之因教是先性所傳不是惠能自
知願聞先性教者各須淨心聞了願自除迷於先
代悟　惠能大師喚言善知識菩提般若之知世人本
自有之即緣心迷不能自悟須求大善知識示道見性
善知識遇悟即成智善知識我此法門以定惠為本
第一勿迷言惠定別定惠體一不二即定是惠體即惠
是定用即惠之時定在惠即定之時惠在定善知識
此義即是惠等學道之人作意莫言先定發

S. 05475-12

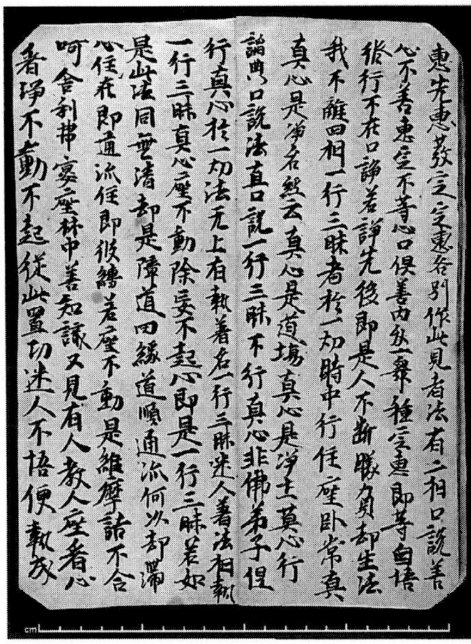

惠先惠發定定惠各別作此見者法有二相口說善
心不善惠定不等心口俱善內外一眾種定惠即等自悟
修行不在口諍若諍先後即是人不斷勝負卻生法
我不離四相一行三昧者於一切時中行住座臥常真
真心是淨名經云真心是道場真心是淨土莫心行
諂典口說法直口說一行三昧不行真心非佛弟子但
行真心於一切法无上有執著名一行三昧迷人著法相執
一行三昧真心座不動除妄不起心即是一行三昧若如
是此法同無情卻是障道因緣道順通流何以卻滯
心住在即通流住即彼縛若座不動是維摩詰不合
呵舍利弗宴座林中善知識又見有人教人座看心
看淨不動不起從此置功迷人不悟便執成

S. 05475-13

S. 05475-15　　　　　　　　S. 05475-14

S. 05475-17　　　　　　　　S. 05475-16

S. 05475—19

S. 05475—18

S. 05475—21

S. 05475—20

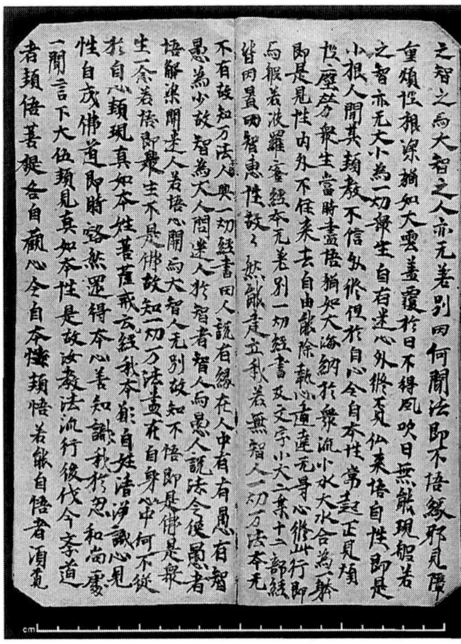

S. 05475-23

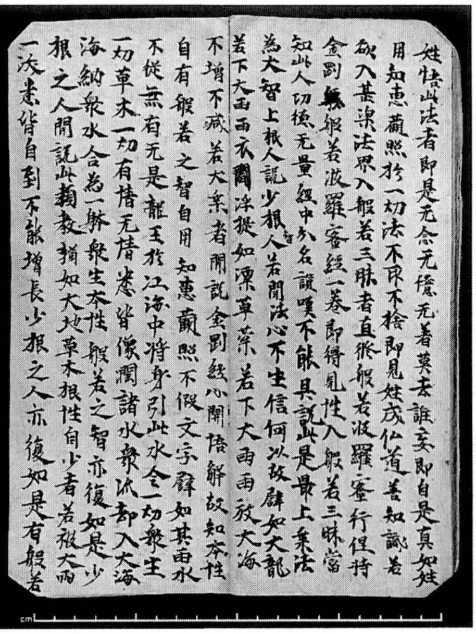

S. 05475-22

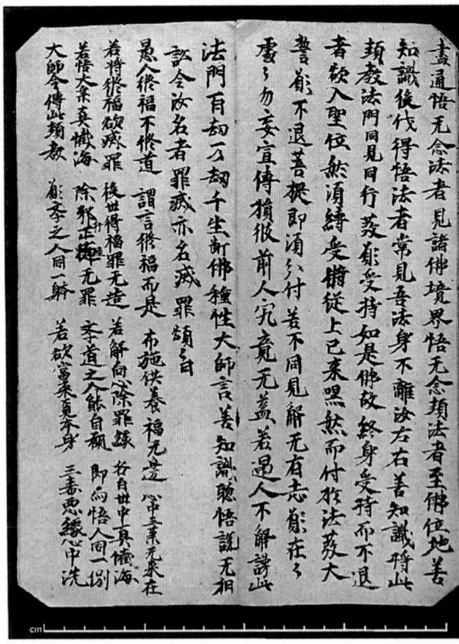

S. 05475-25

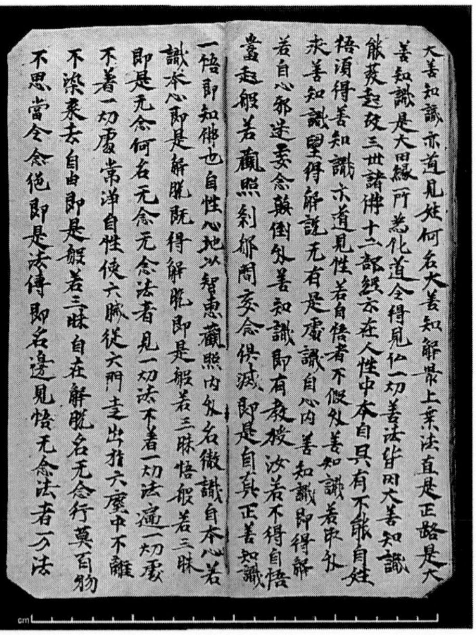

S. 05475-24

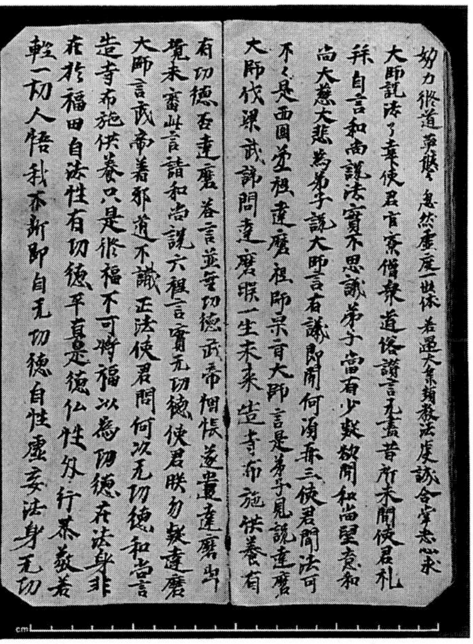

努力修道莫悠悠　忽然虛度一世休　若遇大乘頓教法　虔誠合掌志心求
大師說法了，韋使君官寮僧衆道俗讚言无盡，昔所未聞。使君礼
拜，白言：和尚說法實不思議。弟子當有少疑，欲聞和尚。望意和
尚大慈大悲，為弟子說。大師言：有議即聞，何須再三。使君聞法，可
不是西國第一祖達磨祖師宗旨？大師言：是。弟子見說達磨
大師化梁武諦，問達磨：朕一生未來造寺、布施、供養，有
有功德否？達磨答言：並無功德。武帝惆悵，遂遣達磨出
境。未審此言，請和尚說。六祖言：實无功德。使君朕勿疑達磨
大師言。武帝著邪道，不識正法。使君問：何以无功德？和尚言：
造寺、布施、供養，只是修福，不可將福以為功德。功德在法身，非
在於福田。自法性有功德，平直是德。佛性外行恭敬。若
輕一切人，悟我不斷，即自无功

S. 05475–26

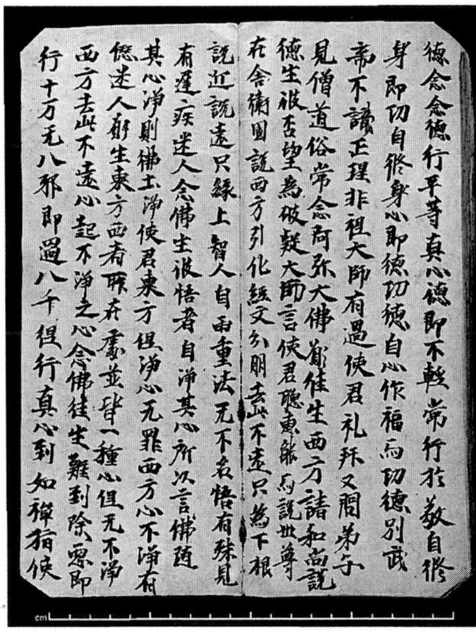

德。念念德行，平等真心，德即不輕。常行於敬，自修
身即功，自修身心即德。功德自心作，福與功德別。武
帝不識正理，非祖大師有過。使君礼拜，又問：弟子
見僧道俗常念阿弥大佛，願往生西方。請和尚說
德生彼否？望為破疑。大師言：使君聽，惠能與說。世尊
在舍衛國說西方引化，經文分明，去此不遠。只為下根
說近，說遠只緣上智。人自兩種，法无不名。悟有殊，見
有遲疾。迷人念佛生彼，悟者自淨其心。所以言：佛隨
其心淨，則佛土淨。使君東方但淨心无罪，西方心不淨有
愆。迷人願生東方，西者所在處並皆一種。心但无不淨，
西方去此不遠；心起不淨之心，念佛往生難到。除惡即
行十万，无八邪即過八千。但行真心，到如禅指。使

S. 05475–27

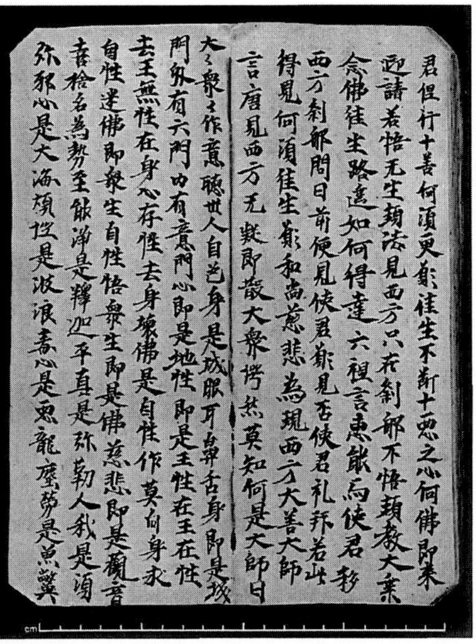

君但行十善，何須更願往生？不斷十惡之心，何佛即來
迎請？若悟无生頓法，見西方只在剎那；不悟頓教大乘，
念佛往生路遙，如何得達？六祖言：惠能與使君移
西方剎那間，目前便見。使君願見否？使君礼拜：若此
得見，何須往生？願和尚慈悲，為現西方，大善。大師
言：唐見西方无疑，即散。大衆愕然，莫知何是。大師曰：
大衆大衆作意聽。世人自色身是城，眼耳鼻舌身即是城
門。外有六門，內有意門。心即是地，性即是王。性在王在，性
去王無。性在身心存，性去身壞。佛是自性作，莫向身求。
自性迷佛即衆生，自性悟衆生即是佛。慈悲即是觀音，
喜捨名為勢至，能淨是釋迦，平直是弥勒。人我是須
弥，邪心是大海，煩惱是波浪，毒心是惡龍，塵勞是魚鼈，

S. 05475–28

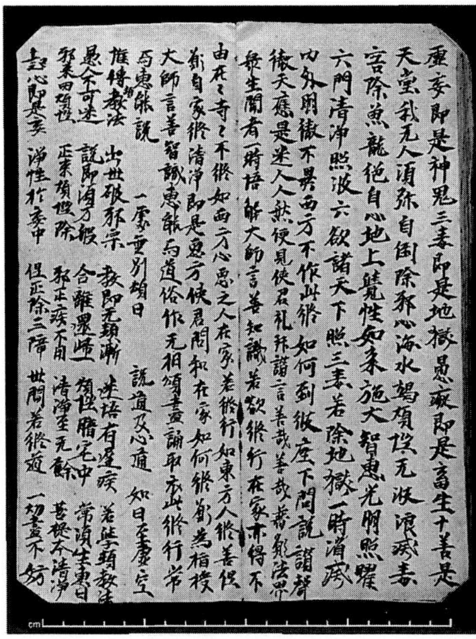

虛妄即是神鬼，三毒即是地獄，愚癡即是畜生，十善是
天堂。我无人，須弥自倒；除邪心，海水竭；煩惱无，波浪滅；毒害
除，魚龍絶。自心地上覺性如來，施大智惠光明，照曜
六門清淨，照破六欲諸天下，照三毒若除，地獄一時消滅。
內外明徹，不異西方。不作此修，如何到彼？座下聞說，讚聲
徹天，應是迷人了然便見。使君礼拜讚言：善哉善哉！普願法界
衆生聞者一時悟解。大師言：善知識，若欲修行，在家亦得，不
由在寺。在寺不修，如西方心惡之人；在家若修，如東方人修善。但
願自家修清淨，即是西方。使君問：和尚，在家如何修？願為指授。
大師言：善知識，惠能與道俗作无相頌，盡誦取，依此修行，常
與惠能說一處无別。頌曰：
說通及心通　如日至虛空
惟傳頓教法　出世破邪宗
教即无頓漸　迷悟有遲疾
若學頓教法　愚人不可迷
說即雖万般　合離還歸一
煩惱暗宅中　常須生慧日
邪來因煩惱　正來煩惱除
邪正悉不用　清淨至无餘
菩提本清淨　起心即是妄
淨性於妄中　但正除三障
世間若修道　一切盡不妨

S. 05475–29

S. 05475-31

S. 05475-30

S. 05475-33

S. 05475-32

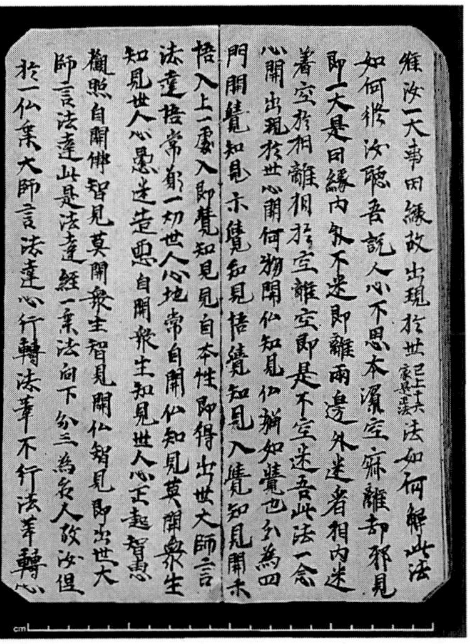
唯汝一大事因緣故出現於世已上十六字是正法如何解此法
如何修汝聽吾說人心不思本源空寂離却邪見
即一大事因緣內外不迷即離兩邊外迷者相內迷
著空於相離相於空離空即是不空迷吾此法一念
心開出現於世心開何物開佛知見佛猶如覺也分為四
門開覺知見示覺知見悟覺知見入覺知見開示
悟入上一處入即覺知見見自本性即得出世大師言
法達吾常願一切世人心地常自開佛知見莫開眾生
知見世人心愚迷造惡自開眾生知見世人心正起智惠
觀照自開佛智見莫開眾生智見開佛智見即出世大
師言法達此是法華經一乘法向下分三為迷人故汝但
於一佛乘大師言法達心行轉法華不行法華轉心

S. 05475-34

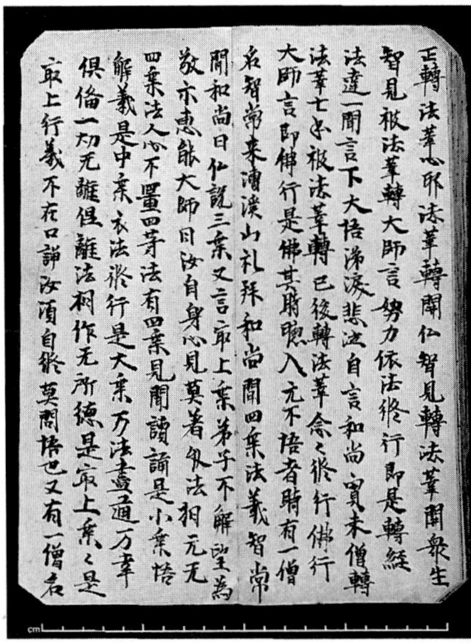
正轉法華心邪法華轉開佛智見轉法華開眾生
智見被法華轉大師言努力依法修行即是轉經
法達一聞言下大悟涕淚悲泣自言和尚實未曾轉
法華七年被法華轉已後轉法華念念修行佛行
大師言即佛行是佛其時聽人無不悟者時有一僧
名智常來漕溪山礼拜和尚問四乘法義智常
問和尚曰佛說三乘又言最上乘弟子不解望為
教示惠能大師曰汝自身心見莫著外法相元无
四乘法人心不量四等法有四乘見聞讀誦是小乘悟
解義是中乘依法修行是大乘万法盡通万行
俱備一切无離但離法相作无所得是最上乘乘是
最上行義不在口諍汝須自修莫問吾也又有一僧名

S. 05475-35

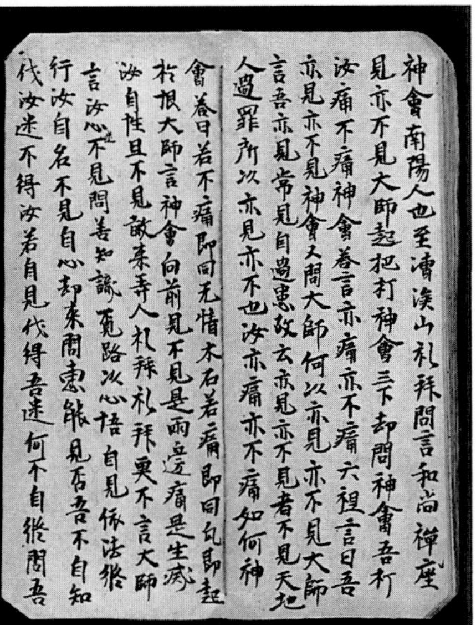
神會南陽人也至漕溪山礼拜問言和尚坐禪
見亦不見大師起把打神會三下却問神會吾打
汝痛不痛神會答言亦痛亦不痛六祖言曰吾
亦見亦不見神會又問大師何以亦見亦不見大師
言吾亦見常見自過患故云亦見亦不見者不見天地
人過罪所以亦見亦不也汝亦痛亦不痛如何神
會答曰若不痛即同无情木石若痛即同凡即起
於恨大師言神會向前見不見是兩邊痛不痛是生滅
汝自性且不見敢來弄人礼拜礼拜更不言大師
言汝心迷不見問善知識覓路以心悟自見依法修
行汝自名不見自心却來問惠能見否吾不自知
代汝迷不得汝若自見代得吾迷何不自修問吾

S. 05475-36

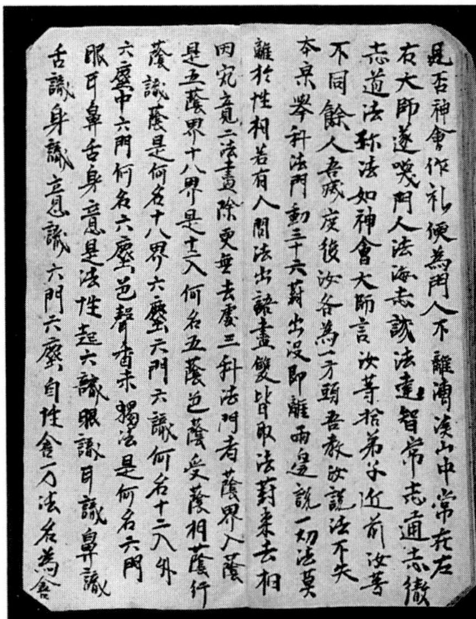
見否神會作礼便為門人不離漕溪山中常在左
右大師遂喚門人法海志誠法達智常志通志徹
志道法珍法如神會大師言汝等拾弟子近前汝等
不同餘人吾滅度後汝各為一方頭吾教汝說法不失
本宗舉科法門動三十六對出沒即離兩邊說一切法莫
離於性相若有人問法出語盡雙皆取法對來去相
因究竟二法盡除更無去處三科法門者蔭界入蔭
是五蔭界十八界是十二入何名五蔭色蔭受蔭相蔭行
蔭識蔭是何名十八界六塵六門六識何名十二入外
六塵中六門何名六塵色聲香味觸法是何名六門
眼耳鼻舌身意是法性起六識眼識耳識鼻識
舌識身識意識六門六塵自性含万法名為含

S. 05475-37

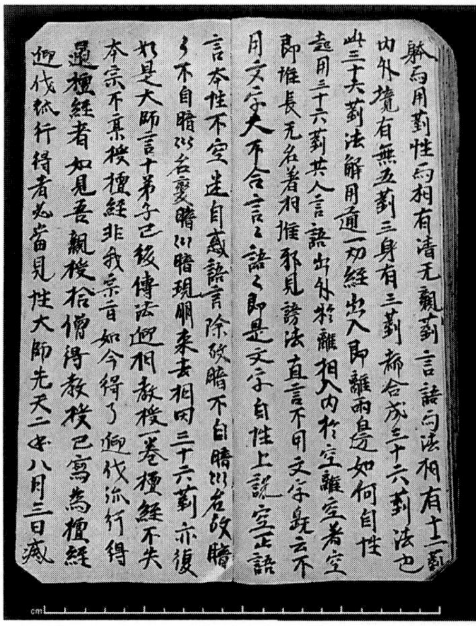

S. 05475-39

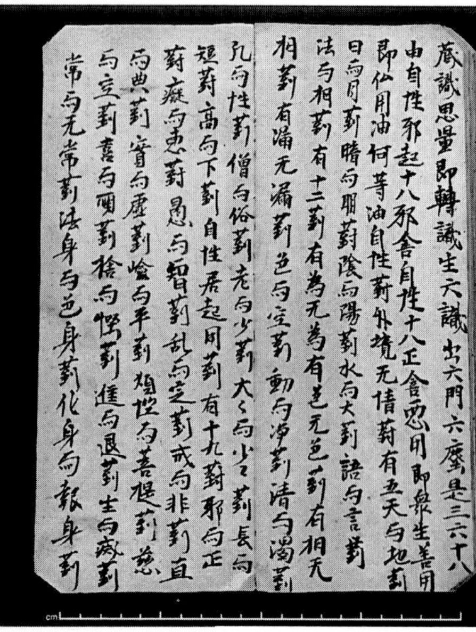

S. 05475-38

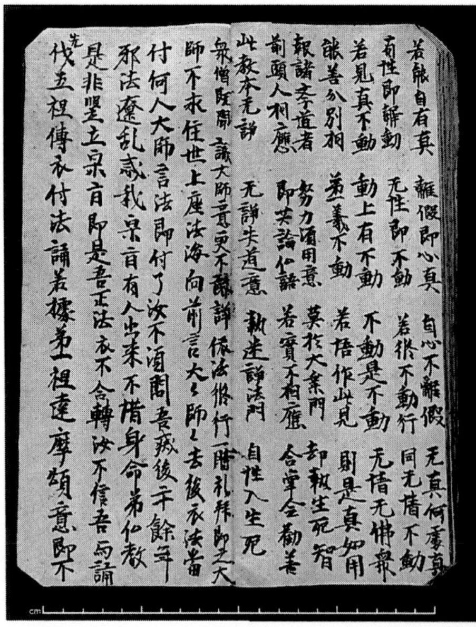

S. 05475-41

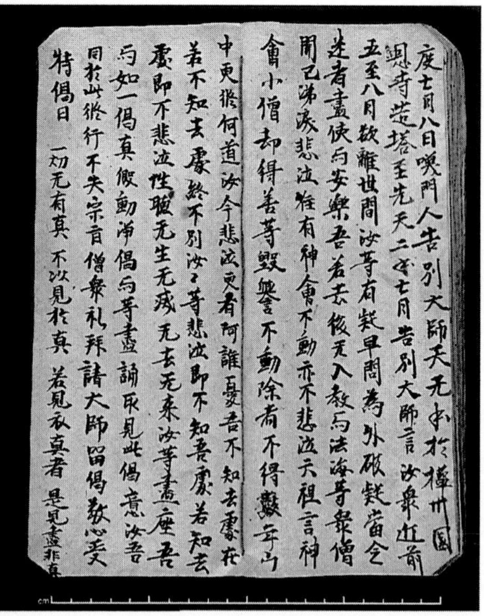

S. 05475-40

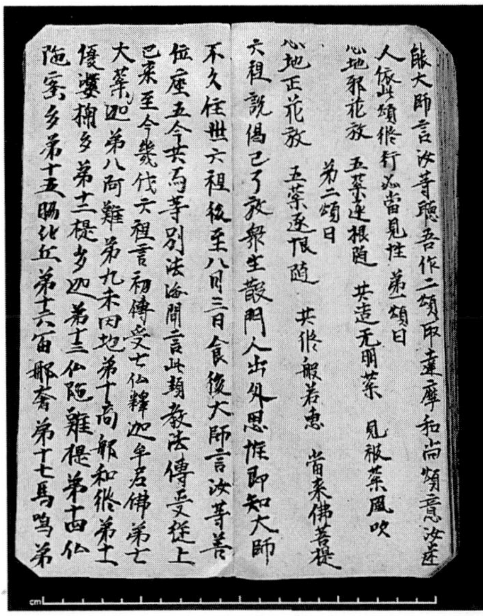

S. 05475-43 S. 05475-42

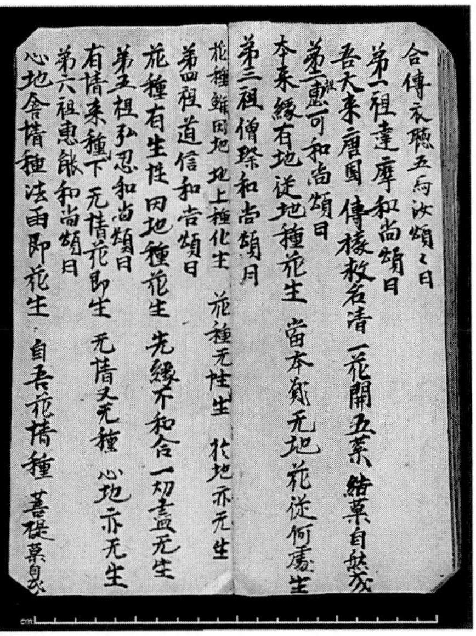

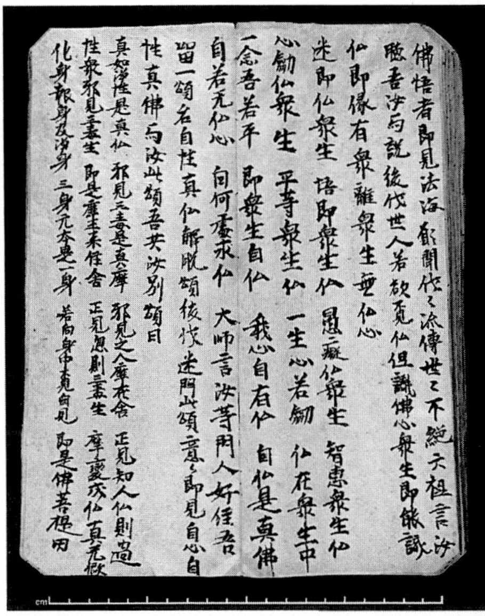

S. 05475-45 S. 05475-44

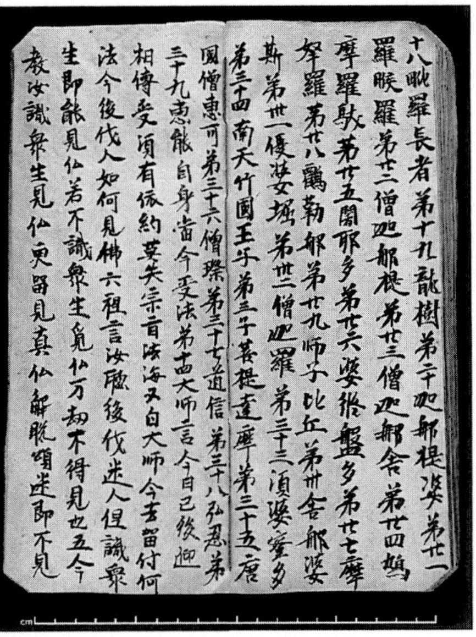

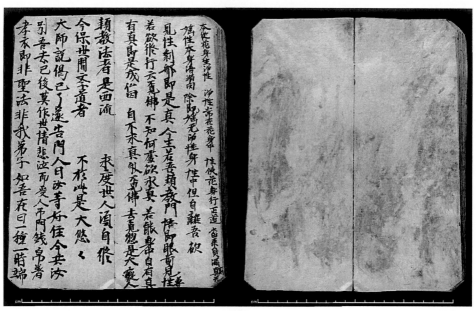

S. 05475—47　　　　　　　　　　　S. 05475—46

S. 05475—49　　　　　　　　　　　S. 05475—48

附录2：敦煌博物馆藏写本《六祖坛经》影印件

一　敦煌市博物馆藏敦煌本六祖坛经　（DB.077號）

DB.077-02

DB.077-01

DB.077-04

DB.077-03

DB.077—06

DB.077—05

DB.077—08

DB.077—07

DB.077-10

DB.077-09

DB.077-12

DB.077-11

DB.077-14

DB.077-13

DB.077-16

DB.077-15

DB.077-18

DB.077-17

DB.077-20

DB.077-19

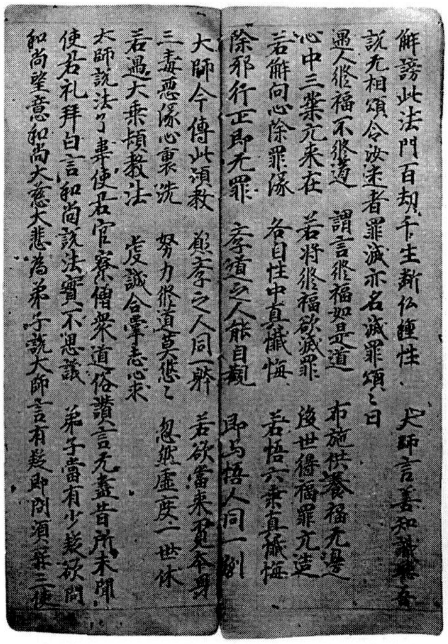

DB.077-22

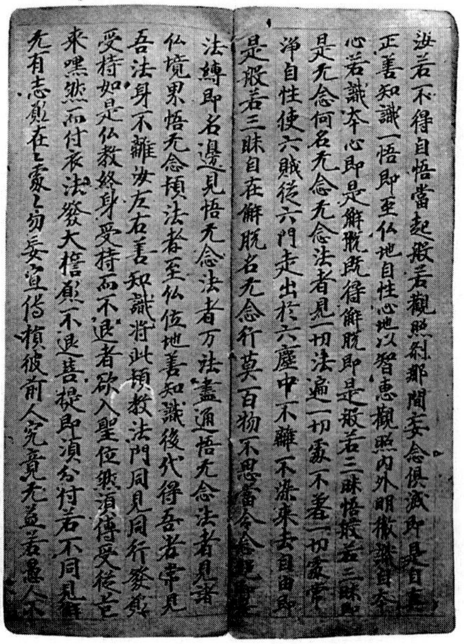

DB.077-21

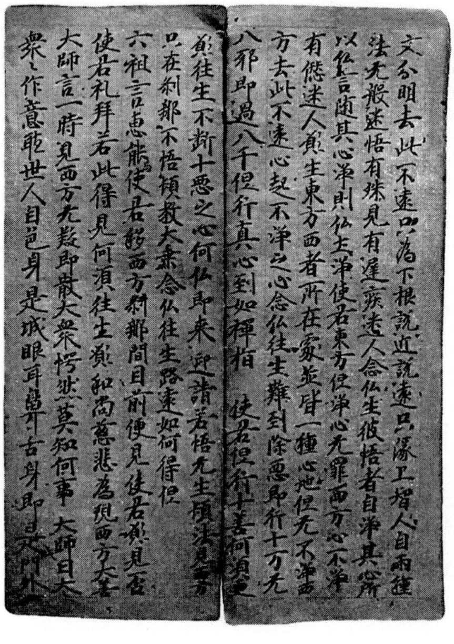

DB.077-24

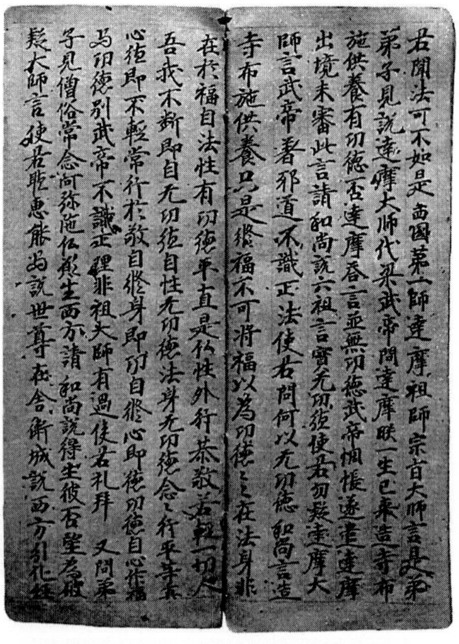

DB.077-23

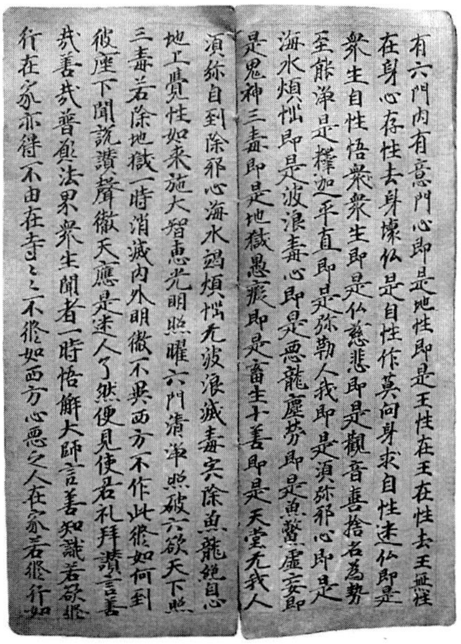
有六門內有意門心即是地性即是王性在王在性去王無性
在身心存性去身壞仏是自性作莫向身求自性迷仏即是
衆生自性悟衆衆生即是仏慈悲即是觀音喜捨名為勢
至能淨是釋迦平直即是弥勒人我即是須弥邪心即是
海水煩惱即是波浪毒心即是惡龍塵勞即是魚鼈虛妄即
是鬼神三毒即是地獄愚癡即是畜生十善即是天堂无我人
須弥自到除邪心海水竭煩惱无波浪滅毒害除魚龍絕自心
地上覺性如來施大智惠光明照曜六門清淨照破六欲天下照
三毒若除地獄一時消滅內外明徹不異西方不作此修如何到
彼座下聞說讚聲徹天應是迷人了然便見使君礼拜讚言善
哉善哉普願法界衆生聞者一時悟解大師言善知識若欲修
行在家亦得不由在寺〻〻不修如西方心惡之人在家若修行如

DB.077-25

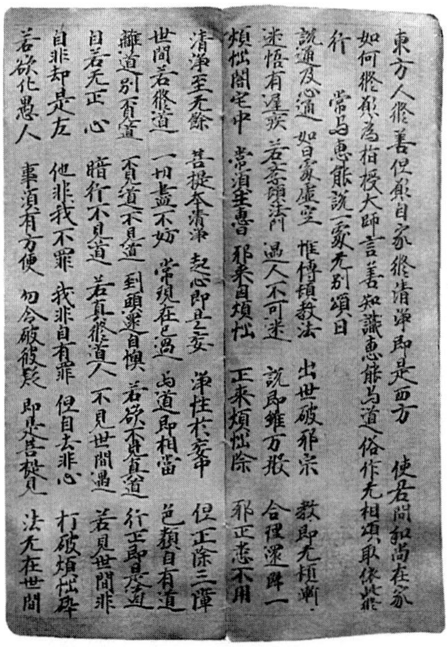
東方人修善但願自家修清淨即是西方　使君問和尚在家
如何修願為指授大師言善知識惠能与道俗作无相頌取依修
行　常与惠能說一處无別頌曰
說通及心通　如日處虛空　惟傳頓教法　出世破邪宗　教即无頓漸
迷悟有遲疾　若學頓法門　愚人不可迷　說即雖万般　合理還歸一
煩惱闇宅中　常須生惠日　邪来因煩惱　正来煩惱除　邪正悉不用
清淨至无餘　菩提本清淨　起心即是妄　淨性於妄中　但正除三障
世間若修道　一切盡不妨　常現在己過　与道即相當　色類自有道
離道別覓道　覓道不見道　到頭還自懊　若欲覓真道　行正即是道
自若无正心　暗行不見道　若真修道人　不見世間過　若見世間非
自非却是左　他非我不罪　我非自有罪　但自去非心　打破煩惱碎
若欲化愚人　事須有方便　勿令破彼疑　即是菩提見　法元在世間

DB.077-26

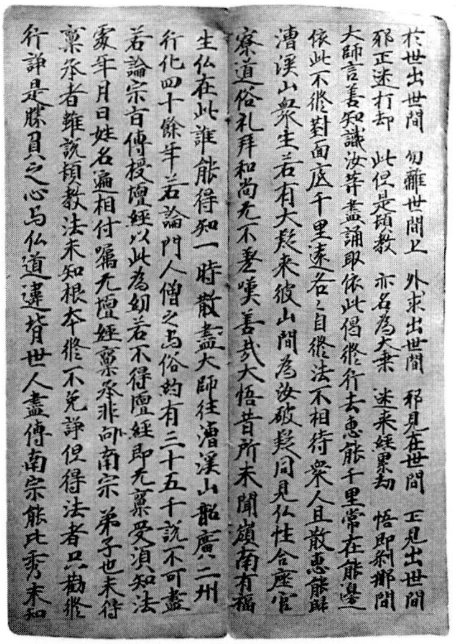
於世出世間　勿離世間上　外求出世間　邪見在世間　正見出世間
邪正悉打却　此但是頓教　亦名為大乘　迷来經累劫　悟即剎那間
大師言善知識汝等盡誦取依此偈修行去惠能千里常在能邊
依此不修對面底千里遠若〻自修法不相待衆人且散惠能歸
漕溪山衆生若有大疑来彼山間為汝破疑同見仏性合座官
寮道俗礼拜和尚无不嗟嘆善哉大悟昔所未聞嶺南有福
生仏在此誰能得知一時散盡大師往漕溪山韶廣二州
行化四十餘年若論門人僧之与俗約有三千五千說不可盡
若論宗旨傳授壇經以此為約若不得壇經即无稟受須知法
處年月日姓名遍相付囑无壇經稟承非南宗弟子也未得
稟承者雖說頓教法未知根本修不免諍但得法者只勸修
行諍是勝負之心与仏道違背世人盡傳南宗能比秀未知

DB.077-27

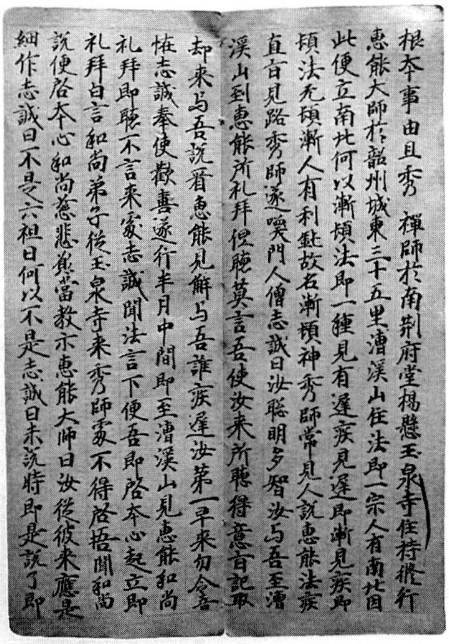
根本事由且秀　禪師於南荊府堂陽縣玉泉寺住持修行
惠能大師於韶州城東三十五里漕溪山住法即一宗人有南北因
此便立南北何以漸頓法即一種見有遲疾見遲即漸見疾即
頓法无頓漸人有利鈍故名漸頓神秀師常見人說惠能法疾
直旨見路秀師遂喚門人僧志誠曰汝聰明多智汝与吾至漕
溪山到惠能所礼拜但聽莫言吾使汝来所聽得意旨記取
却来与吾說看惠能見解与吾誰疾遲汝第一早来勿令吾
怪志誠奉使歡喜遂行半月中間即至漕溪山見惠能和尚
礼拜即聽不言来處志誠聞法言下便吾即啓本心起立即
礼拜白言和尚弟子從玉泉寺来秀師處不得啓悟聞和尚
說便啓本心和尚慈悲願當教示惠能大師曰汝從彼来應是
細作志誠曰不是六祖曰何以不是志誠曰未說時即是說了即

DB.077-28

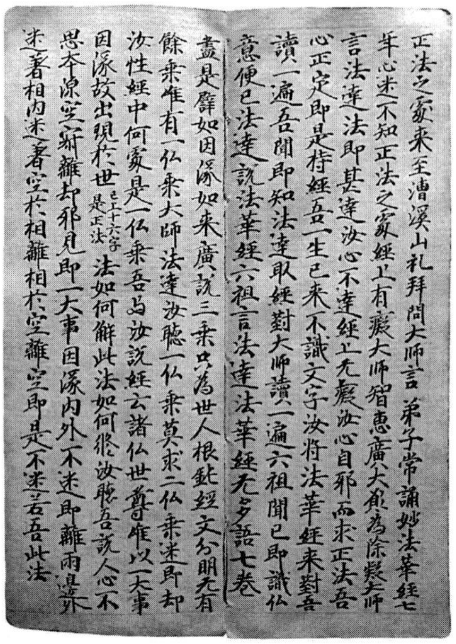

DB.077-30

DB.077-29

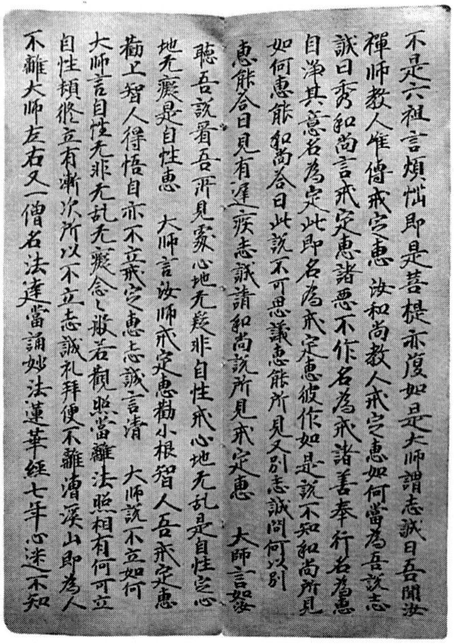

DB.077-32

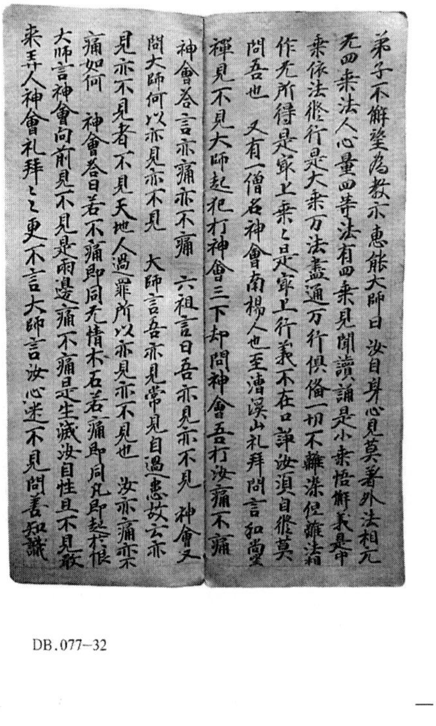

DB.077-31

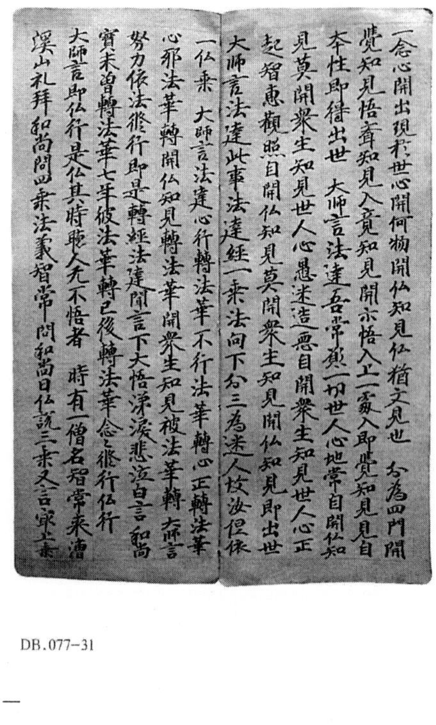

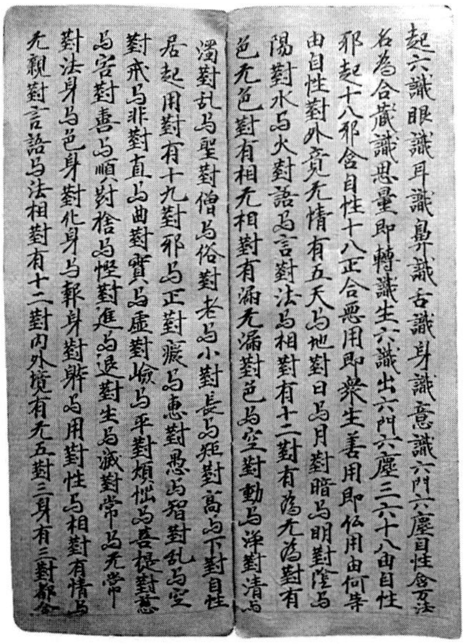

DB.077-34

DB.077-33

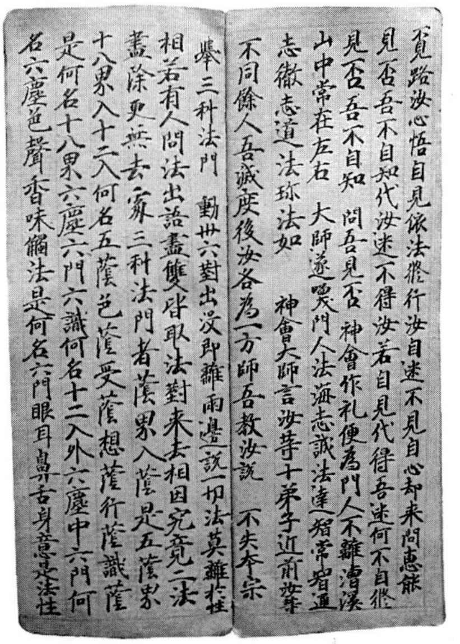

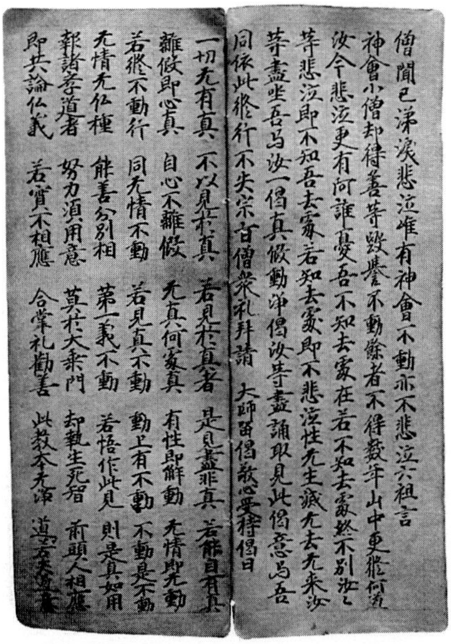

DB.077-36

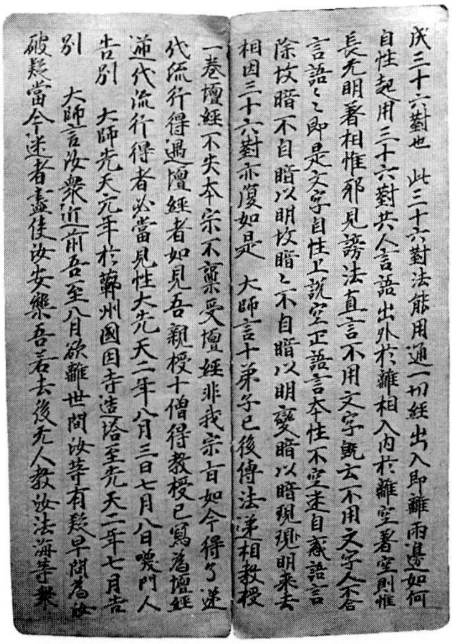

DB.077-35

DB.077-37

救迷演法門　自性八生死

大師意更不敢諍諸徐法飛行一時禮拜即知大師不久
住世上座法海向前言大師大師去後衣法當付何人大師言法即付
了汝不須問吾滅後二十餘年邪法撩亂惑我宗旨有人出來不
惜身命定佛教是非竪立五宗正旨即是吾正法衣不合傳汝不
信吾與誦先代五祖傳衣付法誦若據

第一祖達摩和尚頌曰
吾大來唐國　傳教救迷情　一花開五葉　結果自然成

第二祖惠可和尚頌曰
本來緣有地　因地種花生　當本元無地　花從何處生

第三祖僧璨和尚頌曰
花種須因地　地上種花生　花種無生性　於地亦無生

第四祖道信和尚頌曰
花種有生性　因地種花生　先緣不和合　一切盡無生

第五祖弘忍和尚頌曰
有情來下種　無情花即生　無情又無種　心地亦無生

DB.077-38

第六祖惠能和尚頌曰
心地含情種　法雨即花生　自悟花情種　菩提果自成

能大師言汝等聽吾作一頌取達摩和尚頌意汝迷人依此頌修行必當
見性

六祖後至八月三日食後大師言汝等著位坐吾今共汝等別

六祖言汝等此頌教法後代流傳已來至今數代

傳受七佛釋迦牟尼佛　第八阿難　第三末田地

第一大迦葉　第九阿難　第十脇比丘
第二頌　心地正花放　五葉逐根隨　共造無明葉　見被葉風吹
第十一優婆鞠多　第十二提多迦　第十三佛陀難提
第十四佛陀蜜多　第十五脇比丘　第十六富那奢
第十七馬鳴　第十八毗羅長者　第九伏馱蜜多
第十九龍樹　第二十迦那提婆　第二十羅睺羅

DB.077-40

迷即佛眾生　悟即眾生佛　愚癡佛眾生　智慧眾生佛

邪見三毒是真魔　邪見之人魔在舍

正見忽除三毒心　魔變成佛真無假

真如淨性是真佛　此頌意即見自性

大師言汝等門人好住吾留一頌名自性真佛解脫頌後代迷人

性中邪見三毒生　即是魔王來住舍
正見之人佛即過　性中邪見三毒生

本從化身生淨性　淨性常在化身中
性使化身行正道　當來圓滿真無窮

三身元本是一身　若向身中覓自見　即是成佛菩提因
淫性本身淨性因　除淫即無淨性身

性中但自離五欲　見性剎那即是真

今生若悟頓教門

DB.077-39

第二十一僧迦那提　第二十二摩拏羅
第二十三僧迦耶舍　第二十四鳩摩羅馱　第二十五闍耶多
第二十六婆修盤多　第二十七摩拏羅　第二十八勒那
第二十九師子比丘　第三十舍那婆斯　第三十一優婆崛
第三十二僧迦羅　第三十三須婆蜜多　第三十四南天竺國王子三
第三十五國王寅多羅　第三十六僧迦　第三十七道信
菩提達摩　第三十八惠可　第三十九僧璨　第四十　大師言

今日已後遞相傳授須有依約莫失宗旨
法海又白大師今當今受法

六祖言汝聽後代迷人但識眾生即能識佛若不識眾生覓佛萬劫不可得也
吾今教汝識眾生見佛更留見真佛解脫頌迷即不見佛悟者即見
法海願聞代代流傳世不絕

六祖言汝聽後代世人若欲覓佛但識眾生即能識佛即緣有眾生離眾生無佛心

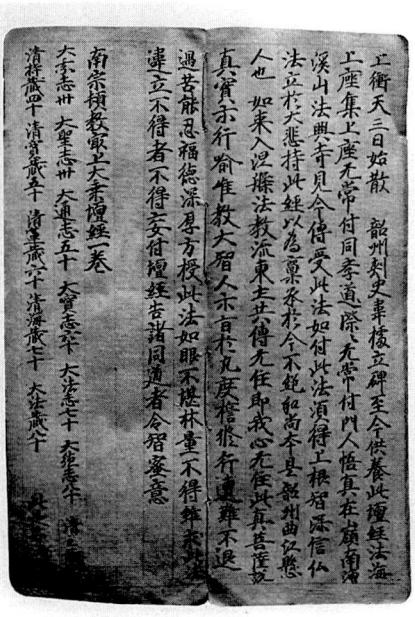

DB.077-42

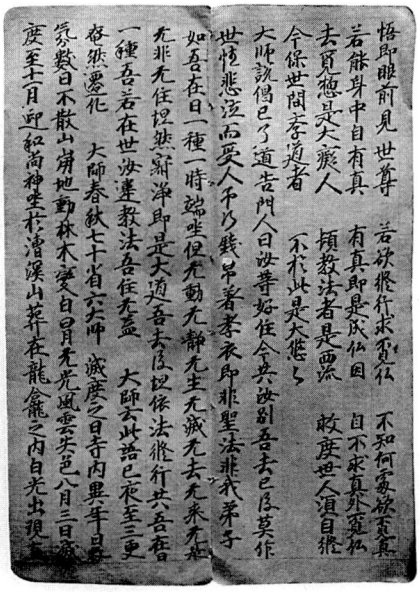

DB.077-41

附录 3：旅顺博物馆藏写本《六祖坛经》影印件

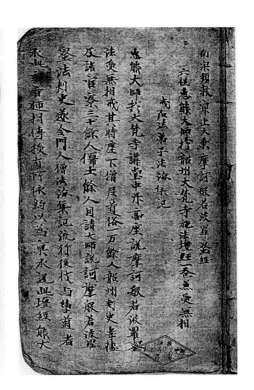

大師遂喚道俗但持金剛經一卷即得見性直了成佛惠
能聞說宿業有緣便即辭親往黃梅馮墓山禮拜
五祖弘忍和尚問惠能曰汝何方人來此山禮拜吾今
向汝邊復何物即得惠能答曰弟子是嶺南人新
州百姓今故遠來禮拜和尚不求餘物唯求作佛惠
大師遂責惠能曰汝是嶺南人又是獦獠若為堪作佛惠
能答曰人即有南北佛姓即無南北獦獠身與和尚

不同佛姓有何差別大師欲更共議見左右在傍邊
大師更不言遂發惠能令隨眾作務時有一行
者遂差惠能於碓坊踏碓八個餘月五祖忽於一日
喚門人盡來門人集記五祖曰吾向汝說世人生死
事大汝等門人終日供養只求福田不求出離生死苦
海汝等迷人自姓迷福門何可救汝知識且歸房自看
有知惠者自取本姓般若之知各作一偈呈吾看

門人得處分卻來各至自房遞相謂言我等不
須呈心用意作偈將呈和尚神秀上座是教授
師秀上座得法後自可依止請不用作諸人息心盡不
敢呈偈時大師堂前有三間房廊於此廊下供
養欲畫楞伽變并畫五祖大師傳授衣法流行
後代為記畫人盧玲看壁了明日下手上座神秀

思惟諸人不呈心偈緣我為教授師我若不呈心偈
五祖如何得見我心中見解深淺我將心偈上五祖
呈意即善求法覓祖不善卻同凡心奪其聖位
若不呈心終不得法良久思惟甚難甚難夜至三
更不令人見遂向南廊下中間壁上題作呈心偈
欲求衣法若五祖見偈言此偈若訪覓我
見此偈意即知是秀作五祖見偈言不堪自是我迷

身是菩提樹，心如明鏡臺，時時勤拂拭，莫使有塵埃。

神秀上座題此偈畢，歸房臥，並無人見，五祖平旦遂喚盧供奉來南廊下畫楞伽變，五祖忽見此偈，讀訖，乃謂供奉曰：弘忍與供奉錢三十千，深勞遠來，不畫變相也。金剛經云：凡所有相皆是虛妄。

偈曰：

上座三更於南廊中間壁上秉燭題作偈，人盡不知。

肯業障重，不合得法，聖意難測，我心自息，秀

不如留此偈，令迷人誦，依此修行，不墮三惡，依法修行，人有大利益。大師遂喚門人盡來，焚香偈前，人盡見皆生敬心，汝等盡誦此偈者，方得見性，依此修行，即不墮落。門人盡誦，皆生敬心，喚言善哉。五祖遂喚秀上座於堂內，門人誦偈若悟大意，喚汝徒應得我法，秀上座言：罪過，實是神秀作，不敢求祖，願和尚慈悲，看弟子有少智惠，識大意否。

五祖曰：汝作此偈，見即來到，只到門前，尚未得入，依此偈修行，即不墮落，作此見解，若覓無上菩提，即未可得，須入得門見自本性，誠且去一兩日思惟，更作一偈來呈吾，若入得門見自本性，當付汝衣法。秀上座去，數日作不得，有一童子於碓坊邊過，唱誦此偈，惠能一聞，知未見性，即識大意，能問童子：適來誦者是何言偈。童子答能曰：你不知大師言生死事

大眾傳誦，依此修行，令門人等各作一偈來呈吾，若悟大意，即付衣法，稟為六代祖。有一上座名神秀，忽於南廊下書無相偈一首，五祖令諸門人盡誦，悟此偈者，即見自姓，依此修行，即得出離。惠能若曰：我此踏碓八箇餘月，未至堂前，望上人引惠能至南廊下，見此偈禮拜，亦願誦取，纜來生緣佛地。童子引惠能至南廊，惠能即禮拜此偈，不識字，請一人讀。惠能聞已，即識大意。惠能亦

【右上】

作偈又請一解書人於西間壁上題著呈自本心

識本心紫法無益識心見姓即悟大意惠能偈曰

菩提本無樹　明鏡亦無臺　佛姓常清淨　何處有塵埃

又偈曰

心是菩提樹　身為明鏡臺　明鏡本清淨　何處染塵埃

院內徒眾見能作此偈盡怪惠能卻入碓坊

惠能俱即如識大意想眾人知五祖乃謂

【左上】

衆人問亦未得了五祖夜至三更喚惠能堂內說

金剛經惠能一聞言下便悟其夜受法人盡不知便傳

頓法及衣以為六代祖將衣為信稟代代相傳法

以心傳心當令自悟五祖言惠能自古傳法氣如懸

絲若住此間有人害汝汝即須速去

五祖三更發去五祖自送能至九江驛登時便別五祖處分

汝去努力將法向南三年勿弘此法難起在後弘

【右下】

化善誘迷人若得心開悟無別遠己子便

向南兩月中間至大庾嶺不知向後有數百人來

欲擬捉惠能棄衣法來路至半路盡惣却迴唯

有一僧姓陳名惠順先是三品將軍性行麁惡

直至嶺上來趁把惠能即還法不肯取我故

速來求法不要其衣能於嶺上便傳法惠順

順得聞言下心開能使惠順即却向北化人惠能

【左下】

来於此地諸官寮道俗亦有累劫之因教是

先聖所傳不是惠能自知願聞先聖教者各須

淨心聞了願自除迷如先代悟法下是大師曰善

知識菩提般若之知世人本自有之即緣心迷不能

自悟須求大善知識示道見姓善知識遇人智

人佛姓本亦無差別只緣迷悟迷即為愚悟即成

智善知識我此法門從一定慧為本第一勿迷言

惠定別惠定此法門定惠躰一不二即定是惠躰即惠定用即

惠之時定在惠定之時惠在定善知識此義
即是惠等博之道之人作莫言先定發惠
先惠發定定惠各別作此見者法有二相口說善
心不善惠定等心口俱善内外一衆種定惠即等
自悟修行不在口諍若諍先後即是迷人不斷
勝力卻生法我不離四相一行三昧者於一切時中行
住坐臥常行真心是淨名經云真心是道場
心是淨土莫心行諂曲口說法直口說一行三昧
。

不行真心非佛弟子但行真心於一切法上無有執著
名一行三昧迷人著法相執一行三昧真心坐不動除妄不
起心即是行三昧若如是此法同無情卻是障道
因緣道須通流何以卻滯心在住即通流住即彼
縛若坐不動是維摩詰不合呵舍利弗宴坐林
中善知識又見有人教人坐看心看淨不動不起
從此置功迷人不悟便執成顛即有數百盤

如此教道者故知大錯善知識定惠猶如何
紫如燈光有燈即有光無燈即無光燈是光
之軆光是燈之用名即有二軆無兩般此定惠
法亦復如是善知識法無頓漸人有利鈍迷
即漸勸悟人頓修識自本心是見本姓悟即元无
差別不悟即長劫輪迴善知識我自法門從
上已來頓漸皆立无念為宗无相為軆无住
為本何名為相无相於相而離相无念者於念
而不念无住者為人本姓念念不住前念今念後

念念相續無有斷絕若一念斷絕法身即離
色身念念時中於一切法上不住一念若住念念即
住名繫縛於一切法上念念不住即無縛也以无住
為本善知識外離一切相是无相但能離相姓
軆清淨是是以无相為軆於一切境上不染名為

无念故。自念上离境,不於法上念生。莫百物不思,念尽除却,一念断即无别处受生。传道者用心,莫不识法意,错即自迷,又勸他人迷不自见。又谤经直是以立无念为宗。为世人离境,即无念录,迷人於境上有念,念上便起邪见,一切尘劳妄念从此而生。然教门立无念为宗。世人离见,不起於念,若无有念,无念亦不立。无者无何事,念者何物。无者离二相诸尘劳。

真如是念之体,念是真如之用。自性起念,虽即见闻觉知,不染万境而常自在。《维摩经》云:外能善分别诸法相,内於第一义而不动。善知识,此法门中,坐禅元不著心,亦不著净,亦不言动。若言看者,心元是妄,妄如幻故,无所看也。若言看净,人性本净,为妄念故,盖覆真如,离妄念,本性净。不见自性本净,起心看净,却生净妄。

妄无处所,故知看者,看却是妄也。净无形相,却立净相,言是功夫,作此见者,障自本性,却被净缚。若不动者,不见一切人过患,是性不动。迷人自身不动,开口即说人是非,与道违背。看心看净,却是障道因缘。今记如是,此法门中,何名坐禅?此法门中,一切无碍,於外一切境界,上念不起为坐,见本性不乱为禅。何名

禅定?外离相曰禅,内不乱曰定。外若著相,内心即乱;外若离相,心即不乱。本性自净自定,只缘境触,触即乱。离相不乱即定。外离相即禅,内不乱即定。外禅内定,故名禅定。《维摩经》云:即时豁然,还得本心。《菩萨戒经》云:戒本源自性清净。善知识,见自性自净,自修自作,自性法身,自行佛行,自作自成佛道。善知识,总须自听,与受无相戒,一时逐惠能口道,令善知识见自三身佛。於自色身归依清净法身佛,於自色身归依千

百億化身佛，於自色身歸依當來圓滿報身佛，
已上三唱。色身是舍宅，不可言歸。向者三身，在自法性，
世人盡有，為迷不見，外覓三身如來，不見自色身
中三世佛。善知識，聽與善知識說，令善知識於
自色身，見自法性有三世佛。此三身佛，從自性上
生。何名清淨身佛，善知識，世人性本自淨，萬法
在自性。思量一切惡事，即行於惡行；思量一切善

事，便修於善行。知如是一切法，盡在自性，自性常
清淨。日月常明，只為雲覆蓋，上明下暗，不能了
見日月星辰。忽遇惠風吹散，卷盡雲霧，萬像
森羅，一時皆現。世人性淨，猶如清天，惠如日智如
月，智惠常明。於外著境，妄念浮雲蓋覆，自性不能
明。故遇善知識，開真正法，吹却迷妄，內外明徹，於
自性中，萬法皆現。一切法在自性，名為清淨法身。

自歸依者，除不善心及不善行，是名歸依。
何名千百億化身，不思量，性即空寂，思量即是
自化。思量惡法，化為地獄；思量善法，化為天
堂；毒害化為畜生，慈悲化為菩薩，智惠化
為上界，愚癡化為下方。自性變化甚名，迷人
自不知見，一念善智惠即生，一燈能除千年闇，一智
能滅萬年愚。莫思向前，常思於後，常後念善，名

為報身。一念惡報却千年善心，一念善報却千年
惡，滅無常已來，後念善，名為報身。
從法身思量，即是化身，念念善，即是報身。自悟
自修，名歸依也。皮肉是色身，色身是舍宅，不在歸
依也。但悟三身，即識大意。今既自歸依三身佛，已与善知
識發四弘大願。善知識，一時逐惠能道：
衆生無邊誓願度，煩惱無邊誓願斷，法門無邊誓願

願清先上煩惱誓願斷自身
誓願度不是慧能度善知識心中眾生各於
自身自性自度何名自性自度自色身中邪
見煩惱愚癡迷妄自有本覺性只本覺性將正
見度既悟正見般若之智除卻愚癡迷妄眾
生各各自度邪來正度迷來悟度愚來智度
惡來善度如是度者是名真度

煩惱無邊誓願斷自心除虛妄法門無邊誓願
學無上正法無上佛道誓願成常下心行恭敬一切遠
離迷執覺智生般若智除卻迷妄即自悟佛道
成行誓願力今既發四弘誓願訖與善知識授無相
懺悔滅三世罪障大師言善知識前念後念及今念
念念不被愚迷染從前惡行一時自性若除
即是懺悔前念後念及今念念念不被愚癡染除卻
從前矯誑心永斷

名為自性懺前念後念及今念念念不被疽疫染
除卻從前嫉妒心自性若除即是懺悔已上
三唱善知識何名懺者懺者終身不作
悔者知於前非惡業恆不離心諸佛
前口說無益我此法門中永斷不作名為懺悔
懺悔已與善知識授無相三歸依戒大師言善知識
歸依覺兩足尊歸依正離欲尊歸依淨眾中尊
從今已後稱佛為師更不歸依餘邪迷外道願自三

寶慈悲證明善知識惠能勸善知識歸依三寶
佛者覺也法者正也僧者淨也自心歸依覺邪迷不
生少欲知足離財離色名兩足尊自心歸依正念念
無邪故即無愛著以無愛著名離欲尊自心歸依淨一切
塵勞妄念雖在自性自性不染著名眾中尊凡夫
不解從日至日受三歸依戒若言歸佛佛在何處若
不見佛即無所歸既無所歸言却是妄善知識各自

摩訶般若波羅蜜法。善知識，各各
他佛，自性不誤，无所處。念既自歸依三寶，自歸依
至心与善知識說摩訶般若波羅蜜法。善知識各各
念不解，惠能与說。各各聽，摩訶般若波羅蜜者，西國
梵語，唐言大智惠彼岸到。此法須行，不在口念。口念不
不行，如如化。修行者法身与佛等。何名摩訶？訶者
者是大。心量廣大，由如虚空，莫之心，即落無記空
能含日月星辰，大地山河，初草木，惡人善人，善法

他佛，自性不誤，无所處。念既自歸依三寶，自歸依
至心与善知識說摩訶般若波羅蜜法。善知識各各
念不解，惠能与說。各各聽，摩訶般若波羅蜜者，西國
梵語，唐言大智惠彼岸到。此法須行，不在口念。口念不
不行，如如化。修行者法身与佛等。何名摩訶？訶者
者是大。心量廣大，由如虚空，莫之心，即落無記空
能含日月星辰，大地山河，初草木，惡人善人，善法

念智即般若智生，此是我修般若，元无形相
惠性即是。何名波若？波若是智惠。
岸到。解義離生滅，著境生滅起，如水有波浪
即是於此岸。離境無生滅，如水承長流，故即名到彼
岸，故名波羅蜜。善知識，迷人口念，當念之時，有妄有非
念念若行，是名真有念。悟此法者，悟般若法，修般若行
博叙若行，一念修行，法身与佛等。善知識，即煩惱是菩提
佛善知識，即煩惱是菩提，前念迷即凡，後念悟

即佛善知識，摩訶般若波羅蜜，最尊最上第一
无住无去無來，三世諸佛從中出，將大智惠到彼岸
打破五陰煩惱塵勞，最尊最上第一，讚最上
乘法修行，定成佛。无去無住無來往，是定惠
不染一切法，三世諸佛從中，三毒為戒定惠
知識我此法門，從八萬四千智惠，何以故爲世
八萬四千塵勞，若無塵勞，智惠常在，不離自

善知識，若欲入甚深法界入般若三昧者，直須修般若波羅蜜行，但持《金剛般若波羅蜜經》一卷，即得見性入般若三昧。當知此人功德無量，經中分明讚歎，不能具說。此是最上乘法，為大智上根人說。小根智人若聞心不生信。

何以故？譬如大龍若下大雨，雨於閻浮提，知諸草葉，若下大雨，雨於大海，不增不減。若大乘者聞說《金剛經》，心開悟解，故知本性自有般若之智，自用智惠觀照，不假文字。譬如其雨水不從天有，元是龍王於江海中將身引此水，令一切眾生、一切草木、一切有情無情悉皆蒙潤，諸水眾流卻入大海，海納眾水合為一體。眾生本性般若之智，

亦復如是。小根之人聞說此頓教，猶如大地草木根性自小者，若被大雨一沃，悉皆自倒，不能增長。小根之人亦復如是。有般若之智，與大智之人亦無差別，因何聞法即不悟？緣邪見障重，煩惱根深。猶如大雲蓋覆於日，不得風吹，日無能現。般若之智亦無大小，為一切眾生自有迷心，外修覓佛，未悟自性，即是小根人。

聞其頓教，不假外修，但於自心令自本性常起正見，一切邪見煩惱塵勞眾生，當時盡悟。猶如大海納於眾流，小水大水合為一體，即是見性。內外不住，來去自由，能除執心，通達無礙。能修此行，即與《般若波羅蜜經》本無差別。一切經書及文字、小大二乘、十二部經，皆因人置。因智惠性故，故然能建立。我若無世人，一切萬法本自不有。故知萬法本從人興，一切經書因人說有。緣在人中有

有愚有智，愚為小故，智為大故。迷人問於智者，
智人与愚人說法，令遇者悟解心開。迷人若
悟心開，与大智人無別。故知不悟即佛是眾生，一
念若悟即眾生是佛。故知一切萬法盡在自身
心中，何不從於自心頓見真如本性。菩薩戒經云：
我本源自性清净。識心見性，自成佛道。即時
豁然，還得本心。善知識，我於忍和尚處，一聞言下
大悟，頓見真如本性。是故將此教法流行後代，令

学道者頓悟菩提，各自觀心，令自本性頓悟。若
自悟者頓求大善知識，示道見性。何名大善
識。解最上乘法直示正路是善知識，是大
因緣，所為化道令得見佛，一切善法皆因大善知
識能發起故。三世諸佛十二部經，在人性中本自
具有。不能自性悟，須得善知識示道見性。若
自悟者不假外善知識。若取外善知識望得
解脱，無有是處。

解脱。無有是處。識自心內善知識即得解脱。
若自心邪迷，妄念顛倒，外善知識即有教授。
汝若不得自悟，當起般若觀照，刹那間妄念
俱滅，即是自真正善知識，一悟即至佛地。自性
心地以智慧觀照，內外明徹，識自本心。若識本
心，即是解脱。既得解脱，即是般若三昧。悟般若
三昧，即是無念。何名無念。無念法者，見一切法，

不著一切法，遍一切處，不著一切處，常净自性，使
六賊從六門走出，於六塵中不離不染，來去自
由，即是般若三昧，自在解脱，名無念行。莫百物
不思，當令念絕，即是法縛，即名邊見。善知識，悟無念法
者，萬法盡通。悟無念法者，見諸佛境界。悟無念法
者，至佛位地。善知識，後代得吾法者，常見吾法
身，不離汝左右。善知識，將此頓教法

門同見同行敬 飲受持如事佛故終其受持
而不退者 須入聖位然須傳受從上已來 嘿然
付法發大誓願不退菩提即須分付若不
同見解无有志願在於處々勿妄宣傳損
彼前人究竟无益若遇人不解謾此法門
百劫千生斷佛種性大師言善知識聽吾
說无相頌令汝迷者罪滅亦名滅罪頌言

愚人修福不修道 謂言修福而是道
布施供養福无邊 心中三業元來在
若將修福欲滅罪 後世得福罪元在
若解向心除罪緣 各自性中真懺悔
若悟大乘真懺悔 除邪行正即无罪
學道之人能自觀 即與悟人同一例
大師令傳此頓教 願學之人同一體
若欲當來覓本身 三毒惡緣心裏洗
努力修道莫悠悠 忽然虛度一世休
若遇大乘頓教法 虔誠合掌志心求

大師說法了 韋使君官僚僧眾道俗 讚言无盡 昔所未聞
使君禮拜 自言和尚說法實不思議
弟子當有少疑欲問和尚 望和尚
大慈大悲為弟子說 大師言有疑即問 何須再三
使君問法可不是西國第一祖達摩祖師宗旨
大師言是 弟子見僧道論 達摩大師化梁武帝
帝問達摩朕一生已來造寺
布施供養有功德否 達摩答言并无功德
武帝惆悵 遂遣達摩出境 未審此言請和尚說

祖達實无功德 使君勿疑達摩大師言 武帝著邪道
不識正法 使君問何以无功德 和尚言造寺
布施供養 只是修福 不可將福以為功德 功德
在法身非在於福田 自法性有功德 見性
是功 平直是德 內見佛性 外行恭敬 若輕
一切人 吾我不斷即自无功
德 自性虛妄 法身无功德 念念行平等
直心德即不輕 常行於敬 自修身即功德 自修
心即德 功德自心作福 與功德別 武帝不識正理 非祖
大師有過
弟子不見僧俗禮拜大門
阿彌陀佛願往生西方請

和尚说佛生彼，愿往生否，大师言二使君听惠能说。世尊在舍卫城说西方引化经文分明，去此不远。说近□□□为下根说远，说近只缘上智。人自两种，法无两般。迷悟有殊，见有迟疾。迷人念佛生彼，悟者自净其心。所以佛言：随其心净则佛土净。使君东方但净心无罪，西方心不净有愆。迷人愿生东方西者，所在处并皆一种。心但无不净，西方去此不远；心起不净之心，念佛往生难到。除

恶即行十万无八邪，即过八千，但行直心，到如弹指，便睹弥陀。使君但行十善，何须更往生，不断十恶之心，何佛即来迎请。若悟无生顿法，见西方只在刹那；不悟念佛往生路远，如何得达。六祖言：惠能与使君移西方刹那间，目前便见。使君愿见否，使君礼拜若此。得见和尚，慈悲为现西方，大众大善。大师言：大众，大众作意听，世人自色身是城，眼耳鼻舌身即是城

门外有六门，内有意门，心即是地，性即是王。性在王在，性去

闻外有六门，内有意门，心即是地，性即是王。性在王在，性去王无，性在身心存，性去身坏。佛是自性作，莫向身求。自性迷佛即是众生，自性悟众生即是佛。慈悲即是观音，喜舍名为势至，能净即是释迦，平直即是弥勒。人我即是须弥，邪心即是海水，烦恼即是波浪，毒心即是恶龙，尘劳即是鱼鳖，虚妄即是神鬼，三毒即是地狱，愚痴即是畜生，十善即是天堂。无人我须弥自倒，除邪心海水竭，烦恼无波浪灭，毒害除鱼龙绝。自心地上觉性如来施大智慧光明照曜，六门清净照破六欲诸天下照，三毒若除，地狱一时消灭，内外

门微不异，两方不作此修，如何到彼。坐下闻说，赞善无央数，迷人了然便见。使君礼拜，赞言善哉善哉，普愿法界众生闻者一时悟解。大师言善知识，若欲修行在家亦得，不由在寺。在寺不修，如西方心恶之人，在家若修行如东方人修善。但愿自家修清净，即是西方。使君问，在家如何修，愿为指授。大师言善知识，惠能与道俗作无相颂，尽诵取依此修行，常与惠能说一处无别。颂曰

弟与惠能说

一处无别颂曰

−397−

覺道及心過
出世破邪宗
惟傳頓教法
救即无頓漸

若欲覓類法門
愚人不可迷
合理還歸一
煩惱暗宅中
常須生惠日

邪來因煩惱
正來煩惱除
邪正俱不用
清淨至无餘

菩提本清淨
起心即是妄
淨性於妄中
但正除三障

世間若修道
自性於已過
一切盡不妨
常現在己過
与道即相當

色類自有道
離道別覓道
覓道不見道
到頭還自懊

若欲覓真道
行正即是道
自若无正心
暗行不見道

若見世間非
若真修道人
不見世間過
若見他人非
自非却是左

他非我不罪
我非自有罪
但自去非心
打破煩惱碎

若欲化愚人
事須有方便
勿令彼有疑
即是菩提現

法元在世間
於世出世間
勿離世間上
外求出世間

邪見在世間
正見出世間
邪正悉打却
菩提性宛然

此但是頓教
亦名為大乘
迷來經累劫
悟即剎那間

大師言善知識
汝等盡誦取
依此偈修行
去惠能千里常在能邊
此不修
對面千里
何勤遠來
各各自須依法修行
不相待
众去
惠能歸漕溪山
众生若有大疑
來彼山間
為汝破疑
同見佛性
合座官僚道俗礼拜
和尚无不嗟嘆善哉大悟
昔所

未聞嶺南有福
漕溪山釉虞一川
五千言說不可盡
四十餘年黄梅
首傳授壇頓教以出為依約
此誰能得知時畫散太師往
嘱无得壇經
若不得壇經即无
須知法處
年月日姓名
付弟子也未得
雖說頓
教法未知根本終不
隊員之心
道違
世人盡傳南能北秀未知根本

（上右幅）

秀由是禅师指遣前府当阳县玉泉寺住持。
能大师於韶州城东三十五里漕溪山住持。
南北因此便立南北。何以渐顿。法即一种，见有迟疾，
见迟即渐，见疾即顿。法无渐顿，人有利钝，故名渐顿。
神秀师常见人说惠能法疾，直指见路。
秀师遂唤门人僧志诚曰：汝聪明多智，
汝与吾至漕溪山，到惠能所礼拜，
但听莫言吾使汝来。所听得意旨记取，却来与吾说，
看惠能见解与吾谁疾迟。汝第一早来，勿令吾怪。
志诚

（上左幅）

奉使欢喜，遂行。半月中间即至漕溪山，见惠能和尚，礼拜即听，
不言来处。志诚闻法，言下便悟，即契本心。起立即礼拜，自
言：和尚，弟子从玉泉寺来。秀师处不得契悟，闻和
尚说，便契本心。和尚慈悲，愿当散示。惠能大师曰：汝从彼
来，应是细作。志诚曰：不是。六祖言：何以不是？志诚曰：
未说时即是，说了不是。六祖言：烦恼即是菩提，亦复如是。
志诚白言：惠能大师教人，戒定惠。
更惠如何当为吾说。志诚曰：

（下右幅）

不作此名为戒，诸善奉行名为惠，自净其意名为定。彼作如是说，不知和尚
所见如何。惠能答曰：此说不可思议，惠能所见又别。志诚问何以别，惠
能答曰：见有迟疾。志诚请和尚说所见戒定惠。大师言：如汝
听吾说，看吾所见处。心地无非自性戒，心地无乱自性
定，心地无痴自性惠。惠能大师言：汝戒定惠劝小根智人，
吾戒定惠劝上智人。得悟自性，亦不立戒定惠。志诚言：请
大师说不立如何。大师言：自性无非无乱无痴，
念念般若观照，常离法相，有何可立。自性顿修，立有渐次，
所以不立。

（下左幅）

志诚礼拜，便不离漕溪山，即为门人，不
离大师左右。又有一僧名法达，常诵妙法莲华经七年，心
迷不知正法之处。来至漕溪山礼拜，问大师言：弟子诵妙法莲华经七年，心
迷不知正法之处。经上有疑，大师智惠广大，愿为除疑。大
师言：法达，法即甚达，汝心不达，经本无疑，汝心自邪而
求正法。吾心正定即是持经。吾一生已来，不识文字，汝
将法华经来对吾读一遍，吾闻即知。法达取经，对大师读一遍……

祖言善知識汝等各各淨心聽吾說法汝
大師言善知識不見一法存無見大如虛空
天地人盡在其中世人性空亦復如是
貪莫著空不離身即同先情不見空即不見
性天師言神會向前見不見是兩邊痛覺生滅
汝自性且不見敢來弄人禮拜禮拜更不言大師言汝
心迷不見問善知識覓路汝心悟自見依法修行汝自
迷不見自心卻來問惠能見否吾不自知代汝迷不

得法若自悟代得吾法何不自於聞吾見否神會作
札便為問人不離漕溪山中常在左右大師遂喚門
人法海志誠法達智常智通志徹志道法珍
神會大師言汝等十弟子近前汝等不同餘人吾滅
度後汝各為一方師教汝說法不失本宗舉三科法
法門動用三十六對出離兩邊說一切法莫離
法門忽有人問法出語盡雙皆取對來去相因
究竟二法盡除更無去處三科法門者陰界入

五陰界十八界是十二入何名五陰色身是菩薩覺菩想識行識
識陰是何名十八界六塵六門六識何名十二入外六塵中六
門何名六塵色聲香味觸法是何名六門眼耳鼻舌身
意是法性起六識眼識耳識鼻舌識意識六
門六塵自姓含萬法名為含藏識思量即轉識生
六識出六門六塵是三六十八由自姓邪起十八邪含自
六識正合用即生六識正合用即愚用即眾生善用即佛用由自
性對外境無情對有五天與地對日與月對暗與
明對陰與陽對水火對語言對法與相對有十二對
有為無為有色無色對有相無相對有漏無漏對色與
空對動靜對清與濁對凡與聖對僧與俗對老與少
長與短對高與下對邪性與正對癡與惠對愚與智
與亂與定對戒與非對直與曲對實與虛對險與
平對煩惱與菩提對慈與害對喜與瞋對捨與慳
與進對生與滅對常與無常對法身與色身
對化身與報身對此是十九對也語言與法對有十二對

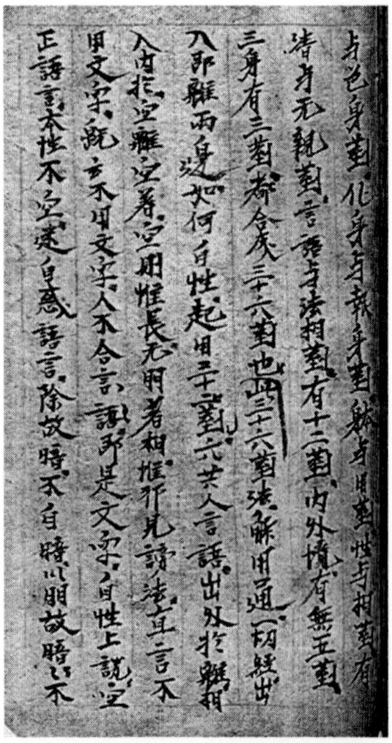
與色身對，化身與報身對，體與用對，性與相對，有
情與無親對。言語與法相對，有十二對。內外境有無五對。
三身有三對，都合成三十六對也。此三十六對法，解用通一切經，出
入即離兩邊。如何自性起用三十六對？共人言語，出外於相
離相，入內於空離空。著空即惟長無明，著相惟邪見。謗法，直言不
用文字。既云不用文字，人不合言語。言語即是文字。自性上說空，
正語言本性不空。迷自惑語言，除故。暗不自暗，以明故暗；暗不

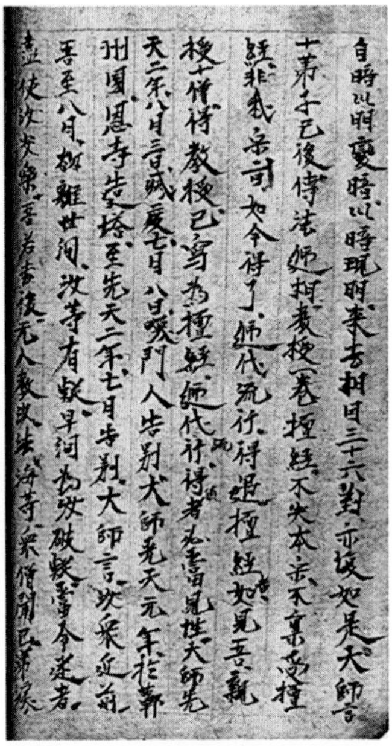
自暗，以明變暗，以暗現明，來去相因。三十六對，亦復如是。大師言：
十弟子，已後傳法，遞相教授一卷《壇經》，不失本宗。不稟受《壇
經》，非我宗旨。如今得了，遞代流行。得遇《壇經》者，如見吾親
授。十僧得教授已，寫為《壇經》，遞代流行，得者必當見性。大師先
天二年八月三日滅度。七月八日，喚門人告別。大師先天元年於新
州國恩寺造塔，至先天二年七月告別。大師言：汝眾近前，
吾至八月，欲離世間。汝等有疑早問，為汝破疑，當令迷者
盡使汝安樂。吾若去後，無人教汝。法海等眾僧聞已，涕淚

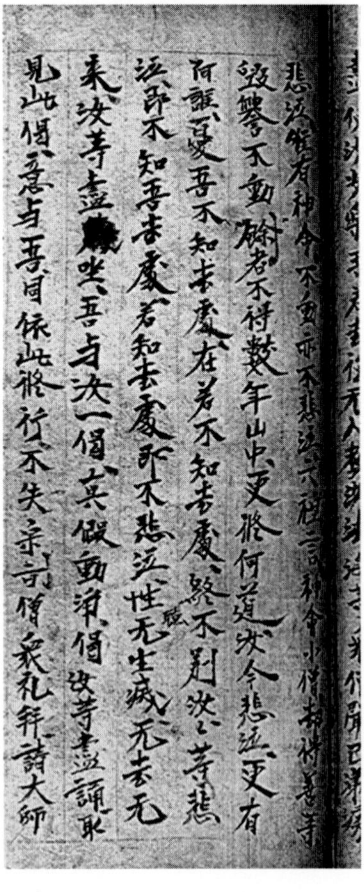
悲泣，惟有神會不動，亦不悲泣。六祖言：神會小僧，却得善等，
毀譽不動，餘者不得。數年山中，更修何道？汝今悲泣，更有
阿誰？憂吾不知去處在？若不知去處，終不別汝。汝等悲
泣，即不知吾去處；若知去處，即不悲泣。性無生滅，無去無
來。汝等盡坐，吾與汝一偈：真假動靜偈。汝等盡誦取，
見此偈，意與吾同；依此修行，不失宗旨。僧眾禮拜，請大師

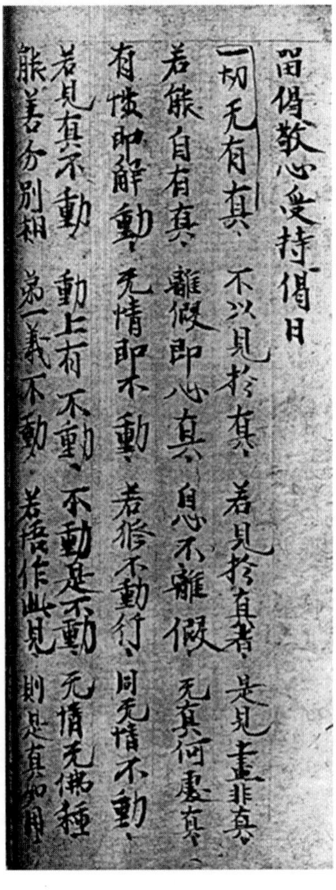
留偈，敬心受持。偈曰：
一切無有真，不以見於真。若見於真者，是見盡非真。
若能自有真，離假即心真。自心不離假，無真何處真？
有情即解動，無情即不動。若修不動行，同無情不動。
若見真不動，動上有不動。不動是不動，無情無佛種。
能善分別相，第一義不動。若悟作此見，則是真如用。

報諸學道者，努力須用意，莫於大乘門，卻執生死智。前頭人相應，即共論佛義，若實不相應，合掌令勸善。此教本無諍，若諍失道意，執迷諍法門，自性入生死。

語既聞已，識大師意，更不敢諍，依法修行，一時礼拜，即知大師不久住世。上座法海向前言：大師去後，衣法當付何人？大師言：法即付了，汝不須問。吾滅後二十餘年，邪法繚亂，惑我宗旨，有人出來，不惜身命，定佛教是非，豎立宗旨，即是吾正法。衣不合轉。

不信者，與誦先代五祖傳衣付法頌。若誦此頌，堅元見性。

第一祖達摩和尚頌曰：
吾本來唐國，傳教救迷情，一花開五葉，結果自然成。

第二祖惠可和尚頌曰：
本來緣有地，從地種花生，當本元無地，花從何處生。

第三祖僧璨和尚頌曰：
花種雖因地，地上種花生，花種元無性，於地亦無生。

第四祖道信和尚頌曰：
花種有生性，因地種花生，先緣不和合，一切盡無生。

第五祖弘忍和尚頌曰：
有情來下種，無情花即生，無情又無種，心地亦無生。

第六祖惠能和尚頌曰：
心地含情種，法雨即花生，自悟花情種，菩提果自成。

能大師言：汝等聽吾作二頌，取達摩和尚頌意，汝迷人

依此二頌修行，必當見性。第一頌：
心地邪花放，五葉逐根隨，共造無明業，見被業風吹。

第二頌：
心地正花放，五葉逐根通，共修般若惠，當來佛菩提。

六祖說偈已了，放眾生教門人出外思惟，即知大師不久住世。

六祖後至八月三日，食後，大師言：汝等著位坐，吾今與汝等別。法海問言：此頓教法傳受，從上已來至今幾代？

祖宣初傳受七佛釋迦牟尼佛第七大迦葉第八阿難
第九末田地第十商那和修第十一優婆掬多第十二提
多迦第十三佛陀難提第十四佛陀蜜多第十五脇比丘第
十六富那奢第十七馬鳴第十八毗羅長者第十九龍樹
十二迦那提婆第廿一羅睺羅第廿二僧迦那提第廿三
僧迦耶舍第廿四鳩摩羅馱第廿五闍耶多第廿六婆
修盤陀第廿七摩拏羅第廿八鶴勒那第廿九師子

比丘某世今耶婆斯某世（優婆塞某世二）僧伽羅某世三
須婆蜜多某世四前天生國王太子善提達摩某
三十五唐國僧惠可某世六僧璨某世七道信某世八弘忍某
世九惠能自身當今更流某四十大師言今日已後依相傳
受須稟依約莫失宗旨弟兄海又于大師言今日已後依相傳
代代流傳依約莫失宗旨眾生若迷人促識眾生眾見成
佛若不識眾生覓佛萬劫不得也今令汝等令識眾生見佛

更留見真佛解脫頌迷人若不見化身若
心若不依六祖言汝聽吾與後代迷人若識
佛但識眾生即緣有眾生離眾生無佛心
迷即佛眾生悟即眾生佛愚癡佛眾生
智惠眾生佛心險佛眾生平等眾生佛
一生心若險佛在眾生中一念悟若平
即眾生自佛我心自有佛自佛是真佛
自若無佛心向何處求佛（大師言）汝等諸人好住五

一頌名自性見真佛解脫頌後代迷門人此頌意即見
自心自性真佛
邪見三毒是真魔邪見之人魔在舍正見之人佛即過
性中邪見三毒生即是魔王來住舍正見忽除三毒心
魔變成佛真無假化身報身及淨身三身元本是一身
若向身中覓自見即是成佛菩提因本從化身生淨性
淨性常在化身中性使化身行正道當來圓滿真無窮
淫性本身淨性因除淫即無淨性身性中但自離五欲
見性剎那即是真

今生若悟頓教門 悟即眼前見世尊 若欲修行云覓仏 不知何處欲求真
若能身中自有真 有真即是成仏因 自不求真外覓仏 去覓惣是大癡人
頓教法者是西流 救度世人須自修 今保世間學道者 不於此是大悠悠
大师說偈已了 遂告門人曰 汝等好住 今共汝別 吾去已後
莫作世情悲泣 而受人弔問錢帛 著孝衣 即非聖法 非我
弟子 如吾在日一種 一時端坐 但无動无靜 无生无滅 无去无來
无是无非 无住但然寂靜 即是大道 吾去後 但依法修行

共吾在日一種 吾若在世 汝違教法 吾住无益 大师云此語已 夜
至三更 奄然遷化 大师春秋七十有六 大师滅度之日 寺內異
香氛氳 經數日不散 山崩地動 林木變白 日月无光 風雲失
色 八月三日滅度 至十一月迎和尚神坐於漕溪山 葬在
龍龕之內 白光出現 直上衝天 三日始散 韶州刺使
韋據立碑 至今供養 此壇經 法海上座集 上座无常 付
同學道際 道際无常 付門人悟真 悟真在嶺南漕溪山法興

寺 見今傳受此法 如付此法 須得上根智 深信佛法 立
大悲 持此經以為稟承 於今不絕 和尚本是韶州曲江縣
人也 如來入涅槃 法教流東土 共傳无住 即我心无住 此真
菩薩說真實示行喻 唯教大智人 示旨於凡度誓修
行 遭難不退 遇苦能忍 福德深厚 方授此法 如根
性不堪 材量不得 雖求此法 違立不得者 不得妄付壇經
告諸同道者 令知密意 南宗頓教最上大乘壇經一卷

附录4：通行本（宗宝本）《六祖坛经》影印件

六祖大師法寶壇經

行由第一

時大師至寶林。韶州刺史韋璩。與官僚入山請師出。於城中大梵寺講堂。爲衆開緣說法。師升座次。刺史官僚三十餘人。儒宗學士三十餘人。僧尼道俗一千餘人。同時作禮。願聞法要。大師告衆曰。善知識。菩提自性。本來清淨。但用此心。直了成佛。善知識。且聽惠能行由得法事意。惠能嚴父本貫范陽。左降流於嶺南。作新州百姓。此身不幸。父又早亡。老母孤遺。移來南海。艱辛貧乏。於市賣柴。時有一客買柴。使令送至客店。客收去。惠能得錢。卻出門外。見一客誦經。惠能一聞經云。應無所住而生其心。惠能聞說。心即開悟。遂問客誦何經。客曰。金剛經。復問。從何所來。持此經典。客云。我從蘄州黃梅縣東禪寺來。其寺是五祖忍大師。在彼主化。門人一千有餘。我到彼中禮拜。聽受此經。大師常勸僧俗。但持金剛經。即自見性。直了成佛。惠能聞說。宿昔有緣

緣。仍蒙一客。取銀十兩。與惠能。令充老母衣糧。教便往黃梅參禮五祖。惠能安置母畢。即便辭違。不經三十餘日。便至黃梅。禮拜五祖。祖問曰。汝何方人。欲求何物。惠能對曰。弟子是嶺南新州百姓。遠來禮師。惟求作佛。不求餘物。祖言。汝是嶺南人。又是獦獠。若爲堪作佛。惠能曰。人雖有南北。佛性本無南北。獦獠身與和尚不同。佛性有何差別。五祖更欲與語。且見徒衆總在左右。乃令隨衆作務。惠能曰。惠能啓和尚。弟子自心。常生智慧。不離自性。即是福田。未審和尚教作何務。祖云。這獦獠根性大利。汝更勿言。著槽廠去。惠能退至後院。有一行者。差惠能破柴踏碓。八月餘日。祖一日忽見惠能曰。吾思汝之見可用。恐有惡人害汝。遂不與汝言。汝知之否。惠能曰。弟子亦知師意。不敢行至堂前。令人不覺。祖一日喚諸門人。總來。吾向汝說。世人生死事大。汝等終日只求福田。不求出離生死苦海。自性若迷。福田何救。汝等各去。自看智慧。取自本心般若之性。各作一偈。來呈吾看。若悟大意。付汝衣法。爲第六代祖。火急速去。不得遲滯。思量即不

中用。見性之人。言下須見。若如此者。譬如輪刀上陣。亦得見之。

六祖法寶壇經

眾得處分。退而遞相謂曰。我等眾人。不須澄心用意作偈。將呈和尚。有何所益。神秀上座。現為教授師。必是他得。我輩謾作偈頌。枉用心力。餘人聞語。總皆息心。咸言。我等已後。依止秀師。何煩作偈。

神秀思惟。諸人不呈偈者。為我與他為教授師。我須作偈。將呈和尚。若不呈偈。和尚如何知我心中見解深淺。我呈偈意。求法即善。覓祖即惡。却同凡心。奪其聖位奚別。若不呈偈。終不得法。大難大難。

五祖堂前。有步廊三間。擬請供奉盧珍。畫楞伽經變相。及五祖血脈圖。流傳供養。

神秀作偈成已。數度欲呈。行至堂前。心中恍惚。遍身汗流。擬呈不得。前後經四日。一十三度呈偈不得。秀乃思惟。不如向廊下書著。從他和尚看見。忽若道好。即出禮拜。云是秀作。若道不堪。枉向山中數年。受人禮拜。更修何道。即出禮拜。是夜三更。不使人知。自執燈書偈於南廊壁間。呈心所見。偈曰。

身是菩提樹　心如明鏡臺
時時勤拂拭　勿使惹塵埃

九

六祖法寶壇經

秀書偈了。便却歸房。人總不知。秀復思惟。五祖明日見偈歡喜。即我與法有緣。若言不堪。自是我迷。宿業障重。不合得法。聖意難測。房中思想。坐臥不安。直至五更。

祖已知神秀入門未得。不見自性。天明。祖喚盧供奉來。向南廊壁間繪畫圖相。忽見其偈。報言。供奉却不用畫。勞爾遠來。經云。凡所有相。皆是虛妄。但留此偈。與人誦持。依此偈修。免墮惡道。依此偈修。有大利益。令門人炷香禮敬。盡誦此偈。即得見性。門人誦偈。皆歎善哉。

祖三更喚秀入堂。問曰。偈是汝作否。秀言。實是秀作。不敢妄求祖位。望和尚慈悲。看弟子有少智慧否。祖曰。汝作此偈。未見本性。只到門外。未入門內。如此見解。覓無上菩提。了不可得。無上菩提。須得言下識自本心。見自本性。不生不滅。於一切時中。念念自見。萬法無滯。一真一切真。萬境自如如。如如之心。即是真實。若如是見。即是無上菩提之自性也。汝且去。一兩日思惟。更作一偈。將來吾看。汝偈若入得門。付汝衣法。

一〇

六祖法寶壇經

有一童子於碓坊過。唱誦其偈。惠能一聞。便知此偈未見本性。雖未蒙教授。早識大意。遂問童子曰。誦者何偈。童子曰。爾這獦獠不知。大師言。世人生死事大。欲得傳付衣法。令門人作偈來看。若悟大意。即付衣法。為第六祖。神秀上座。於南廊壁上書無相偈。大師令人皆誦。依此偈修。免墮惡道。依此偈修。有大利益。

惠能曰。我亦要誦此。結來生緣。上人。我此踏碓八箇餘月。未曾行到堂前。望上人引至偈前禮拜。童子引至偈前禮拜。惠能曰。惠能不識字。請上人為讀。時有江州別駕。姓張名日用。便高聲讀。惠能聞已。遂言。亦有一偈。望別駕為書。別駕言。汝亦作偈。其事希有。惠能向別駕言。欲學無上菩提。不得輕於初學。下下人有上上智。上上人有沒意智。若輕人。即有無量無邊罪。別駕言。汝但誦偈。吾為汝書。汝若得法。先須度吾。勿忘此言。

惠能偈曰。

菩提本無樹　明鏡亦非臺
本來無一物　何處惹塵埃

一一

六祖法寶壇經

書此偈已。徒眾總驚。無不嗟訝。各相謂言。奇哉。不得以貌取人。何得多時使他肉身菩薩。祖見眾人驚怪。恐人損害。遂將鞋擦了偈。曰。亦未見性。眾以為然。

次日。祖潛至碓坊。見能腰石舂米。語曰。求道之人。為法忘軀。當如是乎。乃問曰。米熟也未。惠能曰。米熟久矣。猶欠篩在。祖以杖擊碓三下而去。惠能即會祖意。三鼓入室。祖以袈裟遮圍。不令人見。為說金剛經。至應無所住而生其心。惠能言下大悟。一切萬法。不離自性。遂啟祖言。何期自性本自清淨。何期自性本不生滅。何期自性本自具足。何期自性本無動搖。何期自性能生萬法。祖知悟本性。謂惠能曰。不識本心。學法無益。若識自本心。見自本性。即名丈夫天人師佛。三更受法。人盡不知。便傳頓教及衣缽。云。汝為第六代祖。善自護念。廣度有情。流布將來。無令斷絕。聽吾偈曰。

有情來下種　因地果還生
無情亦無種　無性亦無生

祖復曰。昔達磨大師。初來此土。人未之信。故傳此衣。以為信體。代代相承。法則以心傳心。皆令自悟自解。自古佛佛惟傳本體。師師密付本心。衣為爭端。止汝勿傳。若傳此衣。命如懸絲。汝須速去。恐人害汝。惠能啟曰。向甚處去。祖云。逢懷則止。遇會則藏。惠

一二

六祖法寶壇經

能三更領得衣鉢。云。能本是南中人。素不知此山路。如何出得江口。五祖言。汝不須憂。吾須送汝。祖相送直至九江驛邊。祖令上船。五祖把艣自搖。惠能言。請和尚坐。弟子合搖櫓。祖云。合是吾渡汝。惠能云。迷時師度。悟了自度。度名雖一。用處不同。惠能生在邊方。語音不正。蒙師傳法。今已得悟。只合自性自度。祖云。如是如是。以後佛法。由汝大行。汝去三年。吾方逝世。汝今好去。努力向南。不宜速說。佛法難起。惠能辭違祖已。發足南行。兩月中間。至大庾嶺。逐後數百人來。欲奪衣鉢。一僧俗姓陳。名惠明。先是四品將軍。性行麤懆。極意參尋。為眾人先。趁及惠能。惠能擲下衣鉢於石上。曰。此衣表信。可力爭耶。能隱草莽中。惠明至。提掇不動。乃喚云。行者行者。我為法來。不為衣來。惠能遂出坐磐石上。惠明作禮云。望行者為我說法。惠能云。汝既為法而來。可屏息諸緣。勿生一念。吾為汝說。明良久。惠能曰。不思善。不

十三

思惡。正與麼時。那箇是明上座本來面目。惠明言下大悟。復問云。上來密語密意外。還更有密意否。惠能云。與汝說者。即非密也。汝若返照。密在汝邊。明曰。惠明雖在黃梅。實未省自己面目。今蒙指示。如人飲水。冷暖自知。今行者即惠明師也。惠能曰。汝若如是。吾與汝同師黃梅。善自護持。明又問。惠明今後向甚處去。惠能曰。逢袁則止。遇蒙則居。明禮辭。惠明後改道明。避吾上字。向陟崔嵬。竟無蹤跡。當別道尋之。回至韶州。惠能後至曹侯村。人無知者。有儒士劉志略。禮遇甚厚。志略有姑為尼。名無盡藏。常誦大涅槃經。師暫聽。即知妙義。遂為解說。尼乃執卷問字。師曰。字即不識。義即請問。尼曰。字尚不識。焉能會義。師曰。諸佛妙理。非關文字。尼驚異之。遍告里中耆德云。此是有道之士。宜請供養。有魏武侯玄孫曹叔良。及居民。競來瞻禮。時寶林古寺。自隋末兵火。已廢。遂於故基。重建梵宇。延居之。俄成寶坊。師住九月餘日。又為惡黨尋逐。師乃遯於前山。被其縱火。焚草木。師隱身挨入

十四

石中得免。石今有跌坐膝痕。及衣布之紋。因名避難石。祖懷會止藏之處。遂行隱於二邑焉。又被惡人尋逐。乃於四會避難獵人隊中。凡經一十五載。時與獵人隨宜說法。獵人常令守網。每見生命。盡放之。每至飯時。以菜寄煮肉鍋。或問。則對曰。但喫肉邊菜。一日思惟。時當弘法。不可終遯。遂出至廣州法性寺。值印宗法師。講涅槃經。時有二僧。風颺旛動。一僧曰。風動。一僧曰。旛動。議論不已。惠能進曰。不是風動。不是旛動。仁者心動。一眾駭然。印宗延至上席。徵詰奧義。見惠能言簡理當。不由文字。宗云。行者定非常人。久聞黃梅衣法南來。莫是行者否。惠能曰。不敢。宗於是作禮。告請傳來衣鉢。出示大眾。宗復問曰。黃梅付囑。如何指授。惠能曰。指授即無。惟論見性。不論禪定解脫。宗曰。何不論禪定解脫。謂曰。為是二法。不是佛法。佛法是不二之法。宗又問。如何是佛法不二之法。惠能曰。法師講涅槃經。明佛性是佛法不二之法。如高貴德王菩薩白佛言。犯四重禁。作五逆罪。及一闡提等。當斷善根佛性否。佛言。善根有二。一者常。二者無常。

十五

佛性非常。非無常。是故不斷。名為不二。一者善。二者不善。佛性非善。非不善。是名不二。蘊之與界。凡夫見二。智者了達。其性無二。無二之性。即是佛性。印宗聞說。歡喜合掌。言。某甲講經。猶如瓦礫。仁者論義。猶如真金。於是為惠能剃髮。願事為師。惠能遂於菩提樹下。開東山法門。惠能於東山得法。辛苦受盡。命似懸絲。今日得與使君官僚。僧尼道俗。同此一會。莫非累劫之緣。亦是過去生中。供養諸佛。同種善根。方始得聞如上頓教得法之因。教是先聖所傳。不是惠能自智。願聞先聖教者。各令淨心。聞了各自除疑。如先代聖人無別。一眾聞法。歡喜作禮而退。

般若品第二

次日韋使君請益。師陞座。告大眾曰。總淨心。念摩訶般若波羅蜜多。復云。善知識。菩提般若之智。世人本自有之。只緣心迷。不能自悟。須假大善知識。示導見性。當知愚人智人。佛性本無差別。只緣迷悟不同。所以有愚有智。吾今為說摩訶般若波羅蜜法。使汝等各得智慧。志心諦聽。吾為汝說。善知識。世人終日口念般若。

十六

六祖法寶壇經

不識自性般若。猶如說食不飽。口但說空。萬劫不得見性。終無有益。善知識。摩訶般若波羅蜜。是梵語。此言大智慧到彼岸。此須心行。不在口念。口念心不行。如幻如化。如露如電。口念心行。則心口相應。本性是佛。離性無別佛。何名摩訶。摩訶是大。心量廣大。猶如虛空。無有邊畔。亦無方圓大小。亦非青黃赤白。亦無上下長短。亦無瞋無喜。無是無非。無善無惡。無有頭尾。諸佛剎土。盡同虛空。世人妙性本空。無有一法可得。自性真空。亦復如是。善知識。莫聞吾說空。便即著空。第一莫著空。若空心靜坐。即著無記空。善知識。世界虛空。能含萬物色像。日月星宿。山河大地。泉源溪澗。草木叢林。惡人善人。惡法善法。天堂地獄。一切大海。須彌諸山。總在空中。世人性空。亦復如是。

善知識。自性能含萬法是大。萬法在諸人性中。若見一切人惡之與善。盡皆不取不捨。亦不染著。心如虛空。名之為大。故曰摩訶。善知識。迷人口說。智者心行。又有迷人。空心靜坐。百無所思。自稱為大。此一輩人。不可與語。為邪見故。善知識。心量廣大。偏周法界。

一七

六祖法寶壇經

用即了了分明。應用便知一切。一切即一。一即一切。去來自由。心體無滯。即是般若。善知識。一切般若智。皆從自性而生。不從外入。莫錯用意。名為真性自用。一真一切真。心量大事。不行小道。口莫終日說空。心中不修此行。恰似凡人自稱國王。終不可得。非吾弟子。善知識。何名般若。般若者。唐言智慧也。一切處所。一切時中。念念不愚。常行智慧。即是般若行。一念愚即般若絕。一念智即般若生。世人愚迷。不見般若。口說般若。心中常愚。常自言我修般若。念念說空。不識真空。般若無形相。智慧心即是。若作如是解。即名般若智。何名波羅蜜。此是西國語。唐言到彼岸。解義離生滅。著境生滅起。如水有波浪。即名為此岸。離境無生滅。如水常通流。即名為彼岸。故名波羅蜜。善知識。迷人口念。當念之時。有妄有非。念念若行。是名真性。悟此法者。是般若法。修此行者。是般若行。不修即凡。一念修行。自身等佛。善知識。凡夫即佛。煩惱即菩提。前念迷即凡夫。後念悟即佛。前念著境即煩惱。後念離境即菩提。善知識。摩訶般若波羅蜜。最尊最上

一八

六祖法寶壇經

最第一。無住無往亦無來。三世諸佛從中出。當用大智慧。打破五蘊煩惱塵勞。如此修行。定成佛道。變三毒為戒定慧。善知識。我此法門。從一般若。生八萬四千智慧。何以故。為世人有八萬四千塵勞。若無塵勞。智慧常現。不離自性。悟此法者。即是無念。無憶無著。不起誑妄。用自真如性。以智慧觀照。於一切法。不取不捨。即是見性成佛道。善知識。若欲入甚深法界。及般若三昧者。須修般若行。持誦金剛般若經。即得見性。當知此經。功德無量無邊。經中分明讚歎。莫能具說。此法門是最上乘。為大智人說。為上根人說。小根小智人聞。心生不信。何以故。譬如天龍下雨於閻浮提。城邑聚落。悉皆漂流。如漂草葉。若雨大海。不增不減。若大乘人。若最上乘人。聞說金剛經。心開悟解。故知本性自有般若之智。自用智慧。常觀照故。不假文字。譬如雨水。不從天有。元是龍能興致。令一切眾生。一切草木。有情無情。悉皆蒙潤。百川眾流。卻入大海。合為一體。眾生本性般若之智。亦復如是。善知識。小根之人。聞此頓教。猶如草木。根性小者。若被大雨。悉皆自倒。

一九

六祖法寶壇經

不能增長。小根之人。亦復如是。元有般若之智。與大智人更無差別。因何聞法不自開悟。緣邪見障重。煩惱根深。猶如大雲。覆蓋於日。不得風吹。日光不現。般若之智。亦無大小。為一切眾生。自心迷悟不同。迷心外見。修行覓佛。未悟自性。即是小根。若開悟頓教。不執外修。但於自心。常起正見。煩惱塵勞。常不能染。即是見性。善知識。內外不住。去來自由。能除執心。通達無礙。能修此行。與般若經本無差別。善知識。一切修多羅。及諸文字。大小二乘。十二部經。皆因人置。因智慧性。方能建立。若無世人。一切萬法。本自不有。故知萬法。本自人興。一切經書。因人說有。緣其人中。有愚有智。愚為小人。智為大人。愚者問於智人。智者與愚人說法。愚人忽然悟解心開。即與智人無別。善知識。不悟即佛是眾生。一念悟時。眾生是佛。故知萬法盡在自心。何不從自心中。頓見真如本性。菩薩戒經云。我本元自性清淨。若識自心見性。皆成佛道。淨名經云。即時豁然。還得本心。善知識。我於忍和尚處。一聞言下便悟。頓見真如本性。是以將此教法流行。令

二〇

六祖法寶壇經

學道者頓悟菩提。各自觀心。自見本性。若自不悟。須覓大善知識。解最上乘法者。直示正路。是善知識。有大因緣。所謂化導。令得見性。一切善法。因善知識能發起故。三世諸佛。十二部經。在人性中。本自具有。不能自悟。須求善知識。指示方見。若自悟者。不假外求。若一向執。謂須他善知識。望得解脫者。無有是處。何以故。自心內有知識自悟。若起邪迷。妄念顛倒。外善知識雖有教授。救不可得。若起正真般若觀照。一刹那間。妄念俱滅。若識自本性。一悟即至佛地。善知識。智慧觀照。內外明徹。識自本心。若識本心。即本解脫。若得解脫。即是般若三昧。般若三昧。即是無念。何名無念。若見一切法。心不染著。是為無念。用即遍一切處。亦不著一切處。但淨本心。使六識出六門。於六塵中。無染無雜。來去自由。通用無滯。即是般若三昧。自在解脫。名無念行。若百物不思。常令念絕。即是法縛。即名邊見。善知識。悟無念法者。萬法盡通。悟無念法者。見諸佛境界。悟無念法者。至佛地位。善知識。後代得吾法者。將此頓教法門。於同見同行。發願受持。如事佛故。

二一

六祖法寶壇經

終身而不退者。定入聖位。然須傳授從上以來。默傳分付。不得匿其正法。若不同見同行。在別法中。不得傳付。損彼前人。究竟無益。恐愚人不解。謗此法門。百劫千生。斷佛種性。善知識。吾有一無相頌。各須誦取。在家出家。但依此修。若不自修。惟記吾言。亦無有益。聽吾頌曰。

說通及心通。如日處虛空。唯傳見性法。出世破邪宗。法即無頓漸。迷悟有遲疾。只此見性門。愚人不可悉。說即雖萬般。合理還歸一。煩惱暗宅中。常須生慧日。邪來煩惱至。正來煩惱除。邪正俱不用。清淨至無餘。菩提本自性。起心即是妄。淨心在妄中。但正無三障。世人若修道。一切盡不妨。常自見己過。與道即相當。色類自有道。各不相妨惱。離道別覓道。終身不見道。波波度一生。到頭還自懊。欲得見真道。行正即是道。自若無道心。闇行不見道。若真修道人。不見世間過。若見他人非。自非却是左。他非我不非。我非自有過。

二二

六祖法寶壇經

但自却非心。打除煩惱破。憎愛不關心。長伸兩脚臥。欲擬化他人。自須有方便。勿令彼有疑。即是自性現。佛法在世間。不離世間覺。離世覓菩提。恰如求兔角。正見名出世。邪見是世間。邪正盡打却。菩提性宛然。此頌是頓教。亦名大法船。迷聞經累劫。悟則刹那間。

師復曰。今於大梵寺。說此頓教。普願法界眾生。言下見性成佛。時韋使君。與官僚道俗。聞師所說。無不省悟。一時作禮。皆歎善哉。

疑問第三

一日韋刺史為師設大會齋。齋訖。刺史請師升座。同官僚士庶。肅容再拜。問曰。弟子聞和尚說法。實不可思議。今有少疑。願大慈悲。特為解說。師曰。有疑即問。吾當為說。韋公曰。和尚所說。可不是達摩大師宗旨乎。師曰。是。公曰。弟子聞達磨初化梁武帝。帝問云。朕一生造寺度僧。布施設齋。有何功德。達磨言。實無功德。弟子未達此理。願和尚為說。師曰。實無功德。勿疑先聖之言。

二三

六祖法寶壇經

武帝心邪。不知正法。造寺度僧。布施設齋。名為求福。不可將福便為功德。功德在法身中。不在修福。師又曰。見性是功。平等是德。念念無滯。常見本性真實妙用。名為功德。內心謙下是功。外行於禮是德。自性建立萬法是功。心體離念是德。不離自性是功。應用無染是德。若覓功德法身。但依此作。是真功德。若修功德之人。心即不輕。常行普敬。心常輕人。吾我不斷。即自無功。自性虛妄不實。即自無德。為吾我自大。常輕一切故。善知識。念念無間是功。心行平直是德。自修性是功。自修身是德。善知識。功德須自性內見。不是布施供養之所求也。是以福德與功德別。武帝不識真理。非我祖師有過。

刺史又問曰。弟子常見僧俗念阿彌陀佛。願生西方。請和尚說。得生彼否。願為破疑。師言。使君善聽。惠能與說。世尊在舍衛城中。說西方引化經文。分明去此不遠。若論相說里數。有十萬億。即身中十惡八邪。便是說遠。說遠為其下根。說近為其上智。人有兩種。法無兩般。迷悟有殊。見有遲疾。迷人念佛。求生於彼。悟人自淨其心。所以佛言。隨其心淨。即佛土淨。使君

二四

六祖法寶壇經　二五

東方人。但心淨即無罪。雖西方人。心不淨亦有愆。念佛求生。西方人造罪。念佛求生何國。凡愚不了自性。不識身中淨土。願東願西。悟人在處一般。所以佛言。隨所住處恆安樂。使君心地但無不善。西方去此不遙。若懷不善之心。念佛往生難到。今勸善知識。先除十惡。即行十萬。後除八邪。乃過八千。念念見性。常行平直。到如彈指。便覩彌陀。使君但行十善。何須更願往生。不斷十惡之心。何佛即來迎請。若悟無生頓法。見西方只在刹那。不悟念佛求生。路遙如何得達。惠能與諸人。移西方於刹那間。目前便見。各願見否。眾皆頂禮云。若此處見。何須更願往生。願和尚慈悲。便現西方。普令得見。師言。大眾。世人自色身是城。眼耳鼻舌是門。外有五門。內有意門。心是地。性是王。王居心地上。性在王在。性去王無。性在身心存。性去身心壞。佛向性中作。莫向身外求。自性迷。即是眾生。自性覺。即是佛。慈悲即是觀音。喜捨名為勢至。能淨即釋迦。平直即彌陀。人我是須彌。邪心是海水。煩惱是波浪。毒害是惡龍。虛妄是鬼神。塵勞是魚鱉。

六祖法寶壇經　二六

貪瞋是地獄。愚癡是畜生。善知識。常行十善。天堂便至。除人我。須彌倒。去邪心。海水竭。煩惱無。波浪滅。毒害忘。魚龍絕。自心地上覺性如來。放大光明。外照六門清淨。能破六欲諸天。自性內照。三毒即除。地獄等罪。一時消滅。內外明徹。不異西方。不作此修。如何到彼。大眾聞說。了然見性。悉皆禮拜。俱歎善哉。唱言。普願法界眾生。聞者一時悟解。師言善知識。若欲修行。在家亦得。不由在寺。在家能行。如東方人心善。在寺不修。如西方人心惡。但心清淨。即是自性西方。韋公又問。在家如何修行。願為教授。師言。吾與大眾作無相頌。但依此修。常與吾同處無別。若不作此修。剃髮出家。於道何益。頌曰。

心平何勞持戒　行直何用修禪
恩則親養父母　義則上下相憐
讓則尊卑和睦　忍則眾惡無喧
若能鑽木出火　淤泥定生紅蓮
苦口的是良藥　逆耳必是忠言
改過必生智慧　護短心內非賢
日用常行饒益　成道非由施錢
菩提只向心覓　何勞向外求玄
聽說依此修行　西方只在目前

六祖法寶壇經　二七

師復曰。善知識。總須依偈修行。見取自性。直成佛道。法不相待。眾人且散。吾歸曹溪。眾若有疑。卻來相問。時刺史官僚。在會善男信女。各得開悟。信受奉行。

定慧第四

師示眾云。善知識。我此法門以定慧為本。大眾勿迷。言定慧別。定慧一體。不是二。定是慧體。即慧是定用。即慧之時定在慧。即定之時慧在定。若識此義。即是定慧等學。諸學道人。莫言先定發慧。先慧發定。各別。作此見者。法有二相。口說善語。心中不善。空有定慧。定慧不等。若心口俱善。內外一種。定慧即等。自悟修行。不在於諍。若諍先後。即同迷人。不斷勝負。卻增我法。不離四相。善知識。定慧猶如何等。猶如燈光。有燈即光。無燈即暗。燈是光之體。光是燈之用。名雖有二。體本同一。此定慧法亦復如是。師示眾云。善知識。一行三昧者。於一切處行住坐臥。常行一直心是也。淨名經云。直心是道場。直心是淨土。莫心行諂曲。口但說直。口說一行三昧。不行直心。但行直心。於一切法。勿有執著。迷人著法相。執一行三昧。直言坐不動。妄不起心。即是一

六祖法寶壇經　二八

行三昧。作此解者。即同無情。卻是障道因緣。善知識。道須通流。何以卻滯。心不住法。道即通流。心若住法。名為自縛。若言常坐不動是。只如舍利弗宴坐林中。卻被維摩詰訶。善知識。又有人教坐。看心觀靜。不動不起。從此置功。迷人不會。便執成顛。如此者眾。如是相教。故知大錯。師示眾云。善知識。本來正教。無有頓漸。人性自有利鈍。迷人漸修。悟人頓契。自識本心。自見本性。即無差別。所以立頓漸之假名。善知識。我此法門。從上以來。先立無念為宗。無相為體。無住為本。無相者。於相而離相。無念者。於念而無念。無住者。人之本性。於世間善惡好醜。乃至冤之與親。言語觸刺欺爭之時。並將為空。不思酬害。念念之中。不思前境。若前念今念後念。念念相續不斷。名為繫縛。於諸法上。念念不住。即無縛也。此是以無住為本。善知識。外離一切相。名為無相。能離於相。即法體清淨。此是以無相為體。善知識。於諸境上。心不染曰無念。於自念上

六祖法寶壇經

常離諸境。不於境上生心。若只百物不思。念盡除却。一念絕即死。別處受生。是爲大錯。學道者思之。若不識法意。自錯猶可。更勸他人。自迷不見。又謗佛經。所以立無念爲宗。善知識。云何立無念爲宗。只緣口說見性。迷人於境上有念。念上便起邪見。一切塵勞妄想。從此而生。自性本無一法可得。若有所得。妄說禍福。即是塵勞邪見。故此法門立無念爲宗。善知識。無者無何事。念者念何物。無者。無二相。無諸塵勞之心。念者。念真如本性。真如即是念之體。念即是真如之用。真如自性起念。非眼耳鼻舌能念。真如有性。所以起念。真如若無。眼耳色聲當時即壞。善知識。真如自性起念。六根雖有見聞覺知。不染萬境。而真性常自在。故經云。能善分別諸法相。於第一義而不動。

坐禪第五

師示衆云。此門坐禪。元不著心。亦不著淨。亦不是不動。若言著心。心原是妄。知心如幻。故無所著也。若言著淨。人性本淨。由妄念故。蓋覆真如。但無妄想。性自清淨。起心著淨。却生淨妄。

二九

六祖法寶壇經

妄無處所。著者是妄。淨無形相。却立淨相。言是工夫。作此見者。障自本性。却被淨縛。善知識。若修不動者。但見一切人時。不見人之是非善惡過患。即是自性不動。善知識。迷人身雖不動。開口便說他人是非長短好惡。與道違背。若著心著淨。即障道也。

師示衆云。善知識。何名坐禪。此法門中。無障無礙。外於一切善惡境界。心念不起。名爲坐。內見自性不動。名爲禪。善知識。何名禪定。外離相爲禪。內不亂爲定。外若著相。內心即亂。外若離相。心即不亂。本性自淨自定。只爲見境思境即亂。若見諸境心不亂者。是真定也。善知識。外離相即禪。內不亂即定。外禪內定。是爲禪定。菩薩戒經云。我本性元自清淨。善知識。於念念中。自見本性清淨。自修自行。自成佛道。

懺悔第六

時大師。見廣韶洎四方士庶。駢集山中聽法。於是升座告衆曰。來。諸善知識。此事須從自性中起。於一切時。念念自淨其心。自修

三〇

六祖法寶壇經

自行。見自己法身。見自心佛。自度自戒始得。不假到此。既從遠來。一會於此。皆共有緣。今可各各胡跪。先爲傳自性五分法身香。次授無相懺悔。衆胡跪。師曰。一戒香。即自心中。無非無惡。無嫉妬。無貪瞋。無劫害。名戒香。二定香。即覩諸善惡境相。自心不亂。名定香。三慧香。自心無礙。常以智慧觀照自性。不造諸惡。雖修衆善。心不執著。敬上念下。矜恤孤貧。名慧香。四解脫香。即自心無所攀緣。不思善。不思惡。自在無礙。名解脫香。五解脫知見香。自心既無所攀緣善惡。不可沈空守寂。即須廣學多聞。識自本心。達諸佛理。和光接物。無我無人。直至菩提。真性不易。名解脫知見香。善知識。此香各自內薰。莫向外覓。今與汝等。授無相懺悔。滅三世罪。令得三業清淨。善知識。各隨我語。一時道。弟子等。從前念今念及後念。念念不被愚迷染。從前所有惡業愚迷等罪。悉皆懺悔。願一時消滅。永不復起。弟子等。從前念今念及後念。

三一

六祖法寶壇經

念念不被嬌誑染。從前所有惡業嬌誑等罪。悉皆懺悔。願一時消滅。永不復起。弟子等。從前念今念及後念。念念不被嫉妬染。從前所有惡業嫉妬等罪。悉皆懺悔。願一時消滅。永不復起。善知識。已上是爲無相懺悔。云何名懺。云何名悔。懺者。懺其前愆。從前所有惡業愚迷嬌誑嫉妬等罪。悉皆盡懺。永不復起。是名爲懺。悔者。悔其後過。從今以後。所有惡業愚迷嬌誑嫉妬等罪。今已覺悟。悉皆永斷。更不復作。是名爲悔。故稱懺悔。凡夫愚迷。只知懺其前愆。不知悔其後過。以不悔故。前愆不滅。後過又生。前愆既不滅。後過復又生。何名懺悔。善知識。既懺悔已。與善知識。發四弘誓願。各須用心正聽。自心衆生無邊誓願度。自心煩惱無邊誓願斷。自性法門無盡誓願學。自性無上佛道誓願成。善知識。大家豈不道。衆生無邊誓願度。恁麼道。且不是惠能度。善知識。心中衆生。所謂邪迷心。誑妄心。不善心。嫉妬心。惡毒心。如是等心。盡是衆生。各須自性自度。是名真度。何名自性自度。即自心中。邪見煩惱愚癡衆生。將正見度。既有正見。使般若智。打破愚癡迷妄。衆生各各自度。邪來正度。迷來悟度。愚來智度。惡來善度。如是度者。名爲真度。又煩惱無邊誓願斷。將

三二

六祖法寶壇經

自性較若智。除卻虛妄思想心。是也。又法門無盡誓願學。須自見
性。常行正法。是名真學。又無上佛道誓願成。既常能下心。行於
真正。離迷離覺。常生般若。除真除妄。即見佛性。即言下佛道成。
常念修行是願力法。善知識。今發四弘誓願了。更與善知識。授無
相三歸依戒。善知識。歸依覺。兩足尊。歸依正。離欲尊。歸依淨。
眾中尊。從今日去。稱覺為師。更不歸依邪魔外道。以自性三寶。
常自證明。勸善知識。歸依自性三寶。佛者覺也。法者正也。僧者淨
也。自心歸依覺。邪迷不生。少欲知足。能離財色。名兩足尊。自
心歸依正。念念無邪見。以無邪見故。即無人我。貢高貪愛執著。
名離欲尊。自心歸依淨。一切塵勞愛欲境界。自性皆不染著。名眾
中尊。若修此行。是自歸依。凡夫不會。從日至夜。受三歸戒。若
言歸依佛。佛在何處。若不見佛。憑何所歸。言卻成妄。善知識。各自
觀察。莫錯用心。經文分明言自歸依佛。不言歸依他佛。自佛不
歸。無所依處。今既自悟。各須歸依自心三寶。內調心性。外敬他人。
是自歸依也。善
知識。既歸依自三寶竟。各各志心。吾與說一體

三三

六祖法寶壇經

三身自性佛。令汝等見三身。了然自悟自性。總隨吾道。於自色
身歸依清淨法身佛。於自色身歸依圓滿報身佛。於自色身歸依千百
億化身佛。善知識。色身是舍宅。不可言歸。向者三身佛。在自性
中。世人總有。為自心迷。不見內性。外覓三身如來。不見自身中
有三身佛。汝等聽說。令汝等於自身中。見自性有三身佛。此三身
佛。從自性生。不從外得。何名清淨法身佛。世人性本清淨。萬法從
自性生。思量一切惡事。即生惡行。思量一切善事。即生善行。如
是諸法在自性中。如天常清。日月常明。為浮雲蓋覆。上明下暗。
忽遇風吹雲散。上下俱明。萬象皆現。世人性常浮游。如彼天雲。
善知識。智如日。慧如月。智慧常明。於外著境。被妄念浮雲
蓋覆自性。不得明朗。若遇善知識。開真正法。自除迷妄。內外明
徹。於自性中。萬法皆現。見性之人。亦復如是。此名清淨法身
佛。善知識。自心歸依自性。是歸依真佛。自歸依者。除卻自性中
不善心。嫉妒心。諂曲心。吾我心。誑妄心。輕人心。慢他心。邪
見心。貢高心。及一切時中不善之行。常自見己過。不說他人好惡

三四

六祖法寶壇經

是自歸依。常須下心。普行恭敬。即是見性通達。更無滯礙。是
自歸依。何名圓滿報身。譬如一燈。能除千年暗。一智能滅萬年愚。
莫思向前。已過不可得。常思於後。念念圓明。自見本性。善惡雖
殊。本性無二。無二之性。名為實性。於實性中。不染善惡。此名
圓滿報身佛。自性起一念惡。滅萬劫善因。自性起一念善。得恆沙
惡盡。直至無上菩提。念念自見。不失本念。名為報身。何名千百
億化身。若不思萬法。性本如空。一念思量。名為變化。思量惡事。
化為地獄。思量善事。化為天堂。毒害化為龍蛇。慈悲化為菩薩。
智慧化為上界。愚癡化為下方。自性變化甚多。迷人不能省覺。
念念起惡。常行惡道。迴一念善。智慧即生。此名自性化身佛。善
知識。法身本具。念念自性自見。即是報身佛。從報身思量。即是
化身佛。自悟自修。自性功德。是真歸依。皮肉是色身。色身是舍
宅。不言歸依也。但悟自性三身。即識自性佛。吾有一無相頌。若
能誦持。言下令汝積劫迷罪。一時消滅。頌曰。

迷人修福不修道　　只言修福便是道　　布施供養福無邊

三五

六祖法寶壇經

心中三惡元來造　　擬將修福欲滅罪　　後世得福罪還在
但向心中除罪緣　　各自性中真懺悔　　忽悟大乘真懺悔
除邪行正即無罪　　學道常於自性觀　　即與諸佛同一類
吾祖惟傳此頓法　　普願見性同一體　　若欲當來覓法身
離諸法相心中洗　　努力自見莫悠悠　　後念忽絕一世休
若悟大乘得見性　　虔恭合掌至心求

師言。善知識。總須誦取。依此修行。言下見性。雖去吾千里。如
常在吾邊。於此言下不悟。即對面千里。何勤遠來。珍重好去。一
眾聞法。靡不開悟。歡喜奉行。

機緣第七

僧法海。韶州曲江人也。初參祖師問曰。即心即佛。願垂指諭。師
曰。前念不生即心。後念不滅即佛。成一切相即心。離一切相即佛。
吾若具說。窮劫不盡。聽吾偈曰。
即心名慧　　即佛乃定　　定慧等持　　意中清淨
悟此法門　　由汝習性　　用本無生　　雙修是正

三六

六祖法寶壇經 （三七）

法海言下大悟。以偈讚曰。

即心元是佛　不悟而自屈　我知定慧因　雙修離諸物

僧法達。洪州人。七歲出家。常誦法華經。來禮祖師。頭不至地。師訶曰。禮不投地。何如不禮。汝心中必有一物。蘊習何事耶。曰。念經三千部。師曰。汝若念至萬部。得其經意。不以為勝。則與吾偕行。汝今負此事業。都不知過。聽吾偈曰。

禮本折慢幢　頭奚不至地　有我罪即生　亡功福無比

師又曰。汝名什麼。曰。法達。師曰。汝名法達。何曾達法。復說偈曰。

汝今名法達　勤誦未休歇　空誦但循聲　明心號菩薩
汝今有緣故　吾今為汝說　但信佛無言　蓮華從口發

達聞偈。悔謝曰。而今而後。當謙恭一切。弟子誦法華經。未解經義。心常有疑。和尚智慧廣大。願略說經中義理。師曰。法達。法即甚達。汝心不達。經本無疑。汝心自疑。汝念此經。以何為宗。達曰。學人根性暗鈍。從來但依文誦念。豈知宗趣。師曰。吾不識

六祖法寶壇經 （三八）

文字。汝試取經誦一遍。吾當為汝解說。法達即高聲念經。至譬喻品。師曰。止。此經元來以因緣出世為宗。縱說多種譬喻。亦無越於此。何者因緣。經云。諸佛世尊。唯以一大事因緣出現於世。一大事者。佛之知見也。世人外迷著相。內迷著空。若能於相離相。於空離空。即是內外不迷。若悟此法。一念心開。是為開佛知見。佛猶覺也。分為四門。開覺知見。示覺知見。悟覺知見。入覺知見。若聞開示。便能悟入。即覺知見。本來真性。而得出現。汝慎勿錯解經意。見他道開示悟入。自是佛之知見。我輩無分。若作此解。乃是謗經毀佛也。彼既是佛。已具知見。何用更開。汝今當信佛知見者。只汝自心。更無別佛。蓋為一切眾生。自蔽光明。貪愛塵境。外緣內擾。甘受驅馳。便勞他世尊。從三昧起。種種苦口。勸令寢息。莫向外求。與佛無二。故云開佛知見。汝須念念開佛知見。勿開眾生知見。自心。止惡行善。是自開佛之知見。汝須念念開佛知見。勿開眾生

六祖法寶壇經 （三九）

知見。開佛知見即是出世。開眾生知見。即是世間。汝若但勞勞執念以為功課者。何異犛牛愛尾。達曰。若然者。但得解義。不勞誦經耶。師曰。經有何過。豈障汝念。只為迷悟在人。損益由己。口誦心行。即是轉經。口誦心不行。即是被經轉。聽吾偈曰。

心迷法華轉　心悟轉法華　誦經久不明　與義作讎家
無念念即正　有念念成邪　有無俱不計　長御白牛車

達聞偈。不覺悲泣。言下大悟。而告師曰。法達從昔已來。實未曾轉法華。乃被法華轉。再啟曰。經云。諸大聲聞乃至菩薩。皆盡思共度量。不能測佛智。今令凡夫但悟自心。便名佛之知見。自非上根。未免疑謗。又經說三車。羊鹿之車與白牛之車。如何區別。願和尚再垂開示。師曰。經意分明。汝自迷背。諸三乘人。不能測佛智者。患在度量也。饒伊盡思共推。轉加懸遠。佛本為凡夫說。不為佛說。此理若不肯信者。從他退席。殊不知坐卻白牛車。更於門外覓三車。況經文明向汝道。唯一佛乘。無有餘乘。若二若三。乃至無數方便。種種因緣。譬喻言詞。是法皆為一佛乘故。汝何

六祖法寶壇經 （四〇）

不省。三車是假。為昔時故。一乘是實。為今時故。只教汝去假歸實。歸實之後。實亦無名。應知所有珍財。盡屬於汝。由汝受用。更不作父想。亦不作子想。亦無用想。是名持法華經。從劫至劫。手不釋卷。從晝至夜。無不念時也。達蒙啟發。踴躍歡喜。以偈讚曰。

經誦三千部　曹溪一句亡　未明出世旨　寧歇累生狂
羊鹿牛權設　初中後善揚　誰知火宅內　元是法中王

師曰。汝今後方可名念經僧也。達從此領玄旨。亦不輟誦經。

僧智通。壽州安豐人。初看楞伽經。約千餘遍。而不會三身四智。禮師求解其義。師曰。三身者。清淨法身。汝之性也。圓滿報身。汝之智也。千百億化身。汝之行也。若離本性。別說三身。即名有身無智。若悟三身無有自性。即名四智菩提。聽吾偈曰。

自性具三身　發明成四智　不離見聞緣　超然登佛地
吾今為汝說　諦信永無迷　莫學馳求者　終日說菩提

通再啟曰。四智之義。可得聞乎。師曰。既會三身。便明四智。何

六祖法寶壇經

更問耶。若離三身。別談四智。此名有智無身。即此有智。還成無
智。復說偈曰。

大圓鏡智性清淨　平等性智心無病
妙觀察智見非功　成所作智同圓鏡
五八六七果因轉　但用名言無實性
若於轉處不留情　繁興永處那伽定

如上轉識為智也。教中云。轉前五識。為成所作智。轉第六識。為
智。妙觀察智。轉第七識。為平等性智。轉第八識。為大圓鏡
智。雖六七因中轉。五八果上轉。但轉其名。而不轉其體也。
通頓悟性智。遂呈偈曰。

三身元我體　四智本心明
身智融無礙　應物任隨形
起修皆妄動　守住匪真精
妙旨因師曉　終亡染汙名

通智常禮謝。執侍。終師之世。

四一

六祖法寶壇經

更問耶。若離三身。別談四智。此名有智無身。即此有智。還成無
智。復說偈曰。

大圓鏡智性清淨　平等性智心無病
妙觀察智見非功　成所作智同圓鏡
五八六七果因轉　但用名言無實性
若於轉處不留情　繁興永處那伽定

如上轉識為智也。教中云。轉前五識。為成所作智。轉第六識。為大圓鏡
智。妙觀察智。轉第七識。為平等性智。轉第八識。為大圓鏡智。雖六七因中轉。
五八果上轉。但轉其名。而不轉其體也。
通頓悟性智。遂呈偈曰。

三身元我體　四智本心明
身智融無礙　應物任隨形
起修皆妄動　守住匪真精
妙旨因師曉　終亡染汙名

僧智常。信州貴溪人。髫年出家。志求見性。一日參禮。師問曰。
汝從何來欲求何事。曰。學人近往洪州白峰山。禮大通和尚。蒙示
見性成佛之義。未決狐疑。遠來投禮伏望和尚慈悲指示。師曰。
彼有何言句。汝試舉看。曰。智常到彼。凡經三月。未蒙示誨。為

四一

六祖法寶壇經

法俱備。一切不染。離諸法相。一無所得。名最上乘。乘是行義。
不在口爭。汝須自修。莫問吾也。一切時中。自性自如。常禮謝執
侍。終師之世。
僧志道。廣州南海人也。請益曰。學人自出家。覽涅槃經。十載有
餘。未明大意。願和尚垂誨。師曰。汝何處未明。曰。諸行無常。
是生滅法。生滅滅已。寂滅為樂。於此疑惑。師曰。汝作麼生疑。
曰。一切眾生皆有二身。謂色身法身也。色身無常。有生有滅。法
身有常。無知無覺。經云。生滅滅已。寂滅為樂者。不審何身寂滅。
何身受樂。若色身者。色身滅時。四大分散。全然是苦。苦不可
言樂。若法身寂滅。即同草木瓦石。誰當受樂。又法性是生滅之體。
五蘊是生滅之用。一體五用。生滅是常。生則從體起用。滅則攝
用歸體。若聽更生。即有情之類。不斷不滅。若不聽更生。則永歸
寂滅。同於無情之物。如是則一切諸法。被涅槃之所禁伏。尚不得
生。何樂之有。師曰。汝是釋子。何習外道斷常邪見。而議最上乘
法。據汝所說。即色身外別有法身。離生滅求於寂滅。又推涅槃常

四三

六祖法寶壇經

樂。言有身受用。斯乃執吝生死。耽著世樂。汝今當知。佛為一切
迷人。認五蘊和合為自體相。分別一切法為外塵相。好生惡死。念
念遷流。不知夢幻虛假。枉受輪迴。以常樂涅槃。翻為苦相。終日
馳求。佛愍此故。乃示涅槃真樂。刹那無有生相。刹那無有滅相。
更無生滅可滅。是則寂滅現前。當現前時。亦無現前之量。乃謂
常樂此樂。無有受者。亦無不受者。豈有一體五用之名。何況更言
涅槃禁伏諸法。令永不生。斯乃謗佛毀法。聽吾偈曰。

無上大涅槃　圓明常寂照
凡愚謂之死　外道執為斷
諸求二乘人　目以為無作
盡屬情所計　六十二見本
妄立虛假名　何為真實義
惟有過量人　通達無取捨
以知五蘊法　及以蘊中我
外現眾色象　一一音聲相
平等如夢幻　不起凡聖見
不作涅槃解　二邊三際斷
常應諸根用　而不起用想
分別一切法　不起分別想
劫火燒海底　風鼓山相擊
真常寂滅樂　涅槃相如是
吾今強言說　令汝捨邪見
汝勿隨言解　許汝知少分

四四

六祖法寶壇經 （四五）

當何所務。卽不落階級，師曰。汝曾作什麼來。曰。
師曰。落何階級。曰。聖諦尚不爲。何階級之有。師深器之。令
思首衆。一日師謂曰。汝當分化一方。無令斷絕。思旣得法。遂則
吉州青原山。弘法紹化。諡弘濟禪師。懷讓禪師。金州杜氏子也。遂則
初謁嵩山安國師。安發之曹溪參扣。讓至禮拜。師曰。甚處來。曰。嵩
嵩山。師曰。什麼物。恁麼來。曰。說似一物卽不中。師曰。還
可修證否。曰。修證卽不無。汚染卽不得。師曰。只此不汚染。諸
佛之所護念。汝旣如是。吾亦如是。西方般若多羅。讖汝足下出一
馬駒。踏殺天下人。應在汝心。不須速說。讓豁然契會。出曹暗合諸祖。
永嘉玄覺禪師。溫州戴氏子。少習經論。精天台止觀法門。因看維
摩經。發明心地。偶師弟子玄策相訪。與其劇談。出言暗合諸祖。
策云。仁者得法師誰。曰。我聽方等經論。各有師承。後於維摩經

六祖法寶壇經 （四六）

亦應得定。隍曰。我正入定時。不見有有無之心。策云。不見有有
無之心。卽是常定。何有出入。若有出入。卽非大定。隍無對。良
久問曰。師嗣誰耶。策云。我師曹溪六祖。隍云。六祖以何爲禪定。
策云。我師所說。妙湛圓寂。體用如如。五陰本空。六塵非有。不
出不入。不定不亂。禪性無住。離住禪寂。禪性無生。離生禪想。
心如虛空。亦無虛空之量。隍聞是說。
應用無礙。動靜無心。凡聖情忘。能所俱泯。性相如如。無不定時
也。隍於是大悟。二十年所得心。都無影響。其夜河北士庶。開化四衆。
中有聲云。隍禪師今日得道。隍後禮辭。復歸河北。
（曹溪本此語在此）有一童子。名神會。襄陽高氏子。年十三。遂沙彌爭合
泉來參禮。師曰。知識遠來艱辛。還將得本來否。若有本則合識
主。試說看。會曰。以無住爲本。見卽是主。師曰。這沙彌爭合
取大語。會乃問曰。和尚坐禪。還見不見。師以拄杖打三下。云
吾打汝是痛不痛。對曰。亦痛亦不痛。師曰。吾亦見亦不見。

六祖法寶壇經 （四七）

神會問如何是亦見亦不見。師云吾之所見。常見自心過愆。不見
他人是非好惡。是以亦見亦不見。汝言亦痛亦不痛如何。汝若不
痛。同其木石。若痛則同凡夫。卽起恚恨。汝向前見不見是二邊。
痛不痛是生滅。汝自性且不見。敢爾弄人。神會禮拜悔謝。師
又曰。汝若心迷不見。問善知識覓路。汝若心悟。卽自見性。依
法修行。汝自迷不見自心。却來問吾見與不見。吾見自知。豈
汝迷。汝若自見。亦不待吾迷。何不自知自見。乃問吾見與不見。
神會再禮百餘拜。求謝過愆。服勤給侍。不離左右。一日師告
衆曰。吾有一物。無頭無尾。無名無字。無背無面。諸人還識否。
神會出曰。是諸佛之本源。神會之佛性。師曰。向汝道無名無
字。汝便喚作本源佛性。汝向去把茆蓋頭。也只成箇知解宗徒。
祖師滅後。會入京洛大宏曹溪頓教。著顯宗記。盛行於世。是
爲荷澤禪師。

六祖法寶壇經 （四八）

無師自悟。盡是天然外道。曰。仁者自生分別。師曰。誰知非動。
師曰。如是如是。豈有速耶。曰。無生豈有意耶。師曰。無意誰當分
別。曰。分別亦非意。師曰。善哉。少留一宿。時謂一宿覺。後著
證道歌。盛行于世。謐曰無相大師。時稱爲眞覺焉。
禪者智隍。初參五祖。自謂已得正受。菴居長坐。積二十年。師弟
子玄策。游方至河朔。聞隍之名。造菴問云。汝在此作什麼。隍曰。
入定。策云。汝云入定。爲有心入耶。無心入耶。若無心入者。
一切無情草木瓦石。應合得定。若有心入者。一切有情含識之流。

夫沙門者。具三千威儀。
八萬細行。大德自何方而來。生大我慢。師曰。生死事大。無常
迅速。曰。何不體取無生。了無速乎。曰。體卽無生。了本無速。
師曰。如是如是。玄覺方具威儀禮拜。須臾告辭。師曰。返太速
乎。曰。本自非動。豈有速耶。曰。誰知非動。曰。仁者自生分別。
師曰。汝甚得無生之意。曰。無生豈有意耶。師曰。無意誰當分
別。曰。分別亦非意。師曰。善哉。少留一宿。時謂一宿覺。後著
一僧問師云。黃梅意旨。甚麼人得。師云。會佛法人得。僧云。和
尚還得否。師云。我不會佛法。

師一日欲濯所授之衣。而無美泉。因至寺後五里許。見山林鬱茂。瑞氣盤旋。師振錫卓地。泉應手而出。積以爲池。乃跪膝浣衣石上。忽有一僧來禮拜云。方辯。是西蜀人。昨於南天竺國。見達磨大師。囑方辯速往唐土。吾傳大迦葉。正法眼藏。及僧伽梨。見傳六代。於韶州曹溪。汝去瞻禮。方辯遠來。願見我師傳來衣鉢。師乃出示。次問上人。攻何事業。曰。善塑。師正色曰。汝試塑看。辯罔措。過數日。塑就真相。可高七寸。曲盡其妙。師笑曰。汝只善塑性。不解佛性。師舒手摩方辯頂曰。永爲人天福田。師仍以衣酬之。辯取衣分爲三。一披搭身。一自留。一用稯裹瘞地中。誓曰。後得此衣。乃吾出世。住持於此。重建殿宇。

宋嘉祐八年。有僧惟先。修殿掘地。得衣如新。像在高泉寺。祈禱輒應。

六祖法寶壇經

四九

有僧舉臥輪禪師偈曰。臥輪有伎倆。能斷百思想。對境心不起。菩提日日長。

師聞之曰。此偈未明心地。若依而行之。是加繫縛。因示一偈曰。

惠能沒伎倆　不斷百思想　對境心數起　菩提作麼長

頓漸第八　　　　五〇

時祖師居曹溪寶林。神秀大師。在荊南玉泉寺。于時兩宗盛化。人皆稱南能北秀。故有南北二宗。頓漸之分。而學者莫知宗趣。師謂衆曰。法本一宗。人有南北。法即一種。見有遲疾。何名頓漸。法無頓漸。人有利鈍。故名頓漸。然秀之徒衆。往往譏南宗祖師。不識一字。有何所長。秀曰。他得無師之智。深悟上乘。吾不如也。且吾師五祖。親傳衣法。豈徒然哉。吾恨不能遠去親近。虛受國恩。汝等諸人。毋滯於此。可往曹溪參決。一日命門人志誠曰。汝聰明多智。可爲吾到曹溪聽法。若有所聞。盡心記取。還爲吾說。志誠稟命至曹溪。隨衆參請。不言來處。時祖師告衆曰。今有盜法之人。潛在此會。志誠即出禮拜。具陳其事。師曰。汝從玉泉來。應是細作。對曰。不是。師曰。何得不是。對曰。未說即是。說了不是。師曰。汝師若爲示衆。對曰。常指誨大衆。住心觀靜。長坐不臥。師曰。住心觀靜。是病非禪。長坐拘身。於理何益。聽吾偈曰。

便契本心。弟子生死事大。和尚大慈。更爲教示。師云。吾聞汝師教示學人。戒定慧法。未審汝師。說戒定慧行相如何。與吾說看。誠曰。秀大師說。諸惡莫作名爲戒。諸善奉行名爲慧。自淨其意名爲定。彼說如此。未審和尚以何法誨人。師曰。吾若言有法與人。即爲誑汝。但且隨方解縛。假名三昧。如汝師所說戒定慧。實不可思議。吾所見戒定慧又別。志誠曰。戒定慧只合一種。如何更別。師曰。汝師戒定慧接大乘人。吾戒定慧接最上乘人。悟解不同。見有遲疾。汝聽吾說。與彼同否。吾所說法。不離自性。離體說法。名爲相說。自性常迷。須知一切萬法。皆從自性起用。是真戒定慧。聽吾偈曰。

心地無非自性戒　心地無癡自性慧　心地無亂自性定　不增不減自金剛　身去身來本三昧

誠聞偈悔謝。乃呈一偈曰。

六祖法寶壇經　　　　五一

師然之。復語誠曰。汝師戒定慧。勸小根智人。吾戒定慧。勸大根智人。若悟自性。亦不立菩提涅槃。亦不立解脫知見。無一法可得。方能建立萬法。若解此意。亦名佛身。亦名菩提涅槃。亦名解脫知見。見性之人。立亦得。不立亦得。去來自由。無滯無礙。應用隨作。應語隨答。普見化身。不離自性。即得自在神通。游戲三昧。是名見性。志誠再啓師曰。如何是不立義。師曰。自性無非。無癡無亂。念念般若觀照。常離法相。自由自在。縱橫盡得。有何可立。自性自悟。頓悟頓修。亦無漸次。所以不立一切法。諸法寂滅。有何次第。志誠禮拜。願爲執侍。朝夕不懈。誠吉州太和人。

僧志徹。江西人。本姓張。名行昌。少任俠。自南北分化。二宗主雖亡彼我。而徒侶競起愛憎。時北宗門人。自立秀師爲第六祖。而忌祖師傳衣爲天下聞。乃囑行昌來刺師。師心通。預知其事。即置金十兩於座間。時夜暮。行昌入祖室。將欲加害。師舒頸就之。行昌揮刃者三。悉無所損。師曰。正劍不邪。邪劍不正。只負汝金。不負汝命。

六祖法寶壇經　五三

行昌驚仆。久而方蘇。求哀悔過。即願出家。師遂與金。言汝且去。恐徒衆翻害於汝。汝可他日易形而來。吾當攝受。行昌稟旨宵遁。後投僧出家。具戒精進。一日憶師之言。遠來禮覲。師曰。吾久念汝。汝來何晚。曰。昨蒙和尚捨罪。今雖出家苦行。終難報德。其惟傳法度生乎。曰。弟子常覽涅槃經。未曉常無常義。乞和尚慈悲。略爲解說。師曰。無常者。即佛性也。有常者。即一切善惡諸法分別心也。曰。和尚所說。大違經文。師曰。吾傳佛心印。安敢違於佛經。曰。經說佛性是常。和尚却言無常。善惡諸法乃至菩提心。皆言無常。和尚却言是常。此即相違。令學人轉加疑惑。師曰。涅槃經。吾昔聽尼無盡藏讀誦一遍。便爲講說。無一字一義不合經文。乃至爲汝。終無二說。曰。學人識量淺昧。願和尚委曲開示。師曰。汝知否。佛性若常。更說什麼善惡諸法。乃至窮劫無有一人發菩提心者。故吾說無常。正是佛說真常之道也。又一切諸法若無常者。即物物皆有自性。容受生死。而真常性有不徧之處。故吾說常者。正是佛說真無常義。佛比爲凡夫外道執於邪常。諸二乘人於常計無常。共成八倒。故於涅槃了義教中。破彼偏見。而顯說真常。真樂。真我。真淨。汝今依言背義。以斷滅無常。及確定死常。而錯解佛之圓妙最後微言。縱覽千徧。有何所益。行昌忽然大悟。說偈曰。

六祖法寶壇經　五四

因守無常心。佛說有常性。不知方便者。猶春池拾礫。

我今不施功。佛性而現前。非師相授與。我亦無所得。

師曰。汝今徹也。宜名志徹。徹禮謝而退。

有一童子。名神會。襄陽高氏子。年十三。自玉泉來參禮。師曰。知識遠來艱辛。還將得本來否。若有本。則合識主。試說看。會曰。以無住爲本。見即是主。師曰。這沙彌爭合取次語。會乃問曰。和尚坐禪。還見不見。師以拄杖打三下。云。吾打汝痛不痛。對曰。亦痛亦不痛。師曰。吾亦見亦不見。神會問。如何是亦見亦不見。師云。吾之所見。常見自心過愆。不見他人是非好惡。是以亦見亦不見。汝言亦痛亦不痛如何。汝若不痛。同其木石。若痛。則同凡夫。即起恚恨。汝向前見不見是二邊。痛不痛是生滅。汝自性且不見。敢爾弄人。神會禮拜悔謝。師又曰。汝若心迷不見。問善知識覓路。

六祖法寶壇經　五五

汝若心悟。即自見性。依法修行。汝自迷不見自心。却來問吾見與不見。吾見自知。豈待汝迷。汝若自見。亦不待吾迷。何不自知自見。乃問吾見與不見。神會再禮百餘拜。求謝過愆。服勤給侍。不離左右。一日師告衆曰。吾有一物。無頭無尾。無名無字。無背無面。諸人還識否。神會出曰。是諸佛之本源。神會之佛性。師曰。向汝道無名無字。汝便喚作本源佛性。汝向去有把茆蓋頭。也只成箇知解宗徒。祖師滅後。會入京洛。大弘曹溪頓教。著顯宗記。盛行于世。是爲荷澤禪師。師見諸宗難問。咸起惡心。多集座下。愍而謂曰。學道之人。一切善念惡念。應當盡除。無名可名。名於自性。無二之性。是名實性。於實性上建立一切教門。言下便須自見。諸人聞說。總皆作禮。請事爲師。

宣詔第九

神龍元年上元日。則天中宗詔云。朕請安秀二師。宮中供養。萬機之暇。每究一乘。二師推讓云。南方有能禪師。密授忍大師衣法。

六祖法寶壇經　五六

傳佛心印。可請彼問。今遣內侍薛簡。馳詔迎請。願師慈悲。速赴上京。師上表辭疾。願終林麓。薛簡曰。京城禪德皆云。欲得會道。必須坐禪習定。若不因禪定而得解脫者。未之有也。未審師所說法如何。師曰。道由心悟。豈在坐也。經云。若言如來若坐若臥。是行邪道。何故。無所從來。亦無所去。無生無滅。是如來清淨禪。諸法空寂。是如來清淨坐。究竟無證。豈況坐耶。簡曰。弟子回京。主上必問。願師慈悲。指示心要。傳奏兩宮。及京城學道者。譬如一燈。然百千燈。冥者皆明。明明無盡。師云。道無明暗。明暗是代謝之義。明明無盡。亦是有盡。相待立名。故淨名經云。法無有比。無相待故。簡曰。明喻智慧。暗喻煩惱。修道之人。倘不以智慧照破煩惱。無始生死。憑何出離。師曰。煩惱即是菩提。無二無別。若以智慧照破煩惱者。此是二乘見解。羊鹿等機。上智大根。悉不如是。簡曰。如何是大乘見解。師曰。明與無明。凡夫見二。智者了達。其性無二。無二之性。即是實性。實性者。處凡愚而不減。在賢聖而不增。住煩惱而不亂。居禪定而不寂。不斷不

六祖法寶壇經　五七

常。不來不去不在中間。及其內外。不生不滅。性相如如。常住不遷。名之曰道。簡曰。師說不生不滅。何異外道。師曰。外道所說不生不滅者。將滅止生。以生顯滅。滅猶不滅。生說不生。我說不生不滅者。本自無生。今亦不滅。所以不同外道。汝若欲知心要。但一切善惡。都莫思量。自然得入清淨心體。湛然常寂。妙用恒沙。簡蒙指教。豁然大悟。禮辭歸闕。表奏師語。其年九月三日。有詔獎諭師曰。師辭老疾。為朕修道。國之福田。師若淨名。托疾毗耶。闡揚大乘。傳諸佛心。談不二法。薛簡傳師指授如來知見。朕積善餘慶。宿種善根。值師出世。頓悟上乘。感荷師恩。頂戴無已。並奉磨衲袈裟。及水晶鉢。勅韶州刺史。修飾寺宇。賜師舊居為國恩寺焉。

付囑第十

師一日喚門人。法海。志誠。法達。神會。智常。智通。志徹。志道。法珍。法如等。曰。汝等不同餘人。吾滅度後。各為一方師。吾今教汝說法。不失本宗。先須舉三科法門。動用三十六對。出沒

六祖法寶壇經　五八

即離兩邊。說一切法。莫離自性。忽有人問汝法。出語盡雙。皆取對法。來去相因。究竟二法盡除。更無去處。三科法門者。陰界入也。陰是五陰。色受想行識是也。入是十二入。外六塵色聲香味觸法。內六門。眼耳鼻舌身意是也。界是十八界。六塵六門六識也。自性能含萬法。名含藏識。若起思量。即是轉識。生六識。出六門。見六塵。如是一十八界。皆從自性起用。自性若邪。起十八邪。自性若正。起十八正。若惡用即衆生用。善用即佛用。用由何等。由自性有對法。外境無情五對。天與地對。日與月對。明與暗對。陰與陽對。水與火對。此是五對也。法相語言十二對。語與法對。有與無對。有色與無色對。有相與無相對。有漏與無漏對。色與空對。動與靜對。清與濁對。凡與聖對。僧與俗對。老與少對。大與小對。此是十二對也。自性起用十九對。長與短對。邪與正對。癡與慧對。愚與智對。亂與定對。慈與毒對。戒與非對。直與曲對。實與虛對。險與平對。煩惱與菩提對。常與無常對。悲與害對。喜與瞋對。捨與慳對。進與退對。生與滅對。法身與色身對。

六祖法寶壇經　五九

化身與報身對。此是十九對也。師言此三十六對法。若解用。即道貫一切經法。出入即離兩邊。自性動用。共人言語。外於相離相。內於空離空。若全著相。即長邪見。若全執空。即長無明。執空之人有謗經。直言不用文字。既云不用文字。人亦不合語言。只此語言。便是文字之相。又云直道不立文字。即此不立兩字。亦是文字。見人所說。便謗他言著文字。汝等須知。自迷猶可。又謗佛經。不要謗經。罪障無數。若著相於外。而作法求真。或廣立道場。說有無之過患。如是之人。累劫不可見性。但聽依法修行。又莫百物不思。而於道性窒礙。若聽說不修。令人反生邪念。但依法修行。無住相法施。汝等若悟。依此說。依此用。依此行。依此作。即不失本宗。若有人問汝義。問有將無對。問無將有對。問凡以聖對。問聖以凡對。二道相因。生中道義。汝一問一對。餘問一依此作。即不失理也。設有人問。何名為暗。答云。明是因。暗是緣。明沒即暗。以明顯暗。以暗顯明。來去相因。成中道義。餘問悉皆如此。汝等於後傳法。依此轉相教授。勿失宗旨。

六祖法寶壇經　六〇

師於太極元年壬子。延和七月。命門人往新州國恩寺建塔。仍令促工。次年夏末落成。七月一日。集徒衆曰。吾至八月。欲離世間。汝等有疑。早須相問。為汝破疑。令汝迷盡。吾若去後。無人教汝。法海等聞。悉皆涕泣。惟有神會。神情不動。亦無涕泣。師云。神會小師。卻得善不善等。毀譽不動。哀樂不生。餘者不得。數年山中。竟修何道。汝今悲泣。為憂阿誰。若憂吾不知去處。吾自知去處。吾若不知去處。終不預報於汝。汝等悲泣。蓋為不知吾去處。若知吾去處。即不合悲泣。法性本無生滅去來。汝等盡坐。吾與汝說一偈。名曰真假動靜偈。汝等誦取此偈。與吾同意。依此修行。不失宗旨。衆僧作禮。請師說偈。偈曰。

一切無有真　不以見於真　若見於真者　是見盡非真
若能自有真　離假即心真　自心不離假　無真何處真
有情即解動　無情即不動　若修不動行　同無情不動
若覓真不動　動上有不動　不動是不動　無情無佛種
能善分別相　第一義不動　但作如此見　即是真如用

六祖法寶壇經

報諸學道人　努力須用意　莫於大乘門　却執生死智
若言下相應　即共論佛義　若實不相應　合掌令歡喜
此宗本無諍　諍即失道意　執逆諍法門　自性入生死

時徒眾聞說偈已　普皆作禮　並體師意　各各攝心　依法修行　更
不敢諍　乃知大師不久住世　法海上座　再拜問曰　和尚入滅之後　衣
法當付何人　師曰　吾於大梵寺說法　以至于今　抄錄流行　更
曰法寶壇經　汝等守護　遞相傳授　度諸群生　但依此說　是名
正法　今為汝等說法　不付其衣　蓋為汝等信根純熟　決定無疑　
堪任大事　然據先祖達磨大師　付授偈意　衣不合傳　偈曰

吾本來茲土　傳法救迷情　一花開五葉　結果自然成

師復曰　諸善知識　汝等各各淨心　聽吾說法　若欲成就種智　須
達一相三昧　一行三昧　若於一切處而不住相　於彼相中不生憎愛　
亦無取捨　不念利益成壞等事　安閑恬靜　虛融澹泊　此名一相
三昧　若於一切處　行住坐臥　純一直心　不動道場　真成淨土　
此名一行三昧　若人具二三昧　如地有種　含藏長養　成熟其實　

六一

六祖法寶壇經

一相一行　亦復如是　我今說法　猶如時雨　普潤大地　汝等佛性
譬諸種子　遇茲霑洽　悉得發生　承吾旨者　決獲菩提　依吾行
者　定證妙果　聽吾偈曰

心地含諸種　普雨悉皆萌　頓悟花情已　菩提果自成

師說偈已　曰　其法無二　其心亦然　其道清淨　亦無諸相　汝等
慎勿觀靜　及空其心　此心本淨　無可取捨　各自努力　隨緣好去　
爾時徒眾作禮而退

大師七月八日　忽謂門人曰　吾欲歸新州　汝等速理舟楫　大眾哀
留甚堅　師曰　諸佛出現　猶示涅槃　有來必去　理亦常然　吾此
形骸　歸必有所　眾曰　師從此去　早晚可回　師曰　葉落歸根　
來時無口　又問曰　正法眼藏　傳付何人　師曰　有道者得　無心
者通　又問曰　此後莫有難否　師曰　吾滅後五六年　當有一人來取
吾首　聽吾讖曰　頭上養親　口裏須餐　遇滿之難　楊柳為官　
云　吾去七十年　有二菩薩從東方來　一出家　一在家　同時興化　
建立吾宗　締緝伽藍　昌隆法嗣　

六二

六祖法寶壇經

應現已來傳授幾代　願垂開示　師云　古佛應世　已無數量不可計
也　今以七佛為始

過去莊嚴劫毗婆尸佛　　尸棄佛　　毗舍浮佛
今賢劫拘留孫佛　　拘那含牟尼佛　　迦葉佛
釋迦文佛

已上七佛今以釋迦文佛首傳

第壹摩訶迦葉尊者　　第貳阿難尊者
第參商那和修尊者　　第肆優婆毱多尊者
第伍提多迦尊者　　第陸彌遮迦尊者
第柒婆須蜜多尊者　　第捌佛馱難提尊者
第玖伏馱蜜多尊者　　第拾脅尊者
第十一富那夜奢尊者　　第十二馬鳴大士
第十三迦毗摩羅尊者　　第十四龍樹大士
第十五迦那提婆尊者　　第十六羅睺羅多尊者
第十七僧伽難提尊者　　第十八伽耶舍多尊者
第十九鳩摩羅多尊者　　第二十闍耶多尊者
第廿一婆修盤頭尊者　　第廿二摩拏羅尊者
第廿三鶴勒那尊者　　第廿四師子尊者
第廿五婆舍斯多尊者　　第廿六不如蜜多尊者
第廿七般若多羅尊者

六三

六祖法寶壇經

第廿八菩提達磨尊者　　此土是為初祖
第廿九慧可大師
第三十僧璨大師　　第卅一道信大師
惠能是為三十三祖　　第卅二弘忍大師

從上諸祖　各有稟承　汝等向後　遞代流傳毋
令乖誤　眾聞信受　作禮而退

大師先天二年癸丑歲　八月初三日　於國恩寺齋罷　謂諸徒眾曰　汝
等各依位坐　吾與汝別　法海白言　和尚留何教法　令後代迷人　
得見佛性　師言　汝等諦聽　後代迷人　若識眾生　即是佛性　若不
識眾生　萬劫覓佛難逢　吾今教汝　識自心眾生　見自心佛性　欲
求見佛　但識眾生　只為眾生迷佛　非是佛迷眾生　自性若悟　眾
生是佛　自性若迷　佛是眾生　自性平等　眾生是佛　自性邪險　
佛是眾生　汝等心若險曲　即佛在眾生中　一念平直　即是眾生成
佛　我心自有佛　自佛是真佛　自若無佛心　何處求真佛　汝等自
心是佛　更莫狐疑　外無一物而能建立　皆是本心生萬種法　故經
云　心生種種法生　心滅種種法滅　吾今留一偈　與汝等別　名真
性真佛偈　後代之人　識此偈意　自見本心　自成佛道　偈曰

六四

六祖法寶壇經

真如自性是真佛
邪見三毒是魔王
邪迷之時魔在舍
正見之時佛在堂
性中邪見三毒生
即是魔王來住舍
正見自除三毒心
魔變成佛真無假
法身報身及化身
三身本來是一身
若向性中能自見
即是成佛菩提因
本從化身生淨性
淨性常在化身中
性使化身行正道
當來圓滿真無窮
婬性本是淨性因
除婬即是淨性身
性中各自離五欲
見性剎那即是真
今生若遇頓教門
忽悟自性見世尊
若欲修行覓作佛
不知何處擬求真
若能心中自見真
有真即是成佛因
不見自性外覓佛
起心總是大癡人
頓教法門今已留
救度世人須自修
報汝當來學道者
不作此見大悠悠

師說偈已。告曰。汝等好住。吾滅度後。莫作世情悲泣雨淚。受人弔問。身著孝服。非吾弟子。亦非正法。但識自本心。見自本性。無動無靜。無生無滅。無去無來。無是無非。無住無往。恐汝等心迷。不會吾意。今再囑汝。令汝見性。吾滅度後。依此修行。如吾

六六

六祖法寶壇經

在日。若違吾教。縱吾在世。亦無有益。復說偈曰。

兀兀不修善
騰騰不造惡
寂寂斷見聞
蕩蕩心無著

師說偈已。端坐至三更。忽謂門人曰。吾行矣。奄然遷化。于時異香滿室。白虹屬地。林木變白。禽獸哀鳴。泊門人僧俗。爭迎真身。莫決所之。乃焚香禱曰。香煙指處。師所歸焉。時香煙直貫曹溪。十一月十三日。遷神龕。併所傳衣鉢而回。次年七月二十五日。出龕。弟子方辯。以香泥上之。門人憶念取首之記。仍以鐵葉漆布。固護師頸。入塔。忽於塔內白光出現。直上衝天。三日始散。韶州奏聞。奉敕立碑。紀師道行。師春秋七十有六。年二十四傳衣。三十九祝髮。說法利生三十七載。嗣法四十三人。悟道超凡者。莫知其數。達磨所傳信衣。中宗賜磨衲寶鉢。及方辯塑師真相。並道具等。永鎮寶林道場。留傳壇經。以顯宗旨。興隆三寶。普利群生者。

師入塔後。至開元十年壬戌。八月三日。夜半。忽聞塔中。如拽鐵索聲。眾僧驚起。見一孝子從塔中走出。尋見師頸有傷。

六六

六祖大師法寶壇經

其以賊事聞于州縣。縣令楊侃。刺史柳無忝。得牒切加擒捉。五日。於石角村。捕得賊人。送韶州鞫問。云。姓張。名淨滿。汝州梁縣人。於洪州開元寺。受新羅僧金大悲錢二十千。令取六祖大師首。歸海東供養。柳守聞狀。未即加刑。乃躬至曹溪。問師上足令韜曰。如何處斷。韜曰。若以國法論。理須誅夷。但以佛教慈悲。冤親平等。況求欲供養。罪可恕矣。柳守加歎曰。始知佛門廣大。遂赦之。上元元年。肅宗遣使。就請師衣鉢歸內供養。至永泰元年。五月五日。代宗夢六祖大師請衣鉢。七日。敕刺史楊瑊云。朕夢感能禪師。請傳衣袈裟却歸曹溪。今遣鎮國大將軍劉崇景。頂戴而送。朕謂之國寶。卿可於本寺如法安置。專令僧眾親承宗旨者。嚴加守護。勿令遺墜。後或為人偷竊。皆不遠而獲。如是者數四。憲宗諡大鑒禪師。塔曰元和靈照。其餘事蹟。係載唐尚書王維。刺史柳宗元。劉禹錫等碑。守塔沙門令韜錄。

六祖大師法寶壇經終

六七